Buch

Eigentlich hat eine Rechtsmedizinerin hier nichts verloren. Aber Dr. Maura Isles wurde eingeladen, einem spektakulären Ereignis beizuwohnen: Eine ägyptische Mumie, erst kürzlich im Kellergewölbe eines Bostoner Museums entdeckt, wird ins Krankenhaus gebracht. Einer Computertomografie soll die Leiche durch alle Schichten der Bandagen hindurch enträtseln. Doch bei der Auswertung der Ergebnisse stockt allen Beteiligten der Atem: Im Bein der nach allen kultischen Regeln mumifizierten Toten steckt eine Kugel. Die junge Frau wurde ermordet – und das mitnichten vor langer Zeit!
Und es kommt noch schlimmer: Im Museumskeller findet die ermittelnde Polizistin Jane Rizzoli hinter einer brüchigen Wand drei südamerikanische Schrumpfköpfe. Einer von ihnen wurde mit einer 26 Jahre alten Tageszeitung aus Kalifornien ausgestopft – und auch hier findet sich wieder eine kryptische Botschaft.
Noch ahnen Jane Rizzoli und Maura Isles nicht, in welch tödliches Gespinst aus perversen Obsessionen und alten Familiengeheimnissen sie bei ihren Ermittlungen gestochen haben …

Autorin

So gekonnt wie Tess Gerritsen vereint niemand erzählerische Raffinesse mit medizinischer Detailgenauigkeit und psychologischer Glaubwürdigkeit der Figuren. Bevor sie mit dem Schreiben begann, war die Autorin selbst erfolgreiche Ärztin. Der große internationale Durchbruch gelang ihr mit *Die Chirurgin*. Tess Gerritsen lebt mit ihrer Familie in Maine.

Weitere Informationen unter: www.tess-gerritsen.de

Von Tess Gerritsen ist bereits erschienen:

Gute Nacht, Peggy Sue (35136) · Kalte Herzen (35880) · Roter Engel (35285) · Trügerische Ruhe (35213) · In der Schwebe (35337) · Leichenraub (37226)

Die Jane Rizzole/Maura-Isles-Romane:

Die Chirurgin (36067) · Der Meister (36284) · Todsünde (36459) · Schwesternmord (36615) · Scheintot (36845) · Blutmale (37138) · Totengrund (geb. Ausgabe, LIMES 2576)

Tess Gerritsen

Grabkammer

Roman

Aus dem Amerikanischen
von Andreas Jäger

blanvalet

Die Originalausgabe erschien 2008
unter dem Titel »Keepsake« bei Ballantine Books,
a division of Random House Inc., New York.

Verlagsgruppe Random House FSC-DEU-0100
Das FSC®-zertifizierte Papier *Holmen Book Cream*
für dieses Buch liefert Holmen Paper, Hallstavik, Schweden

1. Auflage
Taschenbuchausgabe September 2011 bei Blanvalet,
einem Unternehmen der Verlagsgruppe
Random House GmbH, München
Copyright © der Originalausgabe 2008 by Tess Gerritsen
Published by Arrangement with Terry Gerritsen
Dieses Werk wurde im Auftrag der Jane Rotrosen
Agency LLC vermittelt durch die Literarische Agentur
Thomas Schlück GmbH, 30827 Garbsen.
Copyright © der deutschsprachigen Ausgabe 2009
by Verlagsgruppe Random House GmbH, München
Umschlaggestaltung: HildenDesign, München,
nach der Vorlage von bürosüd°, München
Umschlagmotiv: Sc⎯⎯⎯⎯⎯⎯⎯⎯
Alinari⎯⎯
Redaktio⎯⎯

Druck und Ein⎯⎯

I⎯⎯

Für Adam und Joshua,
um deretwillen die Sonne scheint

Jede Mumie ist ein Abenteuer, ein unentdeckter Kontinent, den wir zum ersten Mal betreten.

DR. JONATHAN ELIAS, Ägyptologe

1

Er kommt, um mich zu holen.

Ich spüre es in den Knochen, ich wittere es in der Luft, so unverkennbar wie der Geruch nach heißem Sand und exotischen Gewürzen und dem Schweiß von hundert Männern, die in der Sonne schuften. Es sind die Gerüche der westägyptischen Wüste, und sie sind für mich noch immer lebendig, auch wenn das Land fast eine halbe Erdumrundung von dem dunklen Schlafzimmer entfernt ist, in dem ich jetzt liege. Fünfzehn Jahre sind vergangen, seit ich diese Wüste durchquert habe, doch wenn ich die Augen schließe, bin ich gleich wieder dort; ich stehe am Rand des Zeltlagers und blicke zur libyschen Grenze, dorthin, wo die Sonne untergeht. Der Wind klagte wie eine Frau, wenn er durch das Wadi rauschte. Noch immer höre ich das dumpfe Schlagen der Spitzhacken und das Kratzen der Schaufeln, und ich habe noch immer das Heer ägyptischer Grabungshelfer vor Augen, die wie fleißige Ameisen über die Ausgrabungsstätte schwärmen und ihre Gufa-Körbe voll Erde schleppen. Als ich damals vor fünfzehn Jahren in dieser Wüste stand, kam ich mir vor wie eine Schauspielerin in einem Film über ein Abenteuer, das eine andere erlebt hatte. Nicht ich. Und ganz bestimmt war es kein Abenteuer, das einem stillen Mädchen aus dem kalifornischen Indio an der Wiege gesungen worden war.

Das Scheinwerferlicht eines vorbeifahrenden Autos dringt durch meine geschlossenen Lider. Als ich die Augen aufschlage, ist Ägypten verschwunden. Ich stehe nicht mehr in

der Wüste und blicke zu einem Himmel auf, den der Son-
nenuntergang mit blutroten Streifen überzieht. Stattdessen
bin ich wieder auf der anderen Seite der Erdkugel, in San
Diego, wo ich in meinem dunklen Schlafzimmer liege.

Ich stehe auf und gehe barfuß zum Fenster, um auf die
Straße hinauszuschauen. Es ist eine etwas heruntergekom-
mene Wohnsiedlung mit verputzten Einfamilienhäusern,
gebaut in den Fünfzigerjahren, als Mini-Villen mit Dreierga-
ragen noch nicht als Erfüllung des amerikanischen Traums
galten. Diese Häuser haben etwas Ehrliches; gebaut, um den
Bewohnern Schutz zu bieten, und nicht, um die Nachbarn
zu beeindrucken, und ich fühle mich sicher hier in meiner
Anonymität. Nur eine ganz normale alleinerziehende Mutter, die ihre liebe Mühe mit ihrer bockigen Teenagertochter
hat.

Ich spähe durch die Gardinen auf die Straße und sehe,
wie eine dunkle Limousine einen halben Block vor meinem
Haus abbremst. Der Wagen hält am Bordstein, und die
Scheinwerfer erlöschen. Ich warte darauf, dass jemand aus-
steigt, aber nichts dergleichen geschieht. Eine ganze Weile
sitzt der Fahrer einfach nur da. Vielleicht hört er noch Ra-
dio, oder er hatte Streit mit seiner Frau und traut sich nicht,
ihr unter die Augen zu treten. Vielleicht sitzt ja auch ein
Liebespaar in dem Wagen, das keine andere Möglichkeit
hat, sich zu treffen. Ich kann mir so viele Erklärungen aus-
denken, keine davon im Geringsten beunruhigend, und
dennoch bricht mir der Angstschweiß aus, und ein Schauer
überläuft mich.

Einen Augenblick später leuchten die Scheinwerfer der
Limousine wieder auf. Der Wagen fährt los und rollt langsam die Straße hinunter.

Selbst als er bereits um die Ecke verschwunden ist, stehe
ich noch mit flatternden Nerven am Fenster, die feuchten

Finger um die Gardine gekrampft. Ich gehe wieder ins Bett und liege schwitzend auf der Decke, doch ich kann nicht schlafen. Obwohl es eine warme Julinacht ist, lasse ich das Fenster immer verriegelt, und ich bestehe darauf, dass meine Tochter Tari ihres ebenfalls geschlossen hält. Aber Tari hört nicht immer auf mich.

Jeden Tag hört sie weniger auf mich.

Ich schließe die Augen, und wie immer kehren die Bilder von Ägypten wieder. Stets ist es Ägypten, wohin meine Gedanken sich wenden. Noch bevor ich zum ersten Mal den Boden des Landes betreten hatte, träumte ich schon davon. Als ich sechs Jahre alt war, sah ich ein Foto des Tals der Könige auf der Titelseite der *National Geographic* und hatte sofort ein Gefühl des Wiedererkennens, als betrachtete ich ein vertrautes, geliebtes Gesicht, das ich beinahe vergessen hatte. Das war es, was dieses Land für mich bedeutete – ein geliebtes Gesicht, das ich unbedingt wiedersehen wollte.

Und im Laufe der Jahre schuf ich nach und nach die Voraussetzungen für meine Wiederkehr. Mit einem Stipendium in der Tasche ging ich nach Stanford, wo ein Professor auf mich aufmerksam wurde und mich nachdrücklich für ein Sommerpraktikum bei einer Grabung in der Libyschen Wüste empfahl.

Im Juni, am Ende meines vorletzten Studienjahrs, bestieg ich schließlich die Maschine nach Kairo.

Noch heute, in der Dunkelheit meines Schlafzimmers in Kalifornien, erinnere ich mich, wie meine Augen vom grellen Sonnenlicht schmerzten, das der weiß glühende Sand reflektierte. Ich rieche die Sonnencreme auf meiner Haut und spüre das Prickeln der Sandkörner, die der Wind mir ins Gesicht weht. Diese Erinnerungen machen mich glücklich. Die Schaufel in der Hand und die Sonne auf den Schultern – es war die Erfüllung der Träume eines jungen Mädchens.

Wie schnell doch ein Traum zum Albtraum werden kann. Als glückliche Studentin bestieg ich das Flugzeug nach Kairo. Drei Monate später kehrte ich zurück, und ich war nicht mehr dieselbe Frau.

Ich kam nicht allein aus der Wüste zurück. Ein Monster folgte mir.

Im Dunkeln schlage ich jäh die Augen auf. Waren das Schritte? Hat da eine Tür geknarrt? Ich liege auf den feuchten Laken, und mein Herz schlägt wild gegen meine Rippen. Ich wage nicht aufzustehen, und ich wage nicht, im Bett zu bleiben.

Irgendetwas stimmt nicht in diesem Haus.

Nach Jahren des Versteckspielens bin ich klug genug, die Warnungen nicht zu ignorieren, die mir die Stimme in meinem Kopf zuraunt. Nur diesen eindringlichen Einflüsterungen habe ich es zu verdanken, dass ich noch am Leben bin. Ich habe gelernt, jede Abweichung vom Gewohnten zu registrieren, jede noch so kleine Störung. Ich merke auf, wenn ein unbekanntes Auto durch meine Straße fährt. Ich bin sofort hellwach, wenn eine Kollegin erwähnt, dass jemand nach mir gefragt habe. Ich lege mir ausgeklügelte Fluchtpläne zurecht, lange bevor ich sie tatsächlich brauche. Mein nächster Schritt ist bereits geplant. In zwei Stunden können meine Tochter und ich über die mexikanische Grenze sein, ausgestattet mit neuen Identitäten. Unsere Pässe mit den neuen Namen stecken schon in einer Seitentasche meines Koffers.

Wir hätten schon längst aufbrechen sollen. Wir hätten nicht so lange warten dürfen.

Aber wie überredet man ein vierzehnjähriges Mädchen, alle seine Freunde zurückzulassen? Tari ist das Problem; sie begreift nicht, in welcher Gefahr wir schweben.

Ich öffne die Nachttischschublade und nehme die Pistole

heraus. Sie ist nicht registriert, und es macht mich nervös, eine Schusswaffe im selben Haus zu haben, in dem ich mit meiner Tochter lebe. Aber nach sechs Wochenenden auf dem Schießstand kann ich immerhin mit dem Ding umgehen.

Meine nackten Füße machen kein Geräusch, als ich mich aus dem Zimmer schleiche und den Flur entlanggehe, an der geschlossenen Tür meiner Tochter vorbei. Ich mache den gleichen Kontrollgang, den ich schon tausendmal gemacht habe. Wie jede gejagte Kreatur fühle ich mich im Dunkeln am sichersten.

In der Küche kontrolliere ich die Fenster und die Tür. Ebenso im Wohnzimmer. Alles ist gesichert. Ich gehe zurück in den Flur und halte vor dem Zimmer meiner Tochter inne. Tari ist in letzter Zeit geradezu fanatisch auf ihre Privatsphäre bedacht, aber an ihrer Tür ist kein Schloss, und ich werde auch nie zulassen, dass sie eines bekommt. Ich muss jederzeit einen Blick in ihr Zimmer werfen können, um mich zu vergewissern, dass sie wohlauf ist.

Die Tür knarrt laut, als ich sie öffne, aber das Geräusch wird Tari nicht wecken. Wie bei den meisten Teenagern gleicht ihr Schlaf einem Koma. Das Erste, was ich bemerke, ist der Luftzug, und ich seufze resigniert. Wieder einmal hat Tari meine Wünsche ignoriert und ihr Fenster offen gelassen, wie schon so oft.

Ich habe das Gefühl, ein Sakrileg zu begehen, wenn ich die Waffe in Taris Zimmer mitnehme, aber ich muss dieses Fenster schließen. Ich trete ein und bleibe neben dem Bett stehen, um ihr beim Schlafen zuzusehen und auf den stetigen Rhythmus ihres Atems zu lauschen. Ich erinnere mich an den Moment, als ich sie zum ersten Mal erblickte, im Arm der Hebamme, schreiend und mit rotem Gesicht. Ich hatte achtzehn Stunden in den Wehen gelegen und war so erschöpft, dass ich kaum den Kopf vom Kissen heben konnte. Aber nachdem ich einen Blick auf mein Baby geworfen hatte, wäre ich aus dem Bett aufgesprungen und hätte sie gegen eine ganze Legion von Angreifern verteidigt. In diesem Moment wusste ich, wie ich sie nennen würde. Ich dachte an die Worte, die in den großen Tempel von Abu Simbel eingraviert sind, die Worte, die Ramses der Große wählte, um seiner Liebe zu seiner Frau Ausdruck zu verleihen:

Nefertari, um deretwillen die Sonne scheint

Meine Tochter Nefertari ist der einzige Schatz, den ich aus Ägypten mitgebracht habe. Und ich habe wahnsinnige Angst, sie zu verlieren.

Tari gleicht mir so sehr. Es ist, als ob ich mir selbst beim Schlafen zusähe. Mit zehn Jahren konnte sie bereits Hieroglyphen lesen. Mit zwölf konnte sie sämtliche Dynastien bis hin zu den Ptolemäern aufsagen. Jedes Wochenende zog es sie ins Anthropologische Museum. Sie ist in jeder Hinsicht eine Kopie von mir, und in all den Jahren habe ich noch keine offenkundigen Spuren ihres Vaters in ihrem Gesicht oder ihrer Stimme entdecken können – oder auch, was das Allerwichtigste ist, in ihrer Seele. Sie ist meine Tochter, mein Kind und niemandes sonst, frei vom Makel des Bösen, das sie gezeugt hat.

Aber sie ist auch eine normale Vierzehnjährige, und das ist in den vergangenen Wochen immer wieder ein Quell der Frustration für mich gewesen, je deutlicher ich spüre, wie das Dunkel um uns näher rückt, je öfter ich nachts wach liege und auf die Schritte eines Monsters lausche. Meine Tochter ahnt nichts von der Gefahr, weil ich ihr die Wahrheit vorenthalten habe. Ich will, dass sie zu einer starken, furchtlosen Frau heranwächst, einer Kriegerin, die sich nicht vor Schatten fürchtet. Sie versteht nicht, warum ich mitten in der Nacht durchs Haus schleiche, warum ich die Fenster verriegele und jedes Türschloss zweimal kontrolliere. Sie glaubt, dass ich mir übertriebene Sorgen mache, und es stimmt: Ich mache mir Sorgen für zwei, um die Illusion aufrechtzuerhalten, dass alles in bester Ordnung sei.

Und das glaubt Tari auch. Sie mag San Diego, und sie freut sich auf ihr erstes Highschool-Jahr. Sie hat hier Freunde gefunden, und wehe der Mutter, die versucht, einen Teenager von seinen Freunden zu trennen. Sie ist genauso eigensinnig wie ich, und wenn sie sich nicht so sträuben würde, hätten wir die Stadt schon vor Wochen verlassen.

Ein Windstoß weht zum Fenster herein und kühlt den Schweiß auf meiner Haut.

Ich lege die Waffe auf dem Nachttisch ab und gehe zum Fenster, um es zu schließen. Einen Moment halte ich noch inne und atme die kühle Luft ein. Draußen ist die Nacht jetzt vollkommen still, nur das Sirren eines Moskitos ist zu hören. Da spüre ich ein Pieksen in der Wange. Erst als ich den Arm hebe, um das Fenster herunterzuziehen, wird mir klar, was dieser Moskitostich bedeutet. Und ich spüre den eisigen Hauch der Panik im Nacken.

Es ist kein Fliegengitter vor dem Fenster. *Wo ist das Fliegengitter?*

Da erst spüre ich die Nähe des Bösen. Während meine zärtlichen Blicke auf meiner Tochter ruhten, ruhte *sein* Blick auf mir. Es hat uns die ganze Zeit beobachtet, auf den richtigen Augenblick gewartet, auf die Gelegenheit zum Sprung. Jetzt hat es uns gefunden.

Ich drehe mich um und blicke dem Bösen ins Gesicht.

2

Dr. Maura Isles wusste nicht, ob sie bleiben oder flüchten sollte.

Sie blieb im Halbdunkel des Parkplatzes vor dem Pilgrim Hospital stehen, in sicherer Entfernung von den grellen Scheinwerfern und dem Kreis aus Fernsehkameras. Sie legte keinen Wert darauf, gesehen zu werden, und die meisten der Lokalreporter würden die Frau mit der auffallenden Erscheinung wiedererkennen, deren blasser Teint und streng geschnittenes schwarzes Haar ihr den Spitznamen »Königin der Toten« eingebracht hatten. Noch hatte niemand Mauras Eintreffen bemerkt, und nicht eine einzige Kamera war auf sie gerichtet. Stattdessen war die Aufmerksamkeit der rund ein Dutzend Reporter voll und ganz auf einen weißen Lieferwagen konzentriert, der soeben vor dem Krankenhauseingang vorgefahren war, um seinen berühmten Fahrgast abzuliefern. Die Hintertüren des Transporters wurden aufgestoßen, und ein Blitzlichtgewitter erhellte die Nacht, als die prominente Patientin behutsam aus dem Wagen gehoben und auf eine Rolltrage gelegt wurde. Diese Patientin war ein Medienstar, dessen plötzlicher Ruhm den einer einfachen Rechtsmedizinerin weit überstrahlte. Heute Abend war Maura lediglich ein Teil des ehrfürchtig staunenden Publikums, angezogen von derselben Attraktion, die auch für den Aufmarsch der Reporter verantwortlich war. Wie hysterische Groupies drängten sie sich an diesem warmen Sonntagabend vor dem Krankenhauseingang.

Alle konnten sie es kaum erwarten, einen Blick auf Madam X zu erhaschen.

Maura hatte schon oft mit Reportern zu tun gehabt, doch die fanatische Gier dieses Haufens erschreckte sie. Sie wusste, wie schnell ein neues Opfer, das sich in ihr Blickfeld verirrte, die Aufmerksamkeit der Meute auf sich ziehen konnte, und heute Abend fühlte sie sich ohnehin schon schutzlos und emotional angeschlagen. Sie spielte mit dem Gedanken, dem Gedränge zu entfliehen und wieder in ihren Wagen zu steigen. Doch alles, was sie stattdessen erwartete, waren ein stilles Haus und vielleicht ein paar Gläser Wein zu viel, die ihr Gesellschaft zu leisten hatten, wenn Daniel Brophy es nicht konnte. Und in letzter Zeit gab es viel zu viele solcher Abende. Aber das war es nun einmal, was sie sich eingehandelt hatte, als sie sich in ihn verliebte. Das Herz trifft seine Entscheidungen, ohne die Konsequenzen abzuwägen. Es schaut nicht voraus zu den einsamen Nächten, die unweigerlich folgen.

Die Rolltrage mit Madam X wurde ins Krankenhaus geschoben, und das Wolfsrudel der Reporter jagte ihr nach. Durch die Glastür sah Maura die hell erleuchtete Eingangshalle und die erregten Gesichter, während sie allein draußen auf dem Parkplatz stand.

Sie folgte der Entourage in das Gebäude.

Die Trage rollte durch die Eingangshalle, verfolgt von den verblüfften Blicken der Besucher, vorbei an aufgeregten Schwestern und Pflegern, die mit ihren Fotohandys auf der Lauer lagen, um sich einen Schnappschuss zu sichern. Die Parade zog weiter und bog in den Flur ein, der zur Bilddiagnostik führte. Aber an der nächsten Zwischentür wurde nur die Rolltrage durchgelassen. Ein Krawattenträger von der Krankenhausverwaltung trat vor und versperrte den Reportern den Weg.

»An dieser Stelle müssen Sie leider umkehren«, sagte er. »Ich weiß, Sie würden alle zu gerne dabei sein, aber der Raum ist sehr klein.« Er hob die Hände, um das enttäuschte Gemurmel zum Verstummen zu bringen. »Mein Name ist Phil Lord. Ich bin der Öffentlichkeitsreferent des Pilgrim Hospital, und wir freuen uns sehr, an dieser Untersuchung mitwirken zu dürfen. Eine Patientin wie Madam X wird schließlich nur alle – nun, sagen wir alle zweitausend Jahre eingeliefert.« Er lächelte, als ihm die erwartete Heiterkeit entgegenschlug. »Das CT wird nicht lange dauern; wenn Sie sich also ein wenig gedulden möchten, wird einer der Archäologen gleich im Anschluss herauskommen und die Ergebnisse bekannt geben.« Er wandte sich zu einem blassen Mann von ungefähr vierzig Jahren um, der sich in eine Ecke zurückgezogen hatte, als hoffte er, dort nicht bemerkt zu werden. »Dr. Robinson, möchten Sie vielleicht ein paar Worte sagen, bevor wir loslegen?«

Zu dieser Menge zu sprechen, war ganz offensichtlich das Letzte, wonach dem bebrillten Mann der Sinn stand, doch er holte tief Luft und trat tapfer ein paar Schritte vor, wobei er seine Brille hochschob, die ihm auf die Nasenspitze gerutscht war. Dieser Archäologe hatte so gar nichts von einem Indiana Jones an sich. Mit seiner hohen Stirn und seinem verkniffenen Silberblick wirkte er eher wie ein Buchhalter, der gegen seinen Willen ins Rampenlicht gezerrt wurde. »Mein Name ist Dr. Nicholas Robinson«, begann er. »Ich bin Kurator am…«

»Könnten Sie etwas lauter sprechen, Dr. Robinson?«, rief einer der Reporter.

»Oh, Verzeihung.« Dr. Robinson räusperte sich. »Ich bin Kurator am Crispin Museum hier in Boston. Wir sind unendlich dankbar, dass das Pilgrim Hospital uns so bereitwillig angeboten hat, die Computertomographie von Madam X hier durchzuführen. Dies ist eine ganz außergewöhnliche Gelegenheit, einen gründlichen Einblick in die Vergangenheit zu gewinnen, und wenn ich diesen Andrang hier sehe, kann ich nur annehmen, dass Sie alle ebenso aufgeregt sind wie wir. Meine Kollegin Dr. Josephine Pulcillo, die Ägyptologin ist, wird herauskommen und zu Ihnen sprechen, wenn das CT abgeschlossen ist. Sie wird dann die Resultate bekannt geben und Ihre Fragen beantworten.«

»Wann wird Madam X öffentlich ausgestellt?«, rief ein Reporter.

»Noch in dieser Woche, denke ich«, antwortete Robinson. »Der neue Ausstellungsbereich ist schon fertig, und…«

»Irgendwelche Hinweise auf ihre Identität?«

»Warum ist sie bisher nicht ausgestellt worden?«

»Könnte es sich um ein Mitglied der Königsfamilie handeln?«

»Ich weiß es nicht«, erwiderte Robinson und blinzelte heftig unter dem Sperrfeuer von Fragen. »Zuerst einmal müssen wir klären, ob es sich tatsächlich um eine weibliche Mumie handelt.«

»Sie haben sie vor einem halben Jahr gefunden, und Sie kennen noch immer nicht ihr Geschlecht?«

»Diese Untersuchungen sind sehr zeitaufwendig.«

»Ein Blick sollte doch wohl genügen«, meinte ein Reporter, und die Menge lachte.

»Es ist nicht so einfach, wie Sie glauben«, sagte Robinson, dem die Brille schon wieder auf die Nasenspitze gerutscht war. »So eine zweitausend Jahre alte Mumie ist extrem fragil und muss mit großer Behutsamkeit gehandhabt werden. Ich fand es schon nervenaufreibend genug, sie heute Abend in diesem Lieferwagen hierherzutransportieren. Für uns als Museum hat die Konservierung der Exponate höchste Priorität. Ich betrachte mich als ihren Hüter, und es ist meine Pflicht, sie zu beschützen. Deswegen haben wir uns ausreichend Zeit genommen, dieses CT mit dem Krankenhaus abzustimmen. Wir arbeiten langsam, aber dafür sehr sorgfältig.«

»Was hoffen Sie durch das heutige CT herauszufinden, Dr. Robinson?«

Plötzlich strahlte Robinsons Gesicht vor Eifer. »Herausfinden? Nun, alles! Ihr Alter, ihren Gesundheitszustand. Die Methode ihrer Konservierung. Wenn wir Glück haben, können wir sogar ihre Todesursache ermitteln.«

»Ist das der Grund, weshalb die Leiterin der Rechtsmedizin auch hier ist?«

Die ganze Schar wandte sich wie eine vieläugige Kreatur zu Maura um, die sich ganz im Hintergrund gehalten hatte, und starrte sie an. Sie verspürte den wohlbekannten Wunsch, sich in irgendein Loch zu verkriechen, als die Fernsehkameras zu ihr herumschwenkten.

»Dr. Isles«, rief ein Reporter, »sind Sie hier, um eine Diagnose zu stellen?«

»Wieso ist das Rechtsmedizinische Institut überhaupt involviert?«, fragte ein anderer.

Die letzte Frage verlangte eine umgehende Antwort, ehe die Presse die Fakten völlig verdrehen konnte.

Mit fester Stimme sagte Maura: »Das Rechtsmedizinische Institut ist nicht involviert. Es bezahlt mich auf jeden Fall nicht dafür, dass ich heute Abend hier bin.«

»Aber Sie *sind* hier«, bemerkte der blonde Frauenschwarm von Channel 5, den Maura noch nie gemocht hatte.

»Auf Einladung des Crispin Museums. Dr. Robinson fand, es könnte nützlich sein, auch die Ansicht einer Rechtsmedizinerin zu dem Fall zu hören. Also rief er mich letzte Woche an, um zu fragen, ob ich Interesse hätte, bei dem CT dabei zu sein. Glauben Sie mir, kein Rechtsmediziner würde sich eine solche Gelegenheit entgehen lassen. Ich bin genauso fasziniert von Madam X wie Sie, und ich kann es kaum erwarten, ihre Bekanntschaft zu machen.« Sie warf dem Kurator einen vielsagenden Blick zu. »Wird es nicht allmählich Zeit, dass wir anfangen, Dr. Robinson?«

Sie hatte ihm gerade eine Rettungsleine zugeworfen, und er ergriff sie sofort. »Ja. Ja, es wird Zeit. Wenn Sie bitte mitkommen würden, Dr. Isles.«

Sie bahnte sich einen Weg durch die Menge und folgte ihm in die Abteilung Bilddiagnostik. Als die Tür hinter ihnen zufiel und sie die Presse endlich los waren, stieß Robinson einen tiefen Seufzer aus.

»Mein Gott, ich bin fürchterlich, wenn es darum geht, vor Leuten zu reden«, sagte er. »Danke, dass Sie dem Elend ein Ende gemacht haben.«

»Ich habe Übung darin. Viel zu viel eigentlich.«

Sie gaben sich die Hand, und er sagte: »Es freut mich, Sie endlich kennenzulernen, Dr. Isles. Mr. Crispin wollte auch Ihre Bekanntschaft machen, aber er hatte vor ein paar Monaten eine Hüftoperation, und er kann immer noch nicht längere Zeit stehen. Er hat mich gebeten, Ihnen Grüße auszurichten.«

»Als Sie mich fragten, ob ich dabei sein möchte, haben Sie mir verschwiegen, dass ich mich durch diese Meute würde kämpfen müssen.«

»Die Presse?« Robinsons Miene war gequält. »Das ist ein notwendiges Übel.«

»Notwendig für wen?«

»Für unser Überleben als Museum. Seit dem Artikel über Madam X sind unsere Besucherzahlen steil in die Höhe geschnellt. Und dabei haben wir sie ja noch gar nicht ausgestellt.«

Robinson führte sie durch ein Labyrinth von Gängen. An

diesem Sonntagabend war es in der Abteilung für Bilddiagnostik sehr ruhig, und die Räume, an denen sie vorbeikamen, waren dunkel und leer.

»Es dürfte ein bisschen eng werden da drin«, erklärte Robinson. »Selbst für eine kleine Gruppe ist in dem Raum
kaum Platz.«

»Wer ist noch alles dabei?«

»Meine Kollegin Josephine Pulcillo, der Radiologe Dr.
Brier und ein CT-Assistent. Ach ja, und ein Kamerateam ist
auch da.«

»Haben Sie die engagiert?«

»Nein. Die sind vom Discovery Channel.«

Sie lachte verblüfft. »Also, jetzt bin ich aber *wirklich* beeindruckt.«

»Es bedeutet allerdings, dass wir aufpassen müssen, was
wir sagen.« Er blieb vor der Tür mit der Aufschrift *CT* stehen und sagte leise: »Ich glaube, sie filmen schon.«

Sie schlüpften unauffällig in den CT-Kontrollraum, wo das
Kamerateam in der Tat schon aufzeichnete, während Dr.
Brier die Technologie erläuterte, die sie anwenden würden.

»*CT* ist die Abkürzung für ›Computertomographie‹. Unser Gerät schießt aus Tausenden von verschiedenen Blick-
winkeln Röntgenstrahlen auf den Patienten oder die Patientin ab. Anschließend verarbeitet der Computer diese
Informationen und erzeugt ein dreidimensionales Bild der
inneren Anatomie. Sie werden es auf diesem Monitor
sehen können. Es wird aussehen wie eine Serie von Quer-
schnitten – so, als hätten wir den Körper in lauter dünne
Scheiben zerlegt.«

Während die Kameras und Mikrofone weiter aufnahmen,
trat Maura an das Sichtfenster. Und durch die Scheibe erblickte sie Madam X zum ersten Mal.

In der ganz eigenen Welt der Museen waren ägyptische

Mumien die unumstrittenen Superstars. Ihre Vitrinen waren es, um die sich in aller Regel die Schulkinder drängten, wo sie sich die Nasen am Glas platt drückten, fasziniert vom seltenen Anblick des Todes. In der modernen Welt bekam man nicht allzu oft eine echte menschliche Leiche zu Gesicht, und wenn, dann nur in der akzeptablen Form einer Mumie. Alle liebten Mumien, und Maura bildete da keine Ausnahme. Gebannt starrte sie durch die Scheibe, dabei war da lediglich ein Bündel mit den Konturen eines menschlichen Körpers zu sehen, das in einer offenen Kiste lag, jeder Zentimeter Haut unter uralten Leinenbinden verborgen. Auf dem Gesicht ruhte eine Maske aus Kartonage – das gemalte Gesicht einer Frau mit ausdrucksvollen dunklen Augen.

Aber dann zog eine andere Frau im CT-Raum Mauras Aufmerksamkeit auf sich. Mit Baumwollhandschuhen an den Händen beugte die junge Frau sich über die Kiste, um das Verpackungsmaterial aus Schaumstoff herauszunehmen, mit dem die Mumie gepolstert war. Schwarze Ringellocken fielen ihr ins Gesicht. Sie richtete sich auf und strich sich das Haar nach hinten, und jetzt konnte Maura ihre Augen sehen – ebenso dunkel und faszinierend wie die gemalten Augen der Maske. Ihre mediterranen Züge wären in einem ägyptischen Tempelgemälde nicht weiter aufgefallen, doch ihre Kleidung war absolut modern: eine hautenge Jeans und ein Live-Aid-T-Shirt.

»Sie ist wunderschön, nicht wahr?«, murmelte Dr. Robinson. Er war neben Maura getreten, und im ersten Moment war sie sich nicht sicher, ob er Madam X oder die junge Frau meinte. »Sie scheint in einem ausgezeichneten Zustand zu sein. Ich hoffe nur, dass der Körper selbst ebenso gut erhalten ist wie diese Leinenbinden, in die sie gehüllt ist.«

»Was glauben Sie, wie alt sie ist? Können Sie eine Schätzung wagen?«

»Wir haben eine Probe der äußeren Hülle ins Labor ge-schickt für eine C14-Analyse. Das hat unser Budget so ziem-lich gesprengt, aber Josephine hat darauf bestanden. Das Material wurde auf das zweite Jahrhundert vor Christus da-tiert.«

»Das ist die Ptolemäische Periode, nicht wahr?«

Er lächelte erfreut. »Sie kennen sich aber aus mit den ägyptischen Dynastien.«

»Ich hatte Anthropologie als zweites Hauptfach, aber ich fürchte, bis auf das und die Kultur der Yanomami habe ich alles wieder vergessen.«

»Ich bin dennoch beeindruckt.«

Sie starrte den eingehüllten Leichnam an und machte sich staunend bewusst, dass das, was da in dieser Holzkiste lag, über zweitausend Jahre alt war. Welch eine Reise diese Mumie hinter sich hatte: über den Ozean, über die Jahrtau-sende hinweg, und das alles, um nun auf einem CT-Tisch in einem Bostoner Krankenhaus zu liegen, begafft von neugie-rigen Augen. »Werden Sie sie für das CT in der Kiste las-sen?«, fragte sie.

»Wir wollen sie so wenig wie möglich bewegen. Die Kiste wird nicht weiter stören. Wir werden trotzdem genug von dem sehen, was unter dem Leinen verborgen ist.«

»Sie haben also nicht einmal einen klitzekleinen Blick riskiert?«

»Sie meinen, ob ich sie *ausgewickelt* habe?« Seine sanften Augen weiteten sich vor Entsetzen. »Um Gottes willen, nein. Vor hundert Jahren hätten Archäologen so etwas viel-leicht gemacht, und genau dadurch haben sie auch so viele Exemplare beschädigt. Unter diesen Leinenbinden befinden sich wahrscheinlich mehrere Schichten Harz, deshalb kann man sie nicht einfach so abziehen. Möglicherweise muss man die Hülle schichtweise abtragen. Es ist nicht nur zerstörerisch, es ist auch respektlos. Ich würde so etwas nie tun.« Sein Blick ging zu der jungen Frau auf der anderen Seite des Fensters. »Und Josephine würde mich umbringen, wenn ich es täte.«

»Ist das Ihre Kollegin?«

»Ja. Dr. Pulcillo.«

»Sie sieht aus, als wäre sie gerade mal sechzehn.«

»Nicht wahr? Aber sie ist blitzgescheit. Sie war es, die dieses CT arrangiert hat. Die Anwälte des Krankenhauses haben versucht, es zu verhindern, aber Josephine hat es gegen alle Widerstände durchgesetzt.«

»Was hatten die Anwälte denn dagegen einzuwenden?«

»Ob Sie's glauben oder nicht, es ging darum, dass diese Patientin dem Krankenhaus keine schriftliche Einverständniserklärung geben konnte.«

Maura lachte ungläubig. »Sie wollten eine Einverständniserklärung von einer *Mumie*?«

»Für einen Anwalt muss immer alles bis aufs i-Tüpfelchen korrekt sein. Auch wenn die Patientin schon ein paar tausend Jahre tot ist.«

Dr. Pulcillo hatte inzwischen das ganze Verpackungsmaterial entfernt. Nun trat sie zu den anderen in den Kontrollraum und schloss die Verbindungstür. Die Mumie lag jetzt ungeschützt in der offenen Kiste und erwartete die erste Ladung Röntgenstrahlen.

»Dr. Robinson?«, sagte der CT-Assistent, die Finger schon eingabebereit über der Computertastatur, »wir müssen noch die vorgeschriebenen Patienteninformationen eintragen, ehe wir das CT starten können. Was soll ich als Geburtsdatum angeben?«

Der Kurator runzelte die Stirn. »Ach du liebe Zeit. Brauchen Sie wirklich ein Geburtsdatum?«

»Ich kann das CT erst starten, wenn ich dieses Formular

ausgefüllt habe. Ich habe es schon mit dem Jahr null versucht, aber das hat der Computer nicht angenommen.«

»Warum nehmen wir nicht das Datum von gestern? Machen wir sie einfach einen Tag alt.«

»Okay. Jetzt will das Programm das Geschlecht wissen. Männlich, weiblich oder ›Sonstige‹?«

Robinson blinzelte. »Es gibt eine Kategorie für ›Sonstige‹?«

Der Assistent grinste. »Ich hatte noch nie das Vergnügen, dieses Kästchen anzuklicken.«

»Nun, dann nehmen wir es eben heute Abend. Auf der Maske ist das Gesicht einer Frau zu sehen, aber man kann nie wissen. Ohne CT können wir keine eindeutige Aussage über das Geschlecht machen.«

»Okay«, sagte Dr. Brier, der Radiologe. »Wir wären dann so weit.«

Dr. Robinson nickte. »Fangen wir an.«

Sie scharten sich um den Computerbildschirm und warteten darauf, dass die ersten Bilder auftauchten. Durch das Sichtfenster konnten sie beobachten, wie Madam X' Kopf langsam in der Röhre verschwand, wo er aus verschiedenen Richtungen mit Röntgenstrahlen bombardiert wurde. Die Computertomographie war zwar keine neue medizintechnische Methode, aber ihre Verwendung bei archäologischen Untersuchungen war noch eine recht junge Entwicklung. Keiner der Anwesenden hatte je mit eigenen Augen das Computertomogramm einer Mumie beobachtet, und als sie sich nun alle um den Monitor drängten, war Maura sich bewusst, dass die Fernsehkamera auf ihre Gesichter gerichtet war und jede ihrer Reaktionen festhalten würde. Nicholas Robinson stand direkt neben ihr; er wippte auf den Fußballen vor und zurück und strahlte eine nervöse Energie aus, die alle im Raum ansteckte. Maura selbst spürte, wie ihr

Puls sich beschleunigte, als sie den Hals reckte, um besser sehen zu können. Das erste Bild, das auf dem Monitor erschien, wurde mit ungeduldigen Seufzern kommentiert.

»Das ist nur der Rand der Kiste«, sagte Dr. Brier.

Maura musterte Robinson von der Seite und sah, dass er die Lippen zu einem dünnen Strich zusammengepresst hatte. Würde sich Madam X nur als bloßes Bündel von Lumpen entpuppen, als leere Hülle? Dr. Pulcillo stand neben ihm; sie wirkte nicht minder angespannt und umklammerte die Rückenlehne des Stuhls, auf dem der Radiologe saß, während sie ihm über die Schulter starrte und gebannt darauf wartete, dass etwas eindeutig Menschenähnliches erschien – irgendeine Bestätigung, dass sich unter diesen Leinenbinden ein Leichnam verbarg.

Das nächste Bild änderte alles. Es war eine verblüffend helle Scheibe, und als sie auf dem Monitor auftauchte, hielten alle im Raum simultan die Luft an.

Knochen.

»Das ist das Schädeldach«, sagte Dr. Brier. »Glückwunsch – es ist definitiv jemand zu Hause.«

Robinson und Pulcillo klopften einander begeistert auf die Schultern. »Genau darauf haben wir gewartet«, sagte er.

Pulcillo strahlte. »Jetzt können wir sie endlich ausstellen.«

»Mumien!« Robinson warf den Kopf in den Nacken und lachte. »Alle lieben Mumien!«

Auf dem Monitor erschienen bereits die nächsten Querschnitte, und sofort starrte alles wieder gebannt auf die Bilder des Schädels. Jetzt war zu erkennen, dass er nicht mit Gehirnmasse angefüllt war, sondern mit einem verschlungenen Gewirr, das an ein Knäuel Würmer erinnerte.

»Das sind Leinenstreifen«, murmelte Dr. Pulcillo mit

ehrfürchtigem Staunen, als sei dieser Anblick das Schönste, was sie je gesehen hatte.

»Da ist keine Gehirnmasse zu erkennen«, bemerkte der CT-Assistent.

»Richtig, das Gehirn wurde gewöhnlich entfernt.«

»Stimmt es, dass die alten Ägypter der Mumie einen Haken durch die Nase geschoben und das Gehirn auf diese Weise herausgerissen haben?«, fragte der Assistent.

»Fast. Herausreißen kann man das Gehirn eigentlich nicht, dafür ist es zu weich. Sie haben vermutlich ein Instrument benutzt, mit dem das Gehirn so lange verquirlt wurde, bis es flüssig war. Dann wurde der Leichnam mit dem Kopf nach unten gekippt, sodass das Gehirn durch die Nase herauslaufen konnte.«

»O Mann, das ist ja abartig«, sagte der Assistent. Doch er hing gebannt an Pulcillos Lippen.

»Der Schädel blieb dann entweder leer, oder er wurde mit Leinenstreifen ausgestopft, wie Sie es hier sehen. Und mit Weihrauch.«

»Was ist eigentlich Weihrauch genau? Das hab ich mich schon immer gefragt.«

»Ein aromatisches Harz. Es stammt von einem ganz bestimmten Baum, der in Afrika wächst. In der Antike wurde es hoch geschätzt.«

»Deswegen hat also einer der drei Weisen Weihrauch nach Bethlehem mitgebracht.«

Dr. Pulcillo nickte. »Das war damals sicherlich ein kostbares Geschenk.«

»Okay«, sagte Dr. Brier, »wir sehen jetzt die Region unterhalb der Augenhöhlen. Da können Sie den Oberkiefer erkennen, und …« Er hielt inne und betrachtete stirnrunzelnd eine Verdichtung, die unerwartet aufgetaucht war.

»Du lieber Himmel!«, murmelte Robinson.

»Es ist etwas Metallisches«, erklärte Dr. Brier. »Und es befindet sich in der Mundhöhle.«

»Es könnte sich um Blattgold handeln«, sagte Pulcillo. »In der griechisch-römischen Epoche wurden bisweilen Zungen aus Blattgold in den Mund der Mumie gelegt.«

Robinson wandte sich der Fernsehkamera zu, die jede ihrer Bemerkungen aufzeichnete. »Wie es aussieht, befindet sich in der Mundhöhle ein metallischer Gegenstand. Das würde zu der vermuteten Datierung auf die griechisch-römische Periode passen ...«

»Was ist *das* denn nun wieder?«, rief Dr. Brier.

Mauras Blick schnellte zum Monitor zurück. Im Unterkiefer der Mumie war ein helles, sternförmiges Objekt aufgetaucht – ein Anblick, der Maura die Sprache verschlug, weil so etwas in einer zweitausend Jahre alten Mumie mit Sicherheit nichts verloren hatte. Sie beugte sich weiter vor und fixierte jenes Detail, das bei einer frischen Leiche auf dem Seziertisch wohl kaum einen Kommentar wert gewesen wäre. »Ich weiß, dass das unmöglich ist«, sagte Maura leise, »aber wissen Sie, wonach das aussieht?«

Der Radiologe nickte. »Es scheint sich um eine Zahnfüllung zu handeln.«

Maura wandte sich an Dr. Robinson, der ebenso bestürzt schien wie alle anderen im Raum. »Ist so etwas irgendwann schon einmal bei einer ägyptischen Mumie beschrieben worden?«, fragte sie. »Zahnreparaturen aus antiker Zeit, die mit modernen Füllungen verwechselt werden könnten?«

Er schüttelte den Kopf, die Augen vor Staunen weit aufgerissen. »Nein, aber das heißt nicht, dass die Ägypter zu so etwas nicht in der Lage gewesen wären. Ihre Medizin war die fortschrittlichste der antiken Welt.« Er sah seine Kollegin an. »Josephine, was kannst du uns darüber sagen? Das ist doch dein Gebiet.«

Dr. Pulcillo tat sich sichtlich schwer, die Frage zu beantworten. »Es… es gibt medizinische Papyri aus dem Alten Reich«, sagte sie. »Darin wird beschrieben, wie man lose Zähne fixiert und Brücken anfertigt. Und es gab einen Heilkundigen, der berühmt war für die künstlichen Zähne, die er anfertigte. Wir wissen also, dass sie auf dem Gebiet der Zahnheilkunde sehr erfinderisch waren. Sie waren ihrer Zeit weit voraus.«

»Aber haben sie jemals *solche* Reparaturen durchgeführt?«, fragte Maura und deutete auf den Bildschirm.

Dr. Pulcillo richtete ihren verstörten Blick wieder auf das Röntgenbild. »Wenn ja«, antwortete sie leise, »dann ist es mir noch nicht untergekommen.«

Auf dem Monitor erschienen neue Bilder, alles Grau in Grau, der Körper in Scheiben zerlegt wie mit einem Brotmesser. Aus allen Richtungen mit Röntgenstrahlen beschossen und einer massiven Strahlungsdosis ausgesetzt, plagten diese Patientin weder Angst vor Krebs noch Sorgen wegen Nebenwirkungen. Wohl kaum eine lebende Patientin hätte das Röntgenbombardement so geduldig über sich ergehen lassen.

Robinson war sichtlich erschüttert von den Bildern, die sie gesehen hatten – er beugte sich angespannt vor und hielt konzentriert Ausschau nach der nächsten Überraschung. Die ersten Thorax-Querschnitte erschienen und ließen die schwarze, leere Brusthöhle erkennen.

»Offenbar wurde die Lunge entfernt«, bemerkte der Radiologe. »Alles, was ich sehen kann, ist ein verschrumpelter Fetzen vom Mittelfell im Brustraum.«

»Das ist das Herz«, korrigierte Pulcillo, deren Stimme wieder fester klang. Das hier war nun wieder etwas, womit sie gerechnet hatte. »Man hat immer versucht, es an Ort und Stelle zu belassen.«

»Nur das Herz?«

Sie nickte. »Es galt als Sitz des Verstandes, weshalb man es nie vom restlichen Körper trennte. Im *Ägyptischen Totenbuch* gibt es allein drei verschiedene Zaubersprüche, die dafür sorgen sollen, dass das Herz an seinem Platz bleibt.«

»Und die anderen Organe?«, fragte der CT-Assistent. »Ich habe gehört, dass die in spezielle Krüge gelegt wurden.«

»Das war vor der 21. Dynastie. Etwa von tausend vor Christus an wurden die Organe in vier Bündel gepackt und wieder in den Leichnam gelegt.«

»Das müssten wir also hier sehen können.«

»Wenn es sich um eine Mumie aus der Ptolemäerzeit handelt, ja.«

»Ich glaube, ich kann eine begründete Vermutung wagen, was ihr Alter zum Zeitpunkt des Todes betrifft«, sagte der Radiologe. »Die Weisheitszähne sind vollständig durchgebrochen, und die Schädelnähte sind geschlossen. Aber ich sehe keine degenerativen Veränderungen an der Wirbelsäule.«

»Eine junge Erwachsene«, sagte Maura.

»Wahrscheinlich unter fünfunddreißig.«

»In der Zeit, in der sie lebte, war fünfunddreißig schon ein sehr reifes Alter«, meinte Robinson.

Das CT war jetzt unterhalb des Brustkorbs angelangt, und die Röntgenstrahlen, die durch die Leinenbinden, durch die ausgetrocknete Hülle von Haut und Knochen drangen, machten die Bauchhöhle sichtbar. Was Maura darin erblickte, war ihr auf unheimliche Weise fremd; es kam ihr vor, als wohnte sie der Obduktion eines Aliens bei. Wo sie Leber und Milz, Magen und Bauchspeicheldrüse erwartet hätte, sah sie stattdessen ineinander verschlungene Leinenstreifen; eine innere Landschaft, der alle normalen Orientierungspunkte fehlten. Nur die hellen Wülste der Wirbelknochen verrieten ihr, dass es sich um einen menschlichen Körper handelte, einen Körper, den man bis auf die äußere Hülle ausgeweidet und anschließend wie eine Stoffpuppe ausgestopft hatte.

Die Anatomie einer Mumie mochte für Maura Neuland sein, doch sowohl Robinson als auch Pulcillo waren hier in ihrem Element. Während immer neue Bilder auftauchten, beugten sie sich vor und wiesen die anderen auf die Details hin, die sie erkannten.

»Da«, sagte Robinson. »Das sind die vier Leinenpäckchen mit den Organen«

»Okay, wir haben jetzt das Becken erreicht«, sagte Dr. Brier. Er deutete auf zwei bleiche Bögen – die oberen Ränder des Beckenkamms.

Scheibe für Scheibe nahm das Becken Gestalt an, während der Computer die zahllosen Röntgenaufnahmen zusammentrug und wiedergab. Es war wie ein digitaler Striptease, und jedes neue Bild bot aufregende neue Einblicke.

»Sehen Sie sich die Form des Beckeneingangs an«, sagte Dr. Brier.

»Es ist eine Frau«, stellte Maura fest.

Der Radiologe nickte. »Ich würde sagen, der Befund ist ziemlich eindeutig.« Er sah die beiden Archäologen an und grinste. »Sie können sie jetzt offiziell ›Madam X‹ nennen.«

»Und sehen Sie sich die Schambeinfuge an«, fuhr Maura fort, die immer noch den Monitor fixierte. »Sie ist nicht geöffnet.«

Brier nickte. »Das sehe ich auch so.«

»Was bedeutet das?«, fragte Robinson.

Maura erklärte es ihm. »Wenn bei der Entbindung das Kind den Beckeneingang passiert, können die Knochen an der Symphyse, also dort, wo sie aufeinandertreffen, regelrecht auseinandergedrückt werden. Diese Frau hat anscheinend nie ein Kind geboren.«

Der CT-Assistent lachte. »Höchstens ein Leinenbündel, wie?«

Der Detektor war jetzt über das Becken hinaus weitergerückt, und sie sahen Querschnitte der beiden Oberschenkelknochen, umhüllt von den eingeschrumpften Beinmuskeln.

»Nick, wir müssen Simon anrufen«, sagte Pulcillo. »Er wartet wahrscheinlich direkt neben dem Telefon.«

»Oje, das hatte ich völlig vergessen.« Robinson zog sein Handy aus der Tasche und rief seinen Chef an. »Simon, raten Sie mal, was ich mir gerade anschaue? – Ja, sie ist einfach hinreißend. Und außerdem sind wir noch auf ein paar Überraschungen gestoßen; die Pressekonferenz dürfte also ...« Plötzlich verstummte er, den Blick starr auf den Monitor gerichtet.

»Was zum Teufel ist *das*?«, platzte der Assistent heraus.

Das Bild, das da gerade über den Monitor flimmerte, war so unerwartet, dass es schlagartig totenstill im Raum wurde. Hätte eine lebende Patientin auf dem CT-Tisch gelegen, Maura hätte keine Mühe gehabt, den kleinen metallischen Gegenstand zu identifizieren, der in die Wade eingebettet war – ein Objekt, das den schlanken Schaft des Wadenbeins zerschmettert hatte. Aber dieses Stück Metall hatte in Madam X' Bein nichts verloren.

Ein Projektil gehörte nicht in Madam X' Jahrtausend.

»Ist das wirklich das, wofür ich es halte?«, fragte der Assistent.

Robinson schüttelte den Kopf. »Es muss eine postmortale Verletzung sein. Was könnte es sonst sein?«

»Zweitausend *Jahre* nach dem Tod?«

»Ich ... ich rufe Sie später noch einmal an, Simon.« Ro-

binson beendete das Gespräch, wandte sich an den Kamera-
mann und forderte ihn auf: »Schalten Sie sie aus. Bitte,
schalten Sie sie auf der Stelle aus.« Er atmete tief durch.
»Okay. Also gut, lassen... lassen Sie uns logisch an die
Sache herangehen.« Er richtete sich auf und schien seine
Selbstsicherheit zurückzugewinnen, als ihm eine einleuch-
tende Erklärung einfiel. »Mumien wurden häufig von Sou-
venirjägern missbraucht oder beschädigt. Offensichtlich hat
irgendjemand eine Kugel auf diese Mumie abgefeuert. Und
später hat ein Konservator diesen Schaden zu beheben versucht, indem er sie neu einwickelte. Deshalb haben wir in
den Binden kein Einschussloch gesehen.«

»So hat es sich nicht zugetragen«, ließ sich Maura vernehmen.

Robinson blinzelte. »Wie meinen Sie das? Das muss doch
die Erklärung sein.«

»Diese Beinverletzung ist nicht postmortal. Sie wurde der
Frau zugefügt, als sie noch lebte.«

»Das ist unmöglich.«

»Ich fürchte, Dr. Isles hat recht«, sagte der Radiologe. Er
sah Maura an. »Sie sprechen von dem Ansatz einer Kallusbildung um die Bruchstelle herum?«

»Was bedeutet das?«, fragte Robinson. »Kallusbildung?«

»Es bedeutet, dass der gebrochene Knochen schon zu verheilen begonnen hatte, als diese Frau starb. Sie hat nach der
Verletzung noch mindestens einige Wochen gelebt.«

Maura wandte sich an den Kurator. »Woher stammt diese
Mumie?«

Robinsons Brille war ihm wieder heruntergerutscht, und
er starrte über die Gläser hinweg, als sei er von dem, was er
da im Bein der Mumie schimmern sah, hypnotisiert.

Es war Dr. Pulcillo, die die Frage beantwortete, mit einer
Stimme, die kaum mehr als ein Flüstern war. »Sie lag im

Museumskeller. Nick – Dr. Robinson hat sie im Januar entdeckt.«

»Und wie hat das Museum sie erworben?«

Pulcillo schüttelte den Kopf. »Das wissen wir nicht.«

»Es muss doch Unterlagen geben. Irgendetwas in Ihren Akten, woraus hervorgeht, woher sie stammte.«

»Über sie gibt es rein gar nichts«, sagte Robinson, der endlich seine Stimme wiedergefunden hatte. »Das Crispin Museum ist hundertdreißig Jahre alt, und viele Unterlagen fehlen. Wir haben keine Ahnung, wie lange sie im Keller gelagert war.«

»Wie haben Sie sie gefunden?«

Obwohl der Raum klimatisiert war, standen Schweißperlen auf Dr. Robinsons blassem Gesicht. »Nachdem ich vor drei Jahren meine Stelle angetreten hatte, begann ich, den Bestand zu inventarisieren. So bin ich schließlich auf sie gestoßen. Sie lag in einer nicht beschrifteten Kiste.«

»Und das hat Sie gar nicht gewundert? So etwas Seltenes wie eine ägyptische Mumie in einer unbeschrifteten Kiste zu finden?«

»Aber Mumien *sind* gar nicht so selten. Im 19. Jahrhundert konnte man sie in Ägypten für fünf Dollar das Stück kaufen, und so brachten amerikanische Touristen sie zu Hunderten als Souvenirs nach Hause. Sie tauchen immer wieder auf Dachböden oder in Antiquitätenläden auf. Ein Monstrositätenkabinett in Niagara Falls behauptet sogar, Pharao Ramses I. in seiner Sammlung gehabt zu haben. Es ist also gar nicht so überraschend, dass wir in unserem Museum auf eine Mumie gestoßen sind.«

»Dr. Isles?«, sagte der Radiologe. »Wir haben jetzt die Übersichtsaufnahme. Wenn Sie einmal einen Blick darauf werfen möchten.«

Maura sah auf den Monitor und erblickte eine konventionelle Röntgenaufnahme, ähnlich denen, die sie in ihrem eigenen Sektionssaal an den Leuchtkasten hängte. Sie brauchte keinen Radiologen, um zu deuten, was sie da sah.

»Jetzt besteht kaum noch ein Zweifel«, meinte Dr. Brier.

Nein. Es besteht nicht der geringste Zweifel. Das ist eine Kugel, die da in dem Bein steckt.

Maura zog ihr Handy aus der Tasche.

»Dr. Isles?«, fragte Robinson. »Wen wollen Sie anrufen?«

»Ich organisiere einen Transport ins Leichenschauhaus«, antwortete sie. »Madam X ist jetzt ein Fall für die Rechtsmedizin.«

3

»Bilde ich mir das nur ein«, meinte Detective Barry Frost, »oder kriegen wir beide immer die besonders bizarren Fälle ab?«

Madam X gehörte eindeutig zu den eher bizarren Fällen, dachte Detective Jane Rizzoli, als sie an den TV-Übertragungswagen vorbeifuhr und auf den Parkplatz des Rechtsmedizinischen Instituts einbog. Es war erst acht Uhr morgens, und schon kläffte die Meute der Hyänen, begierig nach Einzelheiten dieses höchst mysteriösen »Uralt-Falles« – eines Falles, den Jane mit ungläubigem Lachen quittiert hatte, als Maura sie am Abend zuvor angerufen hatte. Der Anblick der Übertragungswagen machte Jane allerdings klar, dass es Zeit wurde, die Sache ernst zu nehmen. Sie musste allmählich die Möglichkeit in Betracht ziehen, dass das Ganze doch kein raffinierter Streich war, den ihr die sonst so auffallend humorlose Rechtsmedizinerin spielte.

Sie parkte den Wagen und beäugte skeptisch die Ü-Wagen. Wie viele zusätzliche Kameras würden wohl auf sie und Frost warten, wenn sie das Gebäude wieder verließen?

»Diese Leiche dürfte wenigstens nicht allzu unangenehm riechen«, meinte Jane.

»Aber Mumien können Krankheiten übertragen.«

Jane sah ihren Partner an, dessen blasses, jungenhaftes Gesicht ernsthaft beunruhigt aussah. »Welche Krankheiten?«, fragte sie.

»Seit Alice weg ist, sehe ich ziemlich viel fern. Gestern Abend war da so eine Sendung auf dem Discovery Channel, und da ging es um Mumien, die mit solchen Sporen verseucht sind.«

»Ui, Sporen – da krieg ich ja richtig Angst!«

»Das ist kein Witz«, beharrte er. »Die können einen krank machen.«

»Mann, ich hoffe nur, dass Alice bald zurückkommt. Du leidest ja schon unter einer Überdosis Discovery Channel.«

Sie kletterten hinaus in die drückend feuchte Luft, die Janes ohnehin schon widerspenstiges dunkles Haar in einen Wust krauser Wellen verwandelte. In den vier Jahren, die sie nun beim Morddezernat arbeitete, hatte sie diesen Weg vom Parkplatz in das Gebäude der Rechtsmedizin viele Male zurückgelegt, war im Januar über das Eis geschlittert, im März durch den Regen gehastet und im August über den glühend heißen Asphalt geschlurft. Diese paar Dutzend Schritte waren ihr bestens vertraut, wie auch das makabre Ziel ihres Weges. Sie hatte geglaubt, dass dieser Gang mit der Zeit leichter werden, dass sie irgendwann immun sein würde gegen die Schrecken des Seziertischs. Doch seit der Geburt ihrer Tochter Regina vor einem Jahr jagte ihr der Gedanke an den Tod mehr Angst ein als je zuvor. Die Mutterschaft machte eine Frau nicht stärker; sie machte sie lediglich verwundbarer und erfüllte sie mit Angst um das, was der Tod ihr rauben konnte.

Doch die Leiche, die heute obduziert werden sollte, löste eher Faszination als Gruseln aus. Als Jane den Vorraum des Sektionssaals betrat, ging sie gleich nach vorn ans Sichtfenster. Sie konnte es kaum erwarten, einen Blick auf den Körper zu erhaschen, der bereits auf dem Edelstahltisch lag.

Madam X, so hatte der *Boston Globe* die Mumie getauft – ein einprägsamer Name, der Bilder einer heißblütigen Schönheit heraufbeschwor, einer dunkeläugigen Kleopatra.

Doch Jane sah nur eine ausgetrocknete, in Lumpen gewickelte Hülle.

»Sie sieht aus wie eine Frühlingsrolle mit zwei Beinen«, meinte Jane.

»Wer ist denn das Mädchen?«, fragte Frost und starrte durch die Scheibe.

Im Sektionssaal waren zwei Personen, die Jane nicht kannte. Der Mann war groß und schlaksig, mit einer Brille auf der Nase, die ihn wie einen zerstreuten Professor wirken ließ. Die junge Frau war eine zierliche Brünette, die unter ihrem Autopsiekittel Bluejeans trug. »Das müssen die Archäologen vom Museum sein. Sie sollten beide dabei sein.«

»*Die* ist Archäologin? Wow!«

Jane stieß ihm verärgert den Ellbogen in die Seite. »Da ist Alice mal ein paar Wochen verreist, und schon vergisst du, dass du verheiratet bist.«

»Es ist ja nur, weil ich nie gedacht hätte, dass eine Archäologin so scharf aussehen kann.«

Sie zogen ihre Plastiküberschuhe und Kittel an und stießen die Tür zum Obduktionssaal auf.

»Hallo, Doc«, sagte Jane. »Ist die da wirklich ein Fall für uns?«

Maura, die am Leuchtkasten stand, drehte sich zu ihnen um, und ihr Blick war wie gewöhnlich todernst. Andere Rechtsmediziner mochten am Seziertisch Witze reißen oder ironische Kommentare zum Besten geben, aber von Maura hörte man in Gegenwart der Toten selten auch nur ein Lachen. »Das werden wir gleich herausfinden.« Sie stellte ihnen die beiden Gäste vor, die Jane schon durch das Sichtfenster gesehen hatte. »Das ist Dr. Nicholas Robinson, der Kurator. Und das ist seine Kollegin Dr. Josephine Pulcillo.«

»Sie sind beide vom Cripsin Museum?«, fragte Jane.

»Und sie sind beide nicht gerade glücklich über das, was ich hier vorhabe«, sagte Maura.

»Es ist ein zerstörender Eingriff«, bestätigte Robinson. »Es muss doch möglich sein, an diese Informationen heranzukommen, ohne sie aufzuschneiden.«

»Genau deshalb wollte ich Sie ja dabeihaben, Dr. Robinson«, entgegnete Maura. »Damit Sie mir helfen, den Schaden auf ein Minimum zu begrenzen. Ich will auf keinen Fall eine kostbare Antiquität zerstören.«

»Ich dachte, das CT gestern Abend hätte eindeutig ein Projektil gezeigt«, bemerkte Jane.

»Das hier sind die Röntgenaufnahmen, die wir heute Morgen gemacht haben«, sagte Maura. »Was denkst du?«

Jane trat an den Schaukasten und studierte die aufgehängten Filme. In der rechten Wade schimmerte etwas, das eindeutig nach einem Geschoss aussah. »Tja, ich kann mir gut vorstellen, wieso du da gestern Abend ausgeflippt bist.«

»Ich bin nicht *ausgeflippt*.«

Jane lachte. »Aber so dicht dran, wie ich dich noch nie erlebt hatte.«

»Ich gebe zu, ich war verdammt schockiert, als ich es gesehen habe. Das waren wir alle.« Maura deutete auf die Knochen im rechten Unterschenkel. »Siehst du hier den Bruch im Wadenbein – er wurde vermutlich von diesem Projektil verursacht.«

»Du sagtest, es sei passiert, als sie noch am Leben war?«

»Man kann den Ansatz einer Kallusbildung erkennen. Dieser Knochen war schon im Heilungsprozess begriffen, als sie starb.«

»Aber die Leinenhüllen sind zweitausend Jahre alt«, wandte Dr. Robinson ein. »Das haben wir nachgewiesen.«

Jane betrachtete eingehend die Röntgenbilder und suchte angestrengt nach einer logischen Erklärung für das, was sie da sahen. »Vielleicht ist es ja gar kein Geschoss. Vielleicht ist es irgend so ein uraltes Metallteil. Eine Speerspitze oder so was in der Art.«

»Das ist keine Speerspitze, Jane«, sagte Maura. »Es ist ein Geschoss.«

»Dann hol es raus. Beweise es mir.«

»Und wenn ich es beweise?«

»Dann stehen wir vor einem verdammt kniffligen Rätsel, nicht wahr? Ich meine, welche denkbaren Erklärungen bieten sich denn überhaupt an?«

»Wisst ihr, was Alice gesagt hat, als ich es ihr gestern Abend am Telefon erzählt habe?«, warf Frost ein. »›Zeitreisen.‹ Das war das Erste, was ihr dazu einfiel.«

Jane lachte. »Seit wann fährt deine Alice denn auf solchen Hokuspokus ab?«

»Aber es *ist* theoretisch möglich, in die Vergangenheit zu reisen«, beharrte er. »Und zum Beispiel eine Pistole ins alte Ägypten zu schmuggeln.«

Maura fuhr ungeduldig dazwischen: »Könnten wir uns bitte auf realistische Erklärungen beschränken?«

Jane musterte stirnrunzelnd den hellen Metallklumpen, der nicht anders aussah als die vielen anderen, die sie schon auf zahllosen Röntgenbildern lebloser Gliedmaßen und zerschmetterter Schädel hatte leuchten sehen. »So eine Erklärung will mir beim besten Willen nicht einfallen«, sagte sie. »Also, warum schneidest du sie nicht einfach auf und siehst nach, was dieses Metallding eigentlich ist? Vielleicht haben die Archäologen ja doch recht. Vielleicht ziehst du einfach nur voreilige Schlüsse, Maura.«

»Als Kurator«, sagte Robinson, »habe ich die Pflicht, sie zu schützen und zu verhindern, dass sie sinnlos in Stücke gerissen wird. Können Sie den Schaden wenigstens auf die relevante Körperregion begrenzen?«

Maura nickte. »Das ist eine vernünftige Vorgehensweise.« Sie trat an den Tisch. »Drehen wir sie um. Wenn es eine Eintrittswunde gibt, muss sie sich in der rechten Wade befinden.«

»Das machen wir am besten zusammen«, sagte Robinson. Er ging zum Kopfende, während Pulcillo sich am Fußende postierte. »Wir müssen den ganzen Körper stützen und darauf achten, dass er an keiner Stelle zu stark belastet wird. Also, wenn wir vielleicht alle vier mit anpacken könnten?«

Maura schob ihre behandschuhten Hände unter die Schultern der Mumie und sagte: »Detective Frost, könnten Sie das Becken stützen?«

Frost zögerte und beäugte skeptisch die fleckigen Leinenbinden. »Sollten wir nicht lieber Masken aufsetzen?«

»Wir drehen sie doch nur um«, erwiderte Maura.

»Ich habe gehört, dass Mumien Krankheiten übertragen. Man atmet diese Sporen ein, und davon bekommt man eine Lungenentzündung.«

»Herrgott noch mal!«, rief Jane. Sie streifte sich Handschuhe über und trat an den Tisch, um die Hände unter das Becken der Mumie zu schieben. »Ich bin so weit«, sagte sie.

»Okay, anheben bitte«, sagte Robinson. »Jetzt umdrehen. So, das war's schon ...«

»Wow, die wiegt ja praktisch gar nichts«, meinte Jane.

»Ein lebender Körper besteht hauptsächlich aus Wasser. Wenn man die Organe entfernt und den Leichnam austrocknet, reduziert man damit das ursprüngliche Gewicht auf einen Bruchteil. Sie bringt wahrscheinlich gerade einmal zwanzig bis fünfundzwanzig Kilo auf die Waage, mit Binden und allem Drum und Dran.«

»So was Ähnliches wie Dörrfleisch, hm?«

»Ja, das trifft es ziemlich genau. Gedörrtes Menschenfleisch. Und jetzt wollen wir sie ablegen. Ganz vorsichtig!«

»Das mit den Sporen war absolut ernst gemeint«, sagte Frost. »Ich habe da eine Sendung gesehen…«

»Sprechen Sie etwa vom ›Fluch des Pharao‹?«, fragte Maura.

»Genau!«, rief Frost. »Genau den meine ich. Die ganzen Leute, die gestorben sind, nachdem sie in Tutanchamuns Grab gewesen waren. Sie haben irgendwelche Sporen eingeatmet und sind davon krank geworden.«

»Aspergillus«, warf Robinson ein. »Als Howard Carter mit seinen Leuten die Grabkammer aufbrach, atmeten sie wahrscheinlich Sporen ein, die sich im Lauf der Jahrhunderte darin angesammelt hatten. Manche von ihnen starben angeblich an einer Lungenentzündung, die durch Aspergillus-Sporen ausgelöst wurde.«

»Dann ist also doch was dran an dem, was Frost sagt?«, fragte Jane. »Es gab diesen Fluch der Mumie tatsächlich?«

Robinsons Augen blitzten verärgert auf. »Selbstverständlich gab es keinen Fluch. Sicher, ein paar Leute sind gestorben, aber nach allem, was Carter und seine Leute Tutanchamun angetan hatten, hätte es vielleicht einen Fluch geben *sollen*.«

»Was haben sie ihm denn angetan?«, fragte Jane.

»Sie haben ihn brutal misshandelt. Sie haben ihn aufgeschnitten, seine Knochen gebrochen und ihn praktisch auseinandergerissen, als sie nach Juwelen und Amuletten suchten. Sie haben ihn in Stücke geschnitten, um ihn aus dem Sarg herauszubekommen, und ihm Arme und Beine abgerissen. Sie haben seinen Kopf abgetrennt. Das war keine Wissenschaft. Das war Leichenschändung.« Er blickte auf Madam X hinab, und Jane sah Bewunderung, ja Zärtlichkeit in seinen Augen. »Wir wollen nicht, dass das Gleiche mit ihr passiert.«

»Ich habe ganz bestimmt nicht die Absicht, sie zu verstümmeln«, sagte Maura. »Ich würde sagen, wir wickeln sie jetzt einfach so weit aus, dass wir sehen können, womit wir es hier zu tun haben.«

»Sie werden sie wahrscheinlich nicht einfach so auswickeln können«, bemerkte Robinson. »Wenn die inneren Leinenschichten der Tradition entsprechend in Harz getränkt wurden, werden sie so fest zusammenkleben, als wären sie geleimt.«

Maura warf noch einmal einen Blick auf das Röntgenbild und griff dann nach einem Skalpell und einer Pinzette. Jane hatte Maura schon viele Leichen aufschneiden sehen, aber noch nie hatte sie es erlebt, dass ihre Freundin so lange gezögert hatte. Mit der Klinge dicht über der Wade der Mumie hielt sie inne, als scheute sie vor dem ersten Schnitt zurück. Was sie zu tun im Begriff war, würde Madam X irreparabel beschädigen, und Robinson und Pulcillo beobachteten sie mit unverhohlener Missbilligung.

Maura führte den ersten Schnitt. Aber anders als sonst schlitzte sie die Haut nicht mit einer einzigen souveränen Bewegung auf. Stattdessen benutzte sie die Pinzette, um die Leinenbinden vorsichtig anzuheben, sodass sie die einzelnen Stoffschichten eine nach der anderen auftrennen konnte. »Sie lässt sich relativ mühelos auswickeln«, kommentierte sie.

Dr. Pulcillo runzelte die Stirn. »Das entspricht aber nicht der Tradition. Normalerweise wurden die Binden in geschmolzenes Harz eingetaucht. Als man in den Dreißigerjahren des 19. Jahrhunderts die ersten Mumien auswickelte, musste man die Bandagen teilweise abhebeln.«

»Wozu diente das Harz eigentlich?«, fragte Frost.

»Damit hat man die Bandagen verklebt, sodass sie steif wurden und eine Art Pappmaschee-Hülle bildeten, die den Inhalt schützte.«

»Ich bin schon durch die innerste Schicht durch«, sagte Maura. »Da klebt nirgendwo Harz dran.«

Jane reckte den Hals, um sehen zu können, was sich unter den Leinenbinden verbarg. »Das ist ihre Haut? Sie sieht aus wie altes Leder.«

»Leder ist ja auch nichts anderes als getrocknete Haut, Detective Rizzoli«, bemerkte Robinson. »Mehr oder weniger.«

Maura griff nach der Schere und schnitt die einzelnen Streifen vorsichtig ab, um ein größeres Stück Haut freizulegen. Sie sah aus wie braunes Pergament, das um die Knochen gewickelt war. Noch einmal drehte Maura sich zu den Röntgenbildern um und schwenkte dann ein Vergrößerungsglas über die Wade. »Ich kann keine Eintrittsöffnung in der Haut entdecken.«

»Es ist also keine postmortale Verletzung«, sagte Jane.

»Das passt zu dem, was wir auf dem Röntgenfilm gesehen haben. Dieser Fremdkörper ist wahrscheinlich eingedrungen, als sie noch am Leben war. Sie hat danach noch so lange gelebt, dass der gebrochene Knochen Gelegenheit zum Verheilen hatte und die Fleischwunde sich schließen konnte.«

»Wie lange wird das gedauert haben?«

»Ein paar Wochen. Vielleicht einen Monat.«

»In der Zeit musste sich doch irgendjemand um sie kümmern, nicht wahr? Sie musste irgendwo untergebracht und mit Nahrung versorgt werden.«

Maura nickte. »Das erschwert die Bestimmung der Todesart noch zusätzlich.«

»Der Todesart?«, fragte Robinson. »Was meinen Sie damit?«

»Mit anderen Worten«, erklärte Jane, »wir fragen uns, ob sie ermordet wurde.«

»Wir wollen zunächst einmal die drängendste Frage klären«, sagte Maura und griff nach dem Skalpell. Durch die Mumifizierung war das Gewebe zäh wie Leder, und die Klinge drang nur mit Mühe durch das eingetrocknete Fleisch.

Jane schielte über den Tisch hinweg nach Dr. Pulcillo und sah, wie sie die Lippen zusammenpresste, als müsse sie sich beherrschen, um nicht zu protestieren. Aber so ablehnend sie der Prozedur auch gegenüberstehen mochte, so wenig brachte sie es fertig, den Blick abzuwenden. Alle beugten sich neugierig vor, sogar Frost mit seiner Sporenphobie, und starrten gebannt auf das freigelegte Stück Bein, als Maura nun nach der Zange griff und sie in den Einschnitt senkte. Nur wenige Sekunden musste sie in dem eingeschrumpften Fleisch herumstochern, dann schloss sich die Zange um das gesuchte Objekt. Maura ließ es in eine Schale aus Edelstahl fallen, und es landete mit metallischem Scheppern.

Dr. Pulcillo sog hörbar die Luft ein. Das war keine Speerspitze und auch keine abgebrochene Messerklinge.

Maura sprach das Offensichtliche schließlich aus. »Ich glaube, jetzt können wir mit einiger Sicherheit davon ausgehen, dass Madam X keine zweitausend Jahre alt ist.«

4

»Ich verstehe das nicht«, murmelte Dr. Pulcillo. »Das Leinen ist doch analysiert worden. Die Radiokarbondatierung hat das Alter bestätigt.«

»Aber das ist eine Pistolenkugel«, sagte Jane und deutete auf die Schale. »Eine Zweiundzwanziger. Da kann etwas mit Ihrer Analyse nicht gestimmt haben.«

»Das ist ein angesehenes Labor! Sie waren sich ganz sicher, was die Datierung betrifft.«

»Sie könnten beide recht haben«, bemerkte Robinson leise.

»Ach ja?« Jane sah ihn an. »Wie soll das denn gehen?«

Er holte tief Luft und trat vom Seziertisch zurück, als brauchte er Platz zum Nachdenken. »Ab und zu sehe ich welche zum Verkauf angeboten. Ich weiß nicht, wie viel davon echt ist, aber ich bin sicher, dass es auf dem Antiquitätenmarkt ganze Geheimlager mit genuiner Ware gibt.«

»Wovon sprechen Sie?«

»Von Mumienbinden. Die sind leichter aufzutreiben als die Körper selbst. Ich habe sie schon auf eBay gesehen.«

Jane lachte verblüfft auf. »Sie können ins Internet gehen und Mumienbinden kaufen?«

»Früher gab es einen schwunghaften internationalen Handel mit Mumien. Sie wurden zermahlen und als Medizin verkauft. Oder als Dünger nach England verschifft. Reiche Touristen haben sie mit nach Hause genommen und regelrechte Enthüllungspartys gefeiert. Man lud seine Freunde ein und ließ sie zusehen, wie man die Bandagen abwickelte. Da in den Binden häufig Amulette und Juwelen gefunden wurden, war es so etwas wie eine Schatzsuche, bei der man kleine Geschenke für die Gäste auspackte.«

»Das war für diese Leute ein Gesellschaftsspiel?«, fragte Frost. »Eine Leiche auswickeln?«

»Es wurde in einigen der nobelsten viktorianischen Häuser gemacht«, erklärte Robinson. »Man sieht daran, wie wenig Respekt diese Menschen vor den Toten des alten Ägypten hatten. Und wenn sie mit dem Auswickeln der Mumie fertig waren, wurde sie weggeworfen oder verbrannt. Aber die Bandagen behielt man häufig als Souvenirs. Deshalb tauchen immer noch welche aus der Versenkung auf und werden zum Verkauf angeboten.«

»Diese Binden *könnten* also alt sein«, meinte Frost, »auch wenn die Leiche es nicht ist.«

»Das würde die Radiokarbondatierung erklären. Aber was Madam X selbst betrifft...« Robinson schüttelte ratlos den Kopf.

»Wir können immer noch nicht nachweisen, dass das hier ein Mord war«, sagte Frost. »Sie können niemanden auf der Grundlage einer Schussverletzung verurteilen, die schon halb verheilt war.«

»Ich kann mir nicht recht vorstellen, dass sie sich freiwillig hat mumifizieren lassen«, meinte Jane.

»So unwahrscheinlich ist das gar nicht«, entgegnete Robinson.

Alles starrte den Kurator an, dessen Miene vollkommen ernst war.

»Sich freiwillig das Gehirn und die Organe rausholen lassen?«, rief Jane. »Nein danke.«

»Es hat tatsächlich Menschen gegeben, die ihren Körper zu genau diesem Zweck der Wissenschaft vermachten.«

»Hey, die Sendung habe ich auch gesehen«, warf Frost

ein. »Das war auch auf dem Discovery Channel. Da hat irgendein Archäologe tatsächlich einen Typen mumifiziert.«

Jane starrte auf den eingehüllten Leichnam. Sie malte sich aus, wie es wäre, in Schichten um Schichten von Bandagen gewickelt zu werden, die ihr die Luft zum Atmen raubten. Tausend, ja zweitausend Jahre in einer Zwangsjacke aus Leinen gefesselt zu sein, bis zu dem Tag, da es irgendeinem neugierigen Archäologen in den Sinn kam, sie von den Stoffbahnen zu befreien und ihre vertrockneten Überreste bloßzulegen. Nicht Staub zu Staub, sondern Haut zu Leder. Sie schluckte. »Wieso sollte irgendjemand sich freiwillig dafür zur Verfügung stellen?«

»Es ist eine Art von Unsterblichkeit, finden Sie nicht?«, entgegnete Robinson. »Eine Alternative zum langsamen Verfaulen. Ihr Körper wird konserviert. Die Menschen, die Sie lieben, müssen Sie nicht der Verwesung anheimgeben.«

Die Menschen, die Sie lieben. Jane blickte auf. »Wollen Sie damit sagen, dass das so eine Art Liebesbeweis gewesen sein könnte?«

»Es wäre eine Möglichkeit, jemanden festzuhalten, den man liebt. Ihn oder sie vor den Würmern zu bewahren. Vor der Fäulnis.«

Der Weg allen Fleisches, dachte Jane, und die Temperatur im Raum schien plötzlich zu fallen. »Vielleicht geht es aber auch gar nicht um Liebe. Sondern ums Besitzen.«

Robinson erwiderte ihren Blick, offensichtlich beunruhigt durch diese Möglichkeit. Leise sagte er: »So hatte ich das noch nicht gesehen.«

Jane wandte sich an Maura. »Machen wir weiter mit der Obduktion. Wir brauchen mehr Informationen, mit denen wir arbeiten können.«

Maura trat an den Leuchtkasten, nahm die Röntgenaufnahmen der Beine ab und ersetzte sie durch die CT-Filme. »Drehen wir sie wieder auf den Rücken.«

Diesmal gab Maura sich keine Mühe, den Schaden möglichst gering zu halten, als sie sich daranmachte, die Leinenbinden um den Rumpf der Leiche zu durchschneiden. Jetzt wussten sie, dass es kein antikes Relikt war, in das sie ihr Skalpell senkte; dies war nun eine Todesermittlung, und die Antworten lagen nicht in den Leinenstreifen, sondern im Fleisch und in den Knochen selbst. Der Stoff fiel auseinander und gab den Blick auf die braune, runzlige Haut des Rumpfes frei, durch die man die Umrisse der Rippen erkennen konnte, die sich wölbten wie die knöchernen Streben eines Zelts aus Pergament. Maura trat ans Kopfende, hob mit einem Ruck die bemalte Maske aus Kartonage ab und begann die Streifen zu durchschneiden, die das Gesicht bedeckten.

Jane betrachtete die CT-Filme am Leuchtkasten und wandte sich dann stirnrunzelnd zum entblößten Rumpf der Mumie um. »Die Organe werden bei der Mumifizierung doch alle herausgenommen, nicht wahr?«

Robinson nickte. »Das Entfernen der Eingeweide verlangsamt den Fäulnisprozess. Das ist einer der Gründe, weshalb die Leichen nicht verwesen.«

»Aber hier ist nur eine einzige kleine Wunde im Bauch zu sehen.« Jane deutete auf den mit plumpen Stichen zugenähten Einschnitt auf der linken Rumpfseite. »Wie bringt man das alles durch diese Öffnung?«

»Das ist genau die Art und Weise, wie die alten Ägypter die Innereien entfernt hätten – durch eine kleine Wunde auf der linken Seite. Wer auch immer diesen Leichnam konserviert hat, kannte sich mit den traditionellen Methoden aus. Und er hat sich offensichtlich strikt daran gehalten.«

»Was *sind* diese traditionellen Methoden? Wie genau macht man eine Mumie?«, fragte Jane.

Dr. Robinson sah seine Mitarbeiterin an. »Josephine versteht davon mehr als ich. Vielleicht möchte sie es erklären.«

»Dr. Pulcillo?«, sagte Jane.

Die junge Frau wirkte immer noch ganz erschüttert von der Entdeckung des Projektils. Sie räusperte sich und straffte den Rücken. »Ein großer Teil dessen, was wir darüber wissen, stammt von Herodot«, sagte sie. »Man könnte ihn wohl als einen griechischen Reiseschriftsteller bezeichnen. Vor zweieinhalbtausend Jahren durchstreifte er die antike Welt und schrieb auf, was er in Erfahrung brachte. Nur leider brachte er dabei manchmal die Einzelheiten durcheinander. Oder er ließ sich von den einheimischen Reiseführern an der Nase herumführen.« Sie brachte ein Lächeln zustande. »Das lässt ihn irgendwie menschlich erscheinen, nicht wahr? Er war auch nicht anders als die heutigen Ägyptenreisenden. Wahrscheinlich ständig umlagert von Souvenirverkäufern. Hinters Licht geführt von betrügerischen Fremdenführern. Nur ein unbedarfter Tourist unter vielen.«

»Und was hat er über die Herstellung von Mumien gesagt?«

»Man erzählte ihm, dass am Anfang die rituelle Waschung des Leichnams mit Natronlösung stehe.«

»Natron?«

»Das ist im Grunde eine Mischung von Salzen. Sie können es gewinnen, indem Sie gewöhnliches Tafelsalz mit Backpulver vermengen.«

»Backpulver?« Jane lachte unbehaglich. »Jetzt werde ich immer an Mumien denken müssen, wenn ich einen Kuchen mache.«

»Der gewaschene Leichnam wird dann auf Holzblöcke gelegt«, fuhr Pulcillo fort. »Mit einer rasiermesserscharfen Klinge aus einem äthiopischen Stein – wahrscheinlich Obsidian – wird ein kleiner Einschnitt wie dieser hier vorgenommen. Dann zieht man mit einem hakenförmigen Instrument die Eingeweide heraus. Die leere Bauchhöhle wird ausgewaschen und mit trockenem Natron ausgefüllt. Auch außen wird der Leichnam mit Natron bedeckt und dann vierzig Tage zum Austrocknen liegen gelassen. In etwa so, wie man es mit gesalzenem Fisch macht.« Sie hielt inne und starrte auf Mauras Schere, die gerade die letzten Leinenstreifen durchschnitt, mit denen das Gesicht verhüllt war.

»Und dann?«, bohrte Jane.

Pulcillo schluckte. »Nach dieser Zeit hat der Körper rund fünfundsiebzig Prozent seines Gewichts verloren. Die Bauchhöhle wird mit Leinen und Harz ausgestopft. Eventuell legt man auch die mumifizierten Organe wieder hinein. Und…« Sie brach ab, und ihre Augen weiteten sich, als die letzten Bandagen vom Kopf der Leiche abfielen.

Zum ersten Mal erblickten sie Madam X' Gesicht.

Langes schwarzes Haar bedeckte noch den Schädel. Die Gesichtshaut war straff über die hervorstehenden Wangenknochen gespannt. Aber es waren die Lippen, die Jane entsetzt zurückprallen ließen. Sie waren mit groben Stichen zusammengenäht, als wäre hier irgendein Möchtegern-Frankenstein am Werk gewesen.

Pulcillo schüttelte den Kopf. »Das – das ist ganz falsch!«

»Wurde der Mund normalerweise nicht zugenäht?«, fragte Maura.

»Nein! Wie sollen die Toten denn im Jenseits essen? Wie sollen sie sprechen? Das ist, als ob man sie zu ewigem Hunger und ewigem Schweigen verdammte.«

Zu ewigem Schweigen. Jane betrachtete die hässlichen Stiche und fragte sich: Hast du irgendetwas gesagt, womit du deinen Mörder verletzt hast? Womit du ihn beleidigt hast? Hast du gegen ihn ausgesagt? Ist das deine Strafe – dass deine Lippen für alle Zeiten verschlossen sind?

Die Tote lag nun vollkommen entblößt da, ihr Körper – kaum mehr als zusammengeschrumpfte Haut, die sich über die Knochen spannte – von allen Bandagen befreit. Maura schnitt den Rumpf auf.

Jane hatte schon oft bei diesem Y-Schnitt zugesehen, und jedes Mal hatte der Geruch, der ihr aus der geöffneten Brusthöhle entgegenschlug, sie angewidert zurückweichen lassen. Selbst die frischesten Leichen strömten diesen Verwesungsgestank aus, wenn auch nur sehr schwach. Es war wie ein übelriechender, schwefliger Atemhauch – nur dass die Opfer längst nicht mehr atmeten. »Leichenatem«, so nannte Jane es, und der leiseste Hauch davon verursachte ihr Übelkeit.

Doch Madam X strömte keine solchen üblen Gerüche aus, als die Klinge ihre Brust aufschnitt, als Maura systematisch die Rippen durchtrennte und sie mitsamt dem Brustbein heraushob wie einen antiken Harnisch, um die Brusthöhle freizulegen. Was da aufstieg, war ein gar nicht einmal so unangenehmer Geruch, der Jane an den Duft von Räucherstäbchen erinnerte. Anstatt zurückzuweichen, trat sie noch näher und schnupperte neugierig. Sandelholz, dachte sie. Kampfer. Und noch etwas anderes, das sie an Lakritz und Gewürznelken denken ließ.

»Nicht ganz das, was ich erwartet habe«, meinte Maura. Sie fischte einen getrockneten Gewürzklumpen aus der Brusthöhle.

»Sieht aus wie Sternanis«, sagte Jane.

»Nicht traditionell, nehme ich an?«

»Myrrhe wäre traditionell«, antwortete Pulcillo. »Ein geschmolzenes Harz. Man benutzte es, um den strengen Geruch zu überdecken und den Leichnam noch starrer zu machen.«

»Es ist nicht gerade einfach, Myrrhe in größeren Mengen zu beschaffen«, sagte Robinson. »Das erklärt vielleicht, warum andere Gewürze als Ersatz verwendet wurden.«

»Ob Ersatz oder nicht, dieser Leichnam scheint sehr gut konserviert zu sein.« Maura zupfte ein paar Leinenballen aus dem Abdomen und legte sie zur späteren Analyse in eine Schale. Sie spähte in den ausgehöhlten Rumpf und stellte fest: »Hier ist alles trocken wie Leder. Und es ist kein Verwesungsgeruch zu bemerken.«

»Wie wollen Sie dann die Todesursache ermitteln?«, fragte Frost. »Wenn es keine inneren Organe gibt?«

»Das kann ich nicht. Noch nicht.«

Er betrachtete die CT-Aufnahmen am Leuchtkasten. »Was ist mit dem Kopf? Das Gehirn fehlt ja auch.«

»Der Schädel ist unversehrt. Ich habe keine Frakturen erkennen können.«

Jane starrte den Mund der Leiche an, die groben Stiche, mit denen die Lippen zusammengenäht waren, und sie zuckte innerlich zusammen, als sie sich vorstellte, wie die Nadel das empfindliche Fleisch durchbohrt hatte. *Ich hoffe, es ist nach dem Tod passiert und nicht davor. Nicht, solange sie noch etwas spüren konnte.* Schaudernd wandte sie sich ab, um das Computertomogramm zu betrachten. »Was ist denn das Helle da?«, fragte sie. »Sieht aus, als befände es sich im Mund.«

»Da sind zwei metallische Verdichtungen in ihrem Mund zu erkennen«, sagte Maura. »Bei der einen scheint es sich um eine Zahnfüllung zu handeln. Aber da ist auch etwas in der Mundhöhle, etwas wesentlich Größeres. Es könnte erklären, wieso ihr der Mund zugenäht wurde – nämlich um sicherzustellen, dass dieser Gegenstand an Ort und Stelle blieb.« Sie griff zur Schere.

Das Nahtmaterial war kein einfaches Garn, sondern Leder, und die getrockneten Streifen waren steinhart. Auch nachdem Maura sie durchtrennt hatte, klebten die Lippen noch zusammen, als wären sie in dieser Stellung erstarrt; der Mund ein starrer Schlitz, den man mit Gewalt aufhebeln musste.

Maura schob die Spitze einer Arterienklemme zwischen die Lippen der Leiche, und das Metall raspelte über die Zähne, als sie die Öffnung behutsam weitete. Plötzlich gab es ein scheußliches Knacken im Kiefergelenk, und Jane zuckte zusammen, als der Knochen brach und der Unterkiefer schlaff herabfiel. Ebenmäßige Zähne kamen zum Vorschein, so makellos, dass jeder moderne Kieferorthopäde stolz gewesen wäre, sie als sein Werk bezeichnen zu können.

»Dann wollen wir mal sehen, was dieses Ding in ihrem Mund ist«, sagte Maura. Sie schob die Arterienklemme hinein und zog eine rechteckig geformte Goldplakette heraus, die sie in der Stahlschale ablegte, wo sie mit leisem Klirren liegen blieb. Alle starrten das Ding verblüfft an.

Plötzlich fing Jane an zu lachen. »Da hat aber jemand einen ganz schön makabren Sinn für Humor«, meinte sie.

In das Gold waren auf Englisch folgende Worte geprägt:

Ich habe die Pyramiden besucht
Kairo, Ägypten

Maura drehte den Gegenstand um. Auf der Rückseite waren drei Symbole eingraviert: eine Eule, eine Hand und ein angewinkelter Arm.

»Es ist eine Kartusche«, sagte Robinson. »Ein persönliches Siegel. Die werden in ganz Ägypten als Souvenirs verkauft. Sie nennen dem Goldschmied Ihren Namen, und er übersetzt ihn in Hieroglyphen und graviert ihn an Ort und Stelle für Sie ein.«

»Was bedeuten diese Symbole?«, fragte Frost. »Ich sehe da eine Eule. Ist das so was wie ein Sinnbild für Weisheit?«

»Nein, diese Bildzeichen sind nicht als Ideogramme zu lesen«, antwortete Robinson.

»Was ist denn ein Ideogramm?«

»Ein Symbol, das genau für das steht, was es darstellt. Das heißt, dass zum Beispiel das Bild eines laufenden Mannes für das Wort *laufen* stehen würde. Oder zwei kämpfende Männer für das Wort *Krieg*.«

»Aber bei diesen Zeichen ist das nicht so?«

»Nein, diese Symbole sind Phonogramme. Sie stehen für bestimmte Laute, wie die Buchstaben unseres eigenen Alphabets.«

»Und was steht da nun?«

»Das ist nicht mein Spezialgebiet. Aber Josephine kann es sicher entziffern.« Er wandte sich zu seiner Kollegin um und musterte sie kritisch. »Geht es dir nicht gut?«

Die junge Frau war so blass geworden wie die Leichen, die normalerweise hier auf dem Seziertisch lagen. Sie starrte die Kartusche an, als läse sie einen namenlosen Schrecken in diesen Symbolen.

»Dr. Pulcillo?«, sagte Frost.

Sie blickte jäh auf, scheinbar erschrocken, ihren Namen zu hören. »Mir fehlt nichts«, murmelte sie.

»Was ist mit diesen Hieroglyphen?«, fragte Jane. »Können Sie sie lesen?«

Pulcillo senkte den Blick erneut auf die Kartusche. »Die Eule – die Eule entspricht unserem M-Laut. Und die kleine Hand darunter, das würde wie ein D klingen.«

»Und der Arm?«

Pulcillo schluckte. »Es wird ausgesprochen wie ein A.«

»*M-D-A*? Was ist denn das für ein Name?«

Robinson sagte: »So etwas wie *Medea* vielleicht? Das wäre meine Vermutung.«

»Medea?«, echote Frost. »Gibt es da nicht so eine griechische Tragödie?«

»Eine Rachetragödie«, bestätigte Robinson. »Im Mythos verliebt sich Medea in Jason von den Argonauten, und sie bekommen zwei Söhne. Als Jason sie wegen einer anderen Frau verlässt, übt Medea Vergeltung, indem sie ihre eigenen Söhne abschlachtet und ihre Rivalin ermordet. Alles nur, um sich an Jason zu rächen.«

»Was wird aus Medea?«, fragte Jane.

»Es gibt verschiedene Versionen der Sage, aber in allen entkommt sie der Strafe.«

»Nachdem sie ihre eigenen Kinder umgebracht hat?« Jane schüttelte den Kopf. »Das ist aber ein lausiges Ende, wenn sie damit davonkommt.«

»Vielleicht ist das ja gerade die Aussage der Geschichte: dass manche Menschen, die Böses tun, nie ihre gerechte Strafe bekommen.«

Jane sah auf die Kartusche hinunter. »Medea ist also eine Mörderin.«

Robinson nickte. »Sie ist auch eine Überlebenskünstlerin.«

5

Josephine Pulcillo stieg aus dem Stadtbus und ging wie in Trance die belebte Washington Street entlang, ohne auf den Verkehr oder das unablässige Wummern der Auto-Stereo-anlagen zu achten. An der Ecke angelangt, überquerte sie die Straße, und nicht einmal das jähe Reifenquietschen eines Wagens, der nur wenige Schritte vor ihr zum Stehen kam, konnte sie so schockieren wie das, was sie an diesem Morgen im Sektionssaal gesehen hatte.

Medea.

Sicher war es nur ein Zufall. Ein verblüffender Zufall, aber was konnte es sonst sein? Höchstwahrscheinlich war die Inschrift der Kartusche nicht einmal eine genaue Über-setzung. Die Kairoer Andenkenhändler erzählten den Tou-risten die haarsträubendsten Geschichten, nur um ihnen die Dollars aus der Tasche zu ziehen. Wenn man ihnen nur genug Bargeld unter die Nase hielt, schworen sie Stein und Bein, dass Kleopatra höchstpersönlich irgendeinen wert-losen Tinnef getragen hatte. Vielleicht war der Graveur ge-beten worden, *Maddie* oder *Melody* oder *Mabel* zu schrei-ben. Es war viel unwahrscheinlicher, dass die Hieroglyphen *Medea* bedeuten sollten – ein Name, den man außer im Kontext der griechischen Tragödie nur selten hörte.

Das Schmettern einer Hupe ließ sie zusammenfahren. Ein schwarzer Pick-up fuhr im Schritttempo neben ihr her. Das Fenster wurde heruntergelassen, und ein junger Mann rief: »Na, Schätzchen, wie wär's mit 'ner Spritztour? Auf meinem Schoß ist noch reichlich Platz!«

Eine knappe Geste, an der ihr Mittelfinger beteiligt war, genügte, um ihm klarzumachen, was sie von seinem Angebot hielt. Er lachte, und der Pick-up brauste davon, wobei er eine stinkende Abgaswolke zurückließ. Ihre Augen tränten noch immer von dem Qualm, als sie die Stufen hinaufstieg und ihren Apartmentblock betrat. Vor den Briefkästen in der Eingangshalle blieb sie stehen, kramte in ihrer Handtasche nach dem Schlüssel und seufzte plötzlich.

Dann ging sie zur Tür von Apartment 1A und klopfte.

Ein glubschäugiger Alien machte ihr auf. »Haben Sie Ihre Schlüssel wiedergefunden?«, fragte der Alien.

»Mr. Goodwin? Sie sind's doch, oder?«

»Was? Oh, entschuldigen Sie. Meine alten Augen sind leider nicht mehr die besten. Ich brauche schon eine Robocop-Brille, nur um die verdammten Schraubenköpfe sehen zu können.« Der Hausmeister nahm seine Lupenbrille ab, und der glubschäugige Alien verwandelte sich in einen ganz gewöhnlichen Mann in den Sechzigern mit widerspenstigen grauen Haarbüscheln, die ihm vom Kopf abstanden wie kleine Hörner. »Also, ist dieser Schlüsselbund inzwischen wieder aufgetaucht?«

»Ich bin sicher, dass ich ihn nur irgendwo auf der Arbeit verlegt habe. Ich habe mir Ersatzschlüssel für das Auto und die Wohnungstür machen lassen, aber…«

»Ich weiß schon. Sie wollen den neuen Briefkastenschlüssel abholen, richtig?«

»Sie sagten, Sie müssten das Schloss auswechseln.«

»Das habe ich heute Morgen gemacht. Kommen Sie doch rein, dann gebe ich Ihnen den neuen Schlüssel.«

Widerstrebend folgte sie ihm in seine Wohnung. Wenn man einmal Mr. Goodwins vier Wände betreten hatte, dauerte es oft eine halbe Stunde und länger, bis man sich wieder loseisen konnte. Mr. Schraubenschlüssel, so nannten ihn die Mieter, und der Grund war mehr als offensichtlich, als sie in sein Wohnzimmer trat – oder vielmehr in das Zimmer, das *eigentlich* als Wohnzimmer gedacht war. Stattdessen war es die reinste Bastlerwerkstatt. Jede horizontale Fläche war mit alten Föhns, Radios und elektronischen Apparaturen belegt, allesamt halb auseinandergeschraubt oder zusammengebaut. *Ist bloß so ein Hobby von mir*, hatte er ihr einmal erzählt. *Sie müssen nie mehr irgendetwas wegwerfen – ich kann Ihnen alles reparieren!*

Man musste nur bereit sein, gut und gerne zehn Jahre zu warten, bis er endlich dazukam.

»Ich hoffe, Sie finden Ihren Schlüsselbund noch«, sagte er, als er sie an Dutzenden von Reparaturprojekten vorbeiführte, die alle schon Staub ansetzten. »Macht mich ganz nervös zu wissen, dass da draußen irgendwelche herrenlosen Wohnungsschlüssel herumfliegen. Die Welt ist voll von zwielichtigen Typen. Und haben Sie schon gehört, was Mr. Lubin erzählt?«

»Nein.« Sie wollte auch gar nicht wissen, was der griesgrämige Mr. Lubin von gegenüber zu sagen hatte.

»Er hat gesehen, dass jemand in einem schwarzen Auto unser Haus beobachtet. Jeden Nachmittag fährt es ganz langsam draußen vorbei, und es sitzt immer ein Mann am Steuer.«

»Vielleicht sucht er nur einen Parkplatz. Das ist der Grund, weshalb ich fast nie mit dem Auto irgendwohin fahre. Ganz abgesehen von den Benzinpreisen – ich habe einfach keine Lust, meinen Parkplatz zu verlieren.«

»Mr. Lubin hat einen Blick für so etwas. Wussten Sie, dass er mal als Spion gearbeitet hat?«

Sie musste lachen. »Glauben Sie das wirklich?«

»Warum sollte es nicht stimmen? Er würde doch so etwas nicht erzählen, wenn es nicht wahr wäre.«

Wenn Sie wüssten, wie wenig von dem wahr ist, was manche Leute erzählen.

Unter lautem Scheppern und Klirren zog Mr. Goodwin eine Schublade auf, aus der er einen Schlüssel hervorkramte. »Bitte sehr. Ich muss Ihnen fünfundvierzig Dollar für das Auswechseln des Schlosses berechnen.«

»Kann ich es mit der nächsten Monatsmiete begleichen?«

»Aber sicher.« Er grinste. »Ich vertraue Ihnen.«

Ich bin die Letzte, der Sie vertrauen sollten. Sie wandte sich zum Gehen.

»Ach, warten Sie mal. Ich habe wieder Ihre Post mit reingenommen.« Er ging zu dem vollgepackten Esstisch, um einen Stapel Briefe und ein Paket zu holen, alles mit einem Gummi zusammengebunden. »Der Postbote hat es nicht in Ihren Briefkasten reingebracht, also hab ich ihm gesagt, ich nehme es für Sie an.« Er deutete mit dem Kopf auf das Paket. »Wie ich sehe, haben Sie etwas bei L. L. Bean bestellt. Ist wohl Ihr Lieblingsversandhaus, wie?«

»Ja, das stimmt. Danke, dass Sie meine Post angenommen haben.«

»Was kaufen Sie denn da so? Kleider oder Campingausrüstung?«

»Hauptsächlich Kleider.«

»Und die passen auch? Obwohl Sie sie vorher nicht anprobieren können?«

»Die passen schon.« Mit einem angespannten Lächeln wandte sie sich zum Gehen, ehe er sie noch fragen konnte, wo sie ihre Dessous kaufte. »Bis dann.«

»Also, ich probiere die Sachen ja ganz gerne an, bevor ich sie kaufe«, sagte er. »Ich hab noch nie erlebt, dass irgendetwas richtig gesessen hätte, was ich aus dem Katalog bestellt habe.«

»Sie bekommen dann morgen den Scheck für die Miete.«

»Und halten Sie weiter Ausschau nach diesen Schlüsseln, ja? Man muss so vorsichtig sein heutzutage, und gerade so ein hübsches junges Mädel wie Sie, das ganz allein lebt. Wäre gar nicht gut, wenn Ihre Schlüssel in die falschen Hände geraten würden.«

Sie verließ fluchtartig seine Wohnung und begann, die Treppe hinaufzusteigen.

»Augenblick noch!«, rief er ihr nach. »Da ist noch etwas. Fast hätte ich vergessen, Sie zu fragen. Kennen Sie jemanden namens Josephine Sommer?«

Sie erstarrte in der Bewegung, den Stapel Post fest an die Brust gedrückt, ihr Rücken steif wie ein Brett. Ganz langsam drehte sie sich zu ihm um. »Was haben Sie gesagt?«

»Der Postbote hat mich gefragt, ob Sie das sein könnten, aber ich habe ihm gesagt, nein, die junge Dame heißt Pulcillo.«

»Warum ... warum hat er Sie das gefragt?«

»Weil da ein Brief gekommen ist mit Ihrer Wohnungsnummer, aber als Nachname steht da Sommer und nicht Pulcillo. Er meinte, es wäre vielleicht Ihr Mädchenname oder so. Ich habe ihm gesagt, dass Sie meines Wissens ledig sind. Aber es ist trotzdem Ihre Wohnungsnummer, und so viele Josephines gibt es ja auch wieder nicht, also habe ich mir gedacht, er muss wohl für Sie sein. Deshalb habe ich ihn angenommen und zu Ihrer Post getan.«

Sie schluckte. »Danke«, murmelte sie.

»Dann *sind* Sie das also?«

Sie erwiderte nichts, sondern ging einfach weiter die Treppe hinauf, obwohl sie wusste, dass er sie beobachtete und auf eine Antwort wartete. Ehe er ihr noch eine Frage hinterherrufen konnte, schlüpfte sie rasch in ihr Apartment und schloss die Tür hinter sich.

Sie hielt den Stapel Post so fest umklammert, dass sie

spürte, wie ihr Herz dagegenschlug. Sofort riss sie das Gummiband herunter und lud die Post auf dem Couchtisch ab. Briefe und Hochglanzkataloge ergossen sich über die Tischplatte. Sie schob das Paket von L. L. Bean zur Seite und wühlte den Berg Post durch, bis sie einen Umschlag entdeckte, der an Josephine Sommer adressiert war. Die Handschrift war ihr unbekannt. Der Brief war in Boston abgestempelt, doch der Absender fehlte.

Irgendjemand in Boston kennt diesen Namen. Was weiß dieser Jemand noch über mich?

Lange Zeit saß sie da, ohne den Brief zu öffnen. Sie hatte Angst vor dem, was sie darin lesen würde. Angst davor, dass es ihr ganzes Leben verändern würde, wenn sie den Brief öffnete. Nur noch wenige Augenblicke waren ihr gegönnt, in denen sie Josephine Pulcillo sein konnte, die stille junge Frau, die nie über ihre Vergangenheit sprach. Die unterbezahlte Archäologin, die sich damit zufriedengab, versteckt in einem Hinterzimmer des Crispin Museums zu sitzen, wo sie mit alten Papyrusfetzen und Leinenstücken herumhantierte.

Ich bin vorsichtig gewesen, dachte sie. Ich habe so darauf geachtet, nicht aufzufallen und mich nur auf meine Arbeit zu konzentrieren, aber irgendwie hat die Vergangenheit mich eingeholt.

Endlich atmete sie tief durch und riss das Kuvert auf. Ein Zettel steckte darin, und darauf standen nur sechs Worte, geschrieben in Blockbuchstaben. Worte, die ihr sagten, was sie ohnehin schon wusste.

DIE POLIZEI IST NICHT DEIN FREUND.

6

Die Frau an der Kasse des Crispin Museum sah so alt aus, dass man sie selbst in einer Vitrine hätte ausstellen können – ein grauhaariges, zwergenhaftes Geschöpf, gerade groß genug, um über den Empfangstresen hinwegsehen zu können. »Es tut mir leid«, sagte sie, »aber wir öffnen erst um zehn Uhr. Wenn Sie in sieben Minuten wiederkommen, verkaufe ich Ihnen die Eintrittskarten.«

»Wir sind nicht gekommen, um das Museum zu besichtigen«, sagte Jane. »Wir sind vom Boston PD. Ich bin Detective Rizzoli, und das ist Detective Frost. Mr. Crispin erwartet uns.«

»Darüber bin ich nicht informiert.«

»Ist er nicht da?«

»Doch. Er und Miss Duke sind oben in einer Besprechung«, antwortete die Frau, wobei sie ganz deutlich *Miss* und nicht *Ms.* sagte, wie um zu betonen, dass in diesem Gebäude noch die altmodischen Umgangsformen galten. Sie kam hinter dem Tresen hervor, und Jane sah, dass sie einen Wollrock mit Schottenkaro und riesige orthopädische Schuhe trug. An ihrer weißen Baumwollbluse steckte ein Namensschild: Mrs. Willebrandt, Museumsführerin. »Ich bringe Sie in sein Büro. Aber zuerst muss ich noch die Kasse abschließen. Wir erwarten heute einen großen Besucherandrang, und ich möchte sie nicht unbeaufsichtigt lassen.«

»Oh, wir finden den Weg zu seinem Büro schon«, erwiderte Frost. »Wenn Sie uns nur sagen würden, wo es ist.«

»Ich möchte nicht, dass Sie sich verlaufen.«

Frost schenkte ihr sein charmantestes Lächeln, das seine Wirkung auf ältere Damen selten verfehlte. »Ich war bei den Pfadfindern, Ma'am. Ich werde mich nicht verlaufen, das verspreche ich Ihnen.«

Doch an Mrs. Willebrandt prallte sein Charme ab. Sie beäugte ihn skeptisch durch ihre Brille mit Stahlgestell. »Es ist im zweiten Stock«, sagte sie schließlich. »Sie können den Aufzug nehmen, aber er ist *sehr* langsam.« Sie deutete auf einen schwarzen Gitterkäfig, der eher an ein mittelalterliches Folterinstrument als an einen Fahrstuhl erinnerte.

»Wir nehmen die Treppe«, sagte Jane.

»Dann gehen Sie immer geradeaus, durch den großen Saal.«

Immer geradeaus war allerdings eine Richtungsangabe, die sich in diesem Gebäude schwerlich befolgen ließ. Als Jane und Frost den Ausstellungsraum im Erdgeschoss betraten, standen sie vor einem Labyrinth aus Vitrinen. Die erste, auf die sie stießen, enthielt die lebensgroße Wachsfigur eines Gentlemans aus dem 19. Jahrhundert, bekleidet mit einem feinen Wollanzug und einer Weste. In einer Hand hielt er einen Kompass, in der anderen eine vergilbte Landkarte. Obwohl er ihnen das Gesicht zuwandte, blickten seine Augen durch die Scheibe an ihnen vorbei, zu irgendeinem fernen, erhabenen Ziel, das nur er selbst sehen konnte.

Frost beugte sich vor und las die Tafel zu Füßen des Herrn aus Wachs. »»Dr. Cornelius Crispin, Forschungsreisender und Gelehrter, 1830 bis 1912. Die Schätze, die er von seinen Weltreisen mitbrachte, bildeten den Grundstock für die Sammlung des Crispin Museums.‹« Er richtete sich auf. »Wow. Stell dir mal vor, du gibst das als deinen Beruf an. *Forschungsreisender.*«

»Ich glaube, *reicher Typ* würde es eher treffen.« Jane ging weiter zum nächsten Schaukasten, wo Goldmünzen im Schein der Spots glitzerten. »He, sieh mal. Hier steht, dass die aus dem Reich des Krösus stammen.«

»Na, *wenn* einer reich war, dann der.«

»Du meinst, Krösus hat wirklich gelebt? Ich dachte immer, das wäre so eine Art Sage.«

Sie gingen weiter zur nächsten Vitrine, die mit Töpferwaren und Tonfiguren angefüllt war. »Cool«, meinte Frost. »Die stammen aus der Sumererzeit. Also, diese Sachen hier sind ja so richtig alt. Wenn Alice wieder da ist, gehe ich mal mit ihr hierher. Dieses Museum wird ihr bestimmt gefallen. Komisch, dass ich vorher noch nie davon gehört hatte.«

»Inzwischen kennt es jeder. Nichts geht über einen kleinen Mord, wenn man seinen Laden bekannt machen will.«

Sie drangen tiefer in den Irrgarten aus Vitrinen ein, schlenderten vorbei an griechischen und römischen Marmorbüsten, an rostigen Schwertern und glitzernden Juwelen, während der alte Holzfußboden unter ihren Schritten knarrte. So viele Schaukästen hatte man in diesen einen Saal gepackt, dass nur ganz schmale Durchgänge dazwischen geblieben waren, und nach jeder Biegung erwartete die Besucher eine neue Überraschung, ein weiteres Kleinod, das ihre Aufmerksamkeit erheischte.

Endlich gelangten sie in einen offenen Bereich in der Nähe des Treppenhauses. Frost begann, die Stufen zum ersten Stock hinaufzusteigen, doch Jane folgte ihm nicht. Stattdessen wurde sie von einem schmalen Durchgang mit einem Rahmen aus Steinimitat angezogen.

»Rizzoli?«, rief Frost und sah sich um.

»Warte mal einen Moment«, sagte sie, während sie zu der verführerischen Einladung aufblickte, die auf dem Türsturz prangte: Komm und tritt ein ins Reich der Pharaonen.

Sie konnte nicht widerstehen.

Als sie hindurchging, fand sie sich in einem Raum, der so schwach beleuchtet war, dass sie einen Moment warten musste, bis ihre Augen sich an das Dämmerlicht gewöhnt hatten. Nach und nach kam ein Raum voller Wunderdinge zum Vorschein.

»Wow!«, flüsterte Frost, der ihr gefolgt war.

Sie standen in einer ägyptischen Grabkammer, deren Wände mit Hieroglyphen und Malereien bedeckt waren. Davor waren Grabbeigaben ausgestellt, die von diskret platzierten Spots in ein geheimnisvolles Licht getaucht wurden. Jane sah einen Sarkophag, dessen leere Höhlung nur auf denjenigen zu warten schien, der hier seine ewige Ruhe finden würde. Vom Deckel eines steinernen Kanopengefäßes grinste sie ein gemeißelter Schakalkopf an. Mumienmasken mit aufgemalten Gesichtern, deren dunkle Augen unheimlich starrten, hingen an der Wand. In einer Vitrine lag eine Papyrusrolle mit einer Passage aus dem *Totenbuch*.

An der gegenüberliegenden Wand stand ein leerer gläserner Schaukasten von der Größe eines Sargs.

Als Jane über den Rand lugte, erblickte sie das Foto einer Mumie in einer Holzkiste und dazu eine Karteikarte mit dem handgeschriebenen Hinweis: Künftige Ruhestätte von Madam X. Halten Sie die Augen nach ihr offen!

Madam X würde niemals hier zu sehen sein, doch sie hatte ihren Zweck bereits erfüllt, denn schon strömten die Besucher in Scharen in das Museum. Sie hatte die Horden von Neugierigen angelockt, die auf der Suche nach dem ganz besonderen Kick waren, nach dem wohligen Gruselgefühl beim Blick ins Angesicht des Todes. Doch einer war in seiner morbiden Besessenheit noch einen Schritt weiter gegangen. Sein krankes Hirn hatte ihn dazu getrieben, eine Mumie zu *machen*, indem er die Leiche einer Frau ausweidete, sie in Salz einlegte und ihre Körperhöhlen mit Gewürzen ausfüllte. Indem er sie in Leinen hüllte, ihre nackten Glieder und ihren Rumpf Bahn um Bahn bedeckte, wie eine Spinne, die ihre Seidenfäden um das hilflose Opfer wickelt. Jane starrte den leeren Kasten an, und sie stellte sich unwillkürlich vor, wie es wäre, für alle Zeiten in diesem Glassarg zu liegen. Plötzlich kam ihr der Raum eng und stickig vor, es drückte ihr die Brust zusammen, als sei sie es, die von Kopf bis Fuß eingewickelt war mit Leinenbinden, die sie würgten, die sie zu ersticken drohten. Sie nestelte am obersten Knopf ihrer Bluse, um ihren Kragen zu lockern.

»Hallo, sind Sie die Herrschaften von der Polizei?«

Erschrocken drehte Jane sich um und erblickte die Silhouette einer Frau in dem schmalen Durchgang. Sie trug einen eng anliegenden Hosenanzug, der ihrer schlanken Figur schmeichelte, und ihr kurzes blondes Haar schimmerte im Gegenlicht.

»Mrs. Willebrandt hat uns gesagt, dass Sie da sind. Wir haben oben auf Sie gewartet. Ich dachte, Sie hätten sich vielleicht verlaufen.«

»Dieses Museum ist wirklich interessant«, entgegnete Frost. »Wir mussten uns einfach noch ein wenig umsehen.«

Als Jane und Frost die Grabkammer verließen, begrüßte die Frau sie mit einem festen, geschäftsmäßigen Händedruck. Im helleren Licht des großen Ausstellungsraums sah Jane eine attraktive Blondine in den Vierzigern – rund ein Jahrhundert jünger als die Führerin, die sie an der Museumskasse kennengelernt hatten. »Ich bin Debbie Duke, eine der ehrenamtlichen Mitarbeiterinnen des Museums.«

»Detective Rizzoli«, stellte Jane sich vor. »Und Detective Frost.«

»Simon wartet in seinem Büro – wenn Sie mir bitte folgen würden.« Debbie machte kehrt und stieg vor ihnen die

Treppe hinauf. Die Absätze ihrer modischen Pumps klackerten auf den ausgetretenen Holzstufen. Am Treppenabsatz im ersten Stock zog ein weiteres auffälliges Exponat Janes Blicke auf sich: Ein ausgestopfter Grizzly reckte die Klauen, als wollte er jeden zerfleischen, der die Treppe heraufkam.

»Hat einer von Mr. Crispins Vorfahren dieses Vieh geschossen?«, fragte Jane.

»Ach, der«, meinte Debbie und sah sich mit leicht angewiderter Miene um. »Das ist Big Ben. Ich müsste nachsehen, aber ich glaube, Simons Vater hat das Ding aus Alaska mitgebracht. Ich bin selbst noch dabei, mich mit der Sammlung vertraut zu machen.«

»Sind Sie neu hier?«

»Ich habe im April angefangen. Wir sind immer auf der Suche nach ehrenamtlichen Helfern – falls Sie jemanden kennen, der gerne bei uns mitmachen würde. Wir brauchen vor allem jüngere Freiwillige, die mit den Kindern arbeiten.«

Jane konnte sich noch immer nicht vom Anblick dieser bedrohlich aussehenden Bärenpranken losreißen. »Ich dachte, das hier sei ein archäologisches Museum«, sagte sie. »Wie passt denn der Bär da hinein?«

»Eigentlich ist es ein Museum für *alles*, und das macht es so schwierig, uns zu vermarkten. Die meisten Sachen hier wurden von fünf Generationen der Familie Crispin gesammelt, aber wir haben auch eine Reihe von Stücken, die dem Museum geschenkt wurden. Im ersten Stock stellen wir einen Haufen wilde Tiere mit Reißzähnen und Klauen aus. Es ist komisch, aber irgendwie landen die Kids regelmäßig dort. Sie lieben es, Fleischfresser anzugaffen. Häschen öden sie an.«

»Häschen können einen nicht umbringen«, bemerkte Jane.

»Vielleicht liegt es daran. Wir gruseln uns eben alle gerne, nicht wahr?«

»Was ist denn im zweiten Stock?«, fragte Frost.

»Noch mehr Ausstellungsfläche. Ich zeige es Ihnen. Wir nutzen sie für Wechselausstellungen.«

»Sie schaffen also auch neue Stücke an?«

»Oh, wir müssen nichts Neues anschaffen. Unten im Keller lagert so viel, dass wir wahrscheinlich die nächsten zwanzig Jahre jeden Monat eine neue Ausstellung aufbauen könnten, ohne uns je zu wiederholen.«

»Und was haben Sie im Moment da oben?«

»Knochen.«

»Meinen Sie Menschenknochen?«

Debbie musterte ihn leicht amüsiert. »Selbstverständlich. Wie sollen wir sonst die Aufmerksamkeit eines hoffnungslos übersättigten Publikums anziehen? Wir könnten ihnen die erlesenste Ming-Vase oder einen persischen Wandschirm aus geschnitztem Elfenbein zeigen, und sie würden sich gelangweilt abwenden und schnurstracks die menschlichen Skelette ansteuern.«

»Und woher stammen diese Knochen?«

»Glauben Sie mir, *diese* hier sind gründlich dokumentiert. Einer der Crispins hat sie vor hundert Jahren aus der Türkei mitgebracht. Ich weiß nicht mehr genau, welcher es war – wahrscheinlich Cornelius. Dr. Robinson meinte, es sei an der Zeit, sie aus dem Lager zu holen und sie wieder ins Licht der Öffentlichkeit zu rücken. In dieser Ausstellung dreht sich alles um antike Bestattungspraktiken.«

»Sie hören sich selbst wie eine Archäologin an.«

»Ich?« Debbie lachte. »Ich habe einfach nur zu viel Zeit, und ich liebe schöne Dinge. Deswegen finde ich, dass Museen es wert sind, unterstützt zu werden. Haben Sie die Ausstellung im Erdgeschoss gesehen? Abgesehen von den ausgestopften Fleischfressern haben wir auch Exponate, die es verdienen, gesehen zu werden. Darauf sollte sich das Museum konzentrieren, nicht auf tote Bären – aber man muss dem Publikum nun mal geben, was es verlangt. Deswegen hatten wir so große Hoffnungen in Madam X gesetzt. Sie hätte genug eingebracht, um zumindest unsere Heizkosten zu decken.«

Sie hatten den zweiten Stock erreicht und betraten die Ausstellung »Begräbnisstätten der Antike«. Jane sah Vitrinen mit menschlichen Knochen, die im Sand arrangiert waren, als hätte die Schaufel des Archäologen sie eben erst freigelegt. Während Debbie zielstrebig daran vorbeimarschierte, blieb Jane wieder einmal zurück, in Bann gezogen vom Anblick der Skelette, die in Embryonalstellung dalagen, darunter eine Mutter, die mit ihren Knochenarmen liebevoll die zerfallenen Überreste eines Kindes umarmte. Das Kind konnte kaum älter gewesen sein als ihre eigene Tochter Regina. Ein ganzes Dorf der Toten liegt hier, dachte Jane. Was für ein Mensch muss das sein, der diese Verstorbenen so brutal aus ihren Ruhestätten zerrt und in ein fremdes Land schafft, um sie von aller Welt begaffen zu lassen? Hatte Simon Crispins Vorfahre auch nur einen Anflug von schlechtem Gewissen verspürt, als er diese Gebeine ihren Gräbern entrissen hatte? Alte Münzen, Marmorstatuen oder Menschenknochen – die Crispins behandelten sie alle gleich: als Objekte ihrer Sammelleidenschaft, die sie wie Trophäen präsentierten.

»Detective?«, sagte Debbie.

Jane und Barry Frost ließen die stummen Toten hinter sich und folgten Debbie in Simon Crispins Büro.

Der Mann, der dort saß und auf sie wartete, wirkte viel gebrechlicher, als Jane erwartet hatte. Sein Haar bestand nur noch aus ein paar dünnen weißen Strähnen; Hände und

Kopfhaut waren mit braunen Altersflecken übersät. Doch in seinen durchdringenden blauen Augen blitzte lebhaftes Interesse, als er seinen beiden Besuchern die Hand schüttelte.

»Danke, dass Sie sich Zeit für uns nehmen, Mr. Crispin«, sagte Jane.

»Ich wünschte, ich hätte selbst bei der Autopsie dabei sein können«, erwiderte er. »Aber meine Hüfte ist von der Operation noch nicht ganz verheilt, und ich humple immer noch am Stock. Bitte, nehmen Sie doch Platz.«

Jane sah sich in dem Büro um, das mit einem Schreibtisch aus massiver Eiche und Sesseln mit zerschlissenem grünem Samtbezug möbliert war. Mit seinen dunklen Holzpaneelen und venezianischen Fenstern erinnerte das Zimmer an einen eleganten viktorianischen Club, wo Gentlemen ihren Sherry schlürften. Aber wie der Rest des Gebäudes konnte auch dieser Raum sein Alter nicht verbergen. Der Perserteppich war völlig abgetreten, und die vergilbten Folianten im Bücherschrank schienen mindestens hundert Jahre alt zu sein.

Jane setzte sich in einen der samtbezogenen Sessel. Er hatte die Abmessungen eines Throns, und sie kam sich plötzlich ganz klein vor, wie ein Kind, das einen Tag lang Königin spielt. Auch Frost nahm in einem der klobigen Sessel Platz, doch er hatte so gar nichts Königliches an sich, wie er da steif und unbeholfen auf seinem samtenen Thron hockte.

»Wir werden tun, was wir können, um Sie bei Ihren Ermittlungen zu unterstützen«, sagte Simon. »Dr. Robinson ist für das Tagesgeschäft zuständig. Ich fürchte, dass ich selbst keine große Hilfe bin, seit ich mir die Hüfte gebrochen habe.«

»Wie ist das passiert?«, fragte Jane.

»Ich bin bei einer Ausgrabung in der Türkei in eine Grube gefallen.« Er bemerkte Janes fragenden Blick und lächelte. »Ja, trotz meines reifen Alters von zweiundachtzig habe ich noch im Feld gearbeitet. Ich bin nie ein reiner Stubenarchäologe gewesen. Ich bin der Überzeugung, dass man sich die Hände schmutzig machen muss, denn sonst ist man nichts als ein *Hobbyforscher*.« Die Verachtung, die er in das letzte Wort legte, machte überdeutlich, was er von solchen Dilettanten hielt.

»Sie werden wieder im Feld stehen, ehe Sie sich's versehen, Simon«, sagte Debbie. »In Ihrem Alter ist Zeit der wichtigste Faktor bei der Heilung.«

»Ich *habe* keine Zeit. Ich bin seit sieben Monaten nicht mehr in der Türkei gewesen, und ich fürchte, dass es bei der Grabung inzwischen drunter und drüber geht.« Er seufzte. »Aber es dürfte kein Vergleich mit dem Schlamassel sein, in dem wir hier stecken.«

»Ich nehme an, Dr. Robinson hat Ihnen erzählt, was wir gestern bei der Obduktion herausgefunden haben«, sagte Jane.

»Ja. Und es wäre eine Untertreibung zu sagen, dass ich schockiert bin. Das ist nicht die Art von Aufmerksamkeit, die irgendein Museum sich wünschen könnte.«

»Ich bezweifle auch, dass es die Art von Aufmerksamkeit ist, die Madam X sich gewünscht hätte.«

»Mir war nicht einmal *bekannt*, dass wir eine Mumie in unserer Sammlung hatten, bis Nicholas bei seiner Inventur auf sie gestoßen ist.«

»Er sagte, das sei im Januar gewesen.«

»Richtig. Kurz nach meiner Hüftoperation.«

»Wie kann ein Museum so etwas Wertvolles wie eine Mumie einfach aus den Augen verlieren?«

Er lächelte ein wenig verlegen. »Besuchen Sie irgendein

beliebiges Museum mit einer umfangreichen Sammlung, und Sie werden mit großer Wahrscheinlichkeit feststellen, dass in den Kellerräumen mindestens so ein Durcheinander herrscht wie bei uns. Unser Haus ist hundertdreißig Jahre alt. In dieser Zeit haben mehr als ein Dutzend Kuratoren und Hunderte von Praktikanten, Museumsführern und anderen Freiwilligen unter diesem Dach gearbeitet. Feldnotizen und Aufzeichnungen gehen verloren, Exponate werden verlegt. Ist es da so verwunderlich, dass wir manchmal den Überblick verlieren?« Er seufzte wieder. »Ich fürchte, ich muss selbst den größten Teil der Schuld auf mich nehmen.«

»Wieso?«

»Weil ich die Einzelheiten des Museumsbetriebs allzu lange in den Händen von Dr. William Scott-Kerr, unserem ehemaligen Kurator, gelassen habe. Ich war so viel im Ausland, dass ich nicht mitbekam, was hier im Haus vorging. Aber Mrs. Willebrandt sah, wie es mit ihm bergab ging. Wie er anfing, Papiere nicht richtig abzulegen oder Exponate falsch zu etikettieren. Schließlich wurde er so vergesslich, dass er nicht einmal mehr die simpelsten Werkzeuge identifizieren konnte. Das Tragische ist, dass dieser Mann einmal ein glänzender Wissenschaftler war, ein ehemaliger Feldarchäologe, der in der ganzen Welt gearbeitet hatte. Mrs. Willebrandt schrieb mir von ihren Befürchtungen, und als ich nach Hause kam, sah ich gleich, dass wir ein ernstes Problem hatten. Ich brachte es nicht übers Herz, ihn auf der Stelle zu entlassen, und wie es das Schicksal wollte, war das auch gar nicht nötig. Er wurde von einem Auto angefahren und tödlich verletzt, direkt vor diesem Gebäude. Er war erst vierundsiebzig, aber es war wahrscheinlich ein Segen angesichts der düsteren Prognose für die Jahre, die ihm noch geblieben wären.«

»War es Alzheimer?«, fragte Jane.

Simon nickte. »Wahrscheinlich hätte man die ersten Anzeichen schon zehn Jahre früher bemerken können, aber William verstand es gut, seine Krankheit zu verbergen. Er hinterließ die Sammlung in einem chaotischen Zustand. Das ganze Ausmaß wurde uns erst bewusst, als ich vor drei Jahren Dr. Robinson einstellte und er feststellte, dass die Bücher mit den Neuerwerbungen unvollständig waren. Für eine Reihe von Transportkisten im Keller konnte er keine Unterlagen finden. Als er im Januar die Kiste mit Madam X öffnete, ahnte er nicht, was er darin vorfinden würde. Glauben Sie mir, wir waren alle wie vom Donner gerührt. Wir hatten nicht die leiseste Ahnung, dass sich in unserer Sammlung *jemals* eine Mumie befunden hatte.«

»Miss Duke sagte uns, dass der größte Teil der Sammlung von Ihren Vorfahren zusammengetragen wurde, Mr. Crispin.«

»Fünf Generationen von Crispins haben selbst vor Ort Kelle und Schaufel geschwungen. Das Sammeln ist unsere Familienleidenschaft. Leider ist es auch eine kostspielige Manie, und dieses Museum hat schon mein gesamtes Erbe aufgezehrt.« Wieder ein Seufzer. »Und deshalb stehen wir heute so da, wie wir dastehen – ohne Mittel, ganz auf ehrenamtliche Helfer angewiesen. Und auf Spenden.«

»Könnte Madam X auf diese Weise in die Sammlung gelangt sein?«, fragte Frost. »Als Spende?«

»Es kommt durchaus vor, dass wir Artefakte geschenkt bekommen«, antwortete Simon. »Manchmal möchte jemand eine kostbare Antiquität, die er selbst nicht angemessenen pflegen kann, sicher untergebracht wissen. Ein anderer will seinen Namen auf einer hübschen kleinen Messingtafel an einem Dauerexponat verewigt sehen. Wir nehmen so ziemlich alles, was man uns anbietet.«

»Aber über eine geschenkte Mumie steht nichts in Ihren Büchern?«

»Nicholas hat sie nirgends erwähnt gefunden. Und glauben Sie mir, er hat gründlich gesucht. Er hat sich ganz dieser Aufgabe gewidmet. Im März haben wir Josephine eingestellt, damit sie uns bei den Nachforschungen zu Madam X hilft, und auch sie konnte die Herkunft der Mumie nicht eruieren.«

»Es ist denkbar, dass Madam X in Dr. Scott-Kerrs Zeit als Kurator erworben wurde«, meinte Debbie.

»Der Alzheimer hatte«, bemerkte Jane.

»Richtig. Und er könnte die Unterlagen verlegt haben. Das würde einiges erklären.«

»Klingt nach einer einleuchtenden Theorie«, bestätigte Jane. »Aber wir müssen auch andere in Betracht ziehen. Wer hat alles Zugang zum Museumskeller?«

»Die Schlüssel werden am Empfang aufbewahrt; damit haben so ziemlich alle Mitarbeiter Zugang.«

»Dann hätte also jeder Ihrer Angestellten Madam X in den Keller verbringen können?«

Es war einen Moment still. Debbie und Simon wechselten einen Blick, und seine Miene verfinsterte sich. »Was Sie da andeuten, gefällt mir gar nicht, Detective.«

»Es ist eine berechtigte Frage.«

»Wir sind eine ehrwürdige Institution mit hervorragenden Mitarbeitern, die meisten davon Freiwillige«, betonte Simon. »Unsere Museumsführer, unsere studentischen Praktikanten – sie sind alle hier, weil ihnen die Erhaltung kostbarer Kulturgüter am Herzen liegt.«

»Ich wollte nicht irgendjemandes Engagement in Frage stellen. Ich wollte nur wissen, wer alles Zugang hatte.«

»Ihre eigentliche Frage ist doch: Wer hätte dort unten eine Leiche verstecken können?«

»Das ist eine Möglichkeit, die wir in Betracht ziehen müssen.«

»Glauben Sie mir, in diesem Haus arbeiten keine Mörder.«

»Können Sie sich da hundertprozentig sicher sein, Mr. Crispin?«, fragte Jane. Ihre Stimme war leise, aber ihrem Blick konnte er nicht ausweichen. Sie konnte sehen, dass ihre Frage ihn aus der Fassung brachte. Sie hatte ihn gezwungen, der unerfreulichen Wahrheit ins Auge zu sehen, dass möglicherweise jemand, den er persönlich kannte oder gekannt hatte, den Tod in diese stolze Bastion der Gelehrsamkeit hineingetragen hatte.

»Es tut mir leid, Mr. Crispin«, sagte sie schließlich. »Aber es könnte sein, dass der Museumsbetrieb in der nächsten Zeit ein wenig gestört wird.«

»Wie meinen Sie das?«

»Irgendwie ist eine Leiche in Ihr Museum gelangt. Vielleicht wurde sie Ihnen schon vor zehn Jahren gespendet. Vielleicht ist sie aber auch erst vor Kurzem hier versteckt worden. Das Problem ist, dass Sie keine Unterlagen haben. Sie wissen nicht einmal, was sich sonst noch in Ihrer Sammlung befindet. Wir werden uns in Ihrem Keller umsehen müssen.«

Simon schüttelte verwirrt den Kopf. »Und was genau hoffen Sie da zu finden?«

Sie gab ihm keine Antwort, und das war auch nicht nötig.

7

»Ist das wirklich absolut notwendig?«, fragte Nicholas Robinson. »Müssen Sie unbedingt so vorgehen?«

»Ich fürchte, ja«, antwortete Jane und übergab ihm den Durchsuchungsbeschluss. Mit ihrem Team von drei Detectives sah sie zu, wie er das Papier durchlas. Für die heutige Suchaktion hatten sie und Frost ihre Kollegen Tripp und Crowe mitgenommen, und alle warteten sie ungeduldig, während Robinson das Dokument mit quälender Gründlichkeit in Augenschein nahm. Der stets ungeduldige Darren Crowe machte seinem Frust mit einem vernehmlichen Stöhnen Luft, worauf Jane ihm einen verärgerten Blick zuwarf. *Reg dich ab!*, sollte dieser Blick sagen, mit dem Jane ihm zugleich deutlich zu verstehen gab, dass sie hier der Boss war und er gefälligst zu spuren hatte.

Robinson musterte das Schriftstück mit gerunzelter Stirn. »Sie suchen nach menschlichen Überresten?« Er sah Jane an. »Nun, die werden Sie hier selbstverständlich finden. Das hier ist ein *Museum*. Und ich versichere Ihnen, diese Gebeine im zweiten Stock *sind* sehr alt. Wenn Sie wollen, kann ich Ihnen die entsprechenden Befunde zum Zahnstatus zeigen ...«

»Uns interessiert nur, was Sie im Keller gelagert haben. Wenn Sie uns freundlicherweise die Tür aufschließen würden, könnten wir uns gleich an die Arbeit machen.«

Robinsons Blick fiel auf die anderen Detectives, die im Hintergrund warteten, und er entdeckte das Brecheisen in Tripps Hand. »Sie können da nicht einfach irgendwelche

Kisten aufbrechen! Sie könnten Artefakte von unschätzbarem Wert beschädigen.«

»Sie dürfen gerne zuschauen und uns beraten. Aber bitte fassen Sie nichts an, und lassen Sie alles an seinem Platz.«

»Warum behandeln Sie dieses Museum wie den Tatort eines Verbrechens?«

»Wir befürchten, dass Madam X nicht die einzige Überraschung in Ihrer Sammlung sein könnte. Und jetzt kommen Sie bitte mit uns nach unten in den Keller.«

Robinson schluckte hörbar und wandte sich an die greise Museumsführerin, die den Wortwechsel mit angehört hatte. »Mrs. Willebrandt, würden Sie bitte Josephine anrufen und ihr sagen, dass Sie sofort herkommen soll? Ich brauche sie.«

»Es ist fünf vor zehn, Dr. Robinson. In wenigen Minuten werden die ersten Besucher hier sein.«

»Das Museum muss heute geschlossen bleiben«, sagte Jane. »Es wäre uns lieber, wenn die Presse von den Vorgängen hier im Haus keinen Wind bekommen würde. Also schließen Sie bitte die Eingangstüren ab.«

Ihre Aufforderung wurde von Mrs. Willebrandt geflissentlich ignoriert, die den Blick nicht von dem Kurator wandte. »Dr. Robinson?«

Er seufzte resigniert. »Anscheinend haben wir in dieser Sache keine Wahl. Bitte tun Sie, was die Polizei sagt.« Er trat hinter den Empfangstresen, zog eine Schublade auf und nahm einen Schlüsselbund heraus. Dann ging er voran, vorbei an der Wachsfigur von Dr. Cornelius Crispin und den griechischen und römischen Statuen und weiter zur Treppe. Ein Dutzend knarrende Holzstufen führten sie hinunter ins Kellergeschoss.

Dort hielt er inne, wandte sich an Jane und fragte: »Brauche ich einen Anwalt? Werde ich verdächtigt?«

»Nein.«

»Aber wer dann? Verraten Sie mir wenigstens so viel.«

»Diese Geschichte geht möglicherweise auf eine Zeit zurück, als Sie noch gar nicht hier gearbeitet haben.«

»Von welcher Zeit sprechen Sie?«

»Von der Amtszeit des vorigen Kurators.«

Robinson lachte ungläubig. »Der arme Mann hatte Alzheimer! Sie glauben doch nicht im Ernst, dass der alte William hier unten Leichen gehortet hat, oder?«

»Die Tür, Dr. Robinson.«

Kopfschüttelnd sperrte er die Tür auf, und kühle, trockene Luft strömte ihnen entgegen. Sie traten ein, und Jane hörte das verwunderte Gemurmel ihrer Kollegen, als sie sich in dem riesigen Lagerraum umsahen, in dem sich Reihen über Reihen von Kisten fast bis zur Decke stapelten.

»Bitte achten Sie darauf, die Tür geschlossen zu halten«, sagte Robinson. »Das ist ein klimatisierter Bereich.«

»O Mann«, platzte Detective Crowe heraus, »das wird ja eine Ewigkeit dauern, das alles zu durchsuchen. Was steckt eigentlich in diesen ganzen Kisten?«

»Wir haben schon mehr als die Hälfte erfasst«, antwortete Robinson. »Wenn Sie uns nur noch ein paar Monate geben würden, könnten wir die Inventur abschließen und Ihnen genau sagen, was jede dieser Kisten enthält.«

»Ein paar Monate sind in diesem Fall eine lange Zeit.«

»Ich habe allein ein Jahr gebraucht, um die Reihen dort bis zu den hintersten Regalen durchzugehen. Für den Inhalt dieser Kisten kann ich mich persönlich verbürgen. Aber die an diesem Ende habe ich noch nicht geöffnet. Es ist ein mühseliger Prozess, denn man muss sehr behutsam vorgehen und alles sorgfältig dokumentieren. Manche der Stücke sind viele Jahrhunderte alt und möglicherweise schon halb zerfallen.«

»Sogar in einem klimatisierten Raum?«, fragte Tripp.

»Die Klimaanlage wurde erst in den Sechzigerjahren eingebaut.«

Frost deutete auf eine Kiste ganz unten in einem Stapel. »Seht mal, was hier für eine Jahreszahl draufsteht: ›1873, Siam‹.«

»Sehen Sie?« Robinson wandte sich an Jane. »Hier lagern vielleicht Schätze, die seit hundert Jahren nicht ausgepackt wurden. Mein Plan war, diese Kisten systematisch durchzugehen und alles zu dokumentieren.« Er machte eine Pause. »Aber dann habe ich Madam X entdeckt, und wir mussten die Inventur unterbrechen. Sonst wären wir jetzt schon viel weiter.«

»Wo haben Sie ihre Kiste gefunden?«, fragte Jane. »In welchem Abschnitt?«

»In dieser Reihe hier, ganz hinten an der Wand.« Er wies zum hinteren Ende des Lagerraums. »Sie lag ganz unten im Stapel.«

»Haben Sie auch in die Kisten darüber geschaut?«

»Ja. Sie enthielten Stücke, die zwischen 1910 und 1920 erworben wurden. Artefakte aus dem Osmanischen Reich und dazu ein paar chinesische Schriftrollen und Töpferwaren.«

»Aus den Jahren nach 1910?« Jane dachte an das perfekte Gebiss der Mumie, die Amalgamfüllung in ihrem Zahn. »Madam X stammt mit ziemlicher Sicherheit aus jüngerer Zeit.«

»Aber wie ist sie dann unter die älteren Kisten geraten?«, fragte Detective Crowe.

»Offenbar hat jemand hier ein bisschen umgeräumt«, meinte Jane. »So war ihre Kiste nicht mehr so leicht zugänglich.«

Als Jane sich in dem riesigen Raum umblickte, musste

sie an das Mausoleum denken, in dem ihre Großmutter beigesetzt war, einen Marmorpalast, in dem die Wände mit den eingravierten Namen all derer bedeckt waren, die in diesen Grabkammern ruhten. *Ist es das, was ich hier vor mir sehe? Ein Mausoleum voll mit namenlosen Opfern?* Sie ging weiter bis zum anderen Ende des Kellers, zu der Stelle, wo Madam X gefunden worden war. Zwei Glühbirnen waren in diesem Bereich durchgebrannt, sodass die Ecke im Halbdunkel lag.

»Fangen wir hier mit der Suche an«, sagte sie.

Mit vereinten Kräften hievten Frost und Crowe die oberste Kiste vom Stapel und setzten sie auf dem Boden ab. Auf den Deckel waren die Worte Verschiedenes/Kongo gekritzelt. Frost setzte das Brecheisen an, um den Deckel abzuhebeln, und als er sah, was in der Kiste lag, prallte er zurück und stieß gegen Jane.

»Was ist es?«, fragte sie.

Darren Crowe fing plötzlich an zu lachen. Er griff in die Kiste, zog eine hölzerne Maske heraus und hielt sie sich vors Gesicht. »Buh!«

»Seien Sie vorsichtig damit!«, rief Robinson. »Sie ist sehr wertvoll.«

»Sie ist auch verdammt gruselig«, murmelte Frost und starrte die grotesken, ins Holz geschnitzten Züge der Maske an.

Crowe legte die Maske beiseite und zog eine der zusammengeknüllten Zeitungen heraus, mit denen der Inhalt der Kiste gepolstert war. »Die Londoner *Times* von 1930. Ich schätze mal, diese Kiste ist zu alt, um etwas mit unserem Täter zu tun zu haben.«

»Ich muss wirklich protestieren«, mischte sich Robinson ein. »Sie fassen hier alles an und verunreinigen die Stücke. Sie sollten alle Handschuhe tragen.«

»Vielleicht wäre es besser, wenn Sie draußen warten, Dr. Robinson«, entgegnete Jane.

»Nein, das werde ich nicht tun. Ich bin für die Sicherheit dieser Sammlung verantwortlich.«

Sie drehte sich zu ihm um. So sanft er auch auf den ersten Blick wirken mochte, jetzt weigerte er sich standhaft, auch nur einen Schritt zurückzuweichen, als sie auf ihn zuging, und die Augen hinter den Brillengläsern blitzten wütend. Außerhalb dieses Museums hätte Nicholas Robinson in einem Streit mit der Polizei wohl sehr schnell klein beigegeben. Aber hier, in »seinem« Reich, schien er durchaus bereit, handgreiflich zu werden, wenn es darum ging, seine kostbare Sammlung zu schützen.

»Sie trampeln hier herum wie eine wild gewordene Viehherde«, schimpfte er. »Wie kommen Sie eigentlich auf die Idee, dass hier unten noch mehr Leichen versteckt sein könnten? Was glauben Sie denn, was das für Menschen sind, die in Museen arbeiten?«

»Ich weiß es nicht, Dr. Robinson. Das versuche ich ja gerade herauszufinden.«

»Dann fragen Sie *mich*. Reden Sie mit *mir*, anstatt hier Kisten zu plündern. Ich kenne dieses Museum. Ich kenne die Leute, die hier gearbeitet haben.«

»Sie sind doch erst seit drei Jahren Kurator«, sagte Jane.

»Ich habe hier auch schon während des Studiums Sommerpraktika absolviert. Ich kannte Dr. Scott-Kerr, und der Mann war vollkommen harmlos.« Er funkelte Crowe an, der gerade eine Vase aus der offenen Kiste gefischt hatte. »He! Die ist mindestens vierhundert Jahre alt! Behandeln Sie sie gefälligst mit Respekt!«

»Vielleicht wird es Zeit, dass wir beide zusammen nach draußen gehen«, meinte Jane. »Wir müssen miteinander reden.«

Robinson warf einen besorgten Blick auf die drei Detectives, die schon dabei waren, die nächste Kiste zu öffnen. Widerwillig folgte er ihr nach draußen, wo sie die Treppe zum Erdgeschoss hinaufgingen. Vor der Ägypten-Ausstellung mit der Attrappe des Grabkammereingangs blieben sie stehen.

»Wann genau waren Sie hier Praktikant, Dr. Robinson?«, fragte Jane.

»Vor zwanzig Jahren, in meinen zwei letzten Jahren am College. Als William Kurator war, versuchte er, jeden Sommer ein oder zwei Collegestudenten einzustellen.«

»Und warum sind im Moment keine Praktikanten hier?«

»Unser Budget gibt es nicht mehr her, dass wir ihnen eine Aufwandsentschädigung zahlen. Und deshalb gelingt es uns kaum noch, Studenten für ein Praktikum zu gewinnen. Außerdem ziehen die jungen Leute es vor, draußen im Feld zu arbeiten, wo sie unter ihresgleichen sind, anstatt in einem muffigen alten Gemäuer wie diesem eingesperrt zu sein.«

»Welche Erinnerungen haben Sie an Dr. Scott-Kerr?«

»Ich mochte ihn sehr«, antwortete er. Die Erinnerung ließ ein Lächeln um seine Lippen spielen. »Er war damals schon ein wenig zerstreut, aber stets freundlich, und er hatte immer Zeit für einen. Er hat mir von Anfang an viel Verantwortung übertragen, und das machte die Arbeit hier für mich zu einer so wertvollen Erfahrung. Auch wenn es unweigerlich auf eine Ernüchterung hinauslief.«

»Wieso?«

»Ich hatte meine Erwartungen zu hoch geschraubt. Ich dachte, wenn ich einmal meinen Doktor in der Tasche hätte, könnte ich jeden Job haben.«

»Und dem war nicht so?«

Er schüttelte den Kopf. »Am Ende musste ich mich als Schaufelsklave verdingen.«

»Was heißt das?«

»Ein Archäologe mit wechselnden, befristeten Arbeitsverhältnissen. Heutzutage ist das praktisch die einzige Beschäftigung, die man als frischgebackener Archäologe bekommen kann. Sie nennen es ›kulturelles Ressourcenmanagement‹. Ich habe auf Baustellen und Militärbasen gearbeitet. Ich habe Probegrabungen gemacht und nach Spuren von historisch wertvollem Material gesucht, ehe die Bulldozer anrückten. Das ist nur etwas für junge Leute. Es bringt wenig ein, man lebt nur aus dem Koffer, und es geht verdammt auf die Kniegelenke und den Rücken. Und deshalb war ich heilfroh, die Schaufel an den Nagel hängen zu können, als Simon mich vor drei Jahren anrief, um mir diesen Job anzubieten – auch wenn ich jetzt weniger verdiene als vorher bei der Feldarbeit. Was im Übrigen erklärt, wieso diese Stelle nach Dr. Scott-Kerrs Tod so lange unbesetzt blieb.«

»Wie kann ein Museum ohne Kurator auskommen?«

»Ob Sie's glauben oder nicht – indem man jemanden wie Mrs. Willebrandt den Laden schmeißen lässt. Sie hat die Exponate jahrelang in den gleichen verstaubten Vitrinen liegen lassen.« Er schielte in Richtung Kasse und senkte die Stimme zu einem Flüstern. »Und wissen Sie was? Sie selbst hat sich auch kein bisschen verändert, seit ich hier Praktikant war. Die Frau ist schon als Antiquität zur Welt gekommen.«

Jane hörte schwere Schritte auf der Treppe, und als sie sich umdrehte, sah sie Frost die Kellertreppe hinaufstapfen. »Rizzoli, du solltest mal mit runterkommen und dir das anschauen.«

»Was habt ihr gefunden?«

»Das wissen wir nicht so genau.«

Zusammen mit Robinson folgte sie Frost nach unten, und

sie betraten wieder den Lagerraum. Die Detectives hatten inzwischen noch einige weitere Kisten durchsucht, und der Boden war mit Sägespänen übersät.

»Wir haben versucht, diese Kiste dort herunterzuwuchten, und dabei habe ich mich mit dem Rücken an der Wand abgestützt«, erklärte Detective Tripp. »Und plötzlich hat die irgendwie nachgegeben. Und dann habe ich *das* da gesehen.« Er deutete auf das Mauerwerk. »Crowe, leuchte doch mal da rein, damit sie's sehen kann.«

Crowe richtete den Strahl seiner Taschenlampe auf die Stelle, und Jane betrachtete stirnrunzelnd die Wand, die jetzt nach außen gewölbt war. Einer der Ziegel war herausgefallen, doch durch das Loch in der Mauer konnte Jane nur tiefste Finsternis sehen.

»Da ist ein größerer Hohlraum dahinter«, sagte Crowe. »Wenn ich mit der Taschenlampe reinleuchte, kann ich nicht mal die hintere Wand sehen.«

Jane wandte sich an Robinson. »Was ist hinter dieser Mauer?«

»Ich habe keine Ahnung«, murmelte er und starrte verwirrt die eingedellte Mauer an. »Ich habe immer angenommen, dass das hier massive Wände sind. Aber es ist schließlich ein sehr altes Gebäude.«

»Wie alt?«

»Mindestens hundertfünfzig Jahre. Das hat uns ein Klempner erzählt, der hier war, um die Toiletten zu renovieren. Das war nämlich früher das Wohnhaus der Familie.«

»Der Crispins?«

»Ja. Mitte des 19. Jahrhunderts haben sie hier gewohnt, bis die Familie in ihr neues Haus in Brookline zog. Seitdem ist in diesem Gebäude das Museum untergebracht.«

»In welche Richtung liegt diese Wand?«, fragte Frost.

Robinson dachte kurz nach. »Das müsste die Straßenseite sein, wenn ich mich nicht irre.«

»Das heißt, dahinter ist kein anderes Gebäude?«

»Nein, nur die Straße.«

»Ziehen wir doch ein paar von den Ziegeln heraus«, schlug Jane vor, »und sehen wir nach, was auf der anderen Seite ist.«

Robinson reagierte alarmiert. »Wenn sie hier anfangen, Steine herauszuziehen, könnte das ganze Haus einstürzen.«

»Aber das hier ist ganz offensichtlich keine tragende Wand«, meinte Tripp, »sonst hätte sie schon längst nachgegeben.«

»Ich möchte, dass Sie alle auf der Stelle damit aufhören«, sagte Robinson. »Bevor Sie weitermachen, muss ich mit Simon sprechen.«

»Warum rufen Sie ihn nicht gleich an?«, schlug Jane vor.

Während der Kurator hinausging, verharrten die vier Detectives schweigend und regungslos, bis die Tür hinter ihm ins Schloss fiel. Kaum war er außer Hörweite, wandte Jane ihre Aufmerksamkeit wieder der Wand zu. »Die unteren Ziegel sind nicht einmal vermörtelt. Sie sind nur lose aufeinandergelegt.«

»Und was hält dann den oberen Teil der Mauer?«, fragte Frost.

Vorsichtig zog Jane einen der losen Ziegel heraus, wobei sie halb damit rechnete, dass der Rest nachkommen würde. Doch die Wand hielt. Sie drehte sich zu Tripp um. »Was denkst du?«

»Da muss auf der anderen Seite eine Strebe sein, die das obere Drittel zusammenhält.«

»Dann müsste man die unteren Ziegel eigentlich gefahrlos herausnehmen können, oder?«

»Eigentlich schon. Denke ich mal.«

Sie lachte nervös. »Das klingt ja wirklich sehr beruhigend, Tripp.« Unter den interessierten Blicken der drei Männer löste sie behutsam einen weiteren Ziegel aus der Wand, und dann noch einen. Ihr fiel auf, dass ihre Kollegen ein paar Schritte zurückgewichen waren und sie allein am Fuß der Wand stehen ließen. Obwohl inzwischen ein großes Loch in der Wand klaffte, hielt die Konstruktion stand. Sie spähte hindurch und sah nur pechschwarze Finsternis.

»Gib mir mal deine Lampe, Crowe.«

Er reichte sie ihr.

Jane kniete sich vor die Öffnung und leuchtete hinein. In ein paar Metern Entfernung konnte sie die raue Oberfläche der gegenüberliegenden Wand ausmachen. Langsam ließ sie den Strahl darübergleiten und hielt plötzlich inne, als sie eine in den Stein gehauene Nische erblickte. Aus der Dunkelheit starrte ein Gesicht sie an.

Sie wich taumelnd zurück und rang nach Luft.

»Was ist?«, rief Frost. »Was hast du da drin gesehen?«

Im ersten Moment brachte Jane kein Wort heraus. Mit pochendem Herzen starrte sie das Loch in der Mauer an, ein Fenster zu einer dunklen Kammer, die sie am liebsten nicht zu genau erforscht hätte. Nicht nach dem, was sie gerade dort im Halbdunkel erspäht hatte.

»Rizzoli?«

Sie schluckte. »Ich glaube, es wird Zeit, dass wir die Rechtsmedizin einschalten.«

8

Es war nicht Mauras erster Besuch im Crispin Museum.

Vor ein paar Jahren, kurz nachdem sie sich in Boston nie-
dergelassen hatte, war sie in einem Führer mit Sehenswür-
digkeiten der Region auf das Museum gestoßen. An einem
kalten Sonntag im Januar hatte sie ihm schließlich einen
Besuch abgestattet, wobei sie fest damit rechnete, sich
durch die üblichen Scharen von Wochenendtouristen
kämpfen zu müssen, mit den üblichen gestressten Eltern,
die ihre gelangweilten Kinder hinter sich her zerrten. Stattdessen betrat sie ein totenstilles Gebäude, und die einzige
lebende Seele, die sie antraf, war eine ältere Dame am Empfang, die das Eintrittsgeld kassierte und Maura anschließend
ignorierte. Mutterseelenallein war Maura durch die düsteren Ausstellungsräume geschlendert, vorbei an staubigen
Vitrinen mit Kuriositäten aus aller Welt, mit vergilbten Eti-
ketten, die aussahen, als wären sie seit hundert Jahren nicht
mehr ausgewechselt worden. Der überforderte Heizkessel
konnte die Kälte aus den Mauern nicht vertreiben, und
Maura hatte während des gesamten Besuchs ihren Mantel
anbehalten.

Zwei Stunden später hatte sie das Museum wieder verlassen, und das Erlebnis hatte sie deprimiert. Nicht zuletzt,
weil dieser einsame Museumsbesuch ihr Leben zu jener
Zeit zu symbolisieren schien. Seit Kurzem geschieden, ohne
Freunde in einer neuen Stadt, war sie eine einsame Wande-
rin in einer kalten, düsteren Landschaft, wo niemand sie
grüßte oder auch nur bewusst wahrzunehmen schien.

Sie hatte das Crispin Museum nicht wieder betreten. Bis heute.

Als sie eintrat und der muffige Atem des Gebäudes ihr entgegenschlug, verspürte sie einen Anflug der damaligen Niedergeschlagenheit. Obwohl Jahre verstrichen waren, seit sie das letzte Mal einen Fuß in diese Räume gesetzt hatte, lastete sofort wieder die düstere Stimmung auf ihren Schultern, die sie an jenem Januartag empfunden hatte, und erinnerte sie daran, dass sich in ihrem Leben trotz allem seither nichts Grundlegendes verändert hatte. Anders als damals war sie jetzt verliebt, doch ihre Sonntage waren immer noch einsam. Besonders die Sonntage.

Aber heute waren es dienstliche Verpflichtungen, die ihre Aufmerksamkeit verlangten, als sie hinter Jane die Stufen zu den Lagerräumen im Kellergeschoss hinunterstieg. Inzwischen hatten die Detectives das Loch in der Wand so weit vergrößert, dass man sich hindurchzwängen konnte. Sie blieb am Eingang der Kammer stehen und betrachtete stirnrunzelnd den Haufen Steine, den sie aus der Wand gebrochen hatten.

»Ist es nicht gefährlich, da hineinzugehen? Seid ihr sicher, dass das Ganze nicht einstürzen wird?«

»Die Mauer wird oben von einer Querstrebe gestützt«, sagte Jane. »Es sollte wohl nach einer massiven Wand aussehen, aber ich vermute, dass hier einmal eine Tür war, die zu einer Geheimkammer führte.«

»Eine Geheimkammer? Wozu sollte die gut sein?«

»Zum Horten von Wertsachen? Als Schnapsversteck während der Prohibition? Wer weiß? Nicht einmal Simon Crispin konnte uns sagen, wofür dieser Raum gedacht war.«

»Wusste er von seiner Existenz?«

»Er sagte, als kleines Kind hätte er Geschichten über einen Tunnel gehört, der dieses Gebäude mit dem auf der anderen Straßenseite verband. Aber diese Kammer hat keinen Ausgang.« Jane drückte Maura eine Taschenlampe in die Hand. »Du zuerst«, sagte sie. »Ich werde direkt hinter dir sein.«

Maura ging vor dem Loch in die Hocke. Sie spürte die Blicke der Polizisten, die sie stumm beobachteten. Was immer in dieser Kammer auf sie wartete, hatte die Männer verstört, und ihr Schweigen ließ sie zögern. Sie konnte nicht hineinsehen, aber sie wusste, dass etwas Abscheuliches dort in der Dunkelheit lauerte – etwas, das hier so lange eingeschlossen gewesen war, dass die Luft drinnen modrig und beklemmend wirkte. Sie sank auf die Knie und zwängte sich durch die Öffnung.

Auf der anderen Seite fand sie einen Raum, in dem sie gerade eben aufrecht stehen konnte. Sie streckte die Arme aus und griff ins Leere. Dann schaltete sie ihre Taschenlampe ein.

Sie blickte in die zusammengekniffenen Augen eines geisterhaften Gesichts.

Erschrocken schnappte sie nach Luft und prallte zurück, wobei sie gegen Jane stieß, die sich gerade hinter ihr durch die Öffnung geschoben hatte.

»Ich nehme an, du hast die drei entdeckt«, sagte Jane.

»Drei?«

Jane knipste ihre Taschenlampe an. »Da ist der erste.« Der Lichtkegel erfasste das Gesicht, das Maura so erschreckt hatte. »Und hier ist noch einer.« Der Strahl wanderte weiter zu einer anderen Nische, in der ein zweites grotesk zusammengeschrumpftes Gesicht ruhte. »Und hier vorn haben wir noch einen dritten.« Jane richtete ihre Taschenlampe auf ein Steinsims direkt über Mauras Kopf. Das verhutzelte Gesicht war von Kaskaden glänzenden schwarzen Haars gerahmt. Die Lippen waren mit brutalen Stichen zusammengenäht, wie um sie zu ewigem Schweigen zu verdammen.

»Sag mir, dass das keine echten Köpfe sind«, flüsterte Jane. »Bitte.«

Maura griff in ihre Tasche, um ein Paar Handschuhe herauszuziehen. Ihre Hände waren kalt und steif, und sie hatte Mühe, im Dunkeln den Latex über ihre klammen Finger zu streifen. Während Jane zu dem Sims hinaufleuchtete, hob Maura den Kopf vorsichtig herunter. Er fühlte sich verblüffend leicht an und war so klein, dass er in ihrer hohlen Hand Platz fand. Der Haarschopf hing lose herab, und sie zuckte zusammen, als die seidigen Strähnen ihren bloßen Arm streiften. Keine Nylonperücke, dachte sie, sondern echtes Haar. *Menschenhaar.*

Maura schluckte. »Ich glaube, das ist eine *Tsantsa*.«

»Eine was?«

»Ein Schrumpfkopf.« Maura sah Jane an. »Er scheint echt zu sein.«

»Und alt vermutlich auch, oder? Bloß eine Kuriosität aus Afrika, die das Museum für seine Sammlung erworben hat.«

»Aus Südamerika.«

»Meinetwegen. Könnten die Köpfe nicht ein Teil der alten Crispin-Sammlung sein?«

»Möglicherweise.« Maura sah sie im Halbdunkel an. »Sie könnten aber auch jüngeren Datums sein.«

Die Mitarbeiter des Museums starrten die drei Tsantsas an, die auf dem Tisch des Laborraums lagen. Gnadenlos angestrahlt von den Untersuchungsleuchten, trat jedes Detail der Köpfe deutlich hervor, von den feinen Wimpern und Augenbrauen bis hin zu den kunstvoll geflochtenen Baumwollschnüren, mit denen ihre Lippen zusammengebunden waren. Zwei der Köpfe wurden von einem langen, pechschwarzen Haarschopf gekrönt. Die Haare des dritten waren zu einer kantigen Pagenfrisur geschnitten und wirkten wie eine Frauenperücke, die man auf einen viel zu kleinen Puppenkopf gestülpt hatte. So klein waren die Köpfe, dass man sie leicht für Souvenirs aus Gummi hätte halten können, wäre da nicht die eindeutig menschliche Beschaffenheit der Brauen und Wimpern gewesen.

»Ich habe keine Ahnung, warum sie hinter dieser Wand versteckt waren«, murmelte Simon. »Oder wie sie dort hingekommen sind.«

»Dieses Haus ist voller Geheimnisse, Dr. Isles«, sagte Debbie Duke. »Immer, wenn wir die elektrischen Leitungen oder die Wasserleitungen erneuern lassen, stoßen unsere Handwerker auf eine neue Überraschung. Einen zugemauerten Winkel oder einen Durchgang, der keinem erkennbaren Zweck dient.« Sie sah Dr. Robinson an, der auf der anderen Seite des Tischs stand. »Sie erinnern sich doch noch an das Fiasko mit dem Licht letzten Monat, nicht wahr? Der Elektriker musste die halbe Wand im zweiten Stock einreißen, um herauszufinden, wo die Leitungen verlaufen. Nicholas? Nicholas!«

Der Kurator war so in den Anblick der Tsantsas vertieft, dass er erst aufblickte, als sie ihn zum zweiten Mal beim Namen rief. »Ja, dieses Haus hat etwas von einem Irrgarten«, sagte er. Und mit leiser Stimme fügte er hinzu: »Ich frage mich allmählich, was hinter diesen Mauern noch darauf wartet, dass wir es finden.«

»Diese Dinger sind also echt?«, fragte Jane. »Das sind wirklich geschrumpfte Menschenköpfe?«

»Sie sind zweifellos echt«, antwortete Nicholas. »Das Problem ist nur...«

»Was?«

»Josephine und ich sind sämtliche Inventarlisten durchgegangen, die wir finden konnten. Laut den Neuerwerbungsbüchern hat dieses Museum tatsächlich Tsantsas in seiner Sammlung. Dr. Stanley Crispin brachte sie 1898 aus dem oberen Amazonasbecken mit.« Er sah Simon an. »Ihr Großvater, wenn ich mich nicht irre.«

Simon nickte. »Ich hatte gehört, dass wir sie in unserer Sammlung haben, aber ich wusste nicht, was aus ihnen geworden war.«

»Der Kurator, der in den 1890er Jahren hier gearbeitet hat, beschreibt die Exemplare wie folgt.« Robinson schlug die entsprechende Seite der Kladde auf. »›Zeremonielle Kopftrophäen, Jívaro, beide in exzellentem Zustand.‹«

Maura, die sofort die Bedeutung dieser Beschreibung erfasste, blickte zu ihm auf: »Steht da wirklich ›beide‹?«

Robinson nickte. »Laut diesen Unterlagen gehören nur zwei zur Sammlung.«

»Könnte ein dritter später erworben und lediglich nicht registriert worden sein?«

»Gewiss. Das ist eines der Probleme, mit denen wir zu kämpfen haben – unsere unvollständigen Unterlagen. Deshalb habe ich ja die Inventur in Angriff genommen, um endlich eine Vorstellung davon zu bekommen, was wir hier tatsächlich haben.«

Maura musterte die drei Schrumpfköpfe kritisch. »Die Frage lautet jetzt also: Welcher ist der Neuzugang? Und wie neu ist er?«

»Ich wette, die hier ist die Neue.« Jane deutete auf die Tsantsa mit den kurz geschnittenen Haaren. »Ich schwöre, genau diese Frisur habe ich heute Morgen noch bei meiner Barista gesehen.«

»Zunächst einmal«, sagte Robinson, »ist es nahezu unmöglich, allein nach dem Äußeren zu bestimmen, ob eine

Tsantsa männlich oder weiblich ist. Das Schrumpfen des Kopfes verzerrt die Gesichtszüge und verwischt die Unterschiede zwischen den Geschlechtern. Und zweitens können auch traditionelle Tsantsas Kurzhaarfrisuren wie diese aufweisen. Es ist ungewöhnlich, aber der Haarschnitt allein sagt noch gar nichts.«

»Und wie kann man nun einen traditionellen Schrumpfkopf von einem modernen Imitat unterscheiden?«

»Erlauben Sie, dass ich die Köpfe anfasse?«, fragte Robinson.

»Ja, natürlich.«

Er ging zum Schrank, um ein Paar Handschuhe zu holen, die er so sorgfältig überstreifte wie ein Chirurg, der eine komplizierte Operation in Angriff nimmt. Dieser Mann würde in jedem Beruf mit äußerster Sorgfalt arbeiten, dachte Maura. Sie konnte sich an keinen Kommilitonen aus dem Medizinstudium erinnern, der ähnlich penibel gewesen wäre wie Nicholas Robinson.

»Als Erstes«, sagte er, »sollte ich erklären, was eine echte Jívaro-Tsantsa ausmacht. Das war eines meiner Spezialgebiete, deshalb weiß ich einiges darüber. Das Volk der Jívaro lebt im Grenzgebiet von Ecuador und Peru, und jeder Stamm überfällt regelmäßig seine Nachbarn. Früher nahmen die Krieger die Köpfe ihrer Opfer als Trophäen – ganz gleich, ob Männer, Frauen oder Kinder.«

»Warum ausgerechnet die Köpfe?«, fragte Jane.

»Das hat mit ihrem Konzept der Seele zu tun. Es gibt eine wahre Seele, die jeder Mensch von Geburt an besitzt. Dann gibt es eine zweite Seele, die man sich durch Zeremonien und Rituale erst erwerben muss. Sie verleiht einem besondere Kräfte. Wenn jemand sich eine solche Seele erworben hat und dann ermordet wird, verwandelt er sich in die dritte Art – eine Rächerseele, die ihren Mörder verfolgen wird. Die einzige Möglichkeit, eine Rächerseele daran zu hindern, Vergeltung zu üben, besteht darin, den Kopf des Ermordeten abzuschneiden und daraus eine Tsantsa zu machen.«

»Und wie macht man eine Tsantsa?« Jane blickte auf die drei puppengroßen Köpfe. »Ich verstehe einfach nicht, wie man einen Menschenkopf auf diese Größe schrumpfen kann.«

»Die Beschreibungen des Prozesses sind widersprüchlich, aber die meisten Berichte stimmen in einigen wesentlichen Schritten überein. Wegen des tropischen Klimas musste der Prozess unmittelbar nach dem Tod eingeleitet werden. Man nimmt den abgetrennten Kopf und schneidet die Kopfhaut in einer geraden Linie vom Scheitel bis zum Halsansatz auf. Dann zieht man die Haut vom Knochen ab. Sie lässt sich relativ leicht ablösen.«

Maura sah Jane an. »So etwas Ähnliches hast du schon oft gesehen, wenn ich eine Leiche obduziere. Ich ziehe die Kopfhaut vom Schädel ab. Aber bei mir geht der Schnitt quer über den Scheitel, von Ohr zu Ohr.«

»Genau, und das ist die Stelle, wo mir immer ganz anders wird«, meinte Jane. »Besonders, wenn du sie dann über das Gesicht ziehst.«

»O ja – das Gesicht«, sagte Robinson. »Die Jívaro zogen es ebenfalls ab. Es erfordert einiges Geschick, aber das Gesicht lässt sich zusammen mit der Kopfhaut in einem Stück ablösen. Was man dann hat ist quasi eine Maske aus Menschenhaut. Sie wird gewendet und gründlich gereinigt. Dann werden die Augenlider zugenäht.« Er nahm eine der Tsantsas hoch und deutete auf die nahezu unsichtbaren Stiche. »Sehen Sie, wie sorgfältig er gearbeitet ist, sodass die Wimpern vollkommen natürlich wirken? Das ist *wirklich* eine hervorragende Arbeit.«

Lag da ein Anflug von Bewunderung in seiner Stimme?,

fragte sich Maura. Robinson schien die unbehaglichen Blicke nicht zu bemerken, die zwischen Maura und Jane hin und her gingen, so vollkommen war er von dieser handwerklichen Meisterleistung in Anspruch genommen, durch die Menschenhaut in eine archäologische Kuriosität verwandelt worden war.

Er drehte die Tsantsa um und inspizierte den Hals, der nichts als ein ledriger Schlauch war. Grobe Stiche zogen sich vom Genick über den Hinterkopf, wo sie vom dichten Haar fast verdeckt wurden. »Nachdem die Haut vom Schädel abgezogen wurde«, fuhr er fort, »wird sie in Wasser und Pflanzensäften gekocht, um die letzten Fettreste abzulösen. Wenn alles Fleisch und Fett vollständig abgeschabt ist, wird die Haut wieder mit der Haarseite nach außen gewendet, und der Schnitt am Hinterkopf wird zugenäht, wie Sie hier sehen können. Die Lippen werden mithilfe dreier angespitzter Holzpflöcke verschlossen, Nasenlöcher und Ohren mit Baumwolle verstopft. In diesem Stadium ist der Kopf nur ein schlaffer Hautsack, also füllt man ihn mit heißen Steinen und Sand aus, um die Haut auszudörren. Der Kopf wird dann mit Holzkohle eingerieben und geräuchert, bis die Haut so zusammenschrumpft, dass sie die Konsistenz von Leder bekommt. Der ganze Prozess dauert nicht allzu lange – wahrscheinlich kaum länger als eine Woche.«

»Und was haben sie dann damit gemacht?«, fragte Jane.

»Sie kehrten mit ihren konservierten Trophäen zu ihrem Stamm zurück und feierten ein Fest mit rituellen Tänzen. Dabei trugen die Krieger ihre Tsantsas an einer Schnur um den Hals. Ein Jahr darauf gab es ein zweites Fest, bei dem die Kraft der Seele des Opfers auf den Krieger übergehen sollte. Und noch einmal einen Monat später fand eine dritte Feier statt, bei der letzte Hand an die Tsantsas gelegt wurde. Die drei Holzpflöcke wurden aus den Lippen entfernt, man fädelte Baumwollschnüre durch die Löcher und verknotete sie. Auch der Ohrschmuck wurde bei dieser Gelegenheit angebracht. Von da an konnte der Krieger sich mit seinem Schrumpfkopf brüsten. Wann immer er seine Männlichkeit zur Schau stellen wollte, trug er seine Tsantsa um den Hals.«

Jane lachte ungläubig. »Genau wie heute die Typen mit ihren Goldkettchen. Scheint so ein Macho-Ding zu sein, sich irgendwelche Sachen um den Hals zu hängen.«

Maura ließ den Blick über die drei Tsantsas auf dem Tisch schweifen. Alle hatten in etwa die gleiche Größe. Alle hatten geflochtene Lippenschnüre und mit feinen Stichen vernähte Augenlider. »Ich fürchte, ich kann keine Unterschiede zwischen diesen drei Köpfen erkennen. Sie scheinen alle sehr kunstvoll gefertigt zu sein.«

»Das sind sie«, bestätigte Robinson. »Aber es gibt einen wesentlichen Unterschied. Und ich spreche nicht vom Haarschnitt.« Er wandte sich zu Josephine um, die schweigend am Fuß des Tischs gestanden hatte. »Kannst du sehen, wovon ich spreche?«

Die junge Frau zögerte, als widerstrebte es ihr, näher zu treten. Doch dann zog sie Handschuhe an und kam an den Tisch. Einen nach dem anderen hob sie die Köpfe ins Licht und untersuchte sie eingehend. Endlich zeigte sie auf einen Kopf mit langem Haar und Käferflügel-Ornamenten. »Dieser hier ist kein Jívaro-Schrumpfkopf«, sagte sie.

Robinson nickte. »Das sehe ich auch so.«

»Wegen der Ohrringe?«, fragte Maura.

»Nein. Ohrschmuck wie dieser ist traditionell«, antwortete Robinson.

»Aber wieso haben Sie dann ausgerechnet diesen gewählt, Dr. Pulcillo?«, fragte Maura. »Er unterscheidet sich doch so gut wie nicht von den beiden anderen.«

Josephine starrte den fraglichen Kopf an. Ihr schwarzes Haar fiel ihr über die Schultern, ebenso dunkel und glänzend wie das der Tsantsas. So unheimlich ähnlich waren die Farben, dass man den Übergang kaum bemerken konnte. Nur für einen kurzen Moment hatte Maura den verstörenden Eindruck, dass sie zweimal denselben Kopf vor sich sah, vorher und nachher. Zweimal Josephine, einmal lebendig und einmal tot. War das der Grund, warum die junge Frau sich so gesträubt hatte, die Tsantsa anzufassen? Erblickte sie sich selbst in diesen eingeschrumpften Zügen?

»Es sind die Lippen«, sagte Josephine.

Maura schüttelte den Kopf. »Ich sehe keinen Unterschied. Bei allen dreien sind die Lippen mit Baumwollschnüren zugenäht.«

»Es hat mit dem Jívaro-Ritual zu tun. Mit dem, was Nicholas eben gesagt hat.«

»Was genau meinen Sie?«

»Dass die Holzpflöcke am Schluss aus den Lippen entfernt werden und man Baumwollschnüre durch die Löcher zieht.«

»Aber diese drei haben doch alle solche Schnüre.«

»Sicher, aber das geschieht erst nach dem *dritten* Fest. Über ein Jahr nach dem Tod des Opfers.«

»Sie hat vollkommen recht«, sagte Robinson, offensichtlich erfreut, dass seine junge Kollegin genau das Detail herausgegriffen hatte, auf das er sie hatte hinführen wollen. »Die Lippenpflöcke, Dr. Isles! Wenn man sie ein Jahr lang drin lässt, bleiben klaffende Löcher zurück.«

Maura betrachtete die Köpfe auf dem Tisch. Zwei der Tsantsas wiesen große Löcher in den Lippen auf. Die dritte nicht.

»Bei dieser wurden keine Pflöcke verwendet«, sagte Robinson. »Die Lippen wurden einfach zusammengenäht, gleich nachdem der Kopf abgetrennt worden war. Das ist keine Jívaro-Tsantsa. Wer immer sie angefertigt hat, muss den einen oder anderen Schritt übersprungen haben. Vielleicht wusste er nicht genau, wie es gemacht wird. Oder der Schrumpfkopf sollte lediglich an Touristen verkauft oder gegen Handelsware eingetauscht werden. Aber jedenfalls ist es keine zeremonielle Tsantsa.«

»Und wo kommt der Kopf dann her?«, fragte Maura.

Robinson zögerte. »Das kann ich Ihnen beim besten Willen nicht sagen. Ich kann nur sagen, dass er kein echtes Jívaro-Artefakt ist.«

Mit behandschuhten Händen nahm Maura die Tsantsa vom Tisch. Sie hatte schon öfter abgetrennte Köpfe in den Händen gehalten, und dieser hier, dem die Schädelknochen fehlten, war verblüffend leicht, eine bloße Hülle aus getrockneter Haut und Haaren.

»Wir können nicht einmal das Geschlecht sicher bestimmen«, sagte Robinson. »Obwohl die Züge, so verzerrt sie auch sein mögen, mir eher weiblich zu sein scheinen. Zu fein geschnitten für einen Mann.«

»Der Meinung bin ich auch«, pflichtete Maura ihm bei.

»Was ist mit der Hautfarbe?«, fragte Jane. »Können wir daraus auf die Herkunft schließen?«

»Nein«, erwiderte Robinson. »Der Schrumpfungsprozess verdunkelt die Haut. Es könnte sich hier sogar um eine Weiße handeln. Und ohne den Schädel, ohne ein Gebiss, das man röntgen könnte, kann ich Ihnen auch nichts über das Alter der Person sagen.«

Maura drehte die Tsantsa um und starrte in die Halsöffnung. Es war seltsam, nur einen leeren Zwischenraum zu sehen, wo eigentlich Knorpel und Muskeln, Luft- und Speiseröhre sein sollten. Der Hals war halb in sich zusammengefallen, sodass sie nicht in die dunkle Höhle hineinsehen konnte. Plötzlich tauchten wieder die Bilder der Autopsie von Madam X vor ihrem geistigen Auge auf. Sie erinnerte sich an die ausgetrocknete Mundhöhle, das Glitzern von Metall im Schlund. Und sie erinnerte sich an den Schrecken, der ihr beim ersten Anblick der Souvenirkartusche in die Glieder gefahren war. Hatte der Mörder in den Überresten dieses Opfers einen ähnlichen kryptischen Hinweis hinterlassen?

»Könnte ich mehr Licht haben?«, fragte sie.

Josephine schwenkte eine Vergrößerungsleuchte zu ihr herüber, und Maura lenkte den Lichtstrahl in den Hohlraum des Halses. Durch die enge Öffnung konnte sie mit Mühe eine helle, zusammengeballte Masse erkennen. »Es sieht aus wie Papier«, sagte sie.

»Das wäre nicht ungewöhnlich«, sagte Robinson. »Manchmal werden sie mit zerknülltem Zeitungspapier gefüllt, damit der Kopf beim Transport nicht verformt wird. Wenn es eine südamerikanische Zeitung ist, dann wissen wir immerhin etwas über ihre Herkunft.«

»Haben Sie eine Zange da?«

Josephine fand eine in der Schublade und reichte sie ihr. Maura schob die Zange in die Halsöffnung und bekam die Füllung zu fassen. Als sie vorsichtig zog, kam eine zerknüllte Zeitungsseite zum Vorschein. Sie strich sie glatt und sah, dass die Artikel nicht in Spanisch oder Portugiesisch abgefasst waren, sondern in Englisch.

»Die *Indio Daily News*?« Jane lachte verblüfft auf. »Die ist aus Kalifornien.«

»Und das Datum ist auch interessant.« Maura deutete auf den Kopf der Seite. »Die Zeitung ist erst sechsundzwanzig Jahre alt.«

»Der Kopf könnte trotzdem viel älter sein«, gab Robinson

zu bedenken. »Die Zeitung könnte erst viel später hinein-gestopft worden sein, nur für den Transport.«

»Aber eines bestätigt dieser Fund.« Maura blickte auf. »Dieser Schrumpfkopf ist kein Teil der ursprünglichen Sammlung des Museums. Es könnte sich um ein weiteres Opfer handeln, das vor nicht allzu langer Zeit…« Sie brach ab, als ihr Blick auf Josephine fiel.

Die junge Frau war leichenblass geworden. Maura hatte diese ungute Gesichtsfarbe schon öfter gesehen – bei jungen Polizisten, die ihrer ersten Obduktion beiwohnten, und sie wusste, dass der Betroffene in aller Regel wenig später hek-tisch zum Waschbecken stürzte oder benommen zum nächs-ten Stuhl wankte. Doch Josephine tat weder das eine noch das andere, sondern verließ wortlos den Raum.

»Ich sollte mich um sie kümmern.« Dr. Robinson streifte seine Handschuhe ab. »Sie sah nicht gut aus.«

»Ich sehe mal nach, wie es ihr geht«, erbot sich Frost und folgte Josephine nach draußen. Auch nachdem die Tür schon hinter ihm zugefallen war, starrte Dr. Robinson ihm noch nach, als könne er sich nicht entscheiden, ob er hinterherei-len sollte.

»Haben Sie noch die Papiere von vor sechsundzwanzig Jahren?«, fragte Maura. »Dr. Robinson?«

Als er seinen Namen hörte, fuhr er jäh zu ihr herum. »Verzeihung?«

»Vor sechsundzwanzig Jahren – das Datum dieser Zei-tung. Haben Sie Unterlagen aus dieser Zeit?«

»Oh. Ja, wir haben ein Verzeichnis aus den Siebziger- und Achtzigerjahren gefunden. Ich kann mich nicht entsinnen, dass darin von einer Tsantsa die Rede gewesen wäre. Wenn sie in dieser Zeit erworben wurde, dann ist sie jedenfalls nicht registriert worden.« Er sah Simon an. »Können Sie sich erinnern?«

Doch Simon schüttelte nur matt den Kopf. Er wirkte ausgelaugt, als sei er in der letzten halben Stunde um zehn Jahre gealtert. »Ich weiß nicht, woher dieser Kopf stammt«, sagte er. »Ich weiß nicht, wer ihn hinter dieser Mauer versteckt hat oder warum.«

Maura starrte den Schrumpfkopf an, die Augen und Lippen zusammengenäht wie für die Ewigkeit. Und sie sagte leise: »Wie es aussieht, hat hier irgendjemand seine ganz private Sammlung zusammengestellt.«

9

Josephine wünschte sich nichts mehr, als in Ruhe gelassen zu werden. Doch sie wusste nicht, wie sie Detective Frost abwimmeln sollte, ohne allzu unhöflich zu wirken. Er war ihr nach oben zu ihrem Büro gefolgt und stand nun in der offenen Tür, von wo er sie mit besorgter Miene beobachtete. Er hatte sanfte Augen und ein freundliches Gesicht, und sein zerzauster Blondschopf erinnerte sie an die flachshaarigen Zwillingsjungen, die sie oft auf dem Spielplatz in ihrer Straße die Rutsche heruntersausen sah. Dennoch, er war nun einmal Polizist, und Polizisten machten ihr Angst. Sie hätte das Labor nicht so überstürzt verlassen sollen. Sie hätte die Aufmerksamkeit nicht auf sich lenken sollen. Aber der Anblick dieser Zeitung hatte sie getroffen wie ein Faustschlag, hatte ihr den Atem geraubt und sie beinahe von den Füßen geholt.

Indio, Kalifornien. Vor sechsundzwanzig Jahren.

Die Stadt, in der ich geboren wurde. Das Jahr, in dem ich geboren wurde.

Es war ein weiteres unheimliches Echo aus ihrer Vergangenheit, und sie begriff nicht, wie das möglich war. Sie brauchte Zeit, um darüber nachzudenken, um eine Erklärung dafür zu finden, dass der Keller dieses obskuren Museums, in dem sie eine Stelle angenommen hatte, so viele geheime Verbindungen zu ihrem alten Leben zu bergen schien. *Es ist, als wäre mein eigenes Leben, meine eigene Vergangenheit, in dieser Sammlung konserviert.* Während ihr Gehirn verzweifelt nach einer Erklärung suchte, war sie gezwungen zu lächeln und mit Detective Frost, der einfach nicht das Feld räumen wollte, Small Talk zu machen.

»Geht es Ihnen wieder besser?«, fragte er.

»Mir ist vorhin ein wenig schwindlig geworden. Wahrscheinlich Unterzucker.« Sie ließ sich auf ihren Stuhl sinken. »Ich hätte heute Morgen nicht auf das Frühstück verzichten sollen.«

»Brauchen Sie vielleicht einen Kaffee? Kann ich Ihnen eine Tasse bringen?«

»Nein danke.« Sie brachte ein Lächeln zustande und hoffte, es würde genügen, um ihn loszuwerden. Stattdessen kam er zu ihr ins Büro.

»Hatte diese Zeitung irgendeine besondere Bedeutung für Sie?«, fragte er.

»Wie meinen Sie das?«

»Nun ja, mir ist aufgefallen, dass Sie ganz erschrocken geschaut haben, als Dr. Isles sie aufschlug und wir feststellten, dass sie aus Kalifornien stammt.«

Er hat mich beobachtet. Er beobachtet mich noch immer.

Jetzt war nicht der Zeitpunkt, ihm zu zeigen, wie nahe sie daran war, in Panik zu verfallen. Solange sie sich unauffällig benahm, solange sie sich im Hintergrund hielt und die Rolle der bescheidenen Museumsangestellten spielte, würde die Polizei keinen Anlass haben, sie genauer unter die Lupe zu nehmen.

»Es ist nicht nur die Zeitung«, sagte sie. »Es ist die ganze unheimliche Situation. Dass hier in diesem Gebäude plötzlich Leichen – und Leichenteile – gefunden werden. Für mich ist ein Museum wie eine Zufluchtsstätte. Ein Ort des Lernens und der stillen Betrachtung. Jetzt habe ich das Gefühl, in einem Horrorhaus zu arbeiten, und ich frage mich nur, wann die nächsten Körperteile auftauchen werden.«

Er schenkte ihr ein mitfühlendes Lächeln, und mit seiner

jungenhaften Art wirkte er ganz und gar nicht wie ein Polizist. Sie schätzte ihn auf Mitte dreißig, doch er hatte etwas an sich, das ihn wesentlich jünger erscheinen ließ, wenn nicht gar ein wenig unreif. Sie sah seinen Ehering und dachte: Noch ein Grund, diesen Mann auf Distanz zu halten.

»Ehrlich gesagt, ich finde dieses Haus auch so schon ein bisschen unheimlich«, meinte Frost. »Mit den ganzen Knochen, die sie im zweiten Stock ausgestellt haben.«

»Diese Knochen sind zweitausend Jahre alt.«

»Macht sie das irgendwie weniger beunruhigend?«

»Es macht sie historisch bedeutsam. Ich weiß, das hört sich nicht so an, als würde es einen großen Unterschied machen. Aber der zeitliche Abstand hat doch den Effekt, dass uns der Tod nicht so unmittelbar berührt, finden Sie nicht? Anders als im Fall von Madam X, die wir vielleicht sogar noch persönlich gekannt haben könnten.« Sie hielt inne, und es überlief sie kalt. »Da fällt einem der Umgang mit solchen alten Gebeinen doch leichter.«

»Die sind eher wie antike Vasen oder Statuen, nehme ich an.«

»Irgendwie schon.« Sie lächelte. »Je staubiger, desto besser.«

»Und so etwas reizt Sie?«

»Sie klingen, als ob Sie das nicht verstehen könnten.«

»Ich frage mich nur, was für ein Mensch man sein muss, um sein Leben freiwillig mit dem Studium alter Vasen und Gebeine zu verbringen.«

»Was macht eine junge Frau wie Sie in so einem Job? Ist das Ihre Frage?«

Er lachte. »Sie sind mit Abstand das Jüngste in diesem ganzen Haus.«

Jetzt lächelte auch sie, denn das stimmte tatsächlich. »Es ist die Verbindung mit der Vergangenheit. Ich liebe es, eine

Tonscherbe in die Hand zu nehmen und mir den Mann vorzustellen, der die Töpferscheibe gedreht hat. Und die Frau, die mit diesem Krug Wasser holen ging. Und das Kind, das ihn eines Tages fallen ließ und zerbrach. Geschichte war für mich nie etwas Totes. Ich habe immer das Gefühl gehabt, dass sie in den Gegenständen, die man in den Vitrinen von Museen bewundern kann, quicklebendig ist. Es liegt mir wohl im Blut; ich bin von Geburt an damit vertraut, weil …« Sie verstummte, als sie merkte, dass sie sich gerade auf gefährliches Gebiet verirrt hatte. *Sprich nicht über die Vergangenheit.*

Sprich nicht über Mom.

Zu ihrer Erleichterung ging Frost nicht auf ihre plötzliche Zurückhaltung ein. Seine nächste Frage betraf gar nicht sie selbst. »Ich weiß, dass Sie noch nicht lange hier arbeiten«, sagte er, »aber hatten Sie jemals das Gefühl, dass in diesem Haus nicht alles mit rechten Dingen zugeht?«

»Wie meinen Sie das?«

»Sie sagten vorhin, Sie hätten das Gefühl, in einem Horrorhaus zu arbeiten.«

»Das war nicht wörtlich gemeint. Aber Sie können das doch sicher verstehen – nach dem, was Sie gerade hinter der Wand im Keller gefunden haben? Nach dem, was wir über Madam X herausgefunden haben?« Die Temperatur in ihrem klimatisierten Büro schien immer weiter zu sinken. Josephine griff hinter sich, um die Strickjacke anzuziehen, die sie über ihren Stuhl gehängt hatte. »Wenigstens ist mein Job nicht annähernd so scheußlich, wie Ihrer es sein muss. Sie fragen mich, warum ich mich dafür entschieden habe, mit alten Vasen und Knochen zu arbeiten. Und ich frage mich, wieso jemand wie Sie sich freiwillig mit – nun ja, mit den Scheußlichkeiten der Gegenwart beschäftigt.« Sie blickte auf und sah einen Funken von Unbehagen in seinen Augen aufblitzen, weil diesmal er es war, an den die Frage gerichtet war. Als jemand, der es gewohnt war, andere auszufragen, schien er wenig geneigt, im Gegenzug irgendetwas Persönliches über sich herauszurücken.

»Es tut mir leid«, sagte sie. »Ich nehme an, ich darf selbst keine Fragen stellen. Nur welche beantworten.«

»Nein, ich frage mich nur, wie Sie das gemeint haben.«

»Gemeint?«

»Als Sie sagten: *Jemand wie Sie.*«

»Oh.« Sie lächelte verlegen. »Es ist nur, weil Sie so einen netten Eindruck auf mich machen. Freundlich und liebenswürdig.«

»Und das sind die meisten Polizisten nicht?«

Sie errötete. »Ich reite mich nur immer weiter rein, was? Ehrlich, das war als Kompliment gemeint. Denn ich muss zugeben, dass Polizisten mir immer ein bisschen Angst einjagen.« Sie senkte den Blick. »Ich glaube nicht, dass ich die Einzige bin, der es so geht.«

Er seufzte. »Ich fürchte, da haben Sie recht. Obwohl ich sicher bin, dass es auf der ganzen Welt kaum einen Menschen gibt, vor dem man weniger Angst haben muss als vor mir.«

Aber trotzdem fürchte ich mich vor dir. Weil ich weiß, was du mir antun könntest, wenn du hinter mein Geheimnis kämst.

»Detective Frost?« Nicholas Robinson stand plötzlich in der Tür. »Ihre Kollegin braucht Sie unten.«

»Oh. Okay.« Frost schenkte Josephine ein Lächeln. »Wir unterhalten uns später weiter, Dr. Pulcillo. Und sehen Sie zu, dass Sie etwas in den Magen bekommen, ja?«

Nicholas wartete, bis Frost das Büro verlassen hatte, und fragte sie dann: »Was sollte das denn eben?«

»Wir haben nur ein bisschen geplaudert.«

»Er ist Kriminalpolizist. Die *plaudern* nicht einfach nur ein bisschen.«

»Es ist ja nicht so, als ob er mich verhört hätte oder so.«

»Hast du etwas auf dem Herzen, Josie? Etwas, was ich wissen sollte?«

Obwohl seine Frage sie misstrauisch machte, gelang es ihr, mit ruhiger Stimme zu antworten: »Wie kommst du denn darauf?«

»Du bist nicht du selbst. Und nicht nur wegen dieser Sache, die heute passiert ist. Als ich gestern auf dem Flur von hinten auf dich zukam, da bist du vor Schreck fast an die Decke gesprungen.«

Sie saß da, hatte die Hände in den Schoß gelegt und war froh, dass er nicht sehen konnte, wie sich ihre Finger ineinander verkrampften. In der kurzen Zeit ihrer Zusammenarbeit hatte er schon ein geradezu unheimliches Gespür für ihre Stimmungen entwickelt. Stets wusste er genau, wann sie es brauchte, einfach nur herzhaft über irgendetwas lachen zu können, und wann sie in Ruhe gelassen werden wollte. Sicherlich konnte es ihm nicht entgangen sein, dass dies einer der Momente war, wo sie allein sein wollte, und doch zog er sich nicht zurück. Das passte so gar nicht zu dem Nicholas, den sie kannte, einem Mann, der ihre Privatsphäre stets gewissenhaft respektierte.

»Josie?«, sagte er. »Möchtest du über irgendetwas reden?«

Sie lachte reumütig. »Na ja, es ist mir ganz schön peinlich, dass ich bei Madam X so voll danebengelegen habe. Dass ich nicht gemerkt habe, dass es sich um eine Fälschung handelt.«

»Diese Radiokarbonanalyse hat uns beide auf eine falsche Fährte gelockt. Ich habe mich genauso geirrt wie du.«

»Aber du kommst auch nicht von der Ägyptologie. Du hast mich genau dafür eingestellt, und ich habe versagt.«

Sie beugte sich vor und massierte sich die Schläfen. »Wenn du jemanden mit mehr Erfahrung genommen hättest, wäre das nicht passiert.«

»Du hast nicht versagt. Du warst schließlich diejenige, die auf dem CT bestanden hat, schon vergessen? Weil *du* dir bei ihr nicht hundertprozentig sicher warst. Du bist diejenige, die uns auf den richtigen Weg gebracht hast. Also hör schon auf, dir deswegen Vorwürfe zu machen.«

»Ich habe das Museum schlecht aussehen lassen. Ich habe *dich* schlecht aussehen lassen, weil du mich schließlich eingestellt hast.«

Er antwortete nicht sofort. Stattdessen nahm er seine Brille ab und putzte sie mit einem Taschentuch. Dass er stets ein frisches Stofftaschentuch bei sich hatte, gehörte zu jenen altmodischen kleinen Angewohnheiten, die sie an ihm so liebenswürdig fand. Manchmal erinnerte Nicholas sie an einen wohlerzogenen Junggesellen aus einer längst vergangenen, unschuldigeren Zeit. Eine Zeit, als ein Mann noch aufstand, wenn eine Dame das Zimmer betrat.

»Vielleicht sollten wir versuchen, das Positive an der ganzen Sache zu sehen«, sagte er schließlich. »Denk nur an die Publicity, die uns das verschafft. Jetzt weiß die ganze Welt, dass es das Crispin Museum gibt.«

»Aber aus den völlig falschen Gründen. Man kennt uns nur als das Museum mit den Mordopfern im Keller.« Sie spürte wieder den kalten Luftzug aus der Klimaanlage im Rücken und fröstelte in ihrer Strickjacke. »Ich frage mich die ganze Zeit, was wir in diesem Haus noch alles finden werden. Ob da oben in der Decke noch irgendwo ein Schrumpfkopf versteckt ist oder ob hinter dieser Wand noch eine zweite Madam X eingemauert ist. Wie konnte das passieren, ohne dass der Kurator irgendetwas davon wusste?« Sie sah Robinson in die Augen. »Er muss es gewesen sein, nicht wahr? Dr. Scott-Kerr. Er war die ganzen Jahre für die Sammlung verantwortlich, also kann es nur er gewesen sein.«

»Ich habe den Mann gekannt. Es fällt mir sehr schwer, das zu glauben.«

»Aber hast du ihn *wirklich* gekannt?«

Er dachte darüber nach. »Inzwischen muss ich mich fragen, wie gut irgendjemand von uns William gekannt hat. Wie gut wir einen Menschen überhaupt kennen können. Er wirkte auf mich wie ein ruhiger und vollkommen normaler Mann. Niemand, der einem irgendwie besonders auffällt.«

»Ist das nicht die übliche Beschreibung des Psychopathen, der in seinem Keller zwei Dutzend Leichen vergraben hat? *Er war so ein ruhiger, unauffälliger Mann.*«

»Das scheint wirklich die Standardbeschreibung zu sein. Aber die könnte natürlich auf fast jeden zutreffen, nicht wahr?« Nicholas lächelte ironisch. »Mich eingeschlossen.«

Josephine saß im Bus nach Hause und starrte aus dem Fenster. Hieß es nicht immer, das Leben sei voller Zufälle? Hatte sie nicht die verblüffenden Geschichten von Urlaubern gehört, die beim Bummel durch Paris plötzlich ihre Nachbarn getroffen hatten? Solche seltsamen Fügungen gab es immer wieder, und das hier war vielleicht einfach nur eine davon.

Aber es war nicht der erste Zufall. Das war der Name auf der Kartusche. Medea. Und jetzt die Indio Daily News.

An ihrer Haltestelle stieg sie aus dem Bus und tauchte in die feuchte Hitze ein wie in einen zähen Brei. Schwarze Wolken hingen drohend über dem Horizont, und als sie auf ihren Block zuging, hörte sie Donnergrollen. Die Härchen auf ihren Armen richteten sich auf, wie elektrisiert von der Gewitterspannung, die in der Luft lag. Die ersten Tropfen prasselten auf sie herab, und bis sie den Hauseingang erreichte, hatte der Regen sich schon zu einem tropischen Wolkenbruch ausgewachsen. Sie rannte die Stufen hinauf und rettete sich in die Eingangshalle. Das Wasser troff ihr von den Kleidern, als sie ihren Briefkasten aufschloss.

Sie hatte gerade einen Stapel Briefe herausgezogen, als die Tür von Apartment 1A aufging und Mr. Goodwin sagte: »Dachte mir's doch, dass ich Sie habe reinlaufen sehen. Ist wohl ziemlich feucht da draußen, wie?«

»Es schüttet wie aus Eimern.« Sie machte den Briefkasten zu. »Ich bin froh, dass ich heute nicht mehr vor die Tür muss.«

»Er hat heute schon wieder einen dabeigehabt. Ich dachte mir, Sie wollen die Sache vielleicht mal klären.«

»Wer hat was dabeigehabt?«

»Der Postbote – einen Brief, der an Josephine Sommer adressiert ist. Er hat mich gefragt, was Sie zu dem letzten gesagt hätten, und ich habe ihm gesagt, dass Sie ihn angenommen haben.«

Sie sah die Post durch, die sie gerade aus dem Briefkasten genommen hatte, und fand den Umschlag. Es war dieselbe Handschrift. Und auch dieser Brief war in Boston abgestempelt.

»Das ist ziemlich verwirrend für die Post«, meinte Mr. Goodwin. »Vielleicht sollten Sie dem Absender sagen, dass er sich mal Ihren richtigen Namen notieren soll.«

»Ja. Vielen Dank.« Sie begann, die Treppe hinaufzusteigen.

»Haben Sie Ihren alten Schlüsselbund inzwischen gefunden?«, rief er ihr nach.

Statt ihm zu antworten schlüpfte sie nur rasch in ihre Wohnung und zog die Tür hinter sich zu. Sie warf den Rest der Post auf die Couch, riss hastig den an Josephine Sommer adressierten Umschlag auf und zog ein zusammengefaltetes Blatt Papier heraus. Sie starrte die Worte Blue Hills Reservation an und rätselte, warum ihr jemand eine fotokopierte Wanderkarte der Umgebung schicken könnte. Dann drehte sie das Blatt um und sah, was von Hand mit Tinte auf die Rückseite geschrieben war.

Finde mich.

Darunter standen Zahlen:

42 13 06.39
71 04 06.48

Sie sank auf die Couch, und die beiden Worte starrten sie von dem Papier in ihrem Schoß an. Draußen kam der Regen inzwischen in Sturzbächen vom Himmel. Das Donnergrollen klang näher, und dann zuckte ein Blitz im Fenster.

Finde mich.

Es lag keine Drohung in dieser Aufforderung; nichts, was sie vermuten ließ, dass der Absender ihr Böses wollte.

Sie dachte an die Nachricht, die sie vor ein paar Tagen erhalten hatte: *Die Polizei ist nicht dein Freund.* Auch dies keine Drohung, sondern ein vernünftiger Rat, den ihr der unbekannte Absender ins Ohr flüsterte. Die Polizei war *nicht* ihr Freund; das war etwas, was sie längst wusste. Etwas, was sie schon mit vierzehn Jahren gewusst hatte.

Sie konzentrierte sich auf die beiden Zahlenreihen. Schon nach wenigen Sekunden war ihr klar, wofür sie stehen mussten.

Bei dem aufziehenden Gewitter war es vielleicht keine

gute Idee, ihren Computer einzuschalten, doch sie fuhr ihn trotzdem hoch. Sie ging auf die Website von Google Earth und gab die beiden Zahlenreihen als Breiten- und Längengrad ein. Wie von Zauberhand schwenkte der Bildausschnitt über eine Karte von Massachusetts und zoomte dann auf ein Waldgebiet in der Nähe von Boston.

Die Blue Hills Reservation.

Sie hatte richtig geraten: Die beiden Zahlenreihen waren Koordinaten, und sie bezeichneten eine ganz bestimmte Stelle im Park. Das war offensichtlich der Ort, den sie aufsuchen sollte – aber zu welchem Zweck? Sie sah nirgendwo eine Zeit- oder Datumsangabe für ein Treffen. Sicherlich würde kein Mensch stunden- oder gar tagelang geduldig in einem Park warten, bis sie endlich auftauchte. Nein, sie sollte dort etwas ganz Bestimmtes finden. Keinen Menschen, sondern einen Gegenstand.

Sie startete eine Internetsuche nach der Blue Hills Reservation und erfuhr, dass es sich um einen achtundzwanzig Quadratkilometer großen Park südlich von Milton handelte. Er wurde von einem zweihundert Kilometer langen Netz von Wanderwegen durchzogen, die durch Wälder und Sümpfe, Wiesen und Moore führten, und war Heimat für viele wild lebende Tierarten, darunter die Waldklapperschlange. Na, *das* war doch eine Attraktion, mit der man werben konnte: die Chance, einmal einer echten Klapperschlangen zu begegnen. Josephine zog eine Karte des Großraums Boston aus dem Bücherregal und breitete sie auf dem Couchtisch aus. Als sie die große grüne Fläche betrachtete, die den Park bezeichnete, sah sie sich schon meilenweit durch Wälder und Sümpfe stapfen auf der Suche nach ... ja, wonach eigentlich? War dieses Etwas größer oder kleiner als ein Picknickkorb?

Und wie werde ich wissen, dass ich es gefunden habe?

Es war Zeit, dem Technikfreak im Erdgeschoss einen Besuch abzustatten.

Sie ging nach unten und klopfte an die Tür von Nummer 1A. Mr. Goodwin erschien mit seiner Lupenbrille auf dem Kopf, die wie ein zweites Augenpaar aussah.

»Ich wollte Sie fragen, ob Sie mir vielleicht einen Gefallen tun könnten«, sagte sie.

»Ich bin gerade mitten in der Arbeit. Wird es lange dauern?«

Sie spähte an ihm vorbei in das mit defekten Elektrogeräten vollgestopfte Zimmer. »Ich will mir vielleicht ein Navigationssystem für mein Auto kaufen. Sie haben doch eins, nicht wahr? Sind die leicht zu bedienen?«

Augenblicklich hellte sich seine Miene auf. Wenn man ihn glücklich machen wollte, musste man ihn nur nach irgendeinem elektronischen Gerät fragen, ganz gleich, was es war. »Aber klar doch, kinderleicht! Ich weiß nicht, wie ich ohne die Dinger klarkommen würde. Ich habe drei Stück. Letztes Jahr hatte ich eins dabei, als ich meine Tochter in Frankfurt besucht habe, und ich habe mich gleich zurechtgefunden wie ein Einheimischer. Ich musste niemanden nach dem Weg fragen – einfach die Adresse eingeben, und los geht's. Sie hätten die neidischen Blicke sehen sollen, die ich geerntet habe. Ich bin von wildfremden Leuten auf der Straße angesprochen worden, die sich das Ding unbedingt mal aus der Nähe ansehen wollten.«

»Es ist also nicht kompliziert?«

»Soll ich es Ihnen zeigen? Na los, kommen Sie rein!« Er führte sie ins Wohnzimmer. Offenbar hatte er die Arbeit, mit der er vorhin noch so beschäftigt gewesen war, schon völlig vergessen. Aus einer Schublade fischte er ein elegantes kleines Gerät heraus, kaum größer als ein Kartenspiel. »Sehen Sie, ich schalte es ein, dann können Sie es mal ausprobieren. Sie werden meine Hilfe gar nicht brauchen. Es ist alles selbsterklärend, Sie müssen sich bloß durch das Menü klicken. Wenn Sie die Adresse wissen, führt es Sie bis vor die Haustür. Sie können auch nach Restaurants oder Hotels suchen. Und Sie können mit dem Ding sogar Französisch reden.«

»Ich möchte zum Wandern gehen. Was ist, wenn ich mir mitten im Wald ein Bein breche? Woher weiß ich dann, wo ich bin?«

»Sie meinen, falls Sie Hilfe holen müssen? Das ist ganz einfach. Sie rufen mit dem Handy die Notrufzentrale an und geben Ihre Koordinaten durch.« Er riss ihr das Gerät aus der Hand und tippte ein paarmal auf das Display. »Sehen Sie? Das ist unser Standort. Breitengrad und Längengrad. Wenn ich Wanderer wäre, würde ich mich nie ohne das Ding in die Wildnis wagen. Es ist genauso unverzichtbar wie ein Erste-Hilfe-Kasten.«

»Wow.« Sie lächelte ihn an und zeigte sich gebührend beeindruckt. »Ich weiß nur noch nicht, ob ich so viel Geld für so ein Gerät ausgeben will.«

»Warum leihen Sie es sich nicht einfach für einen Tag aus? Spielen Sie ein bisschen damit herum, dann werden Sie schon sehen, wie einfach es ist.«

»Sind Sie sicher? Das wäre wirklich super.«

»Wie ich schon sagte, ich habe noch zwei andere. Sagen Sie mir, wie es Ihnen gefällt.«

»Ich verspreche Ihnen, ich werde gut darauf aufpassen.«

»Soll ich vielleicht mitkommen? Ich könnte Ihnen ein paar Tipps für die Bedienung geben.«

»Nein, ich komme schon klar.« Sie winkte ihm zu und verließ seine Wohnung. »Ich will es nur morgen auf eine kleine Wanderung mitnehmen.«

10

Josephine fuhr auf den Wandererparkplatz und stellte den Motor ab. Sie blieb noch einen Moment sitzen und sah zu der Stelle hin, wo der Wanderweg begann – nur eine schmale Schneise, die in den dunklen, undurchdringlichen Wald geschlagen worden war. Laut Google Earth konnte sie mit dem Auto nicht näher an die Koordinaten herankommen, die auf der Karte eingetragen waren. Jetzt hieß es also aussteigen und zu Fuß weitergehen.

Obwohl der Regen in der Nacht nachgelassen hatte, hingen an diesem Morgen immer noch tiefe graue Wolken am Himmel, und die Luft schien von Feuchtigkeit gesättigt. Sie stand am Waldrand und starrte auf einen schmalen Weg, der sich nach einer Weile im tiefen Dunkel verlor. Es überlief sie plötzlich kalt wie von einem eisigen Windhauch im Nacken. Sie war versucht, wieder einzusteigen und die Autotüren zu verriegeln. Einfach wieder nach Hause zu fahren und zu vergessen, dass sie die Karte je bekommen hatte. Doch so unwohl ihr auch bei dem Gedanken war, diesen Wald zu betreten, sosehr fürchtete sie die Konsequenzen, sollte sie die anonyme Aufforderung ignorieren. Vielleicht war die Person, die sie geschickt hatte, ja ihr bester Freund.

Oder aber ihr schlimmster Feind.

Sie blickte auf, als von den Zweigen über ihr kalte Tropfen herabfielen und sie im Gesicht kitzelten. Sie zog sich die Kapuze ihrer Jacke über den Kopf und ging los.

Am Rand des Waldwegs wuchsen Pilze, deren leuchtend

bunte Hüte vor Nässe glänzten. Sie musste an den alten Spruch denken: *Man kann alle Pilze essen – manche allerdings nur einmal.* Die Koordinaten auf dem Navigationssystem veränderten sich, passten sich immer wieder an, als sie tiefer und tiefer in den Wald eindrang. Sie konnte von dem Gerät keine hundertprozentig exakte Standortbestimmung erwarten; allenfalls konnte sie hoffen, dass es sie auf einige Dutzend Meter genau an den Gegenstand heranführen würde, den sie finden sollte. Und wenn dieser Gegenstand sehr klein war, wie sollte sie ihn dann in diesem dichten Unterholz überhaupt entdecken?

In der Ferne hörte sie leises Donnergrollen – das nächste Gewitter war im Anzug. Noch kein Grund, sich Sorgen zu machen, dachte sie. Wenn die Blitze näher kämen, würde sie sich möglichst weit vom höchsten Baum entfernt in einen Graben ducken. Das war jedenfalls die Theorie. Das Tröpfeln aus dem Laubdach wuchs zu einem stetigen Prasseln an, und dicke Tropfen klatschten auf ihre Jacke. Die Nylonkapuze fing die Geräusche ein und verstärkte das Rauschen ihres eigenen Atems, das Pochen ihres Herzens. In kleinen Schritten von Bruchteilen eines Grads rückten die GPS-Koordinaten langsam ihrem Ziel näher.

Obwohl es noch weit vor Mittag war, schien es im Wald rapide dunkel zu werden. Oder vielleicht waren es auch nur die dichter werdenden Regenwolken, die dieses stetige Prasseln in eine Sturzflut zu verwandeln drohten. Sie beschleunigte ihren Schritt, verfiel in ein flottes Marschtempo, und ihre Stiefel patschten durch Matsch und nasses Laub. Plötzlich blieb sie stehen und starrte konzentriert auf das Display des GPS-Geräts.

Sie war über das Ziel hinausgeschossen. Sie musste umkehren.

So ging sie den Weg zurück, den sie gekommen war, bis

sie zu einer Biegung kam – und starrte auf eine Wand aus Bäumen. Das System sagte ihr, dass sie den Weg verlassen musste. Hinter dem dichten Gewirr aus Ästen und Zweigen schien es wieder heller zu werden, und sie glaubte ein kleines Stück einer Lichtung zu erkennen.

Sie stapfte durch das Unterholz darauf zu und kam sich vor wie ein trampelnder Elefant, als das dürre Holz laut unter ihren Tritten knackte. Nasse Zweige klatschten ihr ins Gesicht. Sie trat auf den Stamm eines umgestürzten Baums und wollte gerade auf der anderen Seite herunterspringen, als ihr Blick am Boden haften blieb – an einem großen Fußabdruck in der feuchten Erde. Der Regen hatte die Ränder schon ein wenig verwischt, aber es war eindeutig. Jemand anders war vor ihr über diesen Stamm gestiegen. Jemand anders war durch dieses Unterholz gestreift. Aber er war in die andere Richtung gegangen, auf den Waldweg zu. Der Abdruck sah nicht frisch aus. Dennoch blieb sie stehen und sah sich um. Außer herabhängenden Zweigen und mit Flechten überzogenen Baumstämmen konnte sie nichts entdecken. Welcher normale Mensch würde eine Nacht und einen Tag lang hier draußen im Wald ausharren und einer Frau auflauern, die vielleicht gar nicht kommen würde? Einer Frau, die vielleicht nicht einmal erkennen würde, dass diese Zahlen auf der Rückseite der Karte Koordinaten waren?

Nachdem sie sich so mit ihrer eigenen Logik beruhigt hatte, sprang sie von dem Stamm herunter und ging weiter, den Blick starr auf das GPS gerichtet, auf die Zahlen, die langsam weiterrückten. Immer näher, dachte sie. Jetzt bin ich fast da.

Plötzlich lichteten sich die Bäume, und sie trat aus dem Wald hinaus auf eine Wiese. Einen Moment lang stand sie da und blinzelte verwirrt, vor sich eine weite Fläche mit hohem Gras und Wildblumen, deren Blüten schwer vor Nässe herabhingen. Wohin jetzt? Laut dem GPS war dies die Stelle, zu der sie bestellt worden war, aber sie sah keine Schilder oder Wegweiser; nichts, was irgendwie ins Auge gefallen wäre. Nur diese Wiese, und in der Mitte einen einsamen alten Apfelbaum mit krummen, knorrigen Ästen.

Sie begann, die Lichtung zu überqueren. Nasses Gras streifte ihre Jeans, und der Stoff sog die Feuchtigkeit auf. Bis auf das Plätschern des Regens war der Tag unheimlich still; nur das ferne Bellen eines Hundes war zu hören. Sie ging bis zur Mitte der Lichtung und drehte sich langsam um die eigene Achse, ließ den Blick über die Bäume am Waldrand schweifen, doch sie sah keine Bewegung, nicht einmal das Flattern eines Vogels.

Was soll ich hier finden?

Ein Donnerschlag zerriss die Luft, und sie blickte zu dem immer schwärzer werdenden Himmel auf. Es wurde Zeit, die Lichtung zu verlassen. Während eines Gewitters unter einem einsamen Baum zu stehen war sträflicher Leichtsinn.

Erst in diesem Moment fiel ihr Blick auf den Baum selbst. Auf den Gegenstand, der an einem in den Stamm geschlagenen Nagel hing. Er befand sich oberhalb ihrer Augenhöhe und war halb von einem Ast verdeckt, weshalb sie ihn erst jetzt bemerkt hatte. Ungläubig starrte sie das Ding an, das dort an dem Nagel baumelte.

Mein verlorener Schlüsselbund.

Sie fischte ihn herunter und fuhr herum. Hektisch suchte sie die Lichtung nach dem Unbekannten ab, der ihre Schlüssel an den Baum gehängt hatte. Wieder tat es einen Donnerschlag, und wie auf einen Schuss mit der Starterpistole sprintete sie los. Aber es war nicht das Gewitter, das sie Hals über Kopf in Richtung Waldrand fliehen ließ, das sie durch das Unterholz brechen und zum Weg zurückhasten ließ, so voller Panik, dass sie die Zweige nicht einmal spürte, die ihr Gesicht peitschten. Nein, es war der Anblick ihrer eigenen Schlüssel an diesem Baumstamm, der Schlüssel, die sie jetzt fest umklammert hielt, obwohl sie sich in ihrer Hand fremd anfühlten. Vergiftet.

Als sie endlich auf den Parkplatz wankte, war sie völlig außer Atem. Ihr Auto war nicht mehr das einzige, das dort stand; in der Nähe parkte noch ein Volvo. Mit kalten, tauben Fingern mühte sie sich, die Tür aufzubekommen. Als sie es geschafft hatte, kletterte sie hinter das Lenkrad und verriegelte die Türen.

Endlich in Sicherheit.

Einen Moment lang saß sie nur keuchend da, bis die Windschutzscheibe von ihrem Atem beschlug. Sie starrte auf die Schlüssel, die sie vor wenigen Minuten von dem einsamen Apfelbaum abgenommen hatte. Sie sahen genauso aus, wie sie sie in Erinnerung hatte: fünf Schlüssel an einem Ring in Form eines Anch, des altägyptischen Lebenssymbols. Da waren die beiden Wohnungsschlüssel, die Autoschlüssel und der Briefkastenschlüssel. Irgendjemand hatte sie über eine Woche lang in seinem Besitz gehabt. Während ich schlief, dachte sie, könnte jemand in meiner Wohnung gewesen sein. Oder meine Post gestohlen haben. Oder sich Zugang zu meinem …

Mein Auto.

Panik würgte sie, als sie herumfuhr, darauf gefasst, ein Monster auf dem Rücksitz zu erblicken, das sich auf sie stürzen würde. Aber sie sah nur ein paar verirrte Akten aus dem Museum und eine leere Wasserflasche. Kein Monster, keinen Axtmörder. Sie sank in ihren Sitz zurück, und das Lachen, das sich ihrer Kehle entrang, hatte einen leisen Unterton von Hysterie.

Jemand versucht, mich in den Wahnsinn zu treiben. So, wie sie meine Mutter in den Wahnsinn getrieben haben.

Sie steckte den Zündschlüssel ins Schloss und wollte eben den Motor anlassen, als ihr Blick am Kofferraumschlüssel hängen blieb, der klirrend zwischen anderen baumelte. Die ganze letzte Nacht, dachte sie, hat mein Auto auf der Straße in der Nähe meiner Wohnung gestanden. Frei zugänglich und unbewacht.

Sie blickte sich auf dem Parkplatz um. Durch das halb beschlagene Fenster konnte sie sehen, wie die Besitzer des Volvos die Straße heraufkamen. Es war ein junges Paar mit zwei Kindern von ungefähr zehn Jahren, einem Jungen und einem Mädchen. Der Junge führte einen schwarzen Labrador an der Leine. Oder vielmehr schien der Labrador den Jungen zu führen, der mit aller Kraft die Leine festhielt, während der Hund ihn hinter sich her zerrte.

Erleichtert, dass sie nicht ganz allein war, zog Josephine die Schlüssel ab und stieg aus. Regentropfen prasselten auf ihren unbedeckten Kopf, doch sie registrierte kaum, wie das Wasser ihr in den Nacken lief und ihren Kragen tränkte. Sie ging um den Wagen herum und starrte den Kofferraum an, während sie sich zu erinnern versuchte, wann sie ihn zuletzt geöffnet hatte. Es war bei ihrem wöchentlichen Einkauf im Supermarkt gewesen. Sie sah noch die prallvollen Plastiktüten vor sich, die sie in den Kofferraum gepackt hatte, und entsann sich, wie sie alle auf einmal herausgehoben und die Treppe hinaufgetragen hatte. Es dürfte nichts mehr im Kofferraum sein, dachte sie.

Der Hund begann wild zu bellen, und der Junge, der die Leine hielt, schrie: »Sam, komm her! Was hast du denn nur?«

Josephine drehte sich um und sah, dass der Junge seinen Hund zum Volvo der Familie zurückzuzerren versuchte, doch der Labrador bellte weiter Josephine an.

»Entschuldigen Sie«, rief die Mutter. »Ich weiß auch nicht,

was in ihn gefahren ist.« Jetzt nahm sie die Leine, und der Hund jaulte, als er mit Gewalt zum Wagen zurückgeschleift wurde.

Josephine schloss den Kofferraum auf. Der Deckel hob sich.

Als sie sah, was darin lag, taumelte sie zurück und rang nach Luft. Der Regen trommelte auf ihre Wangen, durchnässte ihr Haar und rann ihr über den Kopf wie eisige Finger, die sie liebkosten. Der Hund riss sich los und kam hysterisch bellend auf sie zugeschossen. Sie hörte, wie eines der Kinder zu schreien anfing.

Ihre Mutter schrie: »O nein. O Gott, *nein!*«

Während der Vater die Notrufzentrale anrief, wankte Josephine zum nächsten Baum und sank wie gelähmt vor Schreck auf das regennasse Moos nieder.

11

Irgendwie brachte Maura Isles es fertig, immer todschick auszusehen, bei jedem Wetter und zu jeder Tages- und Nachtzeit. Jane stand da mit triefnassen Haaren und schlotterte in ihrer durchnässten Hose, und sie verspürte einen Anflug von Neid, als sie die Rechtsmedizinerin aus ihrem schwarzen Lexus steigen sah. Mauras perfekte Frisur glänzte wie ein schwarzer Helm, und sie schaffte es sogar, einen Parka wie den letzten Schrei aussehen zu lassen. Aber sie hatte auch nicht wie Jane schon eine geschlagene Stunde auf diesem Parkplatz im prasselnden Regen herumgestanden.

Als Maura auf die Polizeiabsperrung zuging, traten die Beamten respektvoll zu Seite, wie um für eine königliche Parade Platz zu machen. Und wie eine Königin strahlte Maura zugleich Unnahbarkeit und Entschlossenheit aus, als sie auf Jane zuging, die neben dem geparkten Honda wartete.

»Ist Milton nicht ein Stückchen außerhalb eurer Zuständigkeit?«, fragte Maura.

»Wenn du erst siehst, was wir hier haben, wirst du schon verstehen, warum sie uns gerufen haben.«

»Ist das der Wagen?«

Jane nickte. »Er gehört Josephine Pulcillo. Sie sagt, sie habe vor einer Woche ihre Schlüssel verloren und zuerst angenommen, dass sie sie bloß verlegt hätte. Jetzt sieht es so aus, als wären sie gestohlen worden, und wer immer sie genommen hat, hatte auch Zugang zu ihrem Wagen. Was er-

klären würde, wie das da in ihren Kofferraum gelangt ist.«
Jane drehte sich zu dem Honda um. »Ich hoffe, du bist auf
alles vorbereitet. Denn von dem Anblick bekommst du ga-
rantiert Albträume.«

»Das hast du schon öfter gesagt.«

»Schon, aber diesmal meine ich es wirklich ernst.« Mit
behandschuhten Händen hob Jane den Kofferraumdeckel
an, und ein Geruch wie nach verrottetem Leder stieg auf. Es
war nicht das erste Mal, dass Jane dem Gestank eines ver-
wesenden Leichnams ausgesetzt war, aber das hier war etwas anderes – es roch nicht nach Fäulnis, es roch nicht einmal menschenähnlich. Ganz bestimmt hatte sie noch nie
ein menschliches Wesen gesehen, das irgendeine Ähnlichkeit mit dem hatte, was da zusammengerollt im Kofferraum
des Hondas lag.

Im ersten Moment schien es Maura die Sprache zu ver-
schlagen. Stumm starrte sie auf eine wirre Masse schwarzer
Haare hinab, auf ein Gesicht, das so dunkel verfärbt war,
dass es an Teer erinnerte. Jede Hautfalte, jede feinste Kontur
des nackten Leichnams war perfekt konserviert, wie in
Bronze gegossen. Und ebenso konserviert war der Gesichtsausdruck der Frau im Augenblick des Todes, die Züge verzerrt, der Mund in einem endlosen Schrei erstarrt.

»Zuerst dachte ich, sie könnte unmöglich echt sein«,
sagte Jane. »Ich dachte, es wäre irgendein Halloween-
Scherzartikel aus Gummi, den man aufhängt, um die Kinder zu erschrecken. So eine Art künstlicher Zombie. Ich
meine, wie soll das gehen, eine Frau in *so etwas* zu verwandeln?« Jane hielt inne und atmete tief durch. »Und dann sah
ich ihre Zähne.«

Maura starrte in den aufgerissenen Mund und sagte leise:
»Sie hat eine Zahnfüllung.«

Jane wandte sich ab und beobachtete stattdessen einen

Fernseh-Übertragungswagen, der gerade hinter der Absperrung anhielt. »Dann erklär du mir doch mal, wie man es fertigbringt, eine Frau so aussehen zu lassen«, sagte sie. »Sag mir, wie man eine Leiche in ein Halloween-Monster verwandelt.«

»Ich weiß es nicht.«

Die Antwort überraschte Jane. Sie betrachtete Maura Isles inzwischen als *die* Autorität auf dem Gebiet ungewöhnlicher und bizarrer Todesarten. »So etwas kann man doch nicht in einer Woche hinbekommen, oder?«, fragte Jane. »Vielleicht nicht mal in einem Monat. Es braucht doch wohl eine gewisse Zeit, eine Frau in dieses Ding da zu verwandeln.« *Oder in eine Mumie.*

Maura sah sie an. »Wo ist Dr. Pulcillo? Was sagt sie zu dieser Sache?«

Jane deutete zur Straße, wo die Schlange aus parkenden Autos immer länger wurde. »Sie sitzt da drüben bei Frost im Wagen. Sie sagt, sie hat keine Ahnung, wie die Leiche in ihren Kofferraum gekommen ist. Zuletzt hat sie ihren Wagen angeblich vor ein paar Tagen zum Einkaufen benutzt. Wenn diese Leiche schon länger als ein, zwei Tage im Kofferraum läge, wäre der Gestank wohl viel schlimmer. Dann hätte sie schon beim Einsteigen etwas bemerken müssen.«

»Sie vermisst ihre Schlüssel seit einer Woche?«

»Sie hat keine Ahnung, wie sie sie verloren hat. Sie erinnert sich nur, dass sie eines Tages von der Arbeit nach Hause kam und feststellte, dass sie nicht in ihrer Handtasche waren.«

»Was hat sie hier draußen gemacht?«

»Wandern.«

»An einem Tag wie heute?«

Immer schwerere Regentropfen klatschten auf ihre Parkas, und Maura klappte den Kofferraum zu, wie um ihnen beiden diesen grässlichen Anblick zu ersparen. »Irgendetwas stimmt nicht an dieser Sache.«

Jane lachte. »Ach, tatsächlich?«

»Ich meine das Wetter.«

»Na ja, ich finde es auch nicht so toll, aber was will man da machen?«

»Josephine Pulcillo kommt ganz allein hierher, um eine Wanderung zu machen, an einem Tag wie diesem?«

Jane nickte. »Das hat mir auch zu denken gegeben. Ich habe sie danach gefragt.«

»Was hat sie gesagt?«

»Sie brauchte unbedingt frische Luft. Und sie wandert gerne allein.«

»Und anscheinend besonders gerne bei Gewitter.« Maura blickte zu dem Wagen hinüber, in dem Josephine saß. »Sie ist eine sehr attraktive junge Frau, nicht wahr?«

»Attraktiv? Eine Augenweide trifft's wohl eher. Ich werde Frost an die Leine legen müssen – der kriegt schon glasige Augen, wenn er sie nur sieht.«

Maura sah immer noch in Josephines Richtung, und sie zog die Stirn tiefer in Falten. »Es hat einen ziemlichen Presserummel um Madam X gegeben. Dieser große Artikel im *Globe* im Mai. Und die ganzen Berichte, die in den letzten Wochen erschienen sind, auch mit Fotos.«

»Du meinst, mit Fotos von Josephine.«

Maura nickte. »Vielleicht hat sie einen Verehrer angelockt.«

Einen ganz speziellen Verehrer, dachte Jane. Einen, der die ganze Zeit wusste, was im Keller des Museums versteckt war. Die Publicity um Madam X musste unweigerlich seine Aufmerksamkeit geweckt haben. Er würde jeden Artikel gelesen, jedes Foto studiert haben. Er würde Josephines Gesicht gesehen haben.

Sie sah auf den Kofferraum und war dankbar, dass er jetzt geschlossen war, dass sie die Unglückliche nicht länger sehen musste, die darin lag, ihre Gliedmaßen verrenkt wie im Todeskampf. »Ich glaube, unser Sammler hat uns gerade eine Botschaft geschickt. Er lässt uns wissen, dass er noch am Leben ist. Und auf der Jagd nach neuen Trophäen.«

»Er lässt uns auch wissen, dass er hier in Boston ist.« Wieder blickte Maura in Josephines Richtung. »Du sagtest, sie hätte ihre Schlüssel verloren. Welche waren das?«

»Auto- und Wohnungsschlüssel.«

Maura blickte bestürzt auf. »Das ist schlecht.«

»Ihre Schlösser werden in diesem Moment ausgetauscht. Wir haben schon mit ihrem Hausmeister gesprochen, und wir werden dafür sorgen, dass sie sicher nach Hause kommt.«

Mauras Handy klingelte, und sie warf einen Blick auf das Display. »Entschuldige mich«, sagte sie und wandte sich ab, um den Anruf anzunehmen. Jane registrierte, wie Maura verstohlen den Kopf senkte, wie sie die Schultern einzog, als wollte sie verhindern, dass irgendjemand etwas von ihrem Gespräch mitbekam.

»Was ist mit Samstagabend, hättest du da vielleicht Zeit? Es ist schon so lange her …«

Es war das Flüstern, das sie verriet. Sie sprach mit Daniel Brophy, aber Jane hörte keine Freude aus der gemurmelten Unterhaltung heraus, nur Enttäuschung. *Was kann man auch anderes erwarten, wenn man sich in einen Mann verliebt, der immer unerreichbar bleiben wird?*

Maura beendete ihr Gespräch mit einem leisen »Ich ruf dich später zurück«. Dann drehte sie sich zu Jane um, doch sie wich ihrem Blick aus. Stattdessen richtete sie ihre Aufmerksamkeit auf den Honda. Eine Leiche war immer noch das unverfänglichere Gesprächsthema. Und im Gegensatz zu einem Liebhaber würde sie ihr nicht das Herz brechen, sie nicht enttäuschen oder ihr einsame Nächte bereiten.

»Ich nehme an, die Spurensicherung wird den Kofferraum untersuchen?«, fragte Maura. Schlagartig war ihr Ton wieder rein geschäftsmäßig, und sie schlüpfte in die Rolle der Rechtsmedizinerin, die nur von kühler Logik bestimmt war.

»Wir beschlagnahmen das Fahrzeug. Wann wirst du sie obduzieren?«

»Ich will zuerst ein paar Voruntersuchungen durchführen. Röntgen, Gewebeproben. Ich muss genau wissen, mit welcher Art von Konservierungsprozess ich es zu tun habe, ehe ich sie aufschneide.«

»Also heute keine Autopsie mehr?«

»Nein, erst nach dem Wochenende. Nach dem Aussehen der Leiche zu urteilen, ist sie schon länger tot. Da werden ein paar Tage mehr oder weniger nichts am Ergebnis der Obduktion ändern.« Mauras Blick ging wieder zu Josephine. »Was ist mit Dr. Pulcillo?«

»Wir müssen uns noch weiter mit ihr unterhalten. Wenn wir sie erst mal nach Hause gebracht haben und sie sich etwas Trockenes angezogen hat, wird sie sich vielleicht noch an ein paar weitere Einzelheiten erinnern.«

Josephine Pulcillo ist schon ein komischer Vogel, dachte Jane, als sie mit Frost in der Wohnung der jungen Frau stand und darauf wartete, dass sie wieder aus dem Schlafzimmer herauskam. Die Wohnzimmereinrichtung war im Stil *Bettelarme Studentin* gehalten. Der Bezug des Bettsofas war von den Krallen einer Phantomkatze zerrupft, und den Couchtisch zierten Kaffeeringe. Die Regale waren mit Lehrbüchern und Fachzeitschriften angefüllt, doch Jane sah keine Fotos, keine persönlichen Erinnerungsstücke, die irgendwelche Rückschlüsse auf den Charakter der Bewohnerin zugelassen hätten. Auf dem Computermonitor drehten sich als Bildschirmschoner Aufnahmen ägyptischer Tempel in einer Endlosschleife.

Als Josephine schließlich auftauchte, war ihr feuchtes Haar in einem Pferdeschwanz gebändigt. Obwohl sie eine frische Jeans und einen Baumwollpulli trug, sah sie immer noch verfroren aus, und ihre Miene war starr wie die einer Steinskulptur – die Statue einer ägyptischen Königin vielleicht oder irgendeiner mythischen Schönheit. Frost gaffte sie so ungeniert an, als wäre gerade eine Göttin ins Zimmer getreten. Wäre Alice, seine Frau, hier gewesen, sie hätte ihm vielleicht den unauffälligen Tritt vors Schienbein versetzt, den er dringend nötig zu haben schien. *Vielleicht sollte ich es stellvertretend für Alice tun.*

»Geht es Ihnen jetzt besser, Dr. Pulcillo?«, fragte er. »Brauchen Sie noch etwas Zeit, bevor wir uns über diese Sache unterhalten?«

»Ich bin bereit.«

»Vielleicht eine Tasse Kaffee, ehe wir anfangen?«

»Ich koche Ihnen einen.« Josephine drehte sich zur Küche um.

»Nein, ich dachte an *Sie*. Ob Sie irgendetwas brauchen.«

»Frost«, fuhr Jane dazwischen, »sie hat gerade gesagt, dass sie bereit ist, mit uns zu reden. Also, warum setzen wir uns nicht einfach alle hin und fangen an?«

»Ich wollte mich nur vergewissern, dass ihr nichts fehlt. Das ist alles.«

Frost und Jane nahmen auf der ramponierten Couch Platz. Eine kaputte Feder pikste Jane durch das Polster hindurch, und sie rutschte ein Stück zu Seite, sodass zwischen ihr und Frost eine große Lücke klaffte. Jetzt saßen sie jeder an einem Ende der Couch, wie ein zerstrittenes Paar bei der Eheberatung.

Josephine ließ sich auf einen Sessel sinken, ihre Miene unergründlich wie eine Onyx-Maske. Sie mochte erst sechsundzwanzig sein, doch sie war auf geradezu unheimliche Weise distanziert, und wenn sie überhaupt irgendetwas empfand, dann hielt sie ihre Emotionen sorgfältig unter Verschluss. Irgendetwas stimmt hier nicht, dachte Jane. War sie die Einzige, die das so empfand? Frost jedenfalls schien jede Objektivität abhandengekommen zu sein.

»Um noch einmal auf diese Schlüssel zurückzukommen, Dr. Pulcillo«, begann Jane. »Sie sagten, dass Sie sie seit über einer Woche vermissen?«

»Als ich letzten Mittwoch nach Hause kam, konnte ich meinen Schlüsselbund nicht in meiner Handtasche finden. Ich dachte, ich hätte ihn vielleicht auf der Arbeit liegen lassen, aber dort konnte ich ihn auch nirgends finden. Sie können Mr. Goodwin fragen. Er hat mir fünfundvierzig Dollar für das Auswechseln des Briefkastenschlosses berechnet.«

»Und der verlorene Schlüsselbund ist nicht wieder aufgetaucht?«

Josephine schlug die Augen nieder. Es waren nur wenige Momente der Zögerns, ehe sie antwortete, doch sie reichten, um Jane aufmerken zu lassen. Was gab es bei einer derart simplen Frage zu überlegen?

»Nein«, sagte Josephine. »Ich habe diese Schlüssel nie wiedergesehen.«

Frost fragte: »Wenn Sie auf der Arbeit sind, wo bewahren Sie da Ihre Handtasche auf?«

»In meinem Schreibtisch.« Josephine wirkte sichtlich erleichtert, als sei dies eine Frage, deren Beantwortung ihr keine Probleme bereitete.

»Ist Ihr Büro abgeschlossen?« Er beugte sich vor, als wollte er auf keinen Fall ein Wort verpassen.

»Nein. Ich gehe den ganzen Tag in meinem Büro ein und aus, also mache ich mir nicht die Mühe, es abzuschließen.«

»Ich nehme an, das Museum ist videoüberwacht? Gibt es Aufzeichnungen, auf denen man sehen könnte, wer Ihr Büro betreten hat?«

»Theoretisch ja.«

»Wie meinen Sie das?«

»Unser Videoüberwachungssystem hat vor drei Wochen den Geist aufgegeben, und es ist bisher noch nicht wieder instand gesetzt worden.« Sie zuckte mit den Achseln. »Es ist eine Kostenfrage. Das Geld ist immer knapp, und wir dachten uns, um potenzielle Diebe abzuschrecken, würde es schon ausreichen, dass die Kameras für jeden gut sichtbar sind.«

»Es hätte also jeder Besucher des Museums einfach nach oben in ihr Büro spazieren und die Schlüssel an sich nehmen können.«

»Und nach dem ganzen Medienrummel um Madam X hatten wir Scharen von Besuchern. Das Publikum hat das Crispin Museum endlich entdeckt.«

»Warum sollte ein Dieb nur Ihre Schlüssel nehmen und die Handtasche dalassen?«, fragte Jane. »Hat sonst noch etwas aus Ihrem Büro gefehlt?«

»Nein. Es ist mir jedenfalls nichts aufgefallen. Deswegen habe ich mir auch keine Gedanken darüber gemacht. Ich sagte mir, du hast die Schlüssel wahrscheinlich irgendwo liegen lassen. Ich hätte mir nie vorstellen können, dass jemand sie benutzen würde, um sich Zugang zu meinem Auto zu verschaffen. Und dieses… Ding in meinen Kofferraum zu legen.«

»Ihr Wohnblock hat keinen eigenen Parkplatz«, bemerkte Frost.

Josephine schüttelte den Kopf. »Hier muss jeder sehen, wo er bleibt. Ich parke auf der Straße, wie alle anderen Mieter auch. Deswegen lasse ich auch nie irgendwelche Wertsachen im Auto liegen. Es werden nämlich immer mal wieder welche aufgebrochen – allerdings in der Regel, um etwas mitzunehmen.« Sie schüttelte sich. »Und nicht, um etwas *hineinzulegen*.«

»Wie sind die Sicherheitsvorkehrungen im Gebäude?«, fragte Frost.

»Dazu kommen wir gleich noch«, sagte Jane.

»Irgendjemand hat Ihren Schlüsselbund. Ich denke, das ist jetzt das dringlichste Problem – die Tatsache, dass er auf sie fixiert zu sein scheint.« Er wandte sich an die junge Frau. »Können Sie sich denken, wieso?«

Josephine wich seinem Blick hastig aus. »Nein.«

»Könnte es jemand sein, den Sie kennen? Jemand, den Sie kürzlich kennengelernt haben?«

»Ich bin erst seit fünf Monaten in Boston.«

»Wo haben Sie vorher gewohnt?«, fragte Jane.

»Ich war auf Jobsuche in Kalifornien. Als ich dann die Stelle im Museum bekam, bin ich nach Boston gezogen.«

»Irgendwelche Feinde, Dr. Pulcillo? Irgendwelche Exfreunde, mit denen Sie Stress haben?«

»Nein.«

»Ist unter Ihren Archäologenfreunden vielleicht jemand, der wissen könnte, wie man eine Frau zu einer Mumie verarbeitet? Oder zu einem Schrumpfkopf?«

»Über dieses Wissen verfügen viele Leute. Dazu muss man kein Archäologe sein.«

»Aber Ihre Freunde *sind* Archäologen.«

Josephine zuckte mit den Achseln. »Ich habe nicht allzu viele Freunde.«

»Warum nicht?«

»Wie ich Ihnen bereits sagte, ich bin neu hier in Boston. Ich bin erst im März hergezogen.«

»Es fällt Ihnen also niemand ein, der Ihnen nachspioniert haben könnte? Der Ihre Schlüssel gestohlen haben könnte? Jemand, der versuchen könnte, Sie zu terrorisieren, indem er eine Leiche in Ihren Kofferraum legt?«

Zum ersten Mal bekam Josephines Selbstbeherrschung Risse, und die verängstigte Seele hinter der stoischen Maske kam zum Vorschein. Sie flüsterte: »Nein, ich habe keine Ahnung! Ich weiß nicht, wer das alles tut. Oder warum er sich *mich* ausgesucht hat.«

Jane studierte die junge Frau, und sie konnte nicht umhin, die makellose Haut und die kohlschwarzen Augen zu bewundern. Was war das für ein Gefühl, wenn man so schön war? Wenn man die Blicke aller Männer auf sich spürte, sobald man einen Raum betrat? *Einschließlich der Blicke, die einem alles andere als willkommen sind.*

»Ich hoffe, Sie begreifen, dass Sie in Zukunft sehr viel vorsichtiger sein müssen«, sagte Frost.

Josephine schluckte. »Ich weiß.«

»Können Sie für eine Weile irgendwo anders unterkommen? Sollen wir Sie vielleicht gleich dorthin fahren?«

»Ich ... Ich denke, ich werde wohl für eine Weile die Stadt verlassen.« Josephine richtete sich in ihrem Sessel auf, als hätte der Plan, den sie gefasst hatte, ihr neuen Mut gegeben. »Meine Tante lebt in Vermont. Ich werde bei ihr wohnen.«

»Wo in Vermont? Wir müssen wissen, wo wir Sie finden können.«

»In Burlington. Ihr Name ist Connie Pulcillo. Aber Sie können mich jederzeit auf meinem Handy erreichen.«

»Gut«, meinte Frost. »Und ich gehe davon aus, dass Sie keine solchen Dummheiten mehr machen werden, wie allein auf eine Wanderung zu gehen.«

Josephine brachte ein mattes Lächeln zustande. »So etwas werde ich so schnell nicht wieder tun.«

»Übrigens, danach wollte ich Sie sowieso noch fragen«, schaltete Jane sich ein. »Diese kleine Wanderung, die Sie heute gemacht haben.«

Josephines Lächeln verflog; sie schien zu spüren, dass Jane sich nicht so leicht um den Finger wickeln ließ. »Ich weiß, das war nicht besonders klug von mir«, gab sie zu.

»Ein verregneter Tag. Matschige Wege. Wie sind Sie nur auf die Idee gekommen, da draußen wandern zu gehen?«

»Ich war nicht die einzige Besucherin im Park. Diese Familie war auch dort.«

»Diese Leute sind von auswärts, und ihr Hund brauchte Auslauf.«

»Den brauchte ich auch.«

»Nach dem Matsch an Ihren Stiefeln zu urteilen, haben Sie mehr als nur einen kleinen Spaziergang gemacht.«

»Rizzoli«, sagte Frost. »Worauf willst du hinaus?«

Jane ignorierte ihn und konzentrierte sich weiter auf Josephine. »Wollen Sie uns vielleicht noch irgendetwas sagen, Dr. Pulcillo – über den wahren Grund Ihres Ausflugs zur Blue Hills Reservation? An einem Donnerstagmorgen, an dem Sie, wie ich vermute, eigentlich hätten arbeiten müssen?«

»Ich fange erst um eins an.«

»Der Regen hat Sie nicht abgeschreckt?«

Josephines Gesicht nahm den Ausdruck eines gehetzten Tieres an. Sie hat Angst vor mir, dachte Jane. Was ist es, was mir an dieser ganze Sache bisher entgangen ist?

»Es war eine sehr anstrengende Woche für mich«, sagte Josephine. »Ich musste einfach eine Weile an der frischen Luft sein, um ein bisschen nachzudenken. Ich hatte gehört, dass man im Park schöne Wanderungen machen kann, also bin ich hingefahren.« Sie richtete sich auf, und ihre Stimme klang wieder fester. Selbstsicherer. »Mehr ist es nicht gewesen, Detective. Ein Spaziergang. Ist daran irgendetwas Verbotenes?«

Die beiden Frauen fixierten einander einen Moment lang. Und Jane war verwirrt, weil sie nicht verstand, was hier eigentlich vor sich ging.

»Nein, daran ist nichts Verbotenes«, sagte Frost. »Und ich denke, wir haben Ihnen für heute genug zugesetzt.«

Jane sah, wie die junge Frau abrupt den Blick abwandte. Und sie dachte. *Im Gegenteil, wir haben ihr noch nicht genug zugesetzt.*

12

»Wer hat dir eigentlich gesagt, dass du den ›guten Bullen‹ spielen sollst?«, schimpfte Jane, als sie und Frost in Janes Subaru einstiegen.

»Was soll das heißen?«

»Du warst so damit beschäftigt, Pulcillo anzuhimmeln, dass ich gezwungen war, die Rolle des bösen Bullen zu übernehmen.«

»Ich weiß nicht, wovon du redest.«

»*Kann ich Ihnen eine Tasse Kaffee machen?*« Jane schnaubte. »Was bist du – Polizist oder Butler?«

»Was hast du denn für ein Problem? Das arme Mädchen hat gerade den Schock ihres Lebens erlitten. Ihre Schlüssel wurden gestohlen, in ihrem Kofferraum liegt eine Leiche, und wir haben ihren Wagen beschlagnahmt. Klingt das nicht nach jemandem, der ein bisschen Mitgefühl verdient? Du hast sie wie eine Tatverdächtige behandelt.«

»Mitgefühl? Ist das alles, was du ihr da drin angeboten hast? Ich habe nur noch darauf gewartet, dass du sie zum Essen einlädst.«

In all den Jahren, die sie nun schon zusammenarbeiteten, hatte Jane es noch nie erlebt, dass Frost wirklich wütend auf sie gewesen wäre. Es war deshalb mehr als nur verstörend, den Zorn zu sehen, der plötzlich in seinen Augen aufflammte; es war beinahe beängstigend. »Du kannst mich mal, Rizzoli.«

»He!«

»Du bist es, die hier ein Problem hat, weißt du das? Was

ist es denn, was dich an ihr so fuchst? Die Tatsache, dass sie gut aussieht?«

»Irgendwas an ihr kommt mir nicht ganz astrein vor. Irgendwas scheint da nicht zu stimmen.«

»Sie ist verängstigt. Ihr ganzes Leben ist gerade auf den Kopf gestellt worden. Da würde jeder normale Mensch ausflippen.«

»Und du willst dich gleich als der edle Retter in der Not aufspielen?«

»Ich versuche nur, mich wie ein anständiger Mensch zu benehmen.«

»Erzähl mir doch nicht, dass du dich genauso aufführen würdest, wenn sie potthässlich wäre.«

»Ihr Aussehen hat nichts damit zu tun. Warum willst du mir ständig andere Motive unterstellen?«

Jane seufzte. »Mensch, ich versuche doch nur, dir Ärger zu ersparen, okay? Ich bin dein pflichtbewusstes Kindermädchen, das auf dich aufpasst.« Sie steckte den Zündschlüssel in Schloss und ließ den Motor an. »Wann kommt Alice denn endlich nach Hause? Hat sie ihre Eltern nicht allmählich lange genug gesehen?«

Er warf ihr einen argwöhnischen Blick zu. »Wieso fragst du nach Alice?«

»Sie ist jetzt schon wochenlang weg. Wird es nicht langsam Zeit, dass sie nach Hause kommt?«

Die Reaktion war ein verächtliches Schnauben. »Jane Rizzoli, die Eheberaterin. Das nehm ich dir echt übel, weißt du das?«

»Was?«

»Dass du glaubst, ich könnte mich so vergessen.«

Jane fuhr los und fädelte sich in den Verkehr ein. »Ich dachte nur, ich sollte besser was sagen. Ich bin immer dafür, rechtzeitig einzugreifen, um Ärger zu vermeiden.«

»Ja, klar, die Strategie hat bei deinem Dad ja auch wirklich *super* funktioniert. Redet er eigentlich wieder mit dir, oder bist du bei ihm endgültig unten durch?«

Bei der Erwähnung ihres Vaters krampften sich Janes Finger so fest um das Lenkrad, als wollte sie es würgen. Nach einunddreißig Jahren scheinbar ungetrübten Eheglücks hatte Frank Rizzoli plötzlich seine Schwäche für billige Blondinen entdeckt. Vor sieben Monaten hatte er Janes Mutter verlassen.

»Ich habe ihm nur gesagt, was ich von seiner Tussi halte.«

Frost lachte. »Genau. Und dann hast du versucht, sie zu verdreschen.«

»Ich habe sie nicht verdroschen. Wir hatten einen Wortwechsel.«

»Du wolltest sie verhaften.«

»Ich hätte *ihn* verhaften sollen, weil er sich auf seine alten Tage aufgeführt hat wie ein Vollidiot. Es ist so verdammt peinlich.« Sie starrte grimmig auf die Straße. »Und jetzt legt meine Mom es auch noch darauf an, dass ich mich für sie schämen muss.«

»Weil sie einen Freund hat?« Frost schüttelte den Kopf. »Siehst du – mit deiner Voreingenommenheit wirst du es dir am Ende auch noch mit ihr verderben.«

»Sie benimmt sich wie ein Teenager.«

»Dein Dad hat sie sitzen lassen, und jetzt hat sie einen Freund – na und? Korsak ist echt okay, sollen die zwei doch ihren Spaß haben.«

»Wir haben nicht von meinen Eltern gesprochen. Sondern von Josephine.«

»*Du* hast von Josephine gesprochen.«

»Irgendetwas an ihr gefällt mir ganz und gar nicht. Ist dir nicht aufgefallen, dass sie einem fast nie in die Augen schaut? Ich glaube, sie konnte es kaum erwarten, uns los zu sein.«

»Sie hat alle unsere Fragen beantwortet. Was willst du denn mehr?«

»Sie hat uns nicht alles gesagt. Mit irgendetwas hält sie noch hinterm Berg.«

»Was soll das denn sein?«

»Ich weiß es nicht.« Jane blickte starr geradeaus. »Aber es würde nicht schaden, ein bisschen mehr über Dr. Pulcillo in Erfahrung zu bringen.«

Von ihrem Straßenfenster aus beobachtete Josephine, wie die beiden Detectives in ihren Wagen stiegen und davonfuhren. Dann erst öffnete sie ihre Handtasche und nahm ihren Anch-Schlüsselring heraus, den sie an dem Apfelbaum gefunden hatte. Sie hatte der Polizei nicht gesagt, dass diese Schlüssel wieder aufgetaucht waren. Hätte sie es erwähnt, dann hätte sie ihnen auch von der anonymen Nachricht erzählen müssen, die sie zu der Lichtung geführt hatte; von dem Unschlag, der an Josephine Sommer adressiert war. Und Sommer war ein Name, von dem die Polizei niemals erfahren durfte.

Sie raffte die Briefe und die an Josephine Sommer adressierten Kuverts zusammen und zerriss sie. Am liebsten hätte sie damit auch den Teil ihres Lebens in tausend Stücke gerissen, den sie all die Jahre zu vergessen versucht hatte. Irgendwie hatte die Vergangenheit sie eingeholt, und sosehr sie sich auch bemüht hatte, ihr zu entfliehen, sie würde immer ein Teil von ihr sein. Sie trug die Papierschnipsel ins Bad und spülte sie die Toilette hinunter.

Sie konnte nicht in Boston bleiben.

Jetzt war der logische Zeitpunkt, die Stadt zu verlassen. Die Polizei wusste, dass sie durch die heutigen Ereignisse verschreckt war, weshalb ihre Abreise keinen Verdacht wecken würde. Später würden sie vielleicht anfangen, Fragen zu stellen und nach Dokumenten zu suchen, aber im Moment hatten sie keine Veranlassung, ihre Vergangenheit unter die Lupe zu nehmen. Sie würden nicht daran zweifeln, dass sie diejenige war, als die sie sich ausgab: Josephine Pulcillo, die ein ruhiges und bescheidenes Leben führte, die sich ihr Studium und ihre Promotion finanziert hatte, indem sie in der Blue Star Cocktailbar als Bedienung gejobbt hatte. Das alles entsprach der Wahrheit. Es würde jeder Überprüfung standhalten. Solange sie nicht tiefer in ihre Vergangenheit eindrangen, solange sie selbst ihnen keinen Anlass dazu lieferte, würde sie keinen Alarm auslösen. Sie könnte unauffällig aus Boston verschwinden, ohne dass irgendjemand etwas merkte.

Aber ich will nicht aus Boston weggehen.

Sie blickte aus dem Fenster auf die Straße, das Viertel, das ihr ans Herz gewachsen war. Die Sonne war durch die Regenwolken gebrochen, und die Gehwege glitzerten wie frisch gewaschen. Als sie nach Boston gekommen war, um ihre Stelle anzutreten, war es März gewesen, und sie war fremd gewesen in diesem Viertel. Sie hatte sich gegen den eisigen Wind gestemmt und geglaubt, dass sie es in dieser Stadt nicht lange aushalten würde, weil sie nun einmal für ein warmes Klima geschaffen war, genau wie ihre Mutter; für die Hitze der Wüste und nicht für einen neuenglischen Winter. Aber an einem Tag im April, nachdem der Schnee geschmolzen war, hatte sie einen Spaziergang durch den Boston Common gemacht, vorbei an knospenden Bäumen und golden schimmernden Narzissen, und plötzlich war ihr klar geworden, dass sie hierhergehörte. Dass sie sich in dieser Stadt, wo jeder Winkel, jeder Stein von der Vergangenheit zu erzählen schien, zu Hause fühlte. Sie war über das

Kopfsteinpflaster von Beacon Hill geschlendert und hatte fast das Trappeln von Pferdehufen und das Rattern der Kutschenräder hören können. Sie hatte am Long Wharf an der Kaimauer gestanden und die Rufe der Fischhändler, das Gelächter der Matrosen zu vernehmen geglaubt. Genau wie ihre Mutter war sie schon immer mehr an der Vergangenheit als an der Gegenwart interessiert gewesen, und in dieser Stadt war die Geschichte noch lebendig.

Jetzt werde ich diese Stadt verlassen müssen. Und diesen Namen muss ich auch aufgeben.

Die Türklingel schreckte sie aus ihren Gedanken auf. Sie ging zur Gegensprechanlage und wartete noch einen Moment, ehe sie die Sprechtaste drückte, damit ihre Stimme nicht zitterte. »Ja?«

»Josie, ich bin's, Nicholas. Kann ich raufkommen?«

Da ihr keine akzeptable Ausrede einfallen wollte, ließ sie ihn herein. Kurz darauf stand er vor ihrer Tür. In seinen Haaren glitzerten Regentropfen, und durch die beschlagenen Brillengläser blinzelten seine grauen Augen sie besorgt an.

»Ist alles in Ordnung? Wir haben gehört, was passiert ist.«

»Wie habt ihr davon erfahren?«

»Wir haben vergeblich in der Arbeit auf dich gewartet. Dann sagte Detective Crowe uns, dass es Ärger gegeben hätte. Dass jemand dein Auto aufgebrochen hätte.«

»Es ist noch viel schlimmer«, erwiderte sie und ließ sich erschöpft auf das Sofa sinken. Er stand da und beobachtete sie, und zum ersten Mal machte sein Blick sie nervös – allzu eingehend musterte er sie. Plötzlich kam sie sich so hilflos ausgeliefert vor wie Madam X, ihrer schützenden Leinenbinden beraubt, sodass die hässliche Realität darunter zum Vorschein kam.

»Jemand hat meine Schlüssel gehabt, Nick.«

»Die, die du verlegt hattest?«

»Ich hatte sie nicht verlegt. Sie wurden gestohlen.«

»Du meinst – absichtlich?«

»Das ist bei Diebstahl meistens so.« Sie sah seinen verwirrten Gesichtsausdruck und dachte: Armer Nick. Du warst wohl so lange mit deinen verstaubten Antiquitäten eingesperrt, dass du keine Ahnung hast, wie hässlich die Welt in Wahrheit ist. »Es ist wahrscheinlich passiert, als ich in der Arbeit war.«

»Ach du liebe Zeit.«

»Die Museumsschlüssel haben nicht mit drangehangen, du musst dir also deswegen keine Sorgen machen. Die Sammlung ist nicht gefährdet.«

»Ich mache mir keine Sorgen um die Sammlung. Ich mache mir Sorgen um *dich*!« Er holte tief Luft, wie ein Schwimmer vor dem Sprung ins tiefe Wasser. »Wenn du dich hier nicht sicher fühlst, Josephine, dann kannst du jederzeit …« Plötzlich richtete er sich auf und erklärte kühn: »Ich habe zu Hause ein Gästeschlafzimmer. Du kannst gerne bei mir wohnen, wenn du möchtest.«

Sie lächelte. »Danke. Aber ich werde für eine Weile verreisen; und das heißt auch, dass ich die nächsten Wochen nicht zur Arbeit kommen werde. Tut mir leid, dass ich dich so hängen lasse, gerade in der jetzigen Situation.«

»Wohin fährst du?«

»Ich denke, es ist eine gute Gelegenheit, meine Tante mal wieder zu besuchen. Ich habe sie ein ganzes Jahr nicht mehr gesehen.« Sie trat ans Fenster und sah hinaus; ein Blick, den sie vermissen würde. »Danke für alles, Nicholas«, sagte sie. *Danke, dass du mir ein Freund warst – mehr als jeder andere Mensch, mit dem ich in den letzten Jahren zu tun hatte.*

»Was geht da wirklich vor sich?«, fragte er. Er trat von hinten an sie heran, nahe genug, um sie berühren zu können, was er aber nicht tat. Er stand einfach nur da, der stille Begleiter im Hintergrund, der er stets gewesen war. »Du kannst mir vertrauen, das weißt du. Ganz egal worum es geht.«

Plötzlich drängte es sie, ihm die Wahrheit zu sagen, ihm alles über ihre Vergangenheit zu erzählen. Doch sie wollte nicht mit seiner Reaktion konfrontiert werden. Er hatte an die unscheinbare Fantasiegestalt namens Josephine Pulcillo geglaubt. Er war immer nett zu ihr gewesen, und die beste Art, ihm seine Freundlichkeit zu vergelten, bestand darin, ihm seine Illusion zu lassen und ihn nicht zu enttäuschen.

»Josephine? Was ist heute passiert?«, wollte er wissen.

»Du wirst es wahrscheinlich heute Abend in den Nachrichten sehen«, sagte sie. »Jemand hat meine Schlüssel benutzt, um sich Zugang zu meinem Auto zu verschaffen. Und etwas in meinen Kofferraum zu legen.«

»Was denn?«

Sie drehte sich um und sah ihn an. »Eine neue Madam X.«

13

Josephine erwachte, als die Strahlen der Abendsonne ihr in die Augen schienen. Blinzelnd spähte sie aus dem Fenster des Greyhound-Busses und sah sanft gewellte grüne Felder, in den goldenen Dunst des schwindenden Tageslichts getaucht. Die letzte Nacht hatte sie kaum geschlafen, und erst nachdem sie am Morgen diesen Bus bestiegen hatte, war sie endlich vor schierer Erschöpfung eingenickt. Jetzt hatte sie keine Ahnung, wo sie sich befand, doch nach der Zeit zu urteilen, mussten sie kurz vor der Staatsgrenze zwischen Massachusetts und New York sein. Mit dem eigenen Wagen hätte sie für die ganze Fahrt nur sechs Stunden gebraucht. So aber musste sie in Albany, Syracuse und Binghamton umsteigen und würde den ganzen Tag unterwegs sein.

Als sie endlich ihren letzten Umsteigebahnhof in Binghamton erreichten, war es schon dunkel. Wieder raffte sie sich mühsam auf, stieg aus und ging zum nächsten Münztelefon. Ein Handy konnte geortet werden, und sie hatte ihres nicht mehr eingeschaltet, seit sie in Boston losgefahren waren. Stattdessen kramte sie in ihrer Tasche nach Vierteldollars und fütterte damit das unersättliche Telefon. Sie bekam die inzwischen vertraute Ansage des Anrufbeantworters zu hören, gesprochen von einer forschen weiblichen Stimme.

»Ich bin wahrscheinlich wieder mal beim Buddeln. Wenn Sie Ihre Nummer hinterlassen, rufe ich Sie gerne zurück.«

Josephine legte wortlos auf. Dann schleppte sie ihre zwei Koffer zum nächsten Bus und reihte sich in die kurze Schlange von Passagieren ein, die darauf warteten, an Bord gehen zu dürfen. Niemand sprach; alle schienen genauso erledigt zu sein wie sie selbst und bereiteten sich schicksalsergeben auf die nächste Etappe ihrer Reise vor.

Um elf Uhr abends kam der Bus in dem kleinen Ort Waverly an.

Sie stieg als einziger Fahrgast aus und fand sich allein vor dem Eingang eines dunklen Minimarkts. Selbst ein so winziges Kaff musste doch ein Taxiunternehmen haben. Sie steuerte die Telefonzelle an und wollte gerade ihre Vierteldollars einwerfen, als sie den Zettel mit der Aufschrift *Außer Betrieb* sah, der über den Münzschlitz geklebt war. Es war der letzte Tiefschlag am Ende eines strapaziösen Tages. Sie starrte das nutzlose Telefon an und musste plötzlich lachen – ein kehliger, verzweifelter Laut, der über den leeren Parkplatz hallte. Wenn sie kein Taxi bekommen konnte, dann stand ihr ein Fußmarsch von fünf Meilen bevor, und das mit zwei Koffern.

Sie wog das Risiko ab, ihr Handy einzuschalten. Wenn sie es auch nur ein einziges Mal benutzte, könnte man sie hier orten. Aber ich bin so müde, dachte sie, und ich weiß nicht, was ich sonst machen oder wohin ich mich wenden soll. Ich sitze in einem kleinen Dorf fest, und der einzige Mensch, den ich hier kenne, ist anscheinend nicht erreichbar.

Auf der Straße tauchten Scheinwerfer auf.

Das Auto kam auf sie zu – ein Streifenwagen mit Blaulichtaufsatz. Sie verharrte reglos, unsicher, ob sie sich in den Schatten verkriechen oder unverfroren weiter die Rolle des gestrandeten Fahrgasts spielen sollte.

Jetzt war es zu spät zum Davonlaufen; der Streifenwagen bog bereits auf den Parkplatz des Supermarkts ein. Das Fenster wurde heruntergelassen, und ein junger Streifenpolizist schaute heraus.

»Hallo, Miss. Werden Sie abgeholt?«

Sie räusperte sich. »Ich wollte mir gerade ein Taxi rufen.«

»Das Telefon ist defekt.«

»Das habe ich auch schon bemerkt.«

»Es ist schon ein halbes Jahr außer Betrieb. Die Telefongesellschaften machen sich kaum noch die Mühe, irgendwas zu reparieren, wo doch heutzutage jeder ein Handy hat.«

»Ich habe auch eines. Ich werde einfach damit anrufen.«

Er musterte sie eine Weile kritisch; offenbar fragte er sich, wieso jemand, der ein Handy hatte, es zuerst an einem Münztelefon versuchte.

»Ich muss noch die Nummer nachschlagen«, erklärte sie und klappte das Telefonbuch auf, das in der Zelle hing.

»Okay, dann warte ich noch hier, bis das Taxi da ist«, meinte er.

Während sie zusammen warteten, erklärte er ihr, dass es vergangenen Monat hier auf diesem Parkplatz einen unerfreulichen Zwischenfall mit einer jungen Dame gegeben habe. »Sie war mit dem Elf-Uhr-Bus aus Binghamton gekommen, genau wie Sie«, sagte er. Seitdem fahre er immer um diese Zeit hier vorbei, um sicherzustellen, dass keine weiteren jungen Damen belästigt würden. Schützen und dienen, das war sein Job, und wenn sie wüsste, was für furchtbare Sachen manchmal passierten, selbst in einem kleinen Ort wie Waverly mit seinen viertausendsechshundert Seelen, dann würde sie nie wieder allein im Dunkeln auf einem Supermarktparkplatz herumstehen.

Als das Taxi endlich kam, hatte ihr Freund und Helfer ihr bereits so lange ein Ohr abgeschwatzt, dass sie schon fürchtete, er würde ihr bis zum Haus folgen, nur um den Plausch fortsetzen zu können. Doch sein Streifenwagen fuhr in die andere Richtung davon, und sie ließ sich mit einem Seufzer in die Polster sinken, während sie über ihre nächsten Schritte nachdachte. Als Allererstes stand Ausschlafen auf der Tagesordnung – in einem Haus, in dem sie sich sicher fühlte. Einem Haus, in dem sie ihre wahre Identität nicht verbergen musste. Sie jonglierte nun schon so lange mit Wahrheit und Fiktion, dass sie manchmal vergaß, welche Details ihres Lebens echt und welche Erfindung waren. Ein paar Drinks zu viel, ein Augenblick der Unachtsamkeit, und schon könnte ihr die Wahrheit herausrutschen, was ihr ganzes Kartenhaus zum Einsturz bringen würde. Bei den wilden Partys im Studentenwohnheim war sie immer als Einzige nüchtern geblieben, und sie hatte sich auf die Kunst verstanden, locker über alles Mögliche zu plaudern, ohne irgendetwas über sich selbst preiszugeben.

Ich habe dieses Leben satt, dachte sie. Ich habe es satt, immer sämtliche Konsequenzen abwägen zu müssen, bevor ich auch nur ein Wort sage. Wenigstens heute Abend darf ich ich selbst sein.

Das Taxi hielt vor einem großen Farmhaus, und der Fahrer sagte: »Da wären wir, Miss. Soll ich Ihre Koffer zur Tür tragen?«

»Nein, das schaffe ich schon allein.« Sie bezahlte und begann, ihre Rollkoffer über den Gartenweg in Richtung Verandatreppe zu ziehen. Dort angelangt, blieb sie stehen und tat so, als suchte sie nach ihren Schlüsseln, bis das Taxi davonfuhr. Kaum war es außer Sichtweite, kehrte sie zur Straße zurück.

Nachdem sie fünf Minuten gegangen war, gelangte sie zu einer langen, gekiesten Zufahrt, die durch ein dichtes Waldstück führte. Der Mond war aufgegangen, und sie konnte gerade so viel sehen, dass sie nicht ins Straucheln geriet. Das Geräusch der Kofferräder, die durch den Kies pflügten, kam ihr erschreckend laut vor. Die Grillen im Wald waren verstummt, als hätten sie bemerkt, dass ein Eindringling ihr Reich betreten hatte.

Sie stieg die Stufen zu dem dunklen Haus hinauf. Nachdem sie ein paarmal an die Tür geklopft und geklingelt hatte, wusste sie, was sie bereits vermutet hatte. Es war niemand zu Hause.

Kein Problem.

Sie fand den Schlüssel dort, wo er immer versteckt war, eingeklemmt unter dem Brennholzstapel auf der Veranda. Als sie die Tür aufschloss und das Licht anknipste, konnte sie feststellen, dass das Wohnzimmer noch genauso aussah, wie sie es von ihrem letzten Besuch vor zwei Jahren in Erinnerung hatte. Immer noch waren sämtliche verfügbaren Regale und Nischen mit dem altbekannten Krimskrams vollgestopft, und die vertrauten Fotos in mexikanischen Schaukästen aus Blech zierten die Wände. Sie sah sonnengebräunte Gesichter, die unter breitkrempigen Hüten hervorgrinsten; einen Mann, der sich vor einer baufälligen Mauer auf einen Spaten lehnte; eine rothaarige Frau, die mit einer Kelle in der Hand in einem Graben stand und mit zusammengekniffenen Augen zur Kamera aufschaute. Die meisten der Gesichter auf diesen Fotos kannte sie nicht; sie waren Teil der Erinnerungen einer anderen Frau, Dokumente eines anderen Lebens.

Sie ließ ihre Koffer im Wohnzimmer stehen und ging in die Küche. Dort herrschte das gleiche Durcheinander: Rußgeschwärzte Töpfe und Pfannen hingen an Haken an der Decke; die Fensterbretter dienten als Ablage für alles Mögliche, von buntem Seeglas bis hin zu Tonscherben. Sie füllte Wasser in einen Kessel und stellte ihn auf den Herd. Während sie darauf wartete, dass es kochte, ging sie zum Kühlschrank und betrachtete die Schnappschüsse, mit denen die Tür beklebt war. Inmitten dieser chaotischen Collage war ein Gesicht, das sie wiedererkannte. Es zeigte sie selbst im Alter von ungefähr drei Jahren auf dem Schoß einer Frau mit rabenschwarzem Haar. Josephine hob die Hand und strich zärtlich über das Gesicht der Frau, und sie erinnerte sich an die zarte Haut dieser Wangen, den Duft ihres Haars. Der Teekessel pfiff, doch Josephine blieb wie gebannt vor dem Foto stehen, konnte sich nicht losreißen vom hypnotisierenden Blick dieser dunklen Augen.

Dann brach das Pfeifen des Kessels jäh ab, und eine Stimme sagte: »Ach, weißt du, es ist Jahre her, dass mich zuletzt jemand nach ihr gefragt hat.«

Josephine fuhr herum und starrte die hoch aufgeschossene Frau mittleren Alters an, die gerade die Kochplatte abgedreht hatte. »Gemma«, murmelte sie. »Du bist ja doch zu Hause.«

Die Frau schritt lächelnd auf sie zu und begrüßte sie mit einer herzhaften Umarmung. Gemma Hamerton hatte eher den Körperbau eines jungen Mannes als den einer Frau – schlank, aber muskulös –, und sie hatte ihr silbergraues Haar zu einer praktischen Kurzhaarfrisur geschnitten. Hässliche Brandwunden entstellten ihre Arme, doch sie setzte sie ungeniert den Blicken der Welt aus, indem sie eine ärmellose Bluse trug.

»Ich habe deine alten Koffer im Wohnzimmer wiedererkannt.« Gemma trat einen Schritt zurück, um Josephine gründlich von Kopf bis Fuß zu mustern. »Mein Gott, du wirst ihr von Jahr zu Jahr immer ähnlicher.« Sie schüttelte den Kopf und lachte. »Das ist eine eindrucksvolle DNA, die du da geerbt hast.«

»Ich habe versucht, dich zu erreichen. Ich wollte keine Nachricht auf deinem Anrufbeantworter hinterlassen.«

»Ich war den ganzen Tag unterwegs.« Gemma griff in ihre Handtasche und nahm einen Zeitungsausschnitt aus der *In-*

ternational Herald Tribune heraus. »Ich habe kurz vor meiner Abreise aus Lima diesen Artikel entdeckt. Hat das irgendetwas mit dem Grund deines Besuchs zu tun?«

Josephine las die Überschrift: CT von Mumie verblüfft Experten und stellt Behörden vor Rätsel. »Du weißt also Bescheid über Madam X.«

»Man bekommt so einiges mit, selbst in Peru. Die Welt ist klein geworden, Josie.«

»Vielleicht zu klein«, erwiderte Josephine leise. »Es bleibt mir kein Platz mehr, wo ich mich verstecken kann.«

»Nach all den Jahren? Ich weiß gar nicht, ob du das überhaupt noch musst.«

»Jemand hat mich gefunden, Gemma. Ich habe Angst.«

Gemma starrte sie an. Langsam ließ sie sich gegenüber von Josephine auf einen Küchenstuhl sinken. »Erzähl mir, was passiert ist.«

Josephine deutete auf den Artikel aus der *Herald Tribune.* »Es fing alles mit ihr an. Mit Madam X.«

»Sprich weiter.«

Anfangs kamen die Worte noch stockend; es war lange her, dass Josephine zuletzt offen gesprochen hatte, und sie war es inzwischen gewohnt, sich ständig zu kontrollieren, die Risiken jeder Enthüllung abzuwägen. Doch bei Gemma waren alle Geheimnisse sicher aufgehoben, und nachdem Josephine einmal angefangen hatte, sprudelten die Worte immer schneller und schneller hervor, in einem Strom, dem sie nicht mehr Einhalt gebieten konnte. Drei Tassen Tee später verstummte sie endlich und sank erschöpft gegen die Stuhllehne. Erschöpft und zugleich erleichtert, obwohl sich an ihrer Situation kaum etwas verändert hatte. Der einzige Unterschied war, dass sie sich nun nicht mehr allein fühlte.

Gemma starrte sie betroffen an. »Eine Leiche in deinem

Kofferraum? Und dieses kleine Detail mit den anonymen Botschaften, die du per Post bekommen hast, das hast du einfach verschwiegen? Du hast der Polizei nichts davon gesagt?«

»Wie konnte ich? Wenn sie von den Briefen erfahren hätten, dann hätten sie alles andere auch herausgefunden.«

»Vielleicht wird es Zeit, Josie«, sagte Gemma leise. »Zeit, aus deinem Versteck hervorzukommen und einfach die Wahrheit zu sagen.«

»Das kann ich meiner Mutter nicht antun. Ich kann sie da nicht hineinziehen. Ich bin nur froh, dass sie nicht hier ist.«

»Sie wäre sicher gerne hier. *Du* bist es, die sie immer zu beschützen versucht hat.«

»Aber jetzt kann sie mich nun mal nicht beschützen. Und sie sollte es auch nicht tun müssen.« Josephine stand auf und trug ihre Tasse zur Spüle. »Das hat nichts mit ihr zu tun.«

»Wirklich nicht?«

»Sie ist nie in Boston gewesen. Sie hatte nie irgendetwas mit dem Crispin Museum zu tun.« Josephine wandte sich zu Gemma um. »Oder?«

Gemma schüttelte den Kopf. »Ich kann mir nicht vorstellen, warum das Museum Exponate haben sollte, die so eindeutig auf sie verweisen. Die Kartusche, die Zeitung.«

»Es könnte ein Zufall sein.«

»Das wäre ein *allzu* großer Zufall.« Gemma legte die Hände um ihre Teetasse, als ob sie plötzlich fröre. »Was ist mit der Leiche in deinem Auto? Was unternimmt die Polizei?«

»Was in einem Mordfall von ihr erwartet wird: Sie ermittelt. Sie haben mir all die Fragen gestellt, mit denen zu rechnen war. Wer könnte mir nachstellen? Habe ich irgendwelche perversen Verehrer? Gibt es in meiner Vergangenheit irgendjemanden, vor dem ich mich fürchte? Wenn sie immer weiter Fragen stellen, werden sie unweigerlich irgendwann dahinterkommen, wer Josephine Pulcillo wirklich ist.«

»Vielleicht machen sie sich aber auch nicht die Mühe, in diese Richtung nachzuforschen. Sie haben schließlich eine Reihe von Morden aufzuklären, und du bist nicht die Person, an der sie interessiert sind.«

»Dieses Risiko konnte ich nicht eingehen. Deswegen bin ich davongelaufen. Ich habe meine Sachen gepackt und einen Job und eine Stadt aufgegeben, die ich geliebt habe. Ich war dort glücklich, Gemma. Es ist ein seltsames kleines Museum, aber die Arbeit dort hat mir Spaß gemacht.«

»Und die Leute? Ist es denkbar, dass jemand vom Museum mit der Sache zu tun hat?«

»Das kann ich mir nicht vorstellen.«

»Manchmal *kann* man es sich eben nicht vorstellen.«

»Sie sind alle vollkommen harmlos. Der Kurator, der Direktor – sie sind beide so gütig und liebenswürdig.« Sie lachte betrübt. »Ich frage mich, was sie jetzt von mir denken. Wenn sie herausfinden, wen sie da eigentlich eingestellt haben.«

»Sie haben eine hochbegabte junge Archäologin eingestellt. Eine Frau, die ein besseres Leben verdient hat.«

»Tja, das ist nun mal das Leben, das ich führe.« Sie drehte sich zum Wasserhahn um und begann, ihre Tasse zu spülen. Alles war noch am gewohnten Platz, und sie fand die Geschirrtücher im selben Schrank, die Löffel in derselben Schublade. Gemmas Küche war wie eine gut organisierte archäologische Grabungsstätte – eine häusliche Szene, für die Ewigkeit konserviert. Welch ein Luxus, Wurzeln zu haben, dachte Josephine, als sie die saubere Tasse ins Regal zurückstellte. Wie es wohl wäre, ein eigenes Heim zu haben, sich ein eigenes Leben aufzubauen, das sie nie mehr würde aufgeben müssen?

»Was wirst du jetzt tun?«, fragte Gemma.

»Das weiß ich nicht.«

»Du könntest nach Mexiko zurückgehen. Das würde sie sich wünschen.«

»Ich werde einfach von vorn anfangen müssen.« Der Gedanke ließ Josephine plötzlich kraftlos gegen die Arbeitsplatte sinken. »Mein Gott, ich habe zwölf Jahre meines Lebens verloren.«

»Das muss nicht sein. Vielleicht geht die Polizei der Sache ja nicht weiter nach.«

»Darauf kann ich mich nicht verlassen.«

»Warte einfach ab, was passiert. Dieses Haus wird den größten Teil des Sommers leer stehen. Ich muss in zwei Wochen wieder zurück nach Peru, um die Grabung zu beaufsichtigen. Du kannst gerne hierbleiben, so lange du willst.«

»Ich will dich nicht in Schwierigkeiten bringen.«

»Schwierigkeiten?« Gemma schüttelte den Kopf. »Du hast ja keine Ahnung, aus was für Schwierigkeiten deine Mutter *mich* gerettet hat. Und außerdem glaube ich immer noch nicht, dass die Polizei ganz so schlau ist, wie du meinst. Oder so gründlich. Denk doch nur daran, wie viele Fälle nie aufgeklärt werden; wie oft wir in den Nachrichten von Ermittlungsirrtümern hören.«

»Du kennst Detective Rizzoli nicht.«

»Was ist mit ihm?«

»Es ist eine Sie. Die Art, wie sie mich anschaut, die Fragen, die sie stellt …«

»Eine Frau?« Gemmas Braue schnellte hoch. »Oh, das ist gar nicht gut.«

»Wieso?«

»Männer lassen sich so leicht durch ein hübsches Gesicht ablenken.«

»Wenn Detective Rizzoli der Sache auf den Grund geht, wird sie irgendwann hier aufkreuzen. Und dich befragen.«

»Sollen sie doch kommen. Was wollen sie hier schon in Erfahrung bringen?« Gemma wies auf ihre Küche. »Sieh dich doch um! Sie werden hier reinkommen, werden meine Sammlung von Kräutertees sehen und mich als eine harmlose alte Hippiefrau abtun, von der sie unmöglich irgendetwas Brauchbares erfahren können. Wenn du als Frau erst mal die fünfzig voll hast, schaut dich kein Mensch mehr richtig an, und erst recht legt niemand Wert auf deine Meinung. Das ist nicht leicht zu ertragen für das liebe Ego. Aber was soll's? Dafür kann man sich auch eine ganze Menge erlauben.«

Josephine lachte. »Dann muss ich also nur warten, bis ich fünfzig bin, und schon bin ich aus dem Schneider?«

»Vielleicht bist du ja schon aus dem Schneider, was die Polizei betrifft.«

Josephine erwiderte leise: »Es ist nicht nur die Polizei, die mir Angst macht. Nicht mehr, seit ich diese Botschaften bekommen habe. Nicht mehr, seit ich dieses Ding in meinem Auto gefunden habe.«

»Du hast recht«, pflichtete Gemma ihr bei. »Es gibt Schlimmeres, vor dem man Angst haben muss.« Sie hielt inne und sah Josephine über den Tisch hinweg an. »Und warum bist du dann noch am Leben?«

Die Frage schockierte Josephine. »Du denkst, ich müsste schon tot sein.«

»Warum sollte irgendein Spinner seine Zeit damit vergeuden, dir rätselhafte Briefchen zu schicken? Oder dir groteske Geschenke ins Auto zu legen? Wieso bringt er dich nicht gleich um?«

»Vielleicht, weil die Polizei mit im Spiel ist? Seit dem CT von Madam X wimmelt es im Museum von Polizisten.«

»Mich macht noch etwas anderes stutzig. Wer eine Leiche in deinen Kofferraum praktiziert, legt es doch offenbar darauf an, die Aufmerksamkeit auf dich zu lenken. Die Polizei beobachtet dich jetzt. Eine seltsame Vorgehensweise für jemanden, der deinen Tod will.«

Die Aussage war typisch für Gemma: sachlich und von brutaler Direktheit. *Jemand, der deinen Tod will.* Aber ich bin schon tot, dachte sie. Vor zwölf Jahren ist das Mädchen, das ich einmal war, vom Erdboden verschwunden. Und Josephine Pulcillo wurde geboren.

»Sie würde nicht wollen, dass du das alles allein durchstehen musst, Josie. Rufen wir sie doch an.«

»Nein. Es ist sicherer für alle, wenn wir es nicht tun. Wenn sie mich beobachten, werden sie genau auf so etwas warten.« Sie holte tief Luft. »Ich habe mich seit dem College allein durchgeschlagen, und ich komme auch mit dieser Geschichte klar. Ich brauche nur ein bisschen Zeit zum Verschnaufen. Bevor ich einen Wurfpfeil auf die Landkarte werfe und entscheide, wo ich als Nächstes hingehe.« Sie machte eine Pause. »Und ein bisschen Bargeld brauche ich wohl auch.«

»Auf dem Konto sind noch rund fünfundzwanzigtausend Dollar. Die haben die ganze Zeit für dich dort bereitgelegen. Für schlechte Zeiten.«

»Ich denke, diese Voraussetzung ist jetzt erfüllt.« Josephine stand auf, um hinauszugehen. An der Küchentür blieb sie stehen und drehte sich um. »Danke für alles, was du getan hast. Für mich. Und für meine Mutter.«

»Ich bin es ihr schuldig, Josie.« Gemma sah auf ihre mit Brandnarben übersäten Arme. »Nur dank Medea bin ich überhaupt noch am Leben.«

14

Am Samstagabend kam Daniel endlich zu ihr.

In letzter Minute, kurz bevor er eintraf, fuhr Maura noch rasch zum Feinkostladen um die Ecke, wo sie Kalamata-Oliven, französische Käse und einen viel zu exklusiven Wein kaufte. *Das ist meine Art, meinen Geliebten zu umwerben*, dachte sie, als sie ihre Kreditkarte zückte. *Mit Lächeln, Küssen und Pinot Noir. Ich werde ihn mit perfekten Abenden gewinnen, die er nie vergessen wird, nach denen es ihn immer wieder aufs Neue verlangen wird. Und eines Tages wird er vielleicht seine Wahl treffen. Er wird mich wählen.*

Als sie nach Hause kam, wartete er schon auf sie.

Sie sah seinen Wagen in der Garage stehen, als das Tor sich öffnete. Hier würde er keine fragenden Blicke auf sich ziehen, keine anzüglichen Bemerkungen provozieren. Sie stellte ihr Auto daneben ab und beeilte sich, das Garagentor wieder zu schließen und diesen offenkundigen Beweis dafür, dass sie an diesem Abend nicht allein war, vor den Augen der Nachbarn zu verbergen. Solche Heimlichtuerei konnte einem rasch in Fleisch und Blut übergehen, und für Maura war es schon zur Routine geworden, stets das Garagentor zu schließen, die Vorhänge zuzuziehen und den scheinbar arglosen Fragen von Kollegen und Nachbarn geschickt auszuweichen. *Bist du eigentlich zurzeit solo? Möchtest du nicht mal zum Essen vorbeikommen? Ich kenne da einen total netten Mann, den kann ich dir gerne mal vor-*

stellen. In den letzten Monaten hatte sie so viele Einladungen ausgeschlagen, dass sie inzwischen kaum noch welche bekam. Hatten die Leute sie schlicht aufgegeben, oder hatten sie den Grund für ihr Desinteresse und ihre Zurückgezogenheit erraten?

Dieser Grund stand jetzt in der Tür und wartete auf sie.

Sie trat ins Haus und sank in Daniel Brophys Arme. Es war zehn Tage her, dass sie sich zuletzt gesehen hatten – zehn Tage, in denen das Verlangen in ihr immer stärker geworden war, bis es sie fast verzehrte. Jetzt hielt sie es einfach nicht länger aus. Ihre Einkäufe lagen noch im Wagen, sie musste kochen, doch nichts lag ihr ferner als der Gedanke ans Essen, als ihre Lippen sich trafen. Daniel war das Einzige, was sie verschlingen wollte, und sie weidete sich an ihm, als sie unter Küssen in Richtung Schlafzimmer taumelten – sündige Küsse, die der Gedanke an ihre Verbotenheit nur noch köstlicher machte. Wie viele neue Sünden werden wir in dieser Nacht begehen?, fragte sie sich, als sie zusah, wie er sein Hemd aufknöpfte. Heute Abend trug er nicht seinen Priesterkragen; heute Abend kam er zu ihr als ein Liebender, nicht als ein Mann Gottes.

Vor Monaten hatte er das Gelübde gebrochen, das ihn an seine Kirche band. Sie war verantwortlich dafür; sie war der Grund für seinen Sündenfall gewesen, und einmal gefallen, zog es ihn wieder und wieder in ihr Bett, in ihre Arme. So vertraut war ihm ihr Körper inzwischen, dass er genau wusste, was sie wollte, was er tun musste, damit sie sich an ihn klammerte und vor Lust schrie.

Als sie schließlich mit einem Seufzer der Befriedigung auf das Kissen zurücksank, lagen sie beieinander, wie sie es immer taten, Arme und Beine ineinander verschlungen, zwei Liebende, die den Körper des anderen kannten wie ihren eigenen.

»Es kommt mir wie eine Ewigkeit vor, seit du zuletzt hier warst«, wisperte sie.

»Ich wäre ja am Donnerstag gekommen, aber dieses Seminar hat sich endlos hingezogen.«

»Was für ein Seminar?«

»Eheberatung.« Er lachte – ein trauriges, ironisches Lachen. »Als ob ausgerechnet ich der Richtige wäre, den Leuten zu erzählen, wie sie ihre Ehe retten können. Sie sind so voller Wut und Schmerz, Maura. Es war eine Qual, auch nur im selben Raum mit diesen Menschen zu sitzen. Ich hätte ihnen am liebsten gesagt: *Es wird nie funktionieren, ihr werdet nie glücklich miteinander sein. Ihr habt den falschen Menschen geheiratet!*«

»Das wäre vielleicht der beste Rat gewesen, den du ihnen hättest geben können.«

»Es wäre ein Akt der Gnade gewesen.« Zärtlich strich er ihr das Haar aus der Stirn, und seine Hand verweilte auf ihrer Wange. »Es wäre so viel besser für sie gewesen, ihnen zu erlauben zu gehen. Und jemanden zu finden, der sie glücklich machen *kann*. So, wie du mich glücklich machst.«

Sie lächelte. »Und *du* machst mich hungrig.« Sie setzte sich auf, und die animalischen Gerüche von Lust und erhitzten Leibern stiegen aus den zerwühlten Laken auf. »Ich habe dir ein Abendessen versprochen.«

»Ich habe ein schlechtes Gewissen, weil du immer für mich kochst.« Auch er setzte sich auf und griff nach seinen Kleidern. »Sag mir, was ich tun kann.«

»Ich habe den Wein im Auto gelassen. Warum holst du nicht die Flasche und machst sie schon mal auf? Ich schiebe inzwischen das Huhn in den Ofen.«

In der Küche tranken sie Wein, während das Huhn in der Röhre schmorte, sie die Kartoffeln in Scheiben schnitt und er den Salat machte. Wie ein ganz normales Ehepaar kochten sie zusammen, berührten einander beiläufig und tauschten Küsse. Aber wir sind nicht verheiratet, dachte sie, während sie verstohlen sein markantes Profil, seine ergrauenden Schläfen betrachtete. Jeder gemeinsame Moment war ein gestohlener Moment, ein Moment der Heimlichkeit, und wenn sie auch zusammen lachten, hörte sie doch bisweilen einen verzweifelten Unterton aus diesem Lachen heraus, als versuchten sie sich einzureden, dass sie glücklich waren, jawohl, trotz der Schuldgefühle, der Täuschungsmanöver und der vielen einsamen Nächte. Aber sie konnte allmählich an seinem Gesicht sehen, welchen Preis er für die psychische Belastung zahlte. Allein in den letzten paar Monaten war sein Haar merklich grauer geworden. Wenn es einmal ganz weiß ist, dachte sie, werden wir uns dann immer noch bei geschlossenen Vorhängen treffen?

Und welche Veränderungen sieht er in meinem Gesicht?

Es war nach Mitternacht, als er das Haus verließ. Sie war in seinen Armen eingeschlafen und hörte nicht, wie er aufstand. Als sie aufwachte, war er verschwunden, und das Laken an ihrer Seite war bereits kalt.

An diesem Morgen trank sie ihren Kaffee allein, machte Pfannkuchen für sich allein. Zu den besten Erinnerungen an ihre ansonsten ebenso katastrophale wie kurze Ehe mit Victor gehörten die gemeinsam verbrachten Sonntage, an denen sie bis in die Puppen geschlafen und es sich dann mit der Zeitung auf dem Wohnzimmersofa gemütlich gemacht hatten. Mit Daniel würde sie einen solchen Sonntag nie erleben. Während sie im Bademantel vor sich hin döste, die Seiten des *Boston Globe* rings um sich ausgebreitet, stand er wohl gerade vor seinen Schäfchen in der Kirche Unserer Lieben Frau vom Himmlischen Licht – den Schäfchen, deren Hirte selbst weit vom rechten Weg abgekommen war.

Das Läuten der Türglocke riss sie aus ihrem Schlummer. Benommen setzte sie sich auf dem Sofa auf und sah, dass es schon zwei Uhr war. *Es könnte Daniel sein.*

Verstreute Zeitungsseiten raschelten unter ihren nackten Füßen, als sie durch das Wohnzimmer eilte. Kaum hatte sie die Tür geöffnet und den Mann erblickt, der auf der Veranda stand, da bedauerte sie, dass sie sich nicht die Haare gekämmt und etwas Anständiges angezogen hatte.

»Entschuldigen Sie die kleine Verspätung«, sagte Anthony Sansone. »Ich hoffe, ich komme nicht ungelegen.«

»Verspätung? Tut mir leid, aber ich habe Sie gar nicht erwartet.«

»Haben Sie denn meine Nachricht nicht bekommen? Ich hatte Ihnen gestern Nachmittag auf den Anrufbeantworter gesprochen, um zu sagen, dass ich heute bei Ihnen vorbeischauen werde.«

»Oh, ich habe wohl gestern Abend vergessen, das Band abzuhören.« *Ich war anderweitig beschäftigt.* Sie trat einen Schritt zurück. »Kommen Sie herein.«

Er ging durch ins Wohnzimmer, wo er stehen blieb und den Blick über die verstreuten Zeitungsteile und die leere Kaffeetasse schweifen ließ. Es war Monate her, dass sie ihn zuletzt gesehen hatte, und wieder einmal war sie beeindruckt von seinem ruhigen Auftreten und seiner stets wachsamen Art, als ob er beständig nach dem einen Detail suchte, das ihm entgangen war. Anders als Daniel, der auch auf Fremde sehr schnell zuging, war Anthony Sansone ein Mann, der sich mit Mauern umgab; ein Mann, der in einem Raum voller Menschen stehen und dennoch eine Aura kühler Distanz und Reserviertheit ausstrahlen konnte. Sie fragte sich, was er wohl dachte, als er das Durcheinander in ihrem Wohnzimmer, die sichtbaren Zeichen ihres vertrödelten Sonntags sah. Nicht jeder kann sich einen Butler leisten, dachte sie. Nicht jeder wohnt wie Sie in einer Villa am Beacon Hill.

»Entschuldigen Sie, dass ich Sie zu Hause behellige«, sagte er. »Aber ich wollte keinen offiziellen Termin in der Rechtsmedizin daraus machen.« Er wandte sich zu ihr um. »Und ich wollte mich auch erkundigen, wie es Ihnen geht, Maura. Ich habe Sie lange nicht mehr gesehen.«

»Mir geht es gut. Ich hatte viel zu tun in letzter Zeit.«

»Der Mephisto-Club hat seine allwöchentlichen Diners in meinem Haus wieder aufgenommen. Wir könnten Ihre Sicht der Dinge durchaus gebrauchen, und wir würden uns sehr freuen, Sie an einem der nächsten Abende wieder in unserer Runde begrüßen zu können.«

»Um über das Verbrechen zu diskutieren? Nein danke – mit dem Thema muss ich mich bei meiner Arbeit schon genug auseinandersetzen.«

»Nicht so, wie wir an die Sache herangehen. Sie betrachten nur die Folgen des Verbrechens; wir beschäftigen uns mit den Ursachen seiner Existenz.«

Sie begann, die Zeitungen aufzulesen und auf einen Stapel zu legen. »Ich passe wirklich nicht in Ihre Gruppe. Ich akzeptiere Ihre Theorien nicht.«

»Auch nicht nach dem, was wir zusammen erlebt haben? Diese Morde müssen Ihnen doch zu denken gegeben haben. Haben Sie nicht wenigstens die Möglichkeit in Erwägung gezogen.«

»Dass es eine einheitliche Theorie des Bösen gibt, die in den Schriftrollen von Qumran zu finden ist?« Sie schüttelte den Kopf. »Ich bin Wissenschaftlerin. Ich lese religiöse Texte, weil sie mir historische Erkenntnisse liefern können, aber nicht, weil ich dort ewige Wahrheiten zu finden hoffe. Oder eine Erklärung für das Unerklärliche.«

»Sie haben in jener Nacht mit uns dort auf dem Berg

festgesessen. Sie haben den Beweis mit eigenen Augen gesehen!«

Die Nacht, von der er sprach – damals im Januar –, hätten
sie um ein Haar nicht überlebt. So weit stimmte sie mit
ihm überein, denn die Beweise waren so eindeutig wie das
Blut, das am Tatort geflossen war. Aber über so vieles, was
in dieser Nacht geschehen war, würden sie nie Einigkeit er-
zielen, und ihre grundlegendste Meinungsverschiedenheit
betraf die Natur des Monsters, das sie auf jenem Berg in
seine Gewalt gebracht hatte.

»Was ich gesehen habe, war ein Serienmörder, wie es auf
dieser Welt allzu viele gibt«, sagte sie. »Um das zu erklären,
brauche ich keine biblischen Theorien. Reden Sie mit mir
über *Wissenschaft*, nicht über Mythen von uralten Dämo-
nengeschlechtern.« Sie legte den Zeitungsstapel auf dem
Couchtisch ab. »Das Böse *existiert* ganz einfach. Menschen
können brutal sein, und manche werden zu Mördern. Dafür
hätten wir alle gerne eine Erklärung.«

»Erklärt die Wissenschaft, was einen Mörder dazu treibt,
die Leiche einer Frau zu mumifizieren? Aus einer zweiten
einen Schrumpfkopf zu fertigen und die Leiche einer dritten
in den Kofferraum eines Autos zu legen?«

Verblüfft drehte sie sich zu ihm um. »Sie wissen schon
von diesen Fällen?«

Aber natürlich wusste er schon davon. Anthony Sansones
Verbindungen zu den Strafverfolgungsbehörden reichten bis
in die höchsten Ebenen, sogar bis ins Büro des Polizeipräsidenten hinein. Ein so ungewöhnlicher Fall wie der von Madam X musste unweigerlich seine Aufmerksamkeit wecken.
Und er würde auch die Mitglieder des geheimnisumwit-
terten Mephisto-Clubs auf den Plan rufen, die ihre ganz eigenen Theorien über das Verbrechen und seine Bekämpfung
hatten.

»Es gibt da Details, von denen vielleicht nicht einmal Sie wissen«, sagte er. »Details, die man Ihnen meiner Meinung nach nicht vorenthalten sollte.«

»Bevor wir uns weiter darüber unterhalten«, unterbrach sie ihn, »werde ich mich erst einmal anziehen. Wenn Sie mich bitte entschuldigen würden.«

Sie zog sich in ihr Schlafzimmer zurück. Dort schlüpfte sie in eine Jeans und eine Bluse mit Buttondown-Kragen – ein legeres Outfit, das für einen Sonntagnachmittag zu Hause absolut angemessen war, und dennoch hatte sie das Gefühl, für ihren distinguierten Besucher nicht gut genug gekleidet zu sein. Sie machte sich nicht die Mühe, Make-up aufzulegen, sondern wusch sich nur das Gesicht und bürstete ihr zerzaustes Haar. Als sie sich im Spiegel anstarrte, sah sie verquollene Augen und graue Haare, die sie bisher noch nicht bemerkt hatte. Nun ja, auch das bin ich, dachte sie. Eine Frau, die nie wieder vierzig sein wird. Ich kann mein Alter nicht verbergen, und ich werde es gar nicht erst versuchen.

Als sie wieder aus ihrem Schlafzimmer hervorkam, wehte der Duft von frisch gebrühtem Kaffee durchs Haus. Sie folgte ihrer Nase in die Küche, wo Sansone bereits zwei Tassen aus dem Schrank genommen hatte.

»Ich hoffe, Sie haben nichts dagegen, dass ich so frei war, eine frische Kanne zu kochen.«

Sie sah zu, wie er die Kanne nahm und den Kaffee einschenkte, wobei er ihr seinen breiten Rücken zuwandte. Er schien sich in ihrer Küche ganz wie zu Hause zu fühlen, und es ärgerte sie, mit welcher Selbstverständlichkeit er in ihr Zuhause eingedrungen war. Er besaß das Talent, jedes Zimmer, jedes Haus, das er betrat, schon durch seine bloße Anwesenheit für sich in Besitz zu nehmen.

Er reichte ihr eine Tasse, und zu ihrer Verblüffung hatte

er genau die richtige Menge Zucker und Milch dazugegeben – so, wie sie es mochte. Sie hätte nicht gedacht, dass er sich an solche Einzelheiten erinnern würde.

»Es ist an der Zeit, über Madam X zu sprechen«, sagte er. »Und darüber, womit Sie es hier tatsächlich zu tun haben könnten.«

»Wie viel wissen Sie?«

»Ich weiß, dass Sie drei miteinander zusammenhängende Todesfälle haben.«

»Wir wissen nicht, ob es einen Zusammenhang gibt.«

»Drei Opfer, alle auf bizarre Weise konserviert? Das ist eine ziemlich einmalige Handschrift.«

»Ich habe das dritte Opfer noch nicht obduziert, also kann ich Ihnen über sie noch nichts sagen. Nicht einmal, wie sie konserviert wurde.«

»Ich habe gehört, es handle sich nicht um eine klassische Mumifizierung.«

»Wenn Sie mit *klassisch* meinen, dass sie gepökelt, getrocknet und in Leinen gewickelt wurde – nein, das war nicht der Fall.«

»Ihre Gesichtszüge sind relativ intakt?«

»Ja. Sogar verblüffend intakt. Aber das Gewebe enthält noch Feuchtigkeit. Ich habe noch nie eine Leiche wie diese obduziert. Ich bin mir nicht einmal sicher, wie ich sie in ihrem gegenwärtigen Zustand erhalten soll.«

»Was ist mit der Besitzerin des Wagens? Sie ist doch Archäologin, nicht wahr? Hat sie eine Ahnung, wie die Leiche konserviert wurde?«

»Ich habe noch nicht mit ihr gesprochen. Nach dem, was Jane mir berichtet hat, war die Frau ziemlich erschüttert.«

Er stellte seine Kaffeetasse ab, und sein Blick war so direkt, dass es sich wie ein tätlicher Angriff anfühlte. »Was wissen Sie über Dr. Pulcillo?«

»Wieso fragen Sie nach ihr?«

»Weil sie für diese Leute arbeitet, Maura.«

»Diese Leute?«

»Das Crispin Museum.«

»Sie sagen das so, als ob das eine zwielichtige Institution wäre.«

»Sie haben eingewilligt, bei dem CT dabei zu sein. Sie wurden Teil des Medienzirkus, der um Madam X veranstaltet wurde. Sie müssen gewusst haben, worauf Sie sich da einlassen.«

»Der Kurator hatte mich eingeladen, bei der Untersuchung zugegen zu sein. Er hat mir nicht gesagt, dass es einen Medienzirkus geben würde. Er dachte einfach nur, dass es mich interessieren könnte, und das war natürlich der Fall.«

»Und Sie wussten nichts über das Museum, als Sie sich zur Mitwirkung bereit erklärten?«

»Ich war vor einigen Jahren einmal im Crispin. Es ist eine eigenartige Sammlung, aber durchaus sehenswert. Es unterscheidet sich gar nicht so sehr von anderen Privatmuseen, die ich besichtigt habe – gegründet von wohlhabenden Familien, die ihre Sammlungen zur Schau stellen wollen.«

»Die Crispins sind eine ganz besondere Familie.«

»Was macht sie so besonders?«

Er setzte sich ihr gegenüber auf den Stuhl, sodass er auf gleicher Augenhöhe mit ihr war. »Die Tatsache, dass niemand weiß, woher sie stammt.«

»Ist das so wichtig?«

»Es ist ein wenig merkwürdig, finden Sie nicht? Der erste Crispin, von dem wir wissen, war Cornelius, der im Jahr 1850 in Boston auftauchte. Er behauptete, ein adliger Engländer zu sein.«

»Sie deuten an, dass dem nicht so war.«

»In England gibt es keinerlei Aufzeichnungen über ihn. Und auch sonst nirgendwo. Eines Tages erschien er ganz einfach auf der Bildfläche, und er wird als gut aussehender Mann von sehr einnehmendem Wesen beschrieben. Er heiratete eine Tochter aus gutem Hause und baute sein Vermögen immer weiter aus. Er und seine Nachkommen waren eifrige Sammler und unentwegt auf Reisen, und sie brachten Merkwürdigkeiten aus allen Kontinenten mit. Es waren die üblichen Dinge – Schnitzereien, Grabbeigaben und präparierte Tierkörper. Aber was Cornelius und seine Familie ganz besonders zu interessieren schien, waren Waffen. Alle Arten von Waffen, wie sie von Kriegern rund um den Globus verwendet wurden. Und angesichts der Art und Weise, wie die Familie zu ihrem Vermögen kam, war dies auch das passende Spezialgebiet.«

»Wie denn?«

»Durch Kriege, Maura. Seit Cornelius' Tagen sind die Crispins immer Kriegsgewinnler gewesen. Er selbst wurde im amerikanischen Bürgerkrieg zum reichen Mann, indem er die Südstaaten mit Waffen belieferte. Seine Nachkommen führten die Tradition fort und profitierten von Konflikten in aller Welt, von Afrika über den Nahen Osten bis nach Asien. Sie schlossen einen Geheimpakt mit Hitler, um seine Truppen mit Waffen zu versorgen, und rüsteten gleichzeitig die Alliierten aus. In China unterstützten sie sowohl die nationalistischen als auch die kommunistischen Streitkräfte. Ihre Handelsware tauchte in Algerien, im Libanon und in Belgisch-Kongo auf. Es spielte keine Rolle, wer gegen wen kämpfte. Sie ergriffen nie Partei, sie strichen nur das Geld ein. Solange irgendwo auf der Welt Blut vergossen wurde, war ihr Profit ihnen gewiss.«

»Inwiefern ist das für diese Ermittlungen relevant?«

»Ich möchte nur, dass Ihnen klar ist, wer hinter dieser

Institution steht und welches Erbe auf ihr lastet. Das Crispin Museum wurde mit Blut finanziert. Wenn Sie durch dieses Gebäude gehen, müssen Sie wissen, dass jede Goldmünze und jede Vase, die Sie sehen, durch einen Krieg irgendwo auf der Welt bezahlt wurde. Es ist ein Ort des Bösen, Maura, erbaut von einer Familie, die einen Schleier über ihre Vergangenheit gezogen hat. Eine Familie, deren Wurzeln wir nie kennen werden.«

»Ich weiß schon, worauf Sie hinauswollen. Sie werden mir gleich erzählen, dass die Crispins von einem Dämonengeschlecht abstammen. Dass ihre Ahnen die biblischen Nephilim sind.« Sie schüttelte den Kopf und lachte. »Bitte. Nicht schon wieder die Schriftrollen vom Toten Meer.«

»Was glauben Sie, wie Madam X in dieses Museum gelangt ist?«

»Ich bin mir sicher, Sie haben eine Antwort parat.«

»Meine Theorie ist, dass sie eine Art Tribut war. Genau wie der Schrumpfkopf. Es sind Geschenke von einem Bewunderer, der genau weiß, wofür die Crispins stehen.«

»Das dritte Opfer wurde nicht im Museum gefunden. Die Leiche wurde in Dr. Pulcillos Wagen gelegt.«

»Sie arbeitet für das Museum.«

»Und jetzt hat sie panische Angst. Ihre Schlüssel wurden gestohlen, und jemand hat ihr ein verdammt schauriges Geschenk geschickt.«

»Weil sie sich als Mittelsfrau für den eigentlichen Empfänger anbot – Simon Crispin.«

»Nein, ich glaube, dass Dr. Pulcillo die *eigentliche* Empfängerin ist. Sie ist eine auffallend gut aussehende Frau, und so ist ein Mörder auf sie aufmerksam geworden. Das ist auch Janes Überzeugung.« Sie hielt einen Moment inne. »Warum sprechen Sie nicht mit ihr darüber? Sie ist die Ermittlerin. Warum kommen Sie damit zu mir?«

»Detective Rizzoli ist für alternative Theorien nicht aufgeschlossen.«

»Mit anderen Worten, sie steht mit beiden Beinen fest auf dem Boden der Realität.« Maura stand auf. »Und das tue ich auch.«

»Bevor Sie meine Theorien vorschnell verwerfen, sollten Sie vielleicht noch eines über die Sammlung Crispin wissen. Über den Teil der Sammlung, den niemand je zu Gesicht bekommen hat. Weil er versteckt gehalten wurde.«

»Warum?«

»Weil er so grotesk, so erschütternd war, dass die Familie es sich nicht erlauben konnte, die Öffentlichkeit daran teilhaben zu lassen.«

»Wie kommt es, dass Sie davon wissen?«

»Es kursierten seit Jahren Gerüchte darüber auf dem Antiquitätenmarkt. Vor etwa sechs Jahren bot Simon Crispin die besagten Stücke in einer Privatauktion zum Verkauf an. Offenbar hatte er das Geld mit vollen Händen zum Fenster hinausgeworfen und es fertiggebracht, den Rest des Familienvermögens restlos durchzubringen. Er brauchte dringend Bargeld. Und er musste diese Objekte loswerden, deren Besitz ihn in Verlegenheit brachte und möglicherweise auch illegal war. Das wirklich Beunruhigende daran ist, dass er tatsächlich einen Käufer fand, der jedoch anonym blieb.«

»Was hat Crispin verkauft?«

»Kriegstrophäen. Und damit meine ich nicht Orden und rostige Bajonette. Ich spreche von afrikanischen Rasseln, die aus Menschenzähnen gefertigt wurden, und den abgeschnittenen Ohren japanischer Soldaten. Einer Halskette aus Fingern und einer in Formalin eingelegten weiblichen…« Er brach ab. »Es war eine grässliche Sammlung. Worauf ich hinauswill, ist, dass ich nicht der Einzige bin, der von der Vorliebe der Crispins für groteske Souvenirs weiß. Dieser

Archäologie-Mörder wusste vielleicht auch davon. Und er dachte, er könnte einen Beitrag zu ihrer Sammlung leisten.«

»Sie glauben, es handelte sich um Geschenke.«

»Zeichen der Bewunderung von einem Sammler, der dem Museum ein paar seiner eigenen Erinnerungsstücke vermacht hat. Und dort lagen sie dann herum und gerieten in Vergessenheit.«

»Bis jetzt.«

Sansone nickte. »Ich glaube, dieser mysteriöse Spender hat beschlossen, wieder in Erscheinung zu treten. Er lässt die Welt wissen, dass er noch am Leben ist.« Leise fügte er hinzu: »Es könnten noch mehr solche Geschenke auftauchen.«

Das Klingeln des Telefons zerriss die folgende Stille. Sie schrak zusammen und spürte, wie ihr Puls einen Satz machte, als sie aufstand. Wie leicht Sansone doch ihren Glauben an eine logisch geordnete Welt erschüttern, wie schnell er einen Schatten über einen strahlenden Sommertag werfen konnte. Seine Paranoia war ansteckend, und sie hörte schon einen ominösen Unterton aus diesem Klingeln heraus, eine Warnung, dass dieser Anruf unerfreuliche Neuigkeiten bringen würde.

Doch die Stimme, die sie am anderen Ende begrüßte, war ebenso vertraut wie freundlich. »Dr. Isles, hier ist Carter vom Labor. Ich habe ein paar interessante GC-MS-Resultate.«

»Wovon sprechen Sie?«

»Von den Gewebeproben, die Sie uns am Donnerstag geschickt haben.«

»Von der Leiche aus dem Kofferraum? Sie haben schon die Gaschromatographie gemacht?«

»Ich wurde eigens am Wochenende ins Labor beordert, um eine Eilanalyse zu machen. Ich dachte, die Anweisung sei von Ihnen gekommen.«

»Nein, das war ich nicht.« Sie drehte sich zu Sansone um, der sie so genau beobachtete, dass sie sich gezwungen sah, seinem Blick auszuweichen. »Reden Sie weiter«, sagte sie in den Hörer.

»Ich habe mit der Probe eine Flash-Pyrolyse gemacht, und bei der Gaschromatographie mit Massenspektrometrie-Kopplung konnte ich sowohl kollagene als auch nicht-kollagene Proteine in großer Menge nachweisen. Ich weiß nicht, wie alt die Probe ist, aber das Gewebe ist jedenfalls sehr gut erhalten.«

»Ich habe auch ein Screening auf Gerbstoffe angefordert. Haben Sie welche gefunden?«

»Wir haben die meisten bekannten Gerbstoffe ausschließen können. Aber was ich gefunden habe, ist eine Chemikalie namens 4-Isopropenylphenol.«

»Ich habe keine Ahnung, was das heißt.«

»Ich musste selbst eine Weile recherchieren. Wie sich herausstellte, ist diese Substanz ein charakteristisches Pyrolyse-Produkt des Torfmooses.«

»Moos?«

»Genau. Hilft Ihnen das irgendwie weiter?«

»Ja«, sagte sie leise. »Ich glaube schon.« *Es sagt mir genau das, was ich wissen muss.* Sie legte auf und starrte noch eine Weile den Hörer an, sprachlos angesichts dieses Laborergebnisses. Das hier ging über die Grenzen ihres Wissensgebiets hinaus; es lag jenseits all dessen, womit sie es in ihrem Sektionssaal je zu tun gehabt hatte, und ohne fachmännischen Beistand wollte sie nicht fortfahren.

»Maura?«

Sie wandte sich zu Sansone um. »Können wir diese Diskussion ein andermal fortsetzen? Ich muss einige Anrufe erledigen.«

»Dürfte ich einen Vorschlag machen, bevor ich gehe? Ich

kenne einen Herrn, den Sie vielleicht konsultieren sollten. Einen gewissen Dr. Pieter Vandenbrink. Ich kann den Kontakt herstellen.«

»Warum erzählen Sie mir von ihm?«

»Sie werden feststellen, dass sein Name sehr häufig im Internet auftaucht. Sehen Sie sich seinen Lebenslauf an, dann werden Sie wissen, warum.«

15

Die Ü-Wagen des Fernsehens waren wieder da, und es waren noch mehr als beim letzten Mal. Wenn ein Mörder erst einen Spitznamen hat, wird er zum Gemeingut, und jetzt wollten alle Nachrichtensender von der Fahndung nach dem Archäologie-Mörder berichten.

Jane spürte, wie die allsehenden Augen der Kameras ihr folgten, als sie und Frost vom Parkplatz zum Eingang des Rechtsmedizinischen Instituts gingen. In ihrer ersten Zeit als Detective hatte sie es unheimlich aufregend gefunden, als sie sich in den Abendnachrichten gesehen hatte. Das hatte sich allerdings schnell gelegt, und heutzutage reagierte sie eher gereizt auf den Anblick von Reportern. Anstatt ihr Gesicht in die Kameras zu halten, ging sie mit gesenktem Kopf und hochgezogenen Schultern; in den Sechs-Uhr-Nachrichten heute Abend würde sie wahrscheinlich wie ein buckliger Troll in einem blauen Blazer wirken.

Es war eine Erleichterung, als sie endlich das Gebäude erreicht hatte und den zudringlichen Zoom-Objektiven entfliehen konnte, aber das Schlimmste lag noch vor ihr. Während sie mit Frost zum Autopsiesaal ging, spürte sie, wie ihre Muskeln sich anspannten und ihr Magen zu revoltieren begann, wenn sie an das dachte, was sie heute auf dem Obduktionstisch erwartete.

Im Vorraum war Frost ungewöhnlich still, während sie in ihre Kittel und Schuhüberzieher schlüpften. Als sie einen Blick durch das Sichtfenster wagte, sah sie zu ihrer Erleichterung, dass die Leiche noch mit einem Tuch abgedeckt war – eine kurze Gnadenfrist vor dem grausigen Spektakel. Von grimmigem Pflichtbewusstsein erfüllt, stieß sie die Tür zum Sektionssaal auf.

Maura hatte soeben Röntgenfilme an den Leuchtkasten gehängt, und die Gebissaufnahmen der unbekannten Toten Nummer drei schimmerten vor der Hintergrundbeleuchtung. Sie sah die beiden Detectives an. »Nun, was haltet ihr davon?«, fragte sie.

»Ziemlich gute Zähne, würde ich sagen«, antwortete Jane.

Maura nickte. »Hier sind zwei Amalgamfüllungen, und dazu noch eine Goldkrone auf einem unteren linken Backenzahn. Ich sehe keine Spuren von Karies und auch keinen Knochenrückgang an den Alveolen, der auf parodontale Erkrankungen hinweisen würde. Und dann wäre da noch dieses Detail.« Maura tippte mit dem Finger auf das Röntgenbild. »Beide vorderen Backenzähne fehlen.«

»Du glaubst, dass sie gezogen wurden?«

»Aber es sind keine Lücken zwischen den Zähnen. Und die Wurzeln dieser Schneidezähne wurden verkürzt und stumpfer gemacht.«

»Und das bedeutet?«

»Sie wurde kieferorthopädisch behandelt. Sie hat eine Zahnspange getragen.«

»Wir sprechen also von einem wohlhabenden Opfer.«

»Auf jeden Fall Mittelschicht aufwärts.«

»Moment mal, ich hab nie eine Spange gekriegt.« Jane bleckte die Zähne und ließ die unregelmäßige untere Reihe sehen. »*Das hier* sind Mittelschicht-Zähne, Doc.« Sie deutete auf die Röntgenaufnahme. »Mein Dad konnte es sich nicht leisten, mir so was zu bezahlen.«

»Madam X hatte auch gute Zähne«, bemerkte Frost.

Maura nickte. »Beide Frauen hatten eine privilegierte

Kindheit, vermute ich. So privilegiert, dass sie sich gute Zahnpflege und kieferorthopädische Behandlungen leisten konnten.« Sie nahm die Kieferaufnahmen ab und griff nach einem neuen Satz. Die Filme machten ein schwirrendes Geräusch, als sie sie unter die Clips schob. Jetzt schimmerten die Knochen der beiden Unterschenkel am Leuchtkasten.

»Und hier ist noch etwas, was die beiden Opfer gemeinsam hatten.«

Jane und Frost hielten beide erschrocken die Luft an. Sie brauchten keinen Radiologen, um die Verletzungen zu interpretieren, die sie auf den Röntgenaufnahmen sahen.

»Ihre beiden Schienbeine wurden auf diese Weise malträtiert«, sagte Maura. »Mit einem stumpfen Werkzeug – vielleicht ein Hammer oder ein Wagenheber. Und wir sprechen hier nicht von Schlägen, die die Schienbeine nur leicht streiften. Das war eine brutale, gezielte Attacke, mit der vollen Absicht, den Knochen zu zertrümmern. Beide Schienbeine weisen quer verlaufende Frakturen des Knochenschafts auf, und verstreute Splitter sind in das weiche Gewebe eingebettet. Die Schmerzen müssen unerträglich gewesen sein. Sie konnte mit Sicherheit nicht mehr gehen. Ich kann mir gar nicht vorstellen, wie sie in den folgenden Tagen gelitten haben muss. Es kam wahrscheinlich zu einer Infektion, die sich von den offenen Wunden in die Weichteile ausbreitete. Die Bakterien sind in den Knochen eingedrungen und schließlich auch ins Blut.«

Jane sah sie an. »Sagtest du gerade *Tage*?«

»Diese Frakturen waren sicher nicht tödlich. Jedenfalls nicht sofort.«

»Vielleicht wurde sie zuerst getötet. Das könnten postmortale Verletzungen sein.« *Bitte lass es so sein – und nicht so, wie ich befürchte.*

»Es tut mir leid, das sagen zu müssen – aber sie hat noch

gelebt«, erwiderte Maura. »Mindestens noch einige Wochen.« Sie deutete auf eine unregelmäßig geformte Kontur, die wie eine weiße Rauchwolke um den gebrochenen Knochen herum zu sehen war. »Das da ist eine Kallusbildung. Das ist ein Selbstheilungsprozess des Knochens, und so etwas passiert nicht über Nacht, auch nicht in ein paar Tagen. Es dauert Wochen.«

Wochen, in denen diese Frau gelitten hatte. Wochen, in denen sie den Tod herbeigesehnt haben musste. Jane dachte an einen anderen Satz von Röntgenaufnahmen, die sie an diesem Leuchtkasten hatte hängen sehen. Das zerschmetterte Bein einer anderen Frau, die Bruchstelle umwölkt vom Gewebe des heilenden Knochens.

»Genau wie bei Madam X«, sagte sie.

Maura nickte. »Keines der Opfer wurde auf der Stelle getötet. Beiden wurden Beinverletzungen zugefügt, die sie zum Krüppel machten. Beide lebten danach noch eine Weile. Was bedeutet, dass irgendjemand ihnen Essen und Wasser gebracht haben muss. Irgendjemand hielt sie am Leben, so lange, dass wir in diesen Aufnahmen schon die ersten Zeichen des Heilungsprozesses erkennen können.«

»Es ist der gleiche Täter.«

»Die Muster ähneln sich allzu sehr. Das ist ein Teil seiner Handschrift. Zuerst verstümmelt er sie, vielleicht um sicherzustellen, dass sie nicht fliehen können. Und dann, über Tage und Wochen hinweg, versorgt er sie mit Nahrung und hält sie so am Leben.«

»Was zum Teufel macht er während dieser ganzen Zeit? Genießt er einfach nur ihre Gesellschaft?«

»Ich weiß es nicht.«

Jane starrte den zerschmetterten Knochen an und verspürte ein Ziehen in ihren eigenen Beinen – nur eine leise Ahnung von dem, was diese Frau erduldet haben musste.

»Weißt du«, sagte sie leise, »als du mich an diesem Abend das erste Mal wegen Madam X angerufen hast, da dachte ich, es handele sich sicher um einen alten Mordfall. Einen Fall, der zu den Akten gelegt wurde, mit einem Täter, der selbst schon längst tot ist. Aber wenn er es ist, der diese Leiche in Dr. Pulcillos Wagen gelegt hat...«

»Dann ist er noch am Leben, Jane. Und er ist hier in Boston.«

In diesem Moment wurde die Tür des Vorraums aufgestoßen. Ein älterer Herr mit silbergrauem Haar trat ein und band sich im Gehen eine OP-Schürze um.

»Dr. Vandenbrink?«, sagte Maura. »Ich bin Dr. Isles. Schön, dass Sie es noch rechtzeitig geschafft haben.«

»Ich hoffe, Sie haben noch nicht angefangen.«

»Wir haben auf Sie gewartet.«

Der Mann kam auf sie zu und gab ihr die Hand. Er war in den Sechzigern und dürr wie ein Zaunpfahl, doch sein tief gebräuntes Gesicht und sein energischer Gang verrieten, dass diese drahtige Figur eher Ausdruck einer gesunden Konstitution als irgendeiner Krankheit war. Während Maura die Vorstellung übernahm, würdigte der Mann Jane und Frost kaum eines Blickes; stattdessen nahm der Leichnam auf dem Tisch seine ganz Aufmerksamkeit in Anspruch, auch wenn er gnädigerweise noch mit einem Laken abgedeckt war. Offensichtlich waren es die Toten und nicht die Lebenden, denen sein größtes Interesse galt.

»Dr. Vandenbrink arbeitet am Drents Museum in Assen«, erklärte Maura. »Er ist gestern Abend eigens für diese Obduktion aus den Niederlanden eingeflogen.«

»Und das ist sie also?«, sagte er, ohne den Blick von dem verhüllten Körper zu wenden. »Dann wollen wir sie uns doch einmal anschauen.«

Maura reichte ihm Latexhandschuhe und streifte sich

selbst ebenfalls ein Paar über. Sie griff nach dem Laken, um die Leiche freizulegen, und Jane wappnete sich für den Anblick.

Nackt auf dem blanken Edelstahltisch, angestrahlt von hellen Leuchten, wirkte der Körper mit den verdrehten Gliedmaßen wie ein knorriger, verkohlter Ast. Aber es war das Gesicht, das Jane nicht mehr vergessen würde, schwarz glänzend wie Kohle, die Züge im Todesschrei erstarrt.

Dr. Vandenbrink jedoch schien ganz und gar nicht entsetzt – im Gegenteil, er ging noch näher heran und betrachtete die Leiche fasziniert. »Sie ist wunderschön«, murmelte er. »O ja, ich bin froh, dass Sie mich angerufen haben. Die Reise hat sich auf jeden Fall gelohnt.«

»Das nennen Sie schön?«, meinte Jane.

»Ich meinte ihren Erhaltungszustand«, erwiderte er. »Im Augenblick ist er nahezu vollkommen. Aber ich fürchte, jetzt, da das Gewebe der Luft ausgesetzt ist, könnte es zu verwesen beginnen. Das ist das eindrucksvollste moderne Beispiel, das ich je zu Gesicht bekommen habe. Es kommt sehr selten vor, dass man eine menschliche Leiche aus neuerer Zeit findet, die diesem Prozess unterzogen wurde.«

»Dann wissen Sie also, wie sie so geworden ist?«

»O ja. Sie hat große Ähnlichkeit mit den anderen.«

»Den anderen?«

Er sah Jane an. So tief lagen seine Augen in den Höhlen, dass sie das verstörende Gefühl hatte, von einem Totenschädel angestarrt zu werden. »Haben Sie schon einmal von dem Mädchen von Yde gehört?«

»Nein. Wer ist das?«

»Yde ist ein Dorf im Norden der Niederlande. Im Jahr 1897 machten zwei Männer aus Yde beim Torfstechen eine grausige Entdeckung. Sie fanden eine Frau mit langen blonden Haaren, die offensichtlich erdrosselt worden war. Ein langer Gürtel war dreimal um ihren Hals geschlungen. Zuerst begriffen die Menschen von Yde nicht, womit sie es zu tun hatten. Sie war so klein und verhutzelt, dass sie sie für eine alte Frau hielten. Oder vielleicht eine Hexe. Aber als sich später die Wissenschaftler mit ihr beschäftigten, stellten sie fest, dass sie zum Zeitpunkt ihres Todes keine alte Frau gewesen war, sondern ein Mädchen von etwa sechzehn Jahren. Ein Mädchen, das unter einer verkrümmten Wirbelsäule gelitten hatte. Ein Mädchen, das ermordet wurde. Man hatte ihr unterhalb des Schlüsselbeins eine Stichwunde zugefügt. Dann legte man ihr einen Gürtel um den Hals und zog zu, bis sie erstickte. Anschließend wurde sie mit dem Gesicht nach unten ins Moor geworfen, wo sie Tausende von Jahren ruhte. So lange, bis die beiden Torfstecher sie fanden und sie den Blicken der Welt aussetzten.«

»Tausende von Jahren?«

Vandenbrink nickte. »Die Radiokarbondatierung verrät uns, dass sie vor zweitausend Jahren gelebt hat. Als Jesus auf Erden wandelte, lag dieses arme Mädchen vielleicht schon in seinem Grab.«

»Nach zwei Jahrtausenden konnte man noch feststellen, wie sie gestorben war?«, fragte Frost.

»Ja, so gut war sie erhalten, von den Haaren bis hin zu dem Stoffgürtel um ihren Hals. Gewiss, ihr Körper war beschädigt, aber das passierte viel später, als sie mit dem Torf aus dem Moor gezerrt wurde. Es war noch genug von ihr erhalten, um ihr Gesicht rekonstruieren zu können. Und um zu rekonstruieren, wie sie gelitten haben muss. Das ist das Wunder der Moore, Detective. Sie öffnen uns ein Fenster in die Vergangenheit. Hunderte solcher Leichen wurden in Holland und Dänemark, in Irland und England gefunden. Und jede von ihnen ist ein Zeitreisender, ein tragischer Botschafter sozusagen, zu uns geschickt aus einer Zeit, aus der es keine schriftlichen Aufzeichnungen gibt. Nur die Spuren der Grausamkeiten, die diese Menschen an ihren Opfern verübten.«

»Aber diese Frau«, Jane deutete auf den Leichnam auf dem Tisch, »ist doch eindeutig keine zweitausend Jahre alt.«

»Und doch ist ihr Erhaltungszustand genauso glänzend. Sehen Sie nur, Sie können sogar die Rillen in ihren Fußsohlen und Fingerballen erkennen. Und Ihnen ist sicher auch gleich aufgefallen, dass die Haut dunkel wie Leder ist. Dennoch verraten uns ihre Gesichtszüge eindeutig, dass es sich um eine Weiße handelt.« Er sah Maura an. »Ich stimme voll und ganz mit Ihnen überein, Dr. Isles.«

Frost meinte: »Sie wollen uns also sagen, dass diese Leiche auf die gleiche Weise konserviert wurde wie dieses Mädchen in den Niederlanden?«

Vandenbrink nickte. »Was Sie da haben, ist eine moderne Moorleiche.«

»Deshalb habe ich Dr. Vandenbrink angerufen«, sagte Maura. »Er beschäftigt sich seit Jahrzehnten mit Moorleichen.«

»Anders als bei den ägyptischen Mumifizierungstechniken«, erläuterte Vandenbrink, »liegen uns keine schriftlichen Dokumente über die Herstellung einer Moorleiche vor. Es handelt sich um einen vollkommen natürlichen und von Zufällen abhängigen Prozess, den wir noch immer nicht vollkommen verstehen.«

»Und woher sollte der Mörder dann wissen, wie man es macht?«, fragte Jane.

»Über dieses Thema wird in der Moorleichen-Community ziemlich heftig diskutiert.«

Jane lachte verblüfft. »Sie haben eine eigene Community?«

»Selbstverständlich. Wir haben unsere eigenen Konferenzen, unsere eigenen Cocktailpartys. Vieles von dem, was wir diskutieren, ist reine Spekulation. Aber wir verfügen auch über streng wissenschaftliche Methoden, um unsere Theorien zu stützen. Wir wissen zum Beispiel, dass eine Reihe von charakteristischen Eigenschaften von Mooren zur Konservierung der Leichen beiträgt. Moore sind sehr sauer, sie sind arm an Sauerstoff, und sie enthalten Schichten von Torfmoos. Diese Faktoren tragen dazu bei, den Verwesungsprozess zu stoppen und die Weichteile zu erhalten. Auch sind sie für die dunkle Verfärbung der Haut verantwortlich, die Sie an dieser Leiche hier beobachten können. Wenn man sie noch einige Jahrhunderte im Moor liegen ließe, würden sich schließlich auch die Knochen dieser Leiche auflösen, sodass nur das konservierte Fleisch übrig bliebe, ledrig und vollkommen elastisch.«

»Ist es das Moos, das diese Wirkung hat?«, fragte Frost.

»Es ist ein wesentlicher Faktor bei dem Prozess. Es kommt zu einer chemischen Reaktion zwischen Bakterien und den Polysacchariden, die man im Torfmoos findet. Das Moos bindet die Bakterienzellen, sodass sie kein organisches Material mehr zersetzen können. Indem man die Bakterien bindet, kann man den Prozess der Verwesung unterbinden. Das Ganze vollzieht sich in einer säurereichen Brühe, die abgestorbenes Moos, Tannine und Holozellulose enthält. Mit anderen Worten: Moorwasser.«

»Und das ist alles? Man legt die Leiche einfach in Moorwasser, und das war's?«

»Ein bisschen anspruchsvoller ist es schon. In Irland und den USA wurden Experimente mit Ferkelkadavern durchgeführt. Man versenkte sie in verschiedenen Torfmooren und zog sie Monate später wieder heraus aus, um sie zu untersuchen. Da Schweine uns in biochemischer Hinsicht sehr ähnlich sind, können wir davon ausgehen, dass die Ergebnisse auf Menschen übertragbar sind.«

»Und die Ferkel verwandelten sich in Moorschweine?«

»Wenn die Bedingungen genau richtig waren. Zunächst einmal mussten die Kadaver vollständig untergetaucht sein, weil sie sonst zu verwesen begannen. Zweitens mussten sie unmittelbar nach dem Tod ins Moor gelegt werden. Lässt man das tote Tier auch nur wenige Stunden offen liegen, ehe man es vergräbt, nimmt der Verwesungsprozess dennoch seinen Lauf.«

Frost und Jane wechselten einen Blick. »Unser Täter durfte also keine Zeit verlieren, nachdem er sie getötet hatte«, sagte Jane.

Vandenbrink nickte. »Sie muss kurz nach ihrem Tod ins Wasser gelegt worden sein. Im Fall der europäischen Moorleichen wurden die Opfer wohl lebend ins Moor geführt. Und erst dort, am Wasserrand, wurden sie getötet.«

Jane wandte sich um und betrachtete die brutal zertrümmerten Schienbeine auf den Röntgenbildern am Leuchtkasten. »Diese Frau kann mit ihren zwei gebrochenen Beinen nirgendwo hingegangen sein. Sie muss getragen worden sein. Wenn Sie der Mörder wären, würden Sie das sicher nicht im Dunkeln machen – zu Fuß durch ein Torfmoor irren.«

»Also tut er es am helllichten Tag?«, meinte Frost. »Zerrt sie aus seinem Auto und schleift sie ans Wasser? Er muss sich die Stelle vorher ausgesucht haben. Eine Stelle, von der er wusste, dass er dort nicht gesehen würde; aber auch nahe genug an einer Straße, damit er sie nicht so weit tragen musste.«

»Es müssen noch andere Bedingungen erfüllt sein«, bemerkte Vandenbrink.

»Welche sind das?«, fragte Jane.

»Das Wasser muss tief und kalt genug sein. Die Temperatur ist entscheidend. Und der Ort muss so abgelegen sein, dass die Leiche während der erforderlichen Wartezeit nicht entdeckt wird.«

»Das ist eine lange Liste von Bedingungen«, sagte Jane. »Wäre es nicht leichter, einfach eine Badewanne mit Wasser und Torfmoos zu füllen?«

»Wie wollen Sie wissen, ob Sie die Bedingungen richtig nachgebildet haben? Ein Moor ist ein komplexes Ökosystem, das wir noch nicht zur Gänze verstehen; eine chemische Suppe aus organischen Materialien, die über Jahrhunderte vor sich hin brodeln muss. Selbst wenn es Ihnen gelingt, diese Suppe in einer Badewanne anzurühren, müssen Sie sie zunächst einmal auf vier Grad Celsius herunterkühlen und sie dann mindestens einige Wochen lang auf dieser Temperatur halten. Dann müssten Sie die Leiche monate-, wenn nicht jahrelang darin einweichen lassen. Wie wollen Sie das so lange verheimlichen? Was ist mit den Gerüchen, die dabei entstehen? Würden die Nachbarn nicht Verdacht schöpfen?« Er schüttelte den Kopf. »Nein, der ideale Platz ist immer noch ein Moor. Ein *richtiges* Moor.«

Aber diese gebrochenen Beine stellten immer noch ein Problem dar. Ob das Opfer noch lebte oder schon tot war, es musste zum Rand des Wassers getragen oder geschleift werden, möglicherweise durch sumpfiges Gelände. »Wie groß wird sie wohl gewesen sein?«, fragte Jane.

»Nach den Skelettmaßen zu urteilen«, antwortete Maura, »schätze ich sie auf knapp eins siebzig. Und man sieht, dass sie relativ schlank ist.«

»Also vielleicht fünfundfünfzig oder sechzig Kilo schwer.«

»Eine plausible Schätzung.«

Aber selbst mit einer schlanken Frau auf den Schultern würde ein Mann nicht sehr schnell vorankommen. Und wenn sie bereits tot war, wäre die Zeit ein entscheidender Faktor. Wenn es zu lange dauerte, würde bei der Leiche der unumkehrbare Verwesungsprozess einsetzen. Wenn das Opfer dagegen noch lebte, gäbe es Schwierigkeiten anderer Art zu überwinden. Eine Frau, die sich nach Kräften wehrte; die Gefahr, dass jemand ihre Schreie hörte, wenn man sie aus dem Wagen zerrte. *Wo hast du diesen idealen Ort gefunden, diese geheime Richtstätte?*

Der Summer der Gegensprechanlage ertönte, und aus dem Lautsprecher drang die Stimme von Mauras Sekretärin: »Dr. Isles, da ist ein Anruf auf der Eins. Ein gewisser Scott Thurlow vom *National Crime Information Center*.«

»Ich nehme den Anruf an«, sagte Maura. Sie streifte ihre Handschuhe ab und ging zum Telefon. »Hier Dr. Isles.« Sie lauschte eine Weile schweigend, dann straffte sie sich plötzlich und warf Jane einen Blick zu, der sagte: *Das hier ist wichtig.* »Danke, dass Sie mir Bescheid gesagt haben. Ich werde es mir gleich ansehen. Bleiben Sie dran.« Sie ging zum Computer.

»Was gibt's?«, fragte Jane.

Maura öffnete eine an sie gerichtete E-Mail und klickte auf den Anhang. Auf dem Bildschirm erschien eine Reihe von Gebiss-Röntgenaufnahmen. Im Gegensatz zu den Pantomogrammen, die sie in der Rechtsmedizin verwendeten und die alle Zähne auf einen Blick zeigten, waren dies Zielaufnahmen aus einer Zahnarztpraxis.

»Ja, ich habe sie gerade vor mir«, sagte Maura ins Telefon. »Ich sehe eine okklusale Amalgamfüllung auf der 30. Das stimmt genau überein.«

»Womit stimmt es überein?«, fragte Jane.

Maura hob eine Hand, um sie zum Schweigen zu bringen, immer noch ganz auf ihr Telefonat konzentriert. »Ich öffne jetzt den zweiten Anhang«, sagte sie. Ein Foto erschien auf dem Bildschirm. Es zeigte eine junge Frau mit langen schwarzen Haaren, die in die Sonne blinzelte. Sie trug ein Jeanshemd über einem schwarzen, ärmellosen Top. Das braun gebrannte Gesicht, ohne jedes Make-up, ließ auf eine Frau schließen, die den größten Teil ihres Lebens im Freien verbrachte, die sich am wohlsten fühlte, wenn sie an der frischen Luft war und saloppe Kleidung tragen konnte. »Ich werde mir diese Dateien durchsehen«, sagte Maura. »Ich rufe Sie zurück.« Sie legte auf.

»Wer ist die Frau?«, fragte Jane.

»Ihr Name ist Lorraine Edgerton. Sie wurde zuletzt in der Nähe von Gallup in New Mexico gesehen – vor rund fünfundzwanzig Jahren.«

Jane betrachtete stirnrunzelnd das Gesicht, das sie vom Computerbildschirm anlächelte. »Sollte mir der Name irgendetwas sagen?«

»Das wird er ab sofort. Du schaust gerade in das Gesicht von Madam X.«

16

Dr. Lawrence Zucker, seines Zeichens forensischer Psychologe, hatte einen so durchdringenden Blick, dass Jane es normalerweise vermied, ihm direkt gegenüberzusitzen. Diesmal aber war sie zu spät zur Besprechung gekommen und hatte deshalb mit dem letzten freien Platz vorlieb nehmen müssen – vis-à-vis von Zucker. Er nahm sich Zeit, um die auf dem Tisch ausgebreiteten Fotos zu studieren. Sie zeigten eine junge, vor Leben sprühende Lorraine Edgerton. Auf manchen Aufnahmen trug sie Shorts und ein T-Shirt, auf anderen Jeans und Wanderschuhe. Sie war ganz offensichtlich ein Freiluft-Typ, wozu auch ihre gesunde Sonnenbräune passte. Dann wandte er sich den Bildern zu, die sie zeigten, wie sie jetzt war: steif und ausgedörrt wie Klafterholz, das Gesicht eine lederartige Maske, straff über den Knochen gespannt. Als Zucker aufblickte, fixierte er Jane mit seinen wasserhellen Augen, und sie hatte das verstörende Gefühl, dass sein unheimlicher Blick bis in die dunkelsten Winkel ihres Gehirns drang, dass er Dinge sehen konnte, die sie niemandem je zu sehen erlaubte. Es waren noch vier weitere Detectives im Raum, aber sie war die einzige Frau; vielleicht war das der Grund, warum Zucker sich auf sie konzentrierte. Doch sie ließ sich nicht einschüchtern und sah ihm unverwandt in die Augen.

»Wie lange, sagten Sie, ist es her, dass Ms. Edgerton verschwand?«, fragte er.

»Fünfundzwanzig Jahre«, antwortete Jane.

»Und ist dieser Zeitraum mit dem gegenwärtigen Zustand ihrer Leiche vereinbar?«

»Wir *wissen* aufgrund der Zahnarztunterlagen, dass es sich um Lorraine Edgerton handelt.«

»Und wir wissen auch, dass es nicht Jahrhunderte dauert, eine Leiche zu mumifizieren«, ergänzte Frost.

»Ja, aber ist es denkbar, dass sie nicht vor fünfundzwanzig Jahren getötet wurde, sondern erst viel später?«, fragte Zucker. »Sie sagten, sie sei noch so lange am Leben gehalten worden, dass ihre Schusswunde bereits zu verheilen begann. Und wenn sie nun noch wesentlich länger gefangen gehalten wurde? Könnte man eine Leiche in, sagen wir, fünf Jahren in eine Mumie verwandeln?«

»Sie denken, der Täter könnte sie *jahrzehntelang* in seiner Gewalt gehabt haben?«

»Ich spekuliere lediglich, Detective Frost. Ich versuche zu verstehen, welche Art von Befriedigung das unserem unbekannten Täter verschafft. Was ihn dazu treiben könnte, diese bizarren postmortalen Rituale zu vollführen. Bei jedem der drei Opfer hat er große Mühe darauf verwandt, den Prozess der Verwesung zu unterbinden.«

»Er wollte, dass sie sich möglichst lange halten«, meinte Lieutenant Marquette, der Leiter der Mordkommission. »Er wollte sie immer bei sich haben.«

Zucker nickte. »Als Gefährtinnen für die Ewigkeit. Das ist eine Interpretation. Er wollte sie nicht verlieren, also verarbeitete er sie zu Andenken, die sich ewig halten.«

»Und warum hat er sie dann nicht einfach als Gefangene gehalten?«, fragte Detective Crowe. »Wir wissen, dass er zwei von ihnen immerhin so lange am Leben gelassen hat, dass ihre Knochenbrüche zu verheilen begannen.«

»Vielleicht sind sie ja eines natürlichen Todes gestorben, als Folge ihrer Verletzungen. In den Obduktionsberichten kann ich keine definitiven Antworten auf die Frage nach der Todesursache finden.«

»Dr. Isles konnte diesen Punkt nicht zweifelsfrei klären«, bestätigte Jane, »aber wir wissen, dass unsere Moorlady...« Sie brach ab. *Moorlady* war der Spitzname des neuen Opfers, doch niemand aus dem Ermittlungsteam würde ihn jemals in der Öffentlichkeit verwenden. Niemand wollte ihn auf den Titelseiten der Gazetten sehen. »Wir wissen, dass dem Opfer aus dem Kofferraum beide Beine gebrochen wurden. Dadurch könnte es zu einer Infektion gekommen sein, und das war möglicherweise die Todesursache.«

»Und die Konservierung wäre dann die einzige Möglichkeit gewesen, wie er sie in seiner Nähe behalten konnte«, sagte Marquette. »Auf Dauer.«

Zucker sah wieder auf das Foto. »Erzählen Sie mir von diesem Opfer – Lorraine Edgerton.«

Jane schob dem Psychologen eine Aktenmappe zu. »Das ist alles, was wir bis jetzt über sie wissen. Sie war Doktorandin und arbeitete gerade in New Mexico, als sie verschwand.«

»Was hat sie studiert?«

»Archäologie.«

Zucker horchte auf. »Erkenne ich da ein durchgängiges Motiv?«

»Es ist kaum zu übersehen. In diesem Sommer arbeitete Lorraine mit einer Gruppe von Studenten bei einer archäologischen Ausgrabung im Chaco Canyon mit. Am Tag ihres Verschwindens sagte sie ihren Kommilitonen, sie wolle in die Stadt fahren. Am späten Nachmittag fuhr sie mit ihrem Motorrad los und wurde nie mehr gesehen. Wochen später wurde das Motorrad kilometerweit von der Grabungsstätte entfernt gefunden, in der Nähe eines Navajo-Reservats. Nach allem, was ich über die Gegend dort weiß, ist sie sehr dünn besiedelt und besteht hauptsächlich aus Wüste und Schotterpisten.«

»Es gibt also keine Zeugen.«

»Nein. Inzwischen sind fünfundzwanzig Jahre vergangen, und der Detective, der damals ihr Verschwinden untersuchte, ist tot. Wir haben nur seinen Bericht. Deswegen werden Frost und ich nach New Mexico fliegen und mit dem Archäologen sprechen, der damals die Grabung leitete. Er hatte sie als einer der Letzten lebend gesehen.«

Zucker betrachtete die Fotos. »Sie scheint eine sportliche junge Frau gewesen zu sein.«

»Das war sie. Ihre Hobbys waren Wandern und Zelten. Sie verbrachte viel Zeit im Freien, mit der Schaufel in der Hand. Eine junge Frau, die sich bestimmt nicht ohne Gegenwehr ergeben hätte.«

»Aber sie hatte eine Kugel im Bein.«

»Das war vielleicht die einzige Möglichkeit, wie der Täter seine Opfer in seine Gewalt bringen konnte. Die einzige Möglichkeit, wie er Lorraine Edgerton überwältigen konnte.«

»Die Moorlady hatte zwei gebrochene Beine«, bemerkte Frost.

Zucker nickte. »Was mit Sicherheit dafür spricht, dass ein und derselbe Täter beide Frauen ermordet hat. Was wissen wir über die Moorleiche? Die, die im Kofferraum gefunden wurde?«

Jane schob ihm die Moorlady-Akte zu. »Wir haben sie noch nicht identifizieren können«, sagte sie. »Deshalb wissen wir auch nicht, ob es irgendeine Verbindung zwischen ihr und Lorraine Edgerton gibt. Das NCIC durchsucht gerade seine Datenbank nach ihr, und wir können nur hoffen, dass irgendjemand sie irgendwo als vermisst gemeldet hat.«

Zucker überflog den Obduktionsbericht. »Weibliche Erwachsene, Alter achtzehn bis fünfunddreißig. Sehr gutes Gebiss, kieferorthopädische Behandlungen.« Er blickte auf.

»Es würde mich überraschen, wenn ihr Verschwinden *nicht* gemeldet worden wäre. Die Methode der Konservierung muss Ihnen doch einen Hinweis darauf liefern, in welchem Teil des Landes sie getötet wurde. In wie vielen Staaten gibt es überhaupt Torfmoore?«

»In ziemlich vielen sogar«, antwortete Frost. »Das hilft also kaum, die Suche einzuengen.«

»Macht euch auf was gefasst«, warnte Jane und lachte. »Detective Frost ist neuerdings der offizielle Moorexperte des Boston PD.«

»Ich habe mit Dr. Judith Welsh gesprochen, einer Biologin drüben an der University of Massachusetts«, sagte Frost. Er zog sein Notizbuch heraus und schlug die entsprechenden Seiten auf. »Von ihr habe ich Folgendes erfahren. Feuchtgebiete mit Torfmoos findet man in Neuengland und Kanada, im Gebiet der Großen Seen und in Alaska. Überall, wo das Klima gemäßigt und feucht ist. Selbst in Florida gibt es Torfmoore.« Er blickte auf. »Man hat sogar nicht weit von Disney World Moorleichen gefunden.«

Detective Crowe lachte. »Im Ernst?«

»Über hundert, und sie sind wahrscheinlich achttausend Jahre alt. Das ist die Begräbnisstätte von Windover. Aber diese Leichen wurden nicht konserviert. Es sind bloß Skelette, nicht zu vergleichen mit unserer Moorlady. Da unten ist es zu heiß, deswegen haben sie sich zersetzt, obwohl sie im Torf eingeschlossen waren.«

»Das heißt, dass wir die südlichen Moorgebiete ausschließen können?«, meinte Zucker.

Frost nickte. »Unser Opfer ist zu gut erhalten. Als sie ins Moor gelegt wurde, muss das Wasser sehr kalt gewesen sein, vier Grad Celsius oder darunter. Nur so war es möglich, dass sie noch so gut aussah, als sie aus dem Moor gefischt wurde.«

»Dann sprechen wir also von den nördlichen Staaten. Oder von Kanada.«

»Kanada wäre ein Problem für unseren Täter«, gab Jane zu bedenken. »Da müsste man die Leiche über die Grenze schmuggeln.«

»Ich denke, Alaska können wir auch ausschließen«, sagte Frost. »Auch da stellt sich das Problem mit dem Grenzübergang. Ganz zu schweigen von der langen Fahrt.«

»Es bleiben trotzdem noch viele Gegenden übrig«, meinte Zucker. »Eine Menge Staaten mit Mooren, in denen er ihre Leiche versteckt haben könnte.«

»Nun ja«, sagte Frost, »genau genommen können wir uns auf ombrogene Moore beschränken.«

Alle Augen richteten sich auf ihn. »Wie bitte?«, fragte Detective Tripp.

»Moore sind echt eine spannende Geschichte.« Frost war die Begeisterung für sein Thema anzusehen. »Je mehr ich darüber in Erfahrung bringe, desto interessanter wird es. Es fängt alles mit abgestorbenen Pflanzenteilen an, die sich in einem stehenden Gewässer mit Wasser vollsaugen. Das Wasser ist so kalt und sauerstoffarm, dass das Moos einfach nur daliegt und nicht verrottet, und so sammelt es sich im Lauf der Jahre an, bis die Schicht mindestens einen halben Meter dick ist. Wenn das Wasser nicht abfließt, spricht man von einem ombrogenen Moor.«

Crowe sah Tripp an und meinte trocken: »Es geht doch nichts über ein solides Halbwissen.«

»Ist irgendetwas davon wirklich relevant für uns?«, fragte Tripp.

Frost lief zornrot an. »O ja. Und wenn ihr einfach nur zuhören würdet, könntet ihr vielleicht noch was lernen.«

Jane sah ihren Partner überrascht an. Sie hatte Frost kaum je verärgert gesehen, und dass er sich ausgerechnet beim

Thema Torfmoose so ereifern würde, hätte sie nun wirklich nicht gedacht.

»Bitte, fahren Sie fort, Detective Frost«, sagte Zucker. »Ich wüsste gerne, was genau ein ombrogenes Moor ausmacht.«

Frost holte tief Luft und richtete sich auf seinem Stuhl auf. »Es geht darum, wo das Wasser herkommt. Ein ombrogenes Moor wird nicht aus Flüssen oder unterirdischen Wasserläufen gespeist, und damit werden ihm auch weder Sauerstoff oder zusätzliche Nährstoffe zugeführt. Es nährt sich ausschließlich von Regenwasser – daher auch der Name ›Regenmoor‹ – es ist permanent wassergesättigt und dadurch extrem sauer. Alles charakteristische Eigenschaften, die es zu einem echten Moor machen.«

»Also ist nicht jedes Feuchtgebiet ein Moor.«

»Nein. Es darf nur durch Niederschläge genährt werden. Sonst würde man von Sumpf- oder Marschland sprechen.«

»Inwiefern ist das von Bedeutung?«

»Nur echte Moore bieten die notwendigen Bedingungen für die Konservierung von Leichen. Wir sprechen hier von einer ganz speziellen Art von Feuchtgebieten.«

»Und das würde das Gebiet eingrenzen, in dem diese Leiche konserviert wurde?«

Frost nickte. »Im Nordosten der USA sind Hunderte von Quadratkilometern von Feuchtgebieten bedeckt, aber nur ein kleiner Teil davon sind echte Moore. Man findet sie in den Adirondacks, in Vermont und in den nördlichen und küstennahen Gebieten von Maine.«

Detective Tripp schüttelte den Kopf. »Ich war mal zum Jagen oben im Norden von Maine. Da gibt es nichts als Bäume und Rotwild. Wenn unser Bursche da oben seinen Unterschlupf hat, dann gute Nacht – da können wir ewig suchen.«

Frost sagte: »Dr. Welsh, die Biologin, meinte, sie könnte den Ort vielleicht noch weiter eingrenzen, wenn sie mehr Daten hätte. Also haben wir ihr etwas von dem Pflanzenmaterial geschickt, das Dr. Isles aus den Haaren des Opfers gezupft hat.«

»Das hilft uns alles weiter«, sagte Zucker. »Es liefert uns einen weiteren Datenpunkt für das geografische Profil unseres Täters. Sie kennen ja den Lieblingsspruch der Profiler: *You go where you know, and you know where you go.* Wir neigen alle dazu, bekannte und vertraute Orte zu bevorzugen, an denen wir uns sicher fühlen. Vielleicht hat unser Täter einmal einen Sommer in einem Ferienlager in den Adirondacks verbracht. Oder er ist ein Jäger wie Sie, Detective Tripp, und kennt die ganzen Nebenstraßen und versteckten Zeltplätze in Maine. Was er mit dem Opfer getan hat, das zur Moorleiche wurde, erforderte langfristige Planung. Wie hat er sich mit dem Gelände vertraut gemacht? Besitzt er dort eine Hütte? Und ist sie in der entsprechenden Jahreszeit überhaupt zugänglich, wenn das Wasser kalt genug ist, aber nicht gefroren, sodass er sie rasch im Moor versenken kann?«

»Es gibt noch etwas, was wir über ihn wissen«, sagte Jane.

»Und das wäre?«

»Er wusste *genau*, wie er sie konservieren konnte. Er wusste Bescheid über die richtigen Bedingungen, die passende Wassertemperatur. Das ist Spezialwissen, nicht die Art von Informationen, zu denen die meisten Menschen Zugang haben.«

»Es sei denn, man ist Archäologe«, bemerkte Zucker.

Jane nickte. »Wir kommen immer wieder auf dasselbe Thema zurück, nicht wahr?«

Zucker lehnte sich zurück und kniff nachdenklich die

Augen zusammen. »Ein Mörder, der mit antiken Bestattungspraktiken vertraut ist. Dessen Opfer in New Mexico eine
junge Frau war, die an einer Ausgrabung arbeitete. Jetzt
scheint er auf eine weitere junge Frau fixiert zu sein, die in
einem Museum arbeitet. Wie findet er diese Frauen? Wie
lernt er sie kennen?« Er sah Jane an. »Haben Sie eine Liste
von Josephine Pulcillos Bekannten und Kollegen?«

»Die ist ziemlich kurz. Nur die Mitarbeiter des Museums
und die Nachbarn aus ihrem Haus.«

»Keine Männerbekanntschaften? Sie sagten doch, sie sei
eine sehr attraktive junge Frau.«

»Sie behauptet, sie hätte noch kein einziges Date gehabt,
seit sie vor fünf Monaten nach Boston gezogen ist.« Jane
machte eine Pause. »Irgendwie ist sie ein komischer Vogel.«

»Wie meinen Sie das?«

Jane zögerte und schielte zu Frost hinüber, der ihrem
Blick beharrlich auswich. »Sie hat etwas – Sonderbares an
sich. Ich kann es nicht erklären.«

»Hatten Sie auch diesen Eindruck, Detective Frost?«

»Nein«, antwortete Frost, und seine Gesichtszüge spannten
sich an. »Ich glaube, dass Josephine verängstigt ist, weiter
nichts.«

Zuckers Blick ging zwischen den beiden Partnern hin und
her, und er hob die Augenbrauen. »Eine Meinungsverschiedenheit.«

»Rizzoli interpretiert da zu viel hinein«, meinte Frost.

»Ich nehme einfach nur wahr, dass da irgendetwas nicht
ganz stimmt«, sagte Jane. »Als ob sie sich mehr vor *uns* als
vor dem Mörder fürchtet.«

»Vielleicht hat sie ja Angst vor dir«, meinte Frost.

Detective Crowe lachte. »Wem ginge es nicht so?«

Zucker war einen Moment lang still, und Jane gefiel es

gar nicht, wie er sie und Frost musterte, als wollte er ergründen, wie tief der Riss zwischen ihnen war.

»Die Frau ist eine Einzelgängerin«, brach Jane das Schweigen. »Mehr wollte ich damit gar nicht sagen. Sie geht zur Arbeit, und dann geht sie wieder nach Hause. Ihr Leben scheint sich hauptsächlich in diesem Museum abzuspielen.«

»Was wissen wir über ihre Kollegen?«

»Der Kurator ist ein Typ namens Nicholas Robinson. Vierzig, unverheiratet, keine Vorstrafen.«

»Unverheiratet?«

»Ja, das hat bei mir auch die Alarmglocken schrillen lassen, aber ich kann in den Unterlagen nichts finden, was mich aufmerken ließe. Außerdem ist er derjenige, der Madam X im Keller gefunden hat. Die restlichen Mitarbeiter sind allesamt Ehrenamtliche, und ihr Durchschnittsalter liegt bei zirka hundert Jahren. Ich kann mir kaum vorstellen, wie einer von diesen Dinosauriern eine Leiche aus einem Moor schleift.«

»Dann bleiben Ihnen also keine brauchbaren Verdächtigen übrig.«

»Und wir haben drei Opfer, die vermutlich noch nicht einmal im Staat Massachusetts getötet wurden, geschweige denn in unserem Zuständigkeitsbereich.«

»Tja, jetzt sind wir aber nun mal für sie zuständig«, stellte Frost fest. »Wir haben inzwischen sämtliche Kisten im Keller des Museums durchsucht und keine weiteren Opfer gefunden. Aber man kann nie wissen – vielleicht gibt es hinter diesen Mauern noch mehr versteckte Nischen.« Als sein Handy klingelte, warf er einen Blick auf das Display und stand abrupt auf. »Entschuldigung, ich muss diesen Anruf annehmen.«

Während Frost den Raum verließ, richtete Zucker den

Blick wieder auf Jane. »Sie haben vorhin eine Bemerkung über Dr. Pulcillo fallen lassen, die mich neugierig macht.«

»Was habe ich denn über sie gesagt?«

»Sie nannten sie einen ›komischen Vogel‹. Aber Detective Frost hat nichts dergleichen bemerkt.«

»Tja nun, da sind wir eben verschiedener Meinung.«

»Wie tief geht diese Meinungsverschiedenheit?«

Sollte sie ihm sagen, was sie wirklich dachte? Dass Frosts Urteilsvermögen getrübt war, weil seine Frau verreist war und er einsam war und Josephine Pulcillo so große braune Augen hatte?

»Sind Sie aus irgendeinem Grund gegenüber dieser Frau voreingenommen?«

»Was?« Jane lachte ungläubig. »Sie glauben, *ich* bin diejenige, die…«

»Wieso macht sie Sie so nervös?«

»Das tut sie nicht. Sie hat nur so etwas Ausweichendes. Als ob sie versucht, immer einen Schritt voraus zu sein.«

»Ihnen – oder dem Mörder? Nach allem, was ich gehört habe, hat die junge Frau allen Grund, sich zu fürchten. Eine Leiche wurde ihr ins Auto gelegt. Es sieht fast nach einem Geschenk des Mörders aus – einer Opfergabe, wenn Sie so wollen. An seine nächste Gefährtin.«

Seine nächste Gefährtin. Bei dieser Formulierung richteten sich die Härchen auf Janes Unterarmen auf.

»Ich gehe davon aus, dass sie an einen sicheren Ort gebracht wurde?«, sagte Zucker. Da niemand ihm antwortete, blickte er sich am Tisch um. »Wir sind uns doch sicher alle einig, dass sie in Gefahr schwebt. Wo ist sie jetzt?«

»Das ist ein Punkt, den wir im Augenblick zu klären versuchen«, gestand Jane.

»Sie wissen nicht, wo sie ist?«

»Sie sagte uns, sie würde ihre Tante in Burlington besuchen, eine Frau namens Connie Pulcillo. Wir können aber nirgends einen Eintrag zu diesem Namen finden. Wir haben ihr auf die Mailbox gesprochen, aber sie hat noch nicht zurückgerufen.«

Zucker schüttelte den Kopf. »Das klingt nicht gut. Haben Sie ihre Bostoner Adresse überprüft?«

»Da ist sie nicht. Ein Hausbewohner hat gesehen, wie sie das Gebäude am Freitag mit zwei Koffern verlassen hat.«

»Auch wenn sie aus Boston abgereist ist, muss sie noch nicht in Sicherheit sein«, sagte Zucker. »Dieser Täter hat offensichtlich kein Problem damit, seine Aktivitäten auf mehrere Bundesstaaten auszuweiten. Er scheint keine geografischen Grenzen zu kennen. Das heißt, dass er ihr gefolgt sein könnte.«

»Falls er weiß, wo sie ist. Obwohl *wir* sie nicht finden können.«

»Aber für *ihn* ist sie der Mittelpunkt. Und das vielleicht schon seit längerer Zeit. Wenn er sie beobachtet hat und ihr gefolgt ist, dann weiß er vielleicht auch jetzt sehr genau, wo sie ist.« Zucker lehnte sich mit sichtlich besorgter Miene zurück. »Warum hat sie nicht zurückgerufen? Etwa, weil sie es nicht mehr kann?«

Ehe Jane etwas erwidern konnte, ging die Tür auf, und Frost kam herein. Sie musste nur sein Gesicht sehen und wusste sofort, dass etwas nicht stimmte. »Was ist passiert?«

»Josephine Pulcillo ist tot«, sagte er.

Seine nüchterne Feststellung ließ sie alle wie elektrisiert zusammenfahren.

»*Tot?*« Jane fuhr aus ihrem Stuhl hoch. »Wie? Was ist passiert, Mann?«

»Es war ein Autounfall. Aber…«

»Dann war es also nicht unser Täter.«

»Nein. Es war definitiv nicht unser Täter«, erwiderte Frost.

Jane hörte den Zorn in seiner Stimme, und sie sah ihn auch in seinen zusammengepressten Lippen, seinen zu Schlitzen verengten Augen.

»Sie starb in San Diego«, sagte Frost. »Vor vierundzwanzig Jahren.«

17

Sie waren schon eine halbe Stunde gefahren, ehe Jane endlich das peinliche Thema ansprach – ein Thema, das sie während des Fluges von Boston nach Albuquerque erfolgreich umschifft hatten.

»Du hattest dich in sie verguckt. Stimmt's?«

Frost sah sie nicht an. Er konzentrierte sich weiter aufs Fahren, den Blick starr auf die Straße gerichtet. Die Asphaltdecke flimmerte unter der Sonne New Mexicos, heiß wie ein Waffeleisen. In der ganzen Zeit, die sie nun schon zusammenarbeiteten, hatte sie noch nie eine solche Mauer zwischen ihnen gespürt, eine schier undurchdringliche Barriere. Das war nicht der gutmütige Barry Frost, den sie kannte; das war sein böser Zwilling, und sie hätte sich nicht gewundert, wenn er plötzlich angefangen hätte, in unbekannten Sprachen zu sprechen und mit dämonischem Grinsen den Kopf um dreihundertsechzig Grad zu drehen.

»Wir sollten wirklich darüber reden«, beharrte sie.

»Ach, hör schon auf, ja?«

»Du kannst dir nicht ständig deswegen Vorwürfe machen. Sie ist ein hübsches Mädchen, und sie hat dich hinters Licht geführt. Das kann doch jedem passieren.«

»Aber nicht *mir*.« Jetzt endlich sah er sie an, und seine blanke Wut ließ sie verstummen. »Ich kann nicht glauben, dass ich es nicht gesehen habe«, sagte er und richtete den Blick wieder auf die Straße. Einen Moment lang war nichts zu hören außer dem Rauschen der Klimaanlage und dem Surren der Reifen auf dem heißen Asphalt.

Sie war noch nie in New Mexico gewesen, und auch die Wüste kannte sie noch nicht. Aber sie achtete kaum auf die Landschaft, die draußen vorbeizog; ihr war in diesem Moment nur eines wichtig – den Riss zu kitten, der sich zwischen ihnen aufgetan hatte. Und das ging nur, wenn sie sich aussprachen, ob es Frost nun passte oder nicht.

»Du bist nicht der Einzige, der davon überrascht war«, sagte Jane. »Dr. Robinson hat nichts geahnt. Du hättest sein Gesicht sehen sollen, als ich ihm gesagt habe, dass sie eine Schwindlerin ist. Wenn sie in einem so grundlegenden Punkt wie ihrem eigenen Namen nicht die Wahrheit gesagt hat, was war dann noch alles gelogen? Eine Menge Leute sind auf sie reingefallen, auch ihre Professoren am College.«

»Aber nicht du. Du hast sie durchschaut.«

»Ich hatte bei ihr einfach ein komisches Gefühl, das ist alles.«

»Schnüfflerinstinkt.«

»Ja, das wird's sein.«

»Und wo ist dann *meiner* abgeblieben?«

Jane lachte. »Da war wohl ein anderer Instinkt am Werk. Sie ist hübsch, sie ist verängstigt, und peng! – schon ist's passiert. Der Pfadfinder in dir will sie retten.«

»Wer auch immer sie sein mag.«

Die Antwort kannten sie noch nicht; sie wussten nur, dass sie nicht die wahre Josephine Pulcillo war, die vor vierundzwanzig Jahren gestorben war, mit gerade einmal zwei Jahren. Und doch hatte es dieses tote Mädchen Jahre später fertiggebracht, das College zu besuchen und anschließend ein Aufbaustudium zu absolvieren. Sie hatte es fertiggebracht, ein Konto zu eröffnen, den Führerschein zu erwerben und einen Job in einem obskuren Bostoner Museum zu ergattern. Das Kind war in Gestalt einer anderen Frau wiederauferstanden, deren wahre Herkunft ein Rätsel blieb.

»Ich kann nicht glauben, dass ich so ein Volltrottel war«, sagte er.

»Willst du meinen Rat hören?«

»Nicht wirklich.«

»Ruf Alice an. Sag ihr, sie soll nach Hause kommen. Das war nämlich ein Teil des Problems. Deine Frau war weg, und du hast dich einsam gefühlt. Das hat dich anfällig gemacht. Dann taucht ein hübsches Mädchen auf der Bildfläche auf, und plötzlich denkst du nicht mehr mit deinem Gehirn, sondern mit einem anderen Körperteil.«

»Ich kann ihr nicht einfach befehlen, nach Hause zu kommen.«

»Sie ist doch deine Frau, oder nicht?«

Er schnaubte abfällig. »Das möchte ich mal sehen, wie Gabriel *dir* vorzuschreiben versucht, was du zu tun und zu lassen hast. Das wäre kein erfreulicher Anblick.«

»Mit mir kann man durchaus vernünftig reden und mit Alice sicher auch. Sie ist einfach schon zu lange bei ihren Eltern, und du brauchst sie jetzt. Ruf sie doch an.«

Frost seufzte. »Der Fall ist leider ein bisschen komplizierter.«

»Wie meinst du das?«

»Alice und ich – na ja, wir haben schon länger Probleme. Seit sie dieses Jurastudium angefangen hat, komme ich irgendwie nicht mehr an sie ran. Es ist, als ob sie sich gar nicht mehr dafür interessiert, was ich zu sagen habe. Sie verbringt ihre Tage mit ihren neunmalklugen Professoren, und wenn sie nach Hause kommt – worüber sollen wir da noch reden?«

»Vielleicht über deinen Arbeitstag?«

»Na klar. Ich erzähle ihr von unserer letzten Festnahme, und sie fragt mich, ob dabei Polizeibrutalität im Spiel war.«

»O Mann – sie hat sich mit den Mächten der Finsternis verbündet?«

»Sie denkt, dass *wir* die Mächte der Finsternis sind.« Er sah sie von der Seite an. »Du bist ein Glückspilz, weißt du das? Gabriel ist einer von uns. Er kapiert, worum es bei unserer Arbeit geht.«

Ja, sie war ein Glückspilz; sie war mit einem Mann verheiratet, dem die Probleme und Herausforderungen der Polizeiarbeit nicht fremd waren. Aber sie wusste, wie schnell selbst eine scheinbar gute Ehe scheitern konnte. Letzte Weihnachten hatte sie mit angesehen, wie die Ehe ihrer Eltern bei einem einzigen Abendessen in die Brüche gegangen war. Sie hatte erlebt, wie eine dahergelaufene Blondine ihre Familie auseinandergerissen hatte. Und sie wusste, dass auch Barry Frosts Ehe jetzt kurz vor dem Scheitern stand.

»Meine Mom veranstaltet demnächst wieder ihren alljährlichen Nachbarschafts-Grillabend«, sagte sie. »Vince Korsak wird auch da sein, das wird also ein Wiedersehen mit dem alten Team. Komm doch einfach vorbei, wie wär's?«

»Ist das so eine Art Mitleidseinladung?«

»Ich wollte dich sowieso fragen. Ich habe dich schließlich schon öfter eingeladen, aber du hast ja fast immer abgesagt.«

Er seufzte. »Das war wegen Alice.«

»Wie bitte?«

»Sie hasst Polizistenpartys.«

»Gehst du zu ihren Juristenpartys?«

»Schon.«

»Also, was willst du denn?«

Er zuckte mit den Achseln. »Ich will doch nur, dass sie glücklich ist, verstehst du?«

»Ich sage das wirklich ungern.«

»Dann sag's nicht, okay?«

»Alice ist eine ganz schöne Zicke, nicht wahr?«

»Mensch, musstest du das jetzt unbedingt sagen?«

»Entschuldigung. Aber es stimmt doch.«

Er schüttelte den Kopf. »Gibt es überhaupt irgendwen, der auf meiner Seite ist?«

»Ich *bin* auf deiner Seite. Ich passe auf dich auf. Deswegen habe ich dir gesagt, dass du besser einen Riesenbogen um diese Josephine machen solltest. Ich bin nur froh, dass du endlich kapierst, wieso ich das gesagt habe.«

Seine Hände krampften sich ums Lenkrad. »Ich frage mich, wer sie wirklich ist. Und was sie eigentlich zu verbergen hat.«

»Morgen dürften wir erfahren, ob ihre Fingerabdrücke etwas hergeben.«

»Vielleicht ist sie auf der Flucht vor einem Exmann. Vielleicht steckt nicht mehr dahinter als das.«

»Wenn sie vor irgendeinem Widerling davonlaufen würde, hätte sie uns das doch gesagt, meinst du nicht? Wir sind die Guten. Wieso sollte sie vor der Polizei davonlaufen, wenn sie nicht irgendetwas ausgefressen hat?«

Er starrte auf die Straße. Bis zur Abzweigung zum Chaco Canyon waren es noch dreißig Meilen. »Ich kann es nicht erwarten, das herauszufinden«, sagte er.

Gerade einmal zehn Minuten hatte sie in der Hitze von New Mexico gestanden, da schwor Jane schon, dass sie sich nie mehr über einen Bostoner Sommer beklagen würde. Sekunden nachdem sie und Frost aus ihrem klimatisierten Mietwagen gestiegen waren traten ihr schon die Schweißperlen auf die Stirn, und der Sand war so heiß, dass sie glaubte, er müsse ihr die Schuhsohlen versengen. Die Wüstensonne brannte so gleißend hell, dass sie trotz der neuen Sonnenbrille, die sie sich unterwegs an einer Tankstelle gekauft hatte, noch die Augen zusammenkneifen musste. Frost hatte sich das gleiche Modell zugelegt, und in der Kombination mit seinem Anzug und der Krawatte hätte er glatt als Geheimagent oder einer der berüchtigten »Men in Black« durchgehen können, wäre er nicht so krebsrot im Gesicht gewesen. Er sah aus, als würde er jeden Moment mit einem Hitzschlag zusammenklappen.

Wie hält der alte Mann das eigentlich aus?

Alan Quigley war achtundsiebzig Jahre alt, aber das hielt den emeritierten Professor nicht davon ab, da unten im Graben zu kauern und sich mit seiner Kelle geduldig durch den steinigen Boden zu buddeln. Sein zerknautschter und fleckiger Tilley-Hut sah aus, als wäre er fast so alt wie sein Träger. Zwar arbeitete Quigley im Schatten einer Plane, aber allein die Hitze hätte einen jüngeren Mann schon umgehauen. Und tatsächlich hatten die Collegestudenten aus seinem Team die Arbeit für den Rest des Nachmittags eingestellt und dösten im Schatten vor sich hin, während ihr wesentlich älterer Professor unermüdlich am Fels herumkratzte und die lose Erde in einen Eimer schaufelte.

»Man verfällt irgendwann in einen Rhythmus«, erklärte Quigley. »Das Zen des Grabens, so nenne ich es. Diese jungen Leute, die stürzen sich mit ihrer ganzen unbändigen Energie in die Arbeit. Für sie ist das hier eine Schatzsuche, und sie haben es eilig, das Gold zu finden, bevor jemand anders es tut. Oder bevor das Semester um ist – je nachdem, was zuerst eintritt. Sie verpulvern ihre Kräfte, oder aber sie finden nur Staub und Steine und verlieren das Interesse. Die meisten jedenfalls. Aber die, denen es ernst ist, die wenigen, die dabeibleiben, die begreifen, dass ein Menschenleben nur einen Wimpernschlag währt. In einer einzigen Saison können Sie unmöglich alles ausgraben, was sich in Jahrhunderten angesammelt hat.«

Frost nahm seine Sonnenbrille ab und wischte sich den Schweiß von der Stirn. »Und, äh, wonach graben Sie nun da unten, Professor Quigley?«

»Nach Müll.«

»Hä?«

»Das hier ist ein alter Abfallhaufen. Wir suchen nach Tonscherben oder Tierknochen. Sie können eine Menge über eine Gesellschaft lernen, wenn Sie sich anschauen, was die Leute weggeworfen haben. Und das hier war eine hochinteressante Gesellschaft.« Quigley richtete sich ächzend auf und wischte sich mit dem Ärmel über die wettergegerbte Stirn. »Meine alten Knie sind mal wieder reif für die Reparaturwerkstatt. Die gehen in unserem Beruf immer als Erstes drauf – die verfluchten Knie.« Er kletterte eine Leiter hinauf und tauchte aus dem Graben auf. »Ist das nicht ein herrliches Fleckchen Erde?«, meinte er und ließ den Blick durch das Tal schweifen, wo die Landschaft mit uralten Ruinen übersät war. »Dieser Canyon war einmal eine Kultstätte, ein Ort für heilige Rituale. Haben Sie den Park schon besichtigt?«

»Nein, leider nicht«, erwiderte Jane. »Wir sind heute erst in Albuquerque gelandet.«

»Sie machen die weite Reise aus Boston hierher und wollen sich nicht den Chaco Canyon anschauen? Eine der großartigsten Ausgrabungsstätten im ganzen Land?«

»Unsere Zeit ist begrenzt, Professor Quigley. Wir sind Ihretwegen hier.«

Er schnaubte. »Dann schauen Sie sich einfach nur um, denn diese Ausgrabung hier *ist* mein Leben. Ich habe vierzig Jahre lang jede Saison in diesem Canyon verbracht, wann immer ich keine Lehrverpflichtungen hatte. Jetzt, da ich emeritiert bin, kann ich mich ganz dem Graben widmen.«

»Dem Graben nach Müll«, meinte Jane.

Quigley lachte. »Genau. So könnte man es wohl sehen.«

»Ist das die Grabung, an der auch Lorraine Edgerton teilgenommen hat?«

»Nein, wir waren da drüben, auf der anderen Seite des Canyons.« Er wies in die Richtung einer verstreuten Gruppe von steinernen Ruinen in der Ferne. »Ich habe mit einem Team von Studenten gearbeitet, sowohl jüngere Semester als auch Doktoranden. Manche waren wirklich ernsthaft an Archäologie interessiert, aber anderen ging es nur um die Scheine. Oder darum, sich zu amüsieren und vielleicht ein bisschen rumzuvögeln.«

Das war ein Wort, das sie aus dem Mund eines Achtundsiebzigjährigen nicht erwartet hätte, aber schließlich war dies auch ein Mann, der die meiste Zeit seines Berufslebens Seite an Seite mit sexhungrigen Collegestudenten gelebt und gearbeitet hatte.

»Erinnern Sie sich an Lorraine Edgerton?«, fragte Frost.

»O ja. Gewiss erinnere ich mich an sie, nach dem, was damals passiert ist. Sie war eine meiner Doktorandinnen. Absolut engagiert und hart im Nehmen; einfach nicht unterzukriegen. Auch wenn sie damals versucht haben, mir die Schuld an dem, was mit Lorraine passiert ist, in die Schuhe zu schieben – ich sage nach wie vor: Sie war durchaus in der Lage, auf sich selbst aufzupassen.«

»Wer wollte Ihnen die Schuld in die Schuhe schieben?«

»Ihre Eltern. Sie war ihr einziges Kind, und sie waren am Boden zerstört. Da ich die Ausgrabung leitete, dachten sie natürlich, ich sollte dafür zur Verantwortung gezogen werden. Sie haben die Universität verklagt, aber das hat ihnen ihre Tochter auch nicht wieder zurückgebracht. Am Ende war es wahrscheinlich der Auslöser für den Herzinfarkt ihres Vaters. Ihre Mutter starb wenige Jahre später.« Er schüttelte den Kopf. »Es war unbegreiflich, wie die Wüste dieses Mädchen ganz einfach verschluckte. Eines Nachmittags winkt sie uns zum Abschied zu, fährt mit ihrem Motorrad davon und verschwindet spurlos.« Er sah Jane an. »Und jetzt ist ihre Leiche in Boston aufgetaucht, sagen Sie?«

»Aber wir glauben, dass sie hier in New Mexico ermordet wurde.«

»Vor so vielen Jahren. Und jetzt erfahren wir endlich die Wahrheit.«

»Nicht die ganze Wahrheit. Deswegen sind wir hier.«

»Damals wurden wir von einem Detective vernommen. Ich glaube, er hieß McDonald oder so ähnlich. Haben Sie mit ihm gesprochen?«

»Sein Name war McDowell. Er ist vor zwei Jahren gestorben, aber wir haben seine ganzen Unterlagen.«

»Oje. Und er war auch noch jünger als ich. Sie waren alle jünger als ich, und jetzt sind sie alle tot. Lorraine. Ihre Eltern.« Er fixierte Jane mit seinen wasserblauen Augen. »Und hier bin ich, immer noch gesund und munter. Man steckt einfach nicht drin, was?«

»Professor Quigley, ich weiß, es ist lange her, aber wir möchten, dass Sie sich diesen Sommer noch einmal ins Gedächtnis rufen. Erzählen Sie uns von dem Tag, an dem sie verschwand. Und von den Studenten, die damals mit Ihnen gearbeitet haben.«

»Detective McDowell hat jeden befragt, der damals hier bei der Grabung dabei war. Sie müssen doch seine Berichte gelesen haben.«

»Aber Sie haben die Studenten persönlich gekannt. Sie müssen doch auch eine Art Feldtagebuch geführt haben. Ein Protokoll der Grabung.«

Professor Quigley musterte Frost, dessen Gesicht inzwischen scharlochrot glühte, mit besorgter Miene. »Junger

Mann, ich sehe schon, dass Sie sich in dieser Hitze nicht mehr lange auf den Beinen halten werden. Warum reden wir nicht einfach in meinem Büro im Gebäude der Nationalparkverwaltung weiter? Es ist klimatisiert.«

Lorraine Edgerton stand auf dem Foto in der letzten Reihe, Schulter an Schulter mit den Männern. Ihr schwarzes Haar war zu einem Pferdeschwanz gebunden, was den kantigen Unterkiefer und die hervortretenden Wangenknochen in ihrem braun gebrannten Gesicht noch mehr betonte.

»Wir nannten sie ›die Amazone‹«, sagte Professor Quigley. »Nicht, weil sie besonders stark war, sondern wegen ihrer Unerschrockenheit. Und ich meine das nicht nur in physischer Hinsicht. Lorraine hat immer offen ihre Meinung gesagt, ohne sich darum zu scheren, ob sie deswegen Ärger bekommen würde.«

»Hat sie Ärger bekommen?«, fragte Frost.

Quigley lächelte, als er in die Gesichter seiner ehemaligen Studenten blickte, die inzwischen an die fünfzig sein mussten. Falls sie noch am Leben waren. »Nicht mit mir, Detective. Ich fand ihre Ehrlichkeit erfrischend.«

»Und mit den anderen?«

»Sie wissen ja, wie das ist in so einer Gruppe. Es gibt immer Konflikte und Cliquenbildung. Und das waren junge Leute von Anfang, Mitte zwanzig, also müssen Sie auch noch die Hormone berücksichtigen. Ein Thema, bei dem ich mich nach Möglichkeit heraushalte.«

Jane betrachtete das Foto. Die Studenten hatten sich in zwei Reihen aufgestellt, wobei die vordere Reihe kniete. Alle sahen fit und gesund aus in ihren T-Shirts und Shorts. Neben der Gruppe stand Professor Quigley, mit vollerem Gesicht und längeren Koteletten, aber auch damals schon der schlaksige Mann, der jetzt vor ihnen verharrte.

»Es sind wesentlich mehr Frauen als Männer in dieser Gruppe«, bemerkte Frost.

Quigley nickte. »Das ist nach meiner Erfahrung meistens so. Frauen scheinen sich von der Archäologie mehr angezogen zu fühlen als Männer, und sie sind eher bereit, die eintönigen Arbeiten des Reinigens und Siebens zu übernehmen.«

»Erzählen Sie mir etwas über die drei Männer auf diesem Foto«, forderte Jane ihn auf. »Was haben Sie für Erinnerungen an sie?«

»Sie fragen sich, ob einer von den dreien sie ermordet haben könnte?«

»Die kurze Antwort wäre: Ja.«

»Detective McDowell hat sie alle befragt. Er hat nichts Belastendes über irgendeinen meiner Studenten herausgefunden.«

»Ich wüsste dennoch gerne, was Ihnen von diesen Männern in Erinnerung geblieben ist.«

Quigley dachte einen Moment darüber nach. Er deutete auf einen Mann mit asiatischen Zügen, der neben Lorraine stand. »Jeff Chu, angehender Medizinstudent. Sehr aufgeweckt, aber ein ungeduldiger Bursche. Ich glaube, er hat sich hier draußen bald gelangweilt. Heute ist er Arzt in Los Angeles. Und der hier ist Carl Sowieso. Schlampig bis dorthinaus. Die Mädchen mussten immer hinter ihm her räumen. Und der dritte Knabe hier, Adam Stancioff, studierte im Hauptfach Musik. Als Archäologe vollkommen untalentiert, aber ich entsinne mich, dass er recht gut Gitarre spielte. Den Mädels gefiel das.«

»Auch Lorraine?«, fragte Jane.

»Alle mochten Adam.«

»Ich meine das im romantischen Sinn. Hatte Lorraine etwas mit einem dieser Männer?«

»Lorraine war an Liebesabenteuern nicht interessiert. Sie hat zielstrebig und unbeirrbar ihr Studium durchgezogen. Das habe ich an ihr bewundert. So etwas würde ich bei meinen Studenten gerne öfter sehen. Stattdessen schwirren den jungen Leuten irgendwelche Bilder aus *Tomb Raider* im Kopf herum, wenn sie in meine Vorlesungen kommen. Die Schufterei mit Hacke und Eimer blenden sie lieber aus.« Er hielt inne, als er Janes Miene las. »Sie sind enttäuscht.«

»Bis jetzt haben wir noch nichts erfahren, was wir nicht schon aus McDowells Aufzeichnungen wüssten.«

»Ich bezweifle, dass ich dem irgendetwas Brauchbares hinzufügen kann. Und ich weiß auch nicht, ob ich nach so vielen Jahren meiner Erinnerung noch trauen kann.«

»Sie sagten McDowell, Sie glaubten nicht, dass einer Ihrer Studenten etwas mit ihrem Verschwinden zu tun habe. Sind Sie immer noch davon überzeugt?«

»Ich hatte keinen Grund, meine Meinung zu ändern. Hören Sie, Detective, das waren alles anständige junge Leute. Manche waren vielleicht ein bisschen faul. Und sie neigten dazu, ein paar Gläser über den Durst zu trinken, wenn sie in die Stadt fuhren.«

»Und wie oft kam das vor?«

»Alle paar Tage. Nicht dass man in Gallup allzu viel anstellen könnte. Aber schauen Sie sich mal in diesem Canyon um. Da gibt es nichts außer dem Gebäude der Nationalparkverwaltung, die Ruinen und ein paar Campingplätze. Gut, am Tag kommen immer ein paar Touristen hier durch, und das ist eine gewisse Abwechslung, weil sie oft stehen bleiben und uns Fragen stellen. Davon abgesehen beschränkt sich die Freizeitgestaltung auf eine Fahrt in die Stadt.«

»Sie sprachen von Touristen«, sagte Frost.

»Detective McDowell hat sich diesem Thema schon gewidmet. Nein, ich kann mich nicht entsinnen, dass irgendwelche psychopathischen Mörder darunter gewesen wären. Aber andererseits würde ich so einen auch nicht erkennen, wenn er vor mir stünde. Und ganz bestimmt würde ich mich nicht an sein Gesicht erinnern – nicht nach einem Vierteljahrhundert.«

Und das war genau der Kern des Problems, dachte Jane. Nach fünfundzwanzig Jahren verblassen die meisten Erinnerungen oder, schlimmer noch, sie verändern sich. Aus Hirngespinsten werden Wahrheiten. Sie blickte aus dem Fenster auf die Straße, die aus dem Canyon herausführte. Es war kaum mehr als eine Schotterpiste, auf der heißer Staub herumwirbelte. Für Lorraine Edgerton war es eine Straße ohne Wiederkehr gewesen. Was ist dir in dieser Wüste widerfahren?, fragte sie sich. Du bist auf dein Motorrad gestiegen, bist aus diesem Canyon hinausgefahren und in irgendein Wurmloch gefallen, um fünfundzwanzig Jahre später in einer Kiste in Boston wieder aufzutauchen. Und die Wüste hatte längst alle Spuren dieser Reise verwischt.

»Dürfen wir dieses Foto mitnehmen, Professor Quigley?«

»Ich bekomme es doch wieder, oder?«

»Wir passen gut darauf auf.«

»Es ist nämlich das einzige Gruppenbild, das ich von dieser Saison habe. Ohne diese Fotos hätte ich Mühe, mich an all die Leute zu erinnern. Wenn Sie jedes Jahr zehn Studenten aufnehmen, kommen mit der Zeit eine Menge Namen zusammen. Besonders, wenn man das schon so lange macht wie ich.«

Jane drehte sich vom Fenster weg. »Sie nehmen jedes Jahr zehn Studenten auf?«

»Ich beschränke die Anzahl auf zehn, schon aus logistischen Gründen. Wir bekommen regelmäßig mehr Bewerbungen, als wir Plätze anbieten können.«

Sie deutete auf das Foto. »Da sind aber nur neun Studenten zu sehen.«

Er betrachtete das Foto und runzelte die Stirn. »Oh, Sie haben recht. Da war noch ein zehnter, aber der ist schon früh im Sommer abgereist. Er war nicht hier, als Lorraine verschwand.«

Das erklärte, wieso McDowells Akte nur Vernehmungen von acht von Lorraines Mitstudenten enthielt.

»Wer war dieser Student, der abgereist ist?«, fragte sie.

»Es war einer der jüngeren Semester. Er hatte gerade sein zweites Jahr abgeschlossen. Ein sehr gescheiter junger Bursche, aber extrem still und ein bisschen unbeholfen. Er passte nicht so recht in die Gruppe. Ich habe ihn eigentlich nur seinem Vater zuliebe aufgenommen. Aber er war hier nicht glücklich, und so packte er ein paar Wochen nach Beginn der Grabung seine Sachen und reiste ab. Er hat dann woanders ein Praktikum gemacht.«

»Erinnern Sie sich an den Namen des Jungen?«

»Aber sicher erinnere ich mich an seinen Namen. Sein Vater ist schließlich Kimball Rose.«

»Sollte ich den Namen kennen?«

»Jeder, der mit Archäologie zu tun hat, sollte ihn kennen. Er ist der Lord Carnarvon unserer Tage.«

»Was soll das heißen?«

»Er hat Geld«, meinte Frost.

Quigley nickte. »Genau. Mr. Rose hat Geld im Überfluss, das er im Öl- und Gasgeschäft gemacht hat. Er ist kein ausgebildeter Archäologe, aber ein sehr talentierter und enthusiastischer Amateur, und er finanziert Ausgrabungen in aller Welt. Wir reden hier von zig Millionen Dollar. Ohne Leute wie ihn gäbe es keine Stipendien, nicht einmal genug Geld, um auch nur einen einzigen Stein umzudrehen.«

»Zig Millionen? Und was bekommt er für das viele Geld?«, fragte Jane.

»Was er dafür bekommt? Nun, die ganze Aufregung und das Abenteuer! Wären Sie nicht gerne der erste Mensch, der eine gerade erst freigelegte Grabkammer betritt? Die Erste, die einen Blick in einen versiegelten Sarkophag werfen darf? Er braucht uns, und wir brauchen ihn. So hat Archäologie immer schon funktioniert. Indem die mit dem Geld und die mit dem Fachwissen sich zusammentaten.«

»Erinnern Sie sich an den Namen seines Sohnes?«

»Ich habe ihn hier drin irgendwo notiert.« Er schlug das Buch mit seinen Feldnotizen auf und begann, darin zu blättern. Mehrere Fotos fielen heraus, und er deutete auf eines davon. »Da, das ist er. Jetzt fällt mir sein Name wieder ein. Bradley. Er ist der junge Mann in der Mitte.«

Bradley Rose saß an einem Tisch; vor ihm waren diverse Tonscherben ausgebreitet. Die beiden anderen Studenten auf dem Foto waren von etwas abgelenkt, aber Bradley starrte unverwandt in die Kamera, als ob er eine exotische Kreatur studierte, die er noch nie zuvor gesehen hatte. Er wirkte in fast jeder Hinsicht vollkommen normal: durchschnittliches Gewicht, ein wenig einprägsames Gesicht – eine irgendwie anonyme Erscheinung, die man in einer Menschenmenge leicht übersehen würde. Nur seine Augen waren markant. Sie erinnerten Jane daran, wie sie einmal bei einem Zoobesuch durch einen Zaun einen Timberwolf erblickt hatte, dessen helle Augen mit irritierendem Interesse auf ihr geruht hatten.

»Hat die Polizei diesen Mann je vernommen?«, fragte Jane.

»Er hat uns zwei Wochen vor ihrem Verschwinden verlassen. Es gab keinen Grund, weshalb sie ihn befragen sollten.«

»Aber er hatte sie gekannt. Sie hatten zusammen bei der Ausgrabung mitgearbeitet.«

»Ja.«

»Hätte ihn das nicht für die Polizei interessant machen müssen?«

»Es hätte nichts gebracht. Seine Eltern sagten, er sei zu der fraglichen Zeit bei ihnen zu Hause in Texas gewesen. Ein wasserdichtes Alibi, will mir scheinen.«

»Können Sie sich erinnern, warum er die Ausgrabung verließ?«, fragte Frost. »War irgendetwas passiert? Kam er mit den anderen Studenten nicht klar?«

»Nein, ich glaube, es lag daran, dass er sich hier langweilte. Deswegen hat er sich für dieses Praktikum in Boston entschieden. Ich habe mich darüber geärgert, weil ich einen anderen Studenten genommen hätte, wenn ich gewusst hätte, dass Bradley das hier nicht durchziehen würde.«

»Boston?«, unterbrach ihn Jane.

»Ja.«

»Wo hat er dieses Praktikum gemacht?«

»In irgendeinem Privatmuseum. Ich bin sicher, sein Vater hat da seine Beziehungen spielen lassen, um ihm den Platz zu verschaffen.«

»War es das Crispin Museum?«

Professor Quigley dachte eine Weile darüber nach. Dann nickte er. »Das könnte es gewesen sein.«

18

Jane hatte schon gehört, dass Texas groß sei, aber als Kind Neuenglands machte sie sich keine rechte Vorstellung davon, was *groß* wirklich hieß. Und sie hatte sich auch nicht vorstellen können, wie grell die Sonne von Texas war oder wie heiß die Luft werden konnte – wie der Atem eines Drachens. Die dreistündige Fahrt vom Flughafen führte sie meilenweit durch trockenes Buschland, durch eine ausgedörrte Landschaft, in der selbst die Rinder anders aussahen als bei ihr zu Hause – hochbeinig und bösartig, ganz anders als die friedlichen Guernsey-Kühe, die sie von den idyllischen Bauernhöfen in Massachusetts kannte. Das hier war ein fremdes Land, ein durstiges Land, und sie nahm wie selbstverständlich an, dass das Anwesen der Roses genauso aussehen würde wie die staubigen Ranches, an denen sie unterwegs vorbeigekommen waren: niedrige, weit verstreute Gebäude, mit weißen Einfriedungen, die sich um die ausgedörrten Ländereien zogen.

Umso größer war ihre Überraschung, als die Villa plötzlich vor ihnen aufragte.

Sie stand auf einem üppig bepflanzten Hügel, dessen frisches Grün inmitten der endlosen Strauchwüste geradezu schockierend wirkte. Der Rasen fiel sanft vom Haus zur Straße ab, wie eine Schürze aus grünem Samt. In einer Koppel mit weißem Zaun weideten ein halbes Dutzend Pferde mit glänzendem Fell. Doch es war das Haus selbst, das Janes Blick gefangen hielt. Sie hatte eine Ranch erwartet, nicht dieses steinerne Schloss mit seinen Zinnentürmchen.

Sie fuhren bis zu dem wuchtigen Eisentor und blickten staunend zum Haus auf.

»Wie viel schätzt du?«, fragte sie.

»Dreißig Millionen, würde ich sagen«, erwiderte Frost.

»Mehr nicht? Das sind doch gut und gerne zwanzigtausend Hektar.«

»Ja, aber wir sind hier in Texas. Da müssten die Grundstückspreise doch niedriger sein als bei uns.«

Wenn dreißig Millionen Dollar sich schon nach wenig anhören, dachte Jane, dann weiß man, dass man in einer anderen Welt gelandet ist.

Eine Stimme tönte aus der Gegensprechanlage: »Sie wünschen?«

»Detective Rizzoli und Detective Frost vom Boston PD. Wir möchten Mr. und Mrs. Rose sprechen.«

»Werden Sie von Mr. Rose erwartet?«

»Ich habe heute Morgen mit ihm telefoniert. Er sagte, er würde uns empfangen.«

Es war eine ganze Weile still, dann schwang das Tor endlich auf. »Fahren Sie bitte durch.«

Die geschwungene Zufahrt führte sie den Hügel hinauf, vorbei an einer Kolonnade aus Zypressen und römischen Statuen. Auf einer Steinterrasse stand ein Kreis aus abgebrochenen Marmorsäulen, wie die Ruine eines antiken Tempels, an dem der Zahn der Zeit genagt hatte.

»Wo kriegen die hier draußen bloß das Wasser für die ganzen Pflanzen her?«, fragte Frost. Sein Blick schnellte plötzlich zur Seite, als sie an dem zerborstenen Kopf eines Marmorkolosses vorbeifuhren, der mit seinem einen verbliebenen Auge vom Rasen zu ihnen heraufstarrte. »He, ist das Ding da echt, was meinst du?«

»Wer so reich ist, muss sich nicht mit Fälschungen zufriedengeben. Ich wette, dass dieser Lord Carnivore…«

»Du meinst Carnarvon?«

»Ich wette, dass der sein trautes Heim mit echten Antiquitäten geschmückt hat.«

»Aber so was ist doch heutzutage verboten. Du kannst nicht einfach Sachen aus fremden Ländern einstecken und mit nach Hause nehmen.«

»Gesetze gelten für dich und mich, Frost. Nicht für Leute wie *die*.«

»Tja nun, Leute wie die Roses werden auch nicht gerade begeistert sein, wenn sie dahinterkommen, wieso wir ihnen diese Fragen stellen. Ich gebe ihnen vielleicht fünf Minuten, ehe sie uns rausschmeißen.«

»Dann wird das hier immerhin das mit Abstand schickste Haus sein, aus dem wir je rausgeschmissen wurden.«

Sie hielten unter einem steinernen Säulenportal, wo sie bereits von einem Mann erwartet wurden. Das ist keiner der Hausangestellten, dachte Jane; das wird Kimball Rose selbst sein. Er war hoch gewachsen, und obwohl er bereits über siebzig sein musste, hielt er sich kerzengerade, und eine beeindruckende silberne Mähne zierte sein Haupt. Er war leger gekleidet, mit Khakihosen und einem Polohemd, aber Jane bezweifelte, dass er seine tiefe Sonnenbräune vom Golfplatz hatte, wo er sich als Rentner die Zeit vertrieb. Die umfangreiche Sammlung von Statuen und Marmorsäulen auf dem Hügel verriet ihr, dass dieser Mann weit faszinierendere Hobbys hatte, als nur auf einen Golfball einzudreschen.

Sie stieg aus, und der heiße Wind, der ihr entgegenschlug, war so trocken, dass sie blinzeln musste. Kimball schien die Hitze absolut nichts auszumachen, und sein Händedruck war kühl und fest.

»Danke, dass Sie sich so kurzfristig Zeit für uns genommen haben«, sagte Jane.

»Ich hab nur zugestimmt, weil es die sicherste Methode

ist, diesen verdammten Fragen ein Ende zu setzen. Hier gibt's nichts zu holen für Sie, Detective.«

»Dann dürfte es ja auch nicht lange dauern. Wir haben nur ein paar Fragen an Sie und Ihre Frau.«

»Meine Frau kann nicht mit Ihnen sprechen. Sie ist krank, und ich werde nicht zulassen, dass sie sich wegen Ihnen aufregen muss.«

»Es geht nur um Ihren Sohn.«

»Sie kann *überhaupt* keine Fragen zu Bradley ertragen. Sie kämpft jetzt schon über zehn Jahre mit lymphatischer Leukämie, und die kleinste Aufregung könnte zu viel für sie sein.«

»So würde es sie aufregen, über Bradley zu sprechen?«

»Er ist unser einziger Sohn, und sie hängt sehr an ihm. Das Letzte, was sie zu hören bekommen sollte, ist, dass die Polizei ihn als Tatverdächtigen behandelt.«

»Wir haben nie behauptet, dass er verdächtig sei, Sir.«

»Nein?« Kimball sah ihr in die Augen, und sein Blick war ebenso direkt wie herausfordernd. »Und was wollen Sie dann hier?«

»Bradley war mit Lorraine Edgerton bekannt. Wir möchten einfach nur allen Spuren nachgehen.«

»Da haben Sie aber einen langen Weg auf sich genommen, um *dieser* speziellen Spur nachzugehen.« Er wandte sich zur Haustür um. »Na, kommen Sie rein, bringen wir es hinter uns. Aber ich sag's Ihnen gleich, Sie vergeuden nur Ihre Zeit.«

Nach der Hitze, die draußen herrschte, war Jane froh um die Abkühlung in einem klimatisierten Haus. Doch zu ihrer Überraschung war es im Heim der Roses geradezu unangenehm kalt, und die riesige Eingangshalle mit ihren Marmorfliesen machte es auch nicht gerade einladender. Jane blickte zu den mächtigen Balken auf, von denen die gewölbte Decke gestützt wurde. Obwohl durch ein Buntglasfenster vielfarbiges Licht einfiel, schienen die Holzpaneele und Wandteppiche alle Helligkeit zu schlucken und das Haus in permanentes Dämmerlicht zu tauchen. Das ist kein Wohnhaus, dachte sie; es ist ein Museum, in dem ein leidenschaftlicher Sammler seine Schätze zur Schau stellt. In der Eingangshalle standen Rüstungen wie reglose Wachtposten. Die Wände zierten Streitäxte und Schwerter, und von der Decke hing ein reich verziertes Banner herab – zweifellos das Familienwappen der Roses. Träumte eigentlich jeder Mann davon, ein Adliger zu sein? Sie fragte sich, welche Symbole wohl das Familienwappen der Rizzolis zieren würden. Eine Bierdose und ein Fernseher vielleicht.

Kimball führte sie aus der großen Halle in das nächste Zimmer, und als sie über die Schwelle traten, war es, als tauchten sie in ein anderes Jahrtausend ein. Ein Brunnen plätscherte in der Mitte eines mit leuchtenden Mosaiksteinen ausgelegten Innenhofs. Durch die verglaste Decke fiel Tageslicht auf die Marmorstatuen von Nymphen und Satyrn, die am Rand des Brunnens saßen, im neckischen Spiel erstarrt. Jane wäre gerne noch ein wenig geblieben, um die Mosaiken in Ruhe zu bewundern, doch Kimball ging schon weiter in den nächsten Raum.

Es war seine Bibliothek. Jane und Frost blickten sich mit großen Augen um, als sie den Raum betraten. Wo man hinsah, war alles voller Bücher – zu Tausenden standen sie in offenen Galerien, die sich über drei Stockwerke erstreckten. Ägyptische Mumienmasken starrten mit ihren riesigen Augen aus dunklen Nischen hervor. Die gewölbte Decke war mit einem Gemälde des Nachthimmels und der Sternbilder verziert, und eine königliche Prozession zog über das Firmament dahin: ein ägyptisches Segelschiff, gefolgt von Triumphwagen sowie Höflingen und Frauen, die Tabletts mit

Speisen trugen. In einem gemauerten Kamin knisterte ein echtes Holzfeuer – eine extravagante Energieverschwendung an einem Sommertag wie diesem. Deswegen also wurde die Temperatur im Haus so niedrig gehalten: um das Kaminfeuer noch behaglicher zu machen.

Sie nahmen in gewaltigen Ledersesseln um den Kamin herum Platz. Obwohl draußen die Julihitze brütete, hätte es in dieser schummrigen Bibliothek ein Wintertag im Dezember sein können, an dem draußen Schneeflocken herabwirbelten und nur die Flammen im Kamin die Kälte in Schach hielten.

»Eigentlich würden wir am liebsten mit Bradley selbst sprechen, Mr. Rose«, sagte Jane. »Aber er ist offenbar schwer zu finden.«

»Der Junge ist nie lange an ein und demselben Ort«, erwiderte Kimball. »Ich kann Ihnen auch nicht sagen, wo er im Moment steckt.«

»Wann haben Sie ihn das letzte Mal gesehen?«

»Das ist schon eine Weile her. Ich kann mich nicht erinnern.«

»So lange schon?«

»Wir stehen per E-Mail in Kontakt. Ab und zu kommt auch mal ein Brief. Sie wissen ja, wie das heutzutage ist in viel beschäftigten Familien. Als wir zuletzt von ihm gehört haben, war er gerade in London.«

»Wissen Sie auch, wo genau in London?«

»Nein. Das ist schon ein paar Monate her.« Kimball rückte auf seinem Sessel vor. »Kommen wir zur Sache, Detective. Zum Grund Ihres Besuchs. Es geht doch um dieses Mädchen im Chaco Canyon.«

»Lorraine Edgerton.«

»Mag sein, dass sie so hieß. Bradley hatte nichts damit zu tun.«

»Da scheinen Sie sich ja sehr sicher zu sein.«

»Weil er hier bei uns war, als es passierte. Die Polizei hat sich nicht mal die Mühe gemacht, ihn zu vernehmen – so wenig haben sie sich für Bradley interessiert. Professor Quigley muss Ihnen das doch gesagt haben?«

»Ja, das hat er.«

»Und wieso belästigen Sie uns dann immer noch damit? Das ist fünfundzwanzig Jahre her.«

»Sie scheinen sich noch gut an die Einzelheiten zu erinnern.«

»Weil ich mir die Mühe gemacht habe, Erkundigungen über Sie einzuholen, Detective Rizzoli. Über dieses vermisste Edgerton-Mädel und den Grund, weshalb die Bostoner Polizei sich in einen Fall einmischt, der sich in New Mexico ereignet hat.«

»Sie wissen also, dass Lorraine Edgertons Leiche kürzlich aufgetaucht ist.«

Er nickte. »In Boston, wie ich höre.«

»Wissen Sie auch, wo in Boston?«

»Im Crispin Museum. Ich habe die Meldung gelesen.«

»Ihr Sohn hat in jenem Sommer im Crispin Museum gearbeitet.«

»Ja. Das habe ich arrangiert.«

»Sie haben ihm den Job verschafft?«

»Das Crispin Museum ist immer knapp bei Kasse. Simon ist ein miserabler Geschäftsmann, und er hat den Laden an die Wand gefahren. Ich habe dem Museum etwas gespendet, und er hat meinem Bradley die Stelle gegeben. Ich glaube, sie konnten froh sein, ihn zu bekommen.«

»Warum hat er den Chaco Canyon verlassen?«

»Er war unglücklich, weil er dort mit einem Haufen Amateure festsaß. Bradley nimmt die Archäologie äußerst ernst. Da draußen war sein Talent vergeudet; er musste schuften wie ein gewöhnlicher Arbeiter. Tagelang von morgens bis abends in der Erde herumscharren.«

»Ich dachte, darum ginge es bei der Archäologie.«

»Dafür *bezahle* ich meine Leute. Glauben Sie, ich verschwende meine Zeit mit Graben? Ich stelle die Schecks aus und entwickle die Vision. Ich leite das Projekt und bestimme, wo gegraben wird. Bradley hatte es nicht nötig, Kärrnerarbeit im Chaco zu leisten – er kann sehr wohl mit einer Kelle umgehen. Er hat einige Zeit mit mir in Ägypten verbracht, bei einem Projekt mit Hunderten von Grabungshelfern, und er hatte das Talent, einen Blick auf das Gelände zu werfen und genau zu wissen, wo man graben musste. Und das sage ich nicht nur, weil er mein Sohn ist.«

»Er war also in Ägypten«, stellte Jane fest. Und sie dachte dabei an die Worte, die in die Souvenir-Kartusche eingraviert waren: *Ich habe die Pyramiden besucht. Kairo, Ägypten.*

»Er liebt das Land«, sagte Kimball. »Und ich hoffe, er wird eines Tages dorthin zurückkehren und finden, was ich vergeblich gesucht habe.«

»Was war das?«

»Die verlorene Armee des Kambyses.«

Jane sah Frost an, und sie schloss aus seiner verständnislosen Miene, dass er auch keine Ahnung hatte, wovon Kimball sprach.

Kimballs Lippen formten sich zu einem unangenehm herablassenden Lächeln. »Ich nehme an, das muss ich Ihnen erklären«, sagte er. »Vor zweieinhalb Jahrtausenden schickte ein Perserkönig namens Kambyses eine Armee in die westliche Wüste Ägyptens, um das Orakel in der Oase Siwa einzunehmen. Fünfzigtausend Mann marschierten los und wurden nie wieder gesehen. Der Sand verschluckte sie einfach, und niemand weiß, was aus ihnen geworden ist.«

»Fünfzigtausend Soldaten?«, fragte Jane.

Kimball nickte. »Es ist eines der größten Rätsel der Archäologie. Ich habe zwei Saisons mit der Suche nach den Überresten dieser Armee zugebracht. Gefunden habe ich ein paar Metall- und Knochenfragmente, aber das war auch schon alles. So wenig, dass die ägyptische Regierung darauf verzichtete, die Funde für sich zu beanspruchen. Diese Grabung war eine meiner bittersten Enttäuschungen. Eine meiner wenigen Niederlagen.« Er starrte ins Feuer. »Eines Tages werde ich zurückkehren. Ich werde sie finden.«

»Wie wäre es, wenn Sie uns in der Zwischenzeit helfen würden, Ihren Sohn zu finden?«

Kimball richtete seinen Blick wieder auf Jane, und es war kein freundlicher Blick. »Wie wär's, wenn wir diese Unterredung für beendet erklärten? Ich glaube nicht, dass es noch irgendetwas gibt, womit ich Ihnen weiterhelfen könnte.« Er stand auf.

»Wir möchten nur mit ihm sprechen. Und ihn nach Ms. Edgerton fragen.«

»Was wollen Sie ihn fragen? *Haben Sie sie ermordet?* Nur darum geht es Ihnen doch, oder? Jemanden zu finden, dem Sie die Schuld in die Schuhe schieben können.«

»Er kannte das Opfer.«

»Wie vermutlich eine Menge andere Leute auch.«

»Ihr Sohn hat in jenem Sommer im Crispin Museum gearbeitet. Im gleichen Haus, in dem jetzt ihre Leiche gefunden wurde. Das ist ein ziemlich großer Zufall.«

»Ich muss Sie jetzt beide auffordern zu gehen.« Er wandte sich zur Tür, doch Jane blieb einfach sitzen. Wenn Kimball nicht mit ihnen kooperieren wollte, dann wurde es Zeit, eine andere Strategie zu fahren – eine, die ihn mit Sicherheit provozieren würde.

»Und dann war da dieser Vorfall auf dem Campus der

Stanford University«, sagte sie. »Ein Vorfall, von dem Sie wissen, Mr. Rose. Es war schließlich Ihr Anwalt, der dafür sorgte, dass Ihr Sohn freikam.«

Er fuhr herum und schritt so schnell auf sie zu, dass Frost instinktiv aufsprang, um dazwischenzugehen. Doch Kimball blieb wenige Zentimeter vor Jane stehen. »Er wurde nie verurteilt.«

»Aber er saß in Untersuchungshaft. Zwei Mal. Nachdem er einer Studentin auf dem Campus nachgestellt hatte. Nachdem er in ihr Zimmer im Wohnheim eingedrungen war, während sie schlief. Wie oft mussten Sie ihm schon aus der Patsche helfen? Wie viele Schecks mussten Sie ausstellen, um ihm eine Gefängnisstrafe zu ersparen?«

»Es wird Zeit, dass Sie gehen.«

»Wo ist Ihr Sohn jetzt?«

Bevor Kimball etwas erwidern konnte, ging eine Tür auf. Er erstarrte, als eine schwache Stimme rief: »Kimball? Sind diese Leute wegen Bradley hier?«

Augenblicklich wechselte sein Gesichtsausdruck von Zorn zu Bestürzung. »Cynthia, du sollst doch nicht aufstehen. Geh bitte wieder ins Bett, Schatz.«

»Rose hat mir gesagt, dass zwei Polizisten gekommen seien. Es geht um Bradley, nicht wahr?« Die Frau kam hereingeschlurft, und ihre tief eingesunkenen Augen richteten sich auf die beiden Besucher. Obwohl ihr Gesicht mithilfe der plastischen Chirurgie gestrafft war, verrieten ihr runder Rücken und die hängenden Schultern ihr Alter. Am deutlichsten aber zeigte es sich in ihrem fast kahlen Schädel, auf dem nur noch wenige dünne weiße Haarbüschel wuchsen. So reich Kimball Rose auch sein mochte, seine Ehefrau hatte er nicht gegen ein jüngeres Modell eingetauscht. All ihr Geld, all ihre Privilegien konnten nichts an der unübersehbaren Tatsache ändern, dass Cynthia Rose schwer krank war.

Doch so gebrechlich sie auch wirkte, wie sie da auf ihren Stock gestützt vor ihnen stand – Cynthia ließ sich nicht so leicht von ihrem Willen abbringen. Sie sah den beiden Detectives in die Augen. »Wissen Sie, wo mein Bradley ist?«

»Nein, Ma'am«, antwortete Jane. »Wir hatten gehofft, dass Sie uns das sagen könnten.«

»Ich bring dich zurück in dein Zimmer«, sagte Kimball und nahm den Arm seiner Frau.

Sie schüttelte ihn ungehalten ab, ohne ihre Aufmerksamkeit von Jane zu wenden. »Warum suchen Sie nach ihm?«

»Cynthia, das hier hat nichts mit dir zu tun«, sagte Kimball.

»Es hat *sehr wohl* mit mir zu tun«, schleuderte sie ihm entgegen. »Du hättest mir sagen müssen, dass sie hier sind. Warum verschweigst du mir immer alles Mögliche, Kimball? Ich habe ein Recht darauf zu erfahren, was mit meinem eigenen Sohn ist!« Nach ihrem Zornesausbruch schien sie erst einmal außer Atem zu sein; sie wankte zum nächsten Sessel und sank darauf nieder. Dort saß sie so reglos, das man sie für eines der vielen Artefakte in diesem düsteren Raum voller Grabbeigaben hätte halten können.

»Sie sind gekommen, um noch mehr Fragen über dieses Mädchen zu stellen«, sagte Kimball. »Diese Studentin, die damals in New Mexico verschwunden ist. Das ist alles.«

»Aber das ist doch schon so lange her«, murmelte Cynthia.

»Ihre Leiche wurde vor Kurzem gefunden«, erklärte Jane. »In Boston. Wir müssen mit Ihrem Sohn darüber sprechen, aber wir wissen nicht, wo er ist.«

Cynthia sackte noch tiefer in ihren Sessel. »Ich weiß es auch nicht«, flüsterte sie.

»Schreibt er Ihnen denn nicht?«

»Manchmal. Ab und zu kommt ein Brief aus irgendeiner Ecke der Welt. Dann und wann eine E-Mail, nur um mich wissen zu lassen, dass er an mich denkt. Und dass er mich liebt. Aber er besucht uns nicht.«

»Warum nicht, Mrs. Rose?«

Die Frau hob den Kopf und sah Kimball an. »Da sollten Sie vielleicht meinen Mann fragen.«

»Bradley hatte noch nie ein besonders enges Verhältnis zu uns«, sagte er.

»Das hatte er sehr wohl, bis du ihn fortgeschickt hast.«

»Das hat nichts damit zu ...«

»Er wollte nicht gehen. Du hast ihn dazu gezwungen.«

»Wohin sollte er gehen?«, fragte Jane.

»Das tut nichts zur Sache«, versuchte Kimball abzuwiegeln.

»Ich mache mir Vorwürfe, weil ich mich dir damals nicht widersetzt habe«, sagte Cynthia.

»Wohin haben Sie ihn geschickt?«, hakte Jane nach.

»Sag's ihr«, forderte Cynthia ihn auf. »Sag ihnen, wie du ihn davongejagt hast.«

Kimball stieß einen tiefen Seufzer aus. »Als er sechzehn war, haben wir ihn auf ein Internat in Maine geschickt. Er wollte nicht gehen, aber es war zu seinem eigenen Besten.«

»Ein Internat?« Cynthia lachte verbittert. »Es war eine psychiatrische Anstalt!«

Jane sah Kimball an. »Stimmt das, Mr. Rose?«

»Nein! Die Einrichtung wurde uns empfohlen. Die beste ihrer Art im ganzen Land, und glauben Sie mir, das spiegelte sich auch im Preis wider! Ich habe nur getan, was meiner Ansicht nach das Beste für ihn war. Was jeder gute Vater tun würde. Es nannte sich ›Therapeutische Wohngemeinschaft‹. Eine Einrichtung, in der männlichen Jugendlichen bei der Bewältigung ihrer ... Probleme geholfen wurde.«

»Wir hätten es nie tun dürfen«, sagte Cynthia. »*Du* hättest es nie tun dürfen.«

»Wir hatten keine Wahl. Er musste dorthin.«

»Es wäre besser für ihn gewesen, wenn er hier bei *mir* geblieben wäre. Anstatt in ein Erziehungslager irgendwo im tiefsten Wald geschickt zu werden.«

Kimball schnaubte verächtlich. »Ein Lager? Ein Fünf-Sterne-Sporthotel, das trifft's wohl eher.« Er wandte sich an Jane. »Sie hatten dort ihren eigenen See. Wanderwege und Langlaufloipen. Mensch, wenn ich irgendwann mal durchdrehen sollte, würde ich auch gern in so einen Laden geschickt werden!«

»Ist es das, was mit Bradley passiert ist, Mr. Rose?«, fragte Frost. »Ist er durchgedreht?«

»Sprich nicht von ihm wie von einem Geisteskranken«, sagte Cynthia. »Das war er nicht.«

»Und warum wurde er dann in diese Einrichtung eingewiesen, Mrs. Rose?«

»Weil wir dachten – Kimball dachte ...«

»Wir dachten, sie würden ihm beibringen, sich besser zu beherrschen«, vollendete ihr Mann den Satz für sie. »Das ist alles. Viele Jungs in dem Alter brauchen eine liebevolle, aber strenge Hand. Er war zwei Jahre lang dort und kam als wohlerzogener, fleißiger junger Mann wieder heraus. Ich war stolz, ihn nach Ägypten mitnehmen zu können.«

»Er hat es dir immer übel genommen, Kimball«, sagte seine Frau. »Das hat er mir erzählt.«

»Eltern müssen nun einmal bisweilen schwere Entscheidungen treffen. Das war *meine* Entscheidung – ihn ein bisschen aufzurütteln, damit er nicht auf die schiefe Bahn gerät.«

»Und jetzt geht er uns aus dem Weg. Ich bin diejenige, die gestraft wird, und alles nur wegen dieser *ach so klugen Ent-*

scheidung, die du getroffen hast.« Cynthia senkte den Kopf und fing an zu weinen. Niemand sprach ein Wort. Die einzigen Geräusche waren das Knistern und Knacken des Kaminfeuers und Cynthias leises Schluchzen, in dem der Kummer und Schmerz eines ganzen Lebens zu liegen schien.

Das Läuten von Janes Handy zerriss brutal die Stille. Sofort stellte sie es leise und ging vom Kamin weg, um den Anruf anzunehmen.

Es war Detective Crowe. »Ich hab eine Überraschung für dich«, sagte er. Seine muntere Stimme bildete einen schroffen Kontrast zu der bedrückten Stimmung im Raum.

»Was gibt's?«, erwiderte sie leise.

»Das FBI hat ihre Fingerabdrücke gespeichert.«

»Die von Josephine?«

»Oder wie sie auch immer heißen mag. Wir haben in ihrer Wohnung Fingerspuren gesichert und sie in die AFIS-Datenbank eingegeben.«

»Und es gab einen Treffer?«

»Wir wissen jetzt, warum das Mädchen vor uns davongelaufen ist. Ihre Abdrücke stimmen nämlich mit ein paar latenten überein, die vor zwölf Jahren an einem Tatort in San Diego sichergestellt wurden.«

»Was war das Verbrechen?«

»Mord.«

19

»Das Opfer war ein sechsunddreißigjähriger Weißer namens Jimmy Otto«, sagte Detective Crowe. »Seine Leiche wurde in San Diego gefunden, nachdem ein Hund einen ganz besonderen Leckerbissen ausgegraben hatte: einen menschlichen Finger. Der Hundebesitzer sieht, was ihm Bello da ins Haus geschleppt hat, kriegt die Panik und ruft die Notrufzentrale an. Der Hund führt die Polizei zu der Leiche, die in einem Garten in der Nachbarschaft verscharrt war. Das Opfer war schon ein paar Tage tot, und wilde Tiere hatten sich an den Gliedmaßen zu schaffen gemacht, sodass sie keine brauchbaren Fingerabdrücke abnehmen konnten. Es wurde auch keine Brieftasche bei der Leiche gefunden, aber derjenige, der ihm die Papiere abnahm, hatte eine Schlüsselkarte von einem Hotel übersehen, die in der Jeanstasche des Opfers steckte. Sie stammte von einem Holiday Inn in der Stadt, wo der Gast unter dem Namen James Otto eingecheckt hatte.«

»Eine Schlüsselkarte von einem Hotel?«, wiederholte Jane. »Dann war das Opfer wohl nicht aus San Diego.«

»Nein. Er war hier in Massachusetts gemeldet, wo er mit seiner Schwester lebte. Carrie Otto flog nach San Diego und identifizierte die Kleidung ihres Bruders. Und das, was von ihm übrig geblieben war.«

Jane riss eine Packung Kopfschmerztabletten auf, steckte sich zwei Stück in den Mund und spülte sie mit lauwarmem Kaffee hinunter. Sie und Frost waren erst um zwei Uhr nachts in Boston angekommen, und die wenigen Stunden

Schlaf, die ihr geblieben waren, waren immer wieder von der einjährigen Regina unterbrochen worden, die auf den Arm genommen und davon überzeugt werden musste, dass Mami wirklich wieder da war. An diesem Morgen war Jane mit rasenden Kopfschmerzen aufgewacht. Die immer neuen Wendungen, die diese Ermittlungen nahmen, stressten sie zusätzlich, und vom grellen Schein der Neonbeleuchtung im Besprechungsraum taten ihr nun auch noch die Augen weh.

»Könnt ihr mir so weit folgen?«, fragte Crowe und sah zu Jane und Frost auf, der genauso kaputt aussah, wie Jane sich fühlte.

»Klar«, murmelte sie. »Und was ist bei der Obduktion rausgekommen?«

»Todesursache war eine einzelne Schussverletzung im Hinterkopf. Die Waffe wurde nie gefunden.«

»Und in wessen Garten wurde er verscharrt?«

»Es war ein vermietetes Haus«, antwortete Crowe. »Die Mieter waren eine allein stehende Mutter mit ihrer vierzehnjährigen Tochter. Sie hatten schon ihre Sachen gepackt und waren verschwunden. Die Polizei sprühte Luminol in allen Räumen, und das Schlafzimmer des Mädchens leuchtete auf wie ein Weihnachtsbaum. Überall auf dem Fußboden und entlang der Sockelleisten fanden sich Blutspuren. Dort war Jimmy Otto ermordet worden. Im Schlafzimmer des Mädchens.«

»Und das war vor zwölf Jahren?«

»Josephine muss damals um die vierzehn gewesen sein«, bemerkte Frost.

Crowe nickte. »Nur dass ihr Name damals nicht Josephine lautete. Sondern Susan Cook.« Er lachte. »Und wisst ihr was? Die echte Susan Cook starb als kleines Kind. In Syracuse im Staat New York.«

»Das war *auch* eine gestohlene Identität?«, rief Jane.

»Und das gleiche Spielchen bei ihrer Mutter – die hatte auch einen falschen Namen: Lydia Newhouse. Laut dem Bericht des San Diego PD hatten Mutter und Tochter das Haus für drei Jahre gemietet, aber sie lebten dort sehr zurückgezogen. Zum Zeitpunkt des Mordes hatte das Mädchen gerade die achte Klasse an der William Howard Taft Middle School abgeschlossen. Eine sehr gute Schülerin, nach Auskunft ihrer Lehrer; ihre Leistungen lagen weit über dem Niveau ihres Jahrgangs.«

»Und die Mutter?«

»Lydia Newhouse – oder wie auch immer sie heißen mag – arbeitete im Anthropologischen Museum im Balboa Park.«

»Als was?«

»Als Verkäuferin im Museumsladen. Und nebenbei als ehrenamtliche Museumsführerin. Alle Mitarbeiter waren beeindruckt, wie viel sie von Archäologie verstand. Obwohl sie behauptete, keine entsprechende Ausbildung zu haben.«

Jane runzelte die Stirn. »Und schon sind wir wieder bei der Archäologie.«

»Ja. Wir scheinen immer wieder zu diesem Thema zurückzukehren, nicht wahr?«, meinte Crowe. »Die Archäologie liegt bei denen wohl in der Familie. Wie die Mutter, so die Tochter.«

»Können wir denn wirklich sicher sein, dass sie etwas mit dem Mord an Jimmy Otto zu tun hatten?«, fragte Frost.

»Na ja, entsprechend verhalten haben sie sich jedenfalls. Sie haben Hals über Kopf die Stadt verlassen – nachdem sie vorher nur noch schnell den Boden gewischt, die Wände abgewaschen und den Typen im Garten verscharrt hatten. Ihr einziger Fehler war, dass sie ihn nicht tief genug vergruben, denn der Nachbarshund hat ihn ziemlich bald gewittert.«

»Wenn ihr mich fragt – das haben sie gut gemacht«, meldete sich Tripp zu Wort. »Der Kerl hat gekriegt, was er verdiente.«

»Wie meinst du das?«, fragte Frost.

»Weil Jimmy Otto ein perverses Dreckstück war.«

Crowe schlug sein Notizbuch auf. »Detective Potrero schickt uns noch die Akte, aber er hat mir schon am Telefon das Wichtigste erzählt. Mit dreizehn drang Jimmy Otto in das Schlafzimmer einer jungen Frau ein, durchwühlte die Schubladen und schlitzte ihre Unterwäsche mit einem Messer auf. Ein paar Monate später wurde er im Haus eines anderen Mädchens dabei ertappt, wie er mit einem Messer in der Hand vor dem Bett stand, in dem sie schlief.«

»Du liebe Zeit«, sagte Jane. »Erst dreizehn? Früh übt sich, was ein richtiger Perverser werden will.«

»Mir vierzehn flog er in Connecticut von der Schule. Detective Potrero konnte die Schulleitung nicht dazu überreden, alle Details herauszurücken, aber es muss da irgendeinen sexuellen Übergriff gegen eine Klassenkameradin gegeben haben, bei dem ein Besenstiel im Spiel war. Das Mädchen musste ins Krankenhaus eingeliefert werden.« Crowe blickte auf. »Und das sind nur die Sachen, bei denen er *erwischt* wurde.«

»Er hätte gleich nach dem zweiten Vorfall in Jugendarrest gehört.«

»Normalerweise schon. Aber wenn der Herr Papa eine dicke Brieftasche hat, kriegt der Junior immer ein paar zusätzliche ›Du-kommst-aus-dem-Gefängnis-frei‹-Karten.«

»Selbst nach der Geschichte mit dem Besenstiel?«

»Nein, die hat seinen Eltern endlich die Augen geöffnet. Da haben sie die Panik gekriegt und erkannt, dass ihr lieber

Sohnemann eine Therapie brauchte. Und zwar dringend. Ihr hoch bezahlter Anwalt erreichte, dass die Anklage abgemildert wurde, aber nur unter der Bedingung, dass Jimmy sich einer speziellen stationären Behandlung unterzog.«

»In der Psychiatrie, meinst du?«, fragte Frost.

»Nicht ganz. Es war eine sehr teure Privatschule für Jungs mit seiner Art von, äh… Neigung. Irgendwo in der Pampa, mit Überwachung rund um die Uhr. Er blieb dort drei Jahre. Seine Eltern, die ihn offenbar abgöttisch liebten, kauften ein Haus in der Gegend, nur um in seiner Nähe sein zu können. Sie kamen ums Leben, als das Privatflugzeug, mit dem sie zu ihm unterwegs waren, abstürzte. Jimmy und seine Schwester erbten ein Vermögen.«

»Womit Jimmy plötzlich nicht nur ein perverses, sondern auch ein sehr *reiches* Dreckstück war«, meinte Tripp.

Spezielle stationäre Behandlung. Irgendwo in der Pampa.

Jane musste plötzlich an das Gespräch denken, das sie erst am Tag zuvor mit Kimball Rose geführt hatte. Und sie fragte: »War diese private Anstalt zufällig in Maine?«

Crowe sah verblüfft auf. »Wie hat du das denn erraten?«

»Weil wir von einem anderen reichen Perversling wissen, der in einer Therapieeinrichtung in Maine landete. Einer Einrichtung für männliche Jugendliche mit *Problemen*.«

»Von wem sprichst du?«

»Von Bradley Rose.«

Es war eine ganze Weile still, während Crowe und Tripp diese Information verarbeiteten.

»Ach du Scheiße«, stieß Tripp hervor. »Das *kann* doch kein Zufall sein. Wenn diese beiden Knaben zur selben Zeit dort waren, dann müssen sie sich auch gekannt haben.«

»Erzähl uns mehr von dieser Schule«, sagte Jane.

Crowe nickte. Seine Miene war jetzt konzentriert, fast verbissen. »Das Hilzbrich Institute war sehr exklusiv und sehr teuer. Und sehr stark spezialisiert. Es war im Grunde eine geschlossene Anstalt mitten im Wald – wahrscheinlich eine ziemlich schlaue Idee angesichts der Art von Patienten, die sie dort behandelten.«

»Psychopathen?«

»Sexualstraftäter. Alles von angehenden Pädophilen bis hin zu Vergewaltigern. Woran man wieder mal sieht, dass die Reichen auch ihren Anteil an Perversen haben. Aber sie haben auch Anwälte, die ihren Nachwuchs vor den Mühlen der Justiz bewahren, und diese Einrichtung war eine Alternative für Sprösslinge wohlhabender Eltern. Dort wurden ihnen die erlesensten Speisen aufgetischt, während ein Team von Therapeuten sie davon zu überzeugen versuchte, dass es nicht die feine Art ist, junge Mädchen zu foltern. Das Problem war nur: Es schien nicht so recht zu funktionieren. Vor fünfzehn Jahren entführte und verstümmelte einer ihrer sogenannten Absolventen zwei Mädchen, und das gerade mal ein paar Monate nachdem das Institut versichert hatte, dass man ihn gefahrlos wieder auf die Menschheit loslassen könne. Es kam zu einem großen Prozess, und die Anstalt musste ihre Tore schließen. Sie hat sie bis heute nicht wieder geöffnet.«

»Was ist mit Jimmy Otto? Was passierte nach seiner Entlassung?«

»Mit achtzehn verließ er die Anstalt als freier Mann. Aber es dauerte nicht lange, bis er wieder zu alter Form auflief. Schon wenige Jahre später wurde er verhaftet, weil er in Kalifornien eine Frau belästigt und bedroht hatte. Dann wurde er hier bei uns in Brookline verhaftet und im Zusammenhang mit dem Verschwinden einer jungen Frau vernommen. Die Polizei hatte nicht genug gegen ihn in der Hand, also ließ man ihn wieder laufen. Das gleiche Spiel dann vor dreizehn Jahren – da wurde er einkassiert und verhört, nachdem wieder in Massachusetts eine Frau verschwunden war. Bevor die Polizei die Anklage gegen ihn vorbereiten konnte, verschwand er plötzlich. Und niemand wusste, wo er abgeblieben war. Bis er im Jahr darauf als Leiche im Garten dieses Hauses in San Diego wieder auftauchte.«

»Du hast recht, Tripp«, sagte Jane. »Er hat bekommen, was er verdiente. Aber was hat diese Mutter und ihre Tochter veranlasst zu fliehen? Wenn sie ihn aus reiner Notwehr getötet hatten, warum haben sie dann ihre Sachen gepackt und sich davongestohlen wie Schwerverbrecher?«

»Vielleicht, weil sie genau das sind?«, gab Crowe zu bedenken. »Sie lebten schon damals unter falschen Namen. Wir wissen nicht, wer sie wirklich sind – oder wovor sie möglicherweise davonlaufen.«

Jane stützte den Kopf in die Hände und begann, sich die Schläfen zu reiben, um ihr Kopfweh wegzumassieren. »Das wird allmählich verdammt kompliziert«, stöhnte sie. »Ich verliere langsam den Überblick bei diesem Durcheinander. Wir haben einen ermordeten Mann in San Diego. Wir haben den Archäologie-Mörder hier bei uns.«

»Und die Verbindung scheint diese junge Frau zu sein, von der wir noch nicht mal den Namen wissen.«

Jane seufzte. »Okay. Was wissen wir sonst noch über Jimmy Otto? Irgendwelche anderen Festnahmen oder Verbindungen zu unserer laufenden Ermittlung?«

Crowe blätterte in seinen Notizen. »Ein paar Bagatellsachen. Ein Einbruch in Brookline, Massachusetts. Fahren unter Alkoholeinfluss und Überschreiten des Tempolimits in San Diego. Wieder Fahren unter Alkoholeinfluss und Gefährdung des Straßenverkehrs durch überhöhte Geschwindigkeit in Durango…« Er hielt inne, als ihm plötzlich die Bedeutung dieses letzten Details aufging. »Durango, Colorado. Ist das nicht in der Nähe von New Mexico?«

Jane hob den Kopf. »Das ist gleich hinter der Grenze. Wieso?«

»Es passierte im Juli. Im gleichen Jahr, in dem Lorraine Edgerton verschwand.«

Jane war wie vom Donner gerührt. Das war das fehlende Puzzlestück. Jimmy und Bradley waren zur gleichen Zeit in der Nähe des Chaco Canyon.

»Das ist es«, sagte sie leise.

»Du glaubst, sie waren Komplizen?«

»Bis Jimmy in San Diego getötet wurde.« Sie sah Frost an. »Jetzt endlich fügt sich alles zusammen. Wir haben eine Verbindung. Jimmy Otto und Bradley Rose.«

Er nickte. »Und Josephine«, sagte er.

20

Josephine erwachte schwer atmend. Ihr Herz schlug wie wild, ihr Nachthemd war schweißnass. Die dünnen Vorhänge flatterten gespenstisch vor dem mondhellen Fenster, und im Wald vor Gemmas Haus klapperten dürre Äste und verstummten dann wieder. Josephine schlug die feuchte Bettdecke zurück und starrte in die Dunkelheit, während ihr Herz allmählich langsamer schlug und der Schweiß auf ihrer Haut abkühlte. Nach nur einer Woche in Gemmas Haus hatte ihr Albtraum sie eingeholt. Ein Traum von Schüssen und blutbespritzten Wänden. *Achte stets auf deine Träume*, hatte ihre Mutter ihr eingeschärft. *Es sind Stimmen, die dir sagen, was du bereits weißt, die dir Ratschläge zuflüstern, die du bisher nur nicht befolgt hast.* Josephine wusste, was der Traum bedeutete: Es war Zeit, die Zelte abzubrechen. Zeit zu fliehen. Sie hätte nicht so lange in Gemmas Haus bleiben dürfen. Plötzlich dachte sie daran, wie sie vor dem Minimarkt mit ihrem Handy telefoniert hatte. Sie dachte an den jungen Streifenpolizisten, der an jenem Abend auf dem Parkplatz mit ihr geplaudert hatte, und an den Taxifahrer, der sie in diese Straße gefahren hatte. Es gab so viele Möglichkeiten, sie hier aufzuspüren, so viele kleine Fehler, die sie vielleicht gemacht hatte, ohne dass es ihr bewusst war.

Sie erinnerte sich an etwas, was ihre Mutter einmal gesagt hatte: Wenn jemand dich unbedingt finden will, dann muss er nur warten, bis du einmal einen Fehler machst.

Und in letzter Zeit hatte sie mehr als nur einen Fehler gemacht.

Die Nacht war plötzlich auffallend still.

Es dauerte eine Weile, bis sie registrierte, *wie* still es tatsächlich war. Sie war mit dem unablässigen Zirpen der Grillen im Ohr eingeschlafen, aber jetzt hörte sie nichts, nur diese Stille, die so vollkommen war, dass sie das Geräusch ihres eigenen Atems verstärkte.

Josephine stieg aus dem Bett und ging zum Fenster. Draußen ließ der Mond die Bäume silbrig schimmern und ergoss sein bleiches Licht über den Garten. Sie starrte hinaus, sah aber nichts, was ihr Anlass zur Beunruhigung gegeben hätte. Doch während sie am offenen Fenster stand, merkte sie, dass die Nacht nicht vollkommen still war. Fast übertönt vom dumpfen Pochen ihres Herzschlags vernahm sie ein schwaches elektronisches Piepsen. Kam es von draußen oder von irgendwo im Haus? Jetzt, da sie sich voll und ganz auf das Geräusch konzentrierte, schien es sich zu verstärken, und zugleich wuchs ihre Beunruhigung.

Hörte Gemma es auch?

Sie ging zur Tür und spähte auf den dunklen Flur hinaus. Hier war das Geräusch lauter, penetranter.

Im Dunkeln tastete sie sich den Gang entlang. Ihre nackten Füße glitten lautlos über das Holzparkett. Mit jedem Schritt wurde das Piepsen lauter. Als sie Gemmas Schlafzimmer erreichte, fand sie die Tür nur angelehnt. Josephine gab ihr einen leichten Stoß, und sie schwang auf. In dem mondhellen Zimmer entdeckte sie sogleich die Quelle des Geräuschs: Das Telefon lag am Boden, und aus dem Hörer drang das Signal einer getrennten Verbindung. Aber es war nicht das Telefon, das ihren Blick auf sich zog; es war die dunkle Lache am Boden, glänzend wie schwarzes Öl. In der Nähe kauerte eine Gestalt, und im ersten Moment dachte sie, es sei Gemma. Bis die Gestalt sich zu voller Größe aufrichtete und ihre Silhouette sich vor dem Fenster abzeichnete.

Ein Mann.

Als Josephine erschrocken nach Luft schnappte, schnellte sein Kopf zu ihr herum. Einen Sekundenbruchteil lang standen sie sich direkt gegenüber, ihre Gesichtszüge im Dunklen verborgen, beide in jenem zeitlosen Moment erstarrt, ehe der Jäger sich auf seine Beute stürzt.

Josephine bewegte sich zuerst.

Sie machte kehrt und rannte zur Treppe. Polternde Schritte folgten ihr, als sie die Stufen hinunterhastete. Ein Satz und sie landete mit beiden Füßen hart auf dem Boden des Erdgeschosses. Die Haustür stand weit offen. Sie stürzte darauf zu und stolperte hinaus auf die Veranda, wo Glasscherben sich in ihre Fußsohlen bohrten. Doch sie registrierte den Schmerz kaum; ihre Aufmerksamkeit war auf die Auffahrt vor ihr gerichtet.

Und auf die Schritte hinter ihr, die immer näher kamen.

Sie sprang die Verandastufen hinunter, und ihr Nachthemd flatterte wie Flügel in der warmen Nachtluft, als sie in heller Panik die Auffahrt hinunterrannte. Im Mondlicht, auf dieser offenen Kiesfläche, war ihr Nachthemd weithin sichtbar wie eine weiße Flagge, doch sie bog nicht ab in Richtung Waldrand, verschwendete keine Zeit darauf, zwischen den Bäumen Deckung zu suchen. Vor ihr lag die Straße, lagen andere Häuser. *Wenn ich an die Türen hämmere und schreie, wird irgendjemand mir schon helfen.* Sie hörte die Schritte ihres Verfolgers nicht mehr, nur das panische Zischen ihres Atems, das Rauschen der Nachtluft.

Und dann einen scharfen Knall.

Die Kugel traf sie wie ein brutaler Tritt von hinten ins

Bein. Sie fiel der Länge nach hin, und der Kies schürfte ihre Handflächen auf. Warmes Blut rann ihr die Wade hinunter, als sie sich aufzurichten versuchte, doch sofort knickte ihr Bein weg. Mit einem erstickten Schmerzensschrei sank sie auf die Knie.

Die Straße. Die Straße ist so nahe.

Leise schluchzend begann sie, auf allen vieren zu kriechen. Geradeaus, hinter den Bäumen, war die Außenbeleuchtung eines Nachbarhauses zu erkennen, und das war es, worauf sie ihre ganze Aufmerksamkeit konzentrierte. Nicht auf das Knirschen der Schritte, die wieder näher kamen, nicht auf die Steinchen, die in ihre Haut schnitten. Ihre Überlebenschancen hatten sich auf dieses einsame Licht reduziert, das wie ein Leuchtfeuer durch die Zweige schimmerte. Unbeirrt schleppte sie sich darauf zu und zog ihr verletztes Bein nach, das eine glitzernde Blutspur hinterließ.

Ein Schatten schob sich vor sie und verdeckte das Licht.

Langsam hob sie den Blick. Er stand vor ihr und versperrte ihr den Weg. Sein Gesicht war ein schwarzes Oval, seine Augen unergründlich. Als er sich zu ihr herabbeugte, schloss sie die Augen, wartete auf den Knall der Pistole, den Aufschlag der Kugel. Nie zuvor hatte sie ihr pochendes Herz so bewusst wahrgenommen, nie hatte sie den Luftstrom ihres Atems so bewusst gehört wie in der Stille dieses letzten Augenblicks. Eines Augenblicks, der sich endlos zu dehnen schien, so, als wolle ihr Mörder seinen Triumph auskosten und ihre Qualen verlängern.

Durch die geschlossenen Lider nahm sie ein Flackern wahr.

Sie schlug die Augen auf. Hinter den Bäumen pulsierte ein blaues Licht. Ein Scheinwerferpaar schwenkte plötzlich auf sie zu, und sie war in dem grellen Lichtkegel gefangen, am Boden kniend in ihrem jämmerlich dünnen Nachthemd. Kies spritzte von den schlitternden Reifen auf, als der Wagen abbremste. Dann wurde die Tür aufgestoßen, und sie hörte das Knacken und Rauschen eines Polizeifunkgeräts.

»Miss? Sind Sie okay, Miss?«

Sie blinzelte, versuchte herauszufinden, wer sie angesprochen hatte. Doch die Stimme verhallte, die Scheinwerfer verloschen, und das Letzte, was sie registrierte, war der harte Kies an ihrer Wange, als sie kraftlos zusammensackte.

Frost und Jane standen in Gemma Hamertons Einfahrt und starrten auf die Spur aus getrocknetem Blut, die Josephine hinterlassen hatte, als sie sich mit letzter Kraft in Richtung Straße geschleppt hatte. Über ihren Köpfen zwitscherten Vögel, und die Strahlen der Sommersonne fielen durch das Laubdach, doch zu diesem schattigen Abschnitt der Einfahrt schien keine Wärme durchzudringen.

Jane drehte sich um und betrachtete das Haus, das sie und Frost noch nicht betreten hatten. Es war ein ganz normales Wohnhaus mit weißen Schindeln und überdachter Veranda, wie sie entlang dieser ländlichen Straße schon einige gesehen hatte. Doch sogar von dieser Stelle in der Einfahrt aus konnte sie das zerbrochene Verandafenster sehen, in dessen gezackten Glasresten sich die Sonnenstrahlen brachen, und dieser helle Lichtreflex war wie eine Warnung: *Hier ist etwas Schreckliches passiert. Etwas, dessen Anblick dir noch bevorsteht.*

»Hier ist sie zum ersten Mal gestürzt«, sagte Detective Mike Abbott. Er deutete auf die Stelle, wo die blutige Spur anfing. »Sie war schon ein gutes Stück in Richtung Straße

vorangekommen, als der Schuss sie traf. Hier ist sie hinge-
fallen und hat sich dann weitergeschleppt. Es muss sie verdammt viel Willenskraft gekostet haben, so weit zu kommen, aber sie hat es bis zu der Stelle da drüben geschafft.«
Abbott zeigte auf das Ende der Blutspur. »Dort hat die Streife
sie entdeckt.«

»Klingt ja wie ein Wunder«, meinte Jane.

»Das war es aber nicht – die Kollegen wurden von der
Notrufzentrale hierhergeschickt.«

»Kam der Anruf von Josephine?«, fragte Frost.

»Nein, wir nehmen an, dass es die Hausbesitzerin war,
Gemma Hamerton. Das Telefon lag in ihrem Schlafzimmer.
Wer immer der Anrufer war, er oder sie kam nicht mehr
dazu, etwas zu sagen, denn der Hörer wurde unmittelbar darauf aufgelegt. Als die Leitstelle zurückzurufen versuchte,
hatte jemand den Hörer wieder daneben gelegt. Die Telefo-
nistin schickte eine Streife los, und drei Minuten später waren die Kollegen hier.«

Frost betrachtete die Flecken auf dem Kiesweg. »Hier ist
eine Menge Blut.«

Abbott nickte. »Die junge Frau wurde drei Stunden lang
notoperiert. Jetzt liegt sie mit einem Gips im Krankenhaus,
und wie sich herausstellte, war das ein Glücksfall für uns.
Denn wir haben erst letzte Nacht erfahren, dass das Boston
PD sie zur Fahndung ausgeschrieben hat. Sonst wäre es ihr
vielleicht gelungen, die Stadt unbemerkt zu verlassen.« Er
wandte sich zum Haus um. »Wenn Sie noch mehr Blut
sehen wollen, dann folgen Sie mir.«

Er ging voran zur Veranda, die mit Glassplittern übersät
war. Hier blieben sie stehen, um sich Überschuhe anzuziehen. Abbotts ominöse Worte ließen ahnen, welche Schrecken
sie noch erwarteten, und Jane war auf das Schlimmste gefasst.

Doch als sie durch die Haustür trat, sah sie zunächst nichts Beunruhigendes. Das Wohnzimmer schien unversehrt. An den Wänden hingen Dutzende gerahmter Fotos, von denen viele eine Frau mit kurz geschnittenem blondem Haar in unterschiedlicher Begleitung zeigten. Ein riesiges Bücherregal war mit Bänden über Kunst und Geschichte, alte Sprachen und Ethnologie angefüllt.

»Ist das die Hausbesitzerin?«, fragte Frost und deutete auf die blonde Frau auf den Fotos.

Abbott nickte. »Gemma Hamerton. Sie lehrte Archäologie an einem der hiesigen Colleges.«

»Archäologie?« Der Blick, den Frost Jane zuwarf, schien zu sagen: *Na, das ist ja interessant.* »Was wissen Sie noch über sie?«

»Eine gesetzestreue Bürgerin, soviel wir wissen. War nie verheiratet. Und den Sommer hat sie immer im Ausland verbracht, mit irgendwelchen archäologischen Projekten.«

»Und warum war sie jetzt nicht im Ausland?«

»Ich weiß es nicht. Sie ist vor einer Woche aus Peru zurückgekommen, wo sie an einer Ausgrabung mitgearbeitet hatte. Wäre sie dort geblieben, dann wäre sie jetzt noch am Leben.« Abbott blickte die Treppe hinauf, und seine Miene verfinsterte sich plötzlich. »Es wird Zeit, dass ich Ihnen das Obergeschoss zeige.« Er ging voran und hielt kurz inne, um sie auf die blutigen Fußspuren auf den Holzstufen aufmerksam zu machen. »Ein Sportschuh, ungefähr Größe 43«, sagte er. »Wir wissen, dass die alle vom Mörder stammten, da Ms. Pulcillo barfuß war.«

»Sieht aus, als wäre er gelaufen«, meinte Jane, als sie die verschmierten Abdrücke betrachtete.

»Ja. Aber sie war schneller.«

Jane starrte die treppab führenden Fußspuren an. Obwohl

das Blut getrocknet war und Sonnenlicht durch ein Fenster am Treppenabsatz hereindrang, schien das Treppenhaus noch erfüllt vom panischen Schrecken dieser Verfolgungsjagd. Ein kalter Schauer überlief sie, und sie blickte zum ersten Stock hinauf, wo noch weit schlimmere Bilder sie erwarteten. »Es ist oben passiert?«

»In Ms. Hamertons Schlafzimmer«, erwiderte Abbott. Er ließ sich Zeit, als er die letzten Stufen erklomm, als scheute er vor dem Anblick zurück, der ihn vor zwei Tagen in diesem Haus erwartet hatte. Hier oben waren die Spuren dunkler, hinterlassen von Sohlen, die nass von frischem Blut waren. Sie führten aus einem Zimmer am Ende des Flurs heraus. Abbott deutete auf die erste Tür, an der sie vorbeikamen. »Das ist das Gästezimmer, wo Ms. Pulcillo schlief.«

Jane runzelte die Stirn. »Aber das liegt ja näher zur Treppe.«

»Stimmt. Das kam mir auch merkwürdig vor. Der Mörder geht einfach an Ms. Pulcillos Tür vorbei und steuert zielstrebig Ms. Hamertons Zimmer am Ende des Flurs an. Vielleicht wusste er nicht, dass ein Gast im Haus war.«

»Oder vielleicht war diese Tür verschlossen«, mutmaßte Frost.

»Nein, das kann nicht die Erklärung sein. Diese Tür hat gar kein Schloss. Aus irgendeinem Grund hat er sie links liegen lassen und ist zuerst in Miss Hamertons Zimmer gegangen.« Abbott holte noch einmal Luft und ging weiter zum großen Schlafzimmer. Dort blieb er auf der Schwelle stehen, als zögerte er einzutreten.

Als Jane an ihm vorbei ins Zimmer spähte, wusste sie, warum.

Gemma Hamertons Leiche war zwar längst abtransportiert worden, doch ihre letzten Sekunden auf dieser Erde waren in den dunkelroten Flecken an den Wänden, auf den Laken und auf den Möbeln hinreichend dokumentiert. Als Jane das Zimmer betrat, spürte sie einen eiskalten Hauch auf der Haut, als wäre ein Geist vorübergeschwebt. Gewalt hinterlässt ihre Spuren, dachte sie. Nicht nur in Form von Blutflecken – nein, auch in der Atmosphäre eines Raums.

»Sie lag zusammengesunken dort hinten in der Ecke«, erklärte Abbott. »Aber Sie können am Muster der Blutflecken erkennen, dass ihr die tödliche Verletzung irgendwo nahe dem Bett beigebracht wurde. Dort am Kopfbrett sind Blutspritzer zu erkennen.« Er deutete auf die Wand zur Rechten. »Und das da drüben sind, glaube ich, Tropfen von der Klinge des Messers.«

Jane riss sich vom Anblick der blutgetränkten Matratze los und betrachtete den Bogen aus eckig geformten Tröpfchen, zustande gekommen durch die Zentrifugalkraft, als der Mörder das blutige Messer mit Schwung aus dem Körper des Opfers gezogen hatte. »Er ist Rechtshänder«, sagte sie.

Abbott nickte. »Unser Rechtmediziner meint, die Wunde lasse keinerlei Zögern und keine Probeschnitte erkennen. Der Täter hat mit einer einzigen glatten Bewegung sämtliche wichtigen Gefäße im Hals des Opfers durchtrennt. Der Rechtsmediziner schätzt, dass sie vielleicht noch ein oder zwei Minuten bei Bewusstsein war. Lange genug, um nach dem Telefon zu greifen und sich in die Ecke dort zu schleppen. Auf dem Hörer waren ihre blutigen Fingerabdrücke, daher wissen wir, dass sie schon verletzt war, als sie die Notrufnummer wählte.«

»Dann hat also der Täter den Hörer aufgelegt?«, fragte Frost.

»Ich nehme es an.«

»Aber Sie sagten doch, die Leitstelle hätte versucht, zurückzurufen, und da sei der Anschluss besetzt gewesen.«

Abbott dachte einen Moment nach. »Ja, das ist schon ein wenig merkwürdig, nicht wahr? Zuerst legt er auf, dann nimmt er den Hörer wieder ab. Ich frage mich, was er damit bezweckte.«

»Er wollte verhindern, dass es klingelt«, sagte Jane.

»Wegen des Lärms?«, fragte Frost.

Jane nickte. »Das würde auch erklären, warum er bei diesem Opfer nicht seine Schusswaffe benutzte. Weil er wusste, dass noch jemand im Haus war – und er wollte sie nicht wecken.«

»Aber sie *ist* aufgewacht«, warf Abbott ein. »Vielleicht hatte sie den Sturz gehört. Vielleicht konnte Ms. Hamerton noch einen Schrei ausstoßen. Was auch immer es war, irgendetwas hat Ms. Pulcillo geweckt, denn sie kam in dieses Zimmer. Sie sah den Eindringling – und rannte los.«

Jane starrte in die Ecke, in der Gemma Hamerton gestorben war, zusammengesunken in einer Lache ihres eigenen Bluts.

Sie verließ das Schlafzimmer und ging über den Flur zurück bis zu Josephines Tür. Dort blieb sie stehen und betrachtete das Bett. Der Mörder ist an dieser Tür vorbeigegangen, dachte sie. Eine junge Frau schläft in dem Zimmer, und ihre Tür ist nicht abgeschlossen. Dennoch geht er vorüber und setzt seinen Weg zum großen Schlafzimmer fort. Wusste er nicht, dass ein Gast im Haus war? War ihm nicht bewusst, dass sich noch eine zweite Frau im Haus aufhielt?

Doch. Doch, das war ihm sehr wohl bewusst. Deshalb nahm er den Hörer ab. Deshalb benutzte er ein Messer und nicht seine Pistole. Er wollte, dass der erste Mord sich lautlos vollzog.

Weil er sich anschließend in Josephines Zimmer schleichen wollte.

Sie stieg die Treppe hinunter und trat vor die Haustür. Es war ein sonniger Nachmittag, das Summen der Insekten erfüllte die heiße, windstille Luft, und doch saß ihr die Kälte des Hauses noch in den Knochen. Sie ging die Verandastufen hinunter.

Du hast sie verfolgt, über die Treppe nach unten. In einer mondhellen Nacht dürfte es kein Problem gewesen sein, sie im Auge zu behalten. Eine hilflose junge Frau im Nachthemd.

Langsam schritt sie die Einfahrt ab, folgte dem Weg, den Josephine bei ihrer Flucht genommen hatte, mit ihren von Glasscherben zerschnittenen Sohlen. Die Hauptstraße war gleich dort hinter den Bäumen, und die junge Frau musste nur eines der Nachbarhäuser erreichen. Schreien und mit den Fäusten an eine Tür hämmern.

Jane hielt inne, den Blick auf den blutbefleckten Kies gesenkt.

Aber hier traf die Kugel sie ins Bein, und sie stürzte.

Langsam folgte sie der Blutspur, die Josephine hinterlassen hatte, als sie sich auf Händen und Knien in Richtung Straße geschleppt hatte. Mit jedem Zentimeter, den sie vorankam, musste ihr klar gewesen sein, dass er dicht hinter ihr war, dass es nur eine Frage der Zeit war, wann er den tödlichen Schuss abfeuern würde. Die Blutspur schien sich endlos hinzuziehen, bis sie gut zehn Meter vor der Straße plötzlich abbrach. Ein langer und qualvoller Weg für die Angeschossene, die sich mit letzter Kraft vorwärtsgeschleppt hatte – was dem Mörder reichlich Zeit gab, sie einzuholen. Mit Sicherheit genug Zeit, um ein letztes Mal abzudrücken und vom Tatort zu fliehen.

Doch er hatte den tödlichen Schuss nicht abgefeuert.

Jane blieb stehen und starrte auf die Stelle, an der Josephine gekniet hatte, als die Streifenpolizisten sie entdeckten. Bei ihrem Eintreffen hatten sie niemanden sonst gesehen, nur die verletzte Frau. Eine Frau, die eigentlich tot sein müsste.

Da erst begriff Jane. Der Mörder wollte sie lebend.

21

Jeder Mensch lügt, dachte Jane. Aber den wenigsten gelang es, sich so komplett und so erfolgreich in ihrem Lügengebäude einzurichten, wie Josephine Pulcillo es getan hatte.

Während sie mit Frost zum Krankenhaus fuhr, fragte sie sich, welche Fantasiegeschichten Josephine ihnen heute auftischen würde, mit welchen neuen Märchen sie die unbestreitbaren Tatsachen aus ihrer Vergangenheit, die sie aufgedeckt hatten, abzutun versuchen würde. Und sie fragte sich, ob Frost sich wieder einmal von diesen Lügen würde einwickeln lassen.

»Ich finde, du solltest das Reden diesmal besser mir überlassen«, meinte sie.

»Wieso?«

»Ich würde das nun mal lieber selbst übernehmen.«

Er sah sie an. »Gibt es irgendeinen bestimmten Grund, weshalb du das für nötig hältst?«

Sie nahm sich Zeit für ihre Erwiderung, denn sie konnte die Frage nicht wahrheitsgemäß beantworten, ohne den Riss zwischen ihnen zu vertiefen – einen Riss, an dem Josephine schuld war. »Ich finde nun mal, dass ich sie übernehmen sollte. Schließlich hatte ich bei ihr genau den richtigen Riecher.«

»Riecher? So nennst du das also?«

»Du hast ihr vertraut. Ich nicht. Ich hatte recht, was sie betraf, oder etwa nicht?«

Er drehte den Kopf zum Fenster. »Oder du warst einfach nur eifersüchtig.«

»Was?« Sie bog auf den Krankenhausparkplatz ein und stellte den Motor ab. »Glaubst du das wirklich?«

Er seufzte. »Ach, ist doch egal.«

»Nein, sag schon. Was hast du damit gemeint?«

»Nichts.« Er stieß die Autotür auf. »Gehen wir«, sagte er.

Sie stieg aus, knallte ihre Tür zu und fragte sich, ob nicht ein Quäntchen Wahrheit in dem steckte, was Frost gerade gesagt hatte. Sie fragte sich, ob die Tatsache, dass sie selbst keine Schönheit war, sie mit einem heimlichen Groll auf diejenigen Frauen erfüllte, deren gutes Aussehen ihnen sämtliche Türen öffnete. Die Männer lagen attraktiven Frauen zu Füßen, sie lasen ihnen jeden Wunsch von den Augen ab, und – was das Wichtigste war – sie hörten ihnen zu. *Und wir anderen müssen uns irgendwie durchschlagen.* Nun gut, vielleicht war sie tatsächlich eifersüchtig, aber das änderte nichts an der entscheidenden Tatsache, dass sie den richtigen Riecher gehabt hatte.

Josephine Pulcillo war eine Schwindlerin.

Schweigend betraten sie und Frost das Krankenhaus, schweigend fuhren sie mit dem Aufzug hinauf in die Chirurgie. Nie zuvor hatte sie eine solche Kluft zwischen ihnen verspürt. Obwohl sie Seite an Seite gingen, war es, als lägen Kontinente zwischen ihnen, und sie sah ihn nicht ein einziges Mal an, als sie den Flur entlangschritten. Mit grimmiger Miene stieß Jane die Tür von Zimmer 216 auf und trat ein.

Die Frau, die sie als Josephine kennengelernt hatten, starrte sie von ihrem Bett aus an. In ihrem dünnen Krankenhauskittel sah sie bezaubernd hilflos aus, eine rehäugige Maid, die auf ihren Retter wartete. Wie zum Teufel machte sie das nur? Selbst mit ihren ungewaschenen Haaren und dem klobigen Gips am Bein brachte sie es noch fertig, strahlend schön auszusehen.

Jane verlor keine Zeit. Sie steuerte geradewegs auf das Bett zu und fragte: »Wollen Sie uns vielleicht von San Diego erzählen?«

Sofort senkte Josephine den Blick auf die Bettdecke und vermied es, Jane in die Augen zu sehen. »Ich weiß nicht, wovon Sie sprechen.«

»Sie müssen damals ungefähr vierzehn gewesen sein. Alt genug, um sich an die Ereignisse jener Nacht zu erinnern.«

Josephine schüttelte den Kopf. »Sie müssen mich mit jemandem verwechseln.«

»Damals lautete Ihr Name Susan Cook. Sie besuchten die William Howard Taft Middle School und lebten bei ihrer Mutter, die sich Lydia Newhouse nannte. Eines Morgens packten Sie beide Ihre Koffer und verließen Hals über Kopf die Stadt. Das war das Letzte, was die Welt je von Susan und ihrer Mutter hörte.«

»Und ist es vielleicht verboten, spontan die Stadt zu verlassen?«, gab Josephine zurück. Jetzt endlich blickte sie auf und sah Jane an, eine trotzige Herausforderung, geboren aus dem Mut der Verzweiflung.

»Nein. Das nicht.«

»Und wieso fragen Sie mich dann danach?«

»Weil es sehr wohl verboten ist, einem Mann von hinten eine Kugel in den Kopf zu jagen.«

Josephines Miene wurde glatt wie ein Spiegel. »Welcher Mann?«, fragte sie ruhig.

»Der Mann, der in Ihrem Schlafzimmer starb.«

»Ich weiß nicht, wovon Sie reden.«

Die beiden Frauen starrten sich einen Moment lang an. Und Jane dachte: Frost durchschaut dich vielleicht nicht, aber mir kannst du nichts vormachen.

»Haben Sie schon einmal von einer Chemikalie namens Luminol gehört?«, fragte Jane.

Josephine zuckte mit den Achseln. »Sollte ich das?«

»Es reagiert mit dem Eisen in altem Blut. Wenn Sie es auf eine Fläche sprühen, leuchten selbst kleinste Blutreste im Dunkeln auf wie Neonfarben. Ganz gleich, wie gründlich Sie ein Zimmer putzen, in dem Blut geflossen ist, Sie schaffen es nie, sämtliche Spuren zu beseitigen. Auch nachdem Sie und Ihre Mutter die Wände abgewaschen und den Boden gewischt hatten, war das Blut noch da, versteckt in den Ritzen, unter den Sockelleisten.«

Diesmal blieb Josephine stumm.

»Als die Polizei von San Diego Ihr altes Haus durchsuchte, versprühte sie dort Luminol. Eines der Schlafzimmer leuchtete auf wie ein ganzes Lampengeschäft. Also erzählen Sie mir nicht, dass Sie nichts davon wissen. Sie müssen dort gewesen sein. Sie wissen ganz genau, was passiert ist.«

Josephine war blass geworden. »Ich war vierzehn«, sagte sie leise. »Das ist sehr lange her.«

»Mord verjährt nicht.«

»*Mord?* Sie glauben, es war Mord?«

»Was ist in jener Nacht passiert?«

»Es war kein Mord.«

»Was war es dann?«

»Es war Notwehr!«

Jane nickte zufrieden. Das war ein Fortschritt. Immerhin hatte sie jetzt schon zugegeben, dass tatsächlich ein Mann in ihrem Schlafzimmer gestorben war. »Wie ist es passiert?«, fragte sie.

Josephines Blick wanderte zu Detective Frost, als ob sie seine Unterstützung suchte. Er war in der Nähe der Tür stehen geblieben, und seine Miene war kühl und undurchdringlich. Es war klar, dass sie von ihm keine Gefälligkeiten, keine Sympathie erwarten durfte.

»Es wird Zeit, dass Sie reinen Tisch machen«, sagte Jane.

»Tun Sie es für Gemma Hamerton. Sie hat Gerechtigkeit verdient, finden Sie nicht? Ich nehme doch an, dass sie Ihre Freundin war?«

Bei der Erwähnung von Gemmas Namen füllten Josephines Augen sich mit Tränen. »Ja«, flüsterte sie. »Mehr als eine Freundin.«

»Sie wissen, dass sie tot ist?«

»Detective Abbott hat es mir gesagt. Aber ich wusste es bereits«, flüsterte Josephine. »Ich habe sie auf dem Boden liegen sehen…«

»Ich vermute, dass es zwischen den beiden Vorfällen einen Zusammenhang gibt. Zwischen Ms. Hamertons Tod und diesem tödliche Schuss in San Diego. Wenn Sie Gerechtigkeit für Ihre Freundin wollen, dann werden Sie meine Fragen beantworten, Josephine. Oder soll ich Sie lieber Susan Cook nennen? Denn das war ja der Name, den Sie in San Diego benutzten.«

»Jetzt heiße ich Josephine.« Sie seufzte resigniert; alle Verstellung schien jetzt vergessen. »Es ist der Name, den ich die längste Zeit hatte. Ich habe mich inzwischen an ihn gewöhnt.«

»Wie viele Namen waren es insgesamt?«

»Vier. Nein, fünf.« Sie schüttelte den Kopf. »Ich weiß es schon gar nicht mehr so genau. Jedes Mal, wenn wir wieder umzogen, gab es einen neuen. Ich dachte, Josephine würde der letzte sein.«

»Wie lautet Ihr richtiger Name?«

»Ist das wichtig?«

»Ja, das ist es. Welchen Namen bekamen Sie bei Ihrer Geburt? Sie können uns ruhig die Wahrheit sagen, denn ich verspreche Ihnen, wir werden sie irgendwann herausfinden.«

Josephine ließ resigniert den Kopf sinken. »Mein Nachname lautet Sommer«, sagte sie leise.

»Und Ihr Vorname?«

»Nefertari.«

»Das ist aber ein ungewöhnlicher Name.«

Josephine lachte müde. »Meine Mutter hat nie den konventionellen Weg gewählt.«

»War das nicht der Name einer ägyptischen Königin?«

»Ja. Die Gattin von Pharao Ramses des Großen. Nefertari, um deretwillen die Sonne scheint.«

»Was?«

»Das hat meine Mutter immer zu mir gesagt. Sie liebte Ägypten. Sie sprach immer nur davon, dass sie eines Tages dorthin zurückkehren wollte.«

»Und wo ist Ihre Mutter jetzt?«

»Sie ist tot«, antwortete Josephine leise. »Es passierte vor drei Jahren in Mexiko. Sie wurde von einem Auto angefahren. Ich machte gerade in Kalifornien meinen Doktor, als es passierte, deshalb kann ich Ihnen nicht mehr darüber sagen ...«

Jane nahm sich einen Stuhl und setzte sich ans Bett. »Aber Sie können uns von San Diego erzählen. Was ist in jener Nacht passiert?«

Josephine saß mit hängenden Schultern da. Sie hatten sie in die Enge getrieben, und sie wusste es. »Es war Sommer«, sagte sie. »Eine warme Nacht. Meine Mutter bestand immer darauf, dass wir die Fenster geschlossen hielten, aber in dieser Nacht ließ ich meines offen. So ist er ins Haus gelangt.«

»Durch Ihr Schlafzimmerfenster?«

»Meine Mutter hörte ein Geräusch und kam in mein Zimmer. Er stürzte sich auf sie, und sie wehrte sich. Sie hat *mich* verteidigt.« Sie sah Jane an. »Sie hatte keine Wahl.«

»Haben Sie gesehen, wie es passierte?«

»Ich habe geschlafen. Erst der Schuss hat mich geweckt.«

»Erinnern Sie sich, wo Ihre Mutter stand, als der Schuss fiel?«

»Das habe ich nicht gesehen. Ich sagte Ihnen doch, dass ich geschlafen habe.«

»Woher wollen Sie dann wissen, dass es Notwehr war?«

»Er war in unserem Haus, in meinem Zimmer. Das reicht doch wohl als Rechtfertigung, oder nicht? Wenn jemand in Ihr Haus eindringt, haben Sie dann nicht das Recht, auf ihn zu schießen?«

»Von hinten in den Kopf?«

»Er hat sich umgedreht! Er schlug sie nieder und drehte sich um. Und da hat sie ihn erschossen.«

»Ich dachte, Sie hätten es nicht gesehen.«

»So hat sie es mir erzählt.«

Jane lehnte sich auf ihrem Stuhl zurück, ohne jedoch den Blick von der jungen Frau zu wenden. Sie ließ die Minuten verstreichen, ließ die Stille ihre Wirkung tun. Eine Stille, in der es umso mehr auffiel, wie Jane jede Pore, jede Regung in Josephines Gesicht studierte.

»Und jetzt haben Sie und Ihre Mutter also eine Leiche im Zimmer«, sagte Jane. »Was ist dann passiert?«

Josephine schöpfte Luft. »Meine Mutter hat sich um alles gekümmert.«

»Sie meinen, sie hat das Blut aufgewischt?«

»Ja.«

»Und die Leiche vergraben?«

»Ja.«

»Hat sie die Polizei gerufen?«

Josephines Finger krampften sich ineinander. »Nein«, flüsterte sie.

»Und am nächsten Morgen haben Sie die Stadt verlassen.«

»Ja.«

»Also, das ist der Punkt, den ich nicht verstehe«, sagte Jane. »Mir scheint, dass Ihre Mutter da eine merkwürdige Entscheidung getroffen hat. Sie behaupten, sie hätte den Mann in Notwehr erschossen.«

»Er war in unser Haus eingebrochen. Er war in meinem Schlafzimmer.«

»Denken wir einmal darüber nach. Wenn ein Mann in Ihr Haus einbricht und Sie angreift, haben Sie das Recht, tödliche Gewalt anzuwenden, um sich zu verteidigen. Dafür würde Ihnen ein Polizist vielleicht sogar anerkennend auf die Schulter klopfen. Aber Ihre Mutter hat nicht die Polizei gerufen. Stattdessen hat sie die Leiche hinaus in den Garten geschleift und sie verscharrt. Sie hat das Blut aufgewischt, ihre Tochter geschnappt und die Stadt verlassen. Erscheint Ihnen das etwa logisch? Ich jedenfalls finde es verdammt unlogisch.« Jane beugte sich vor, eine aggressive Geste, mit der sie bewusst in den persönlichen Freiraum der jungen Frau eindrang. »Sie war Ihre Mutter. Sie muss Ihnen doch gesagt haben, warum sie das tat.«

»Ich hatte Angst. Ich habe keine Fragen gestellt.«

»Und sie gab Ihnen auch keine Antworten?«

»Wir sind geflüchtet, das ist alles. Ich weiß, aus heutiger Sicht ergibt es keinen Sinn, aber das haben wir nun einmal getan. Wir verließen in Panik die Stadt. Und wenn man so etwas tut, kann man nicht hinterher zur Polizei gehen. Man erscheint schon deswegen schuldig, weil man davongelaufen ist.«

»Sie haben recht, Josephine. Ihre Mutter sieht wirklich verdammt schuldig aus. Der Mann, den sie getötet hat, wurde in den Hinterkopf geschossen. Für die Polizei von San Diego sah das ganz und gar nicht nach Notwehr aus. Sondern nach kaltblütigem Mord.«

»Sie hat es getan, um *mich* zu schützen.«

»Und warum hat sie dann nicht die Polizei gerufen? Wovor lief sie davon?« Jane beugte sich noch weiter vor, bis ihr Gesicht dicht vor dem der jungen Frau war. »Ich will die *Wahrheit* hören, Josephine!«

Alle Luft schien aus Josephines Lunge zu weichen. Ihre Schultern sackten herab, und sie ließ resigniert den Kopf hängen. »Vor dem Gefängnis«, flüsterte sie. »Meine Mutter war auf der Flucht vor dem Gefängnis.«

Das war es, worauf sie gewartet hatten. Das war die Erklärung. Jane konnte es an der Haltung der jungen Frau erkennen, konnte es in ihrer mutlosen Stimme hören. Josephine wusste, dass die Schlacht verloren war, und nun endlich rückte sie die Beute heraus: die Wahrheit.

»Welches Verbrechen hatte sie begangen?«, fragte Jane.

»Ich kenne die Details nicht. Sie sagte, ich sei noch ein Baby gewesen, als es passierte.«

»Hat sie etwas gestohlen? Jemanden getötet?«

»Sie wollte nicht darüber reden. Bis zu dieser Nacht in San Diego wusste ich überhaupt nichts davon. Bis sie mir den Grund verriet, warum wir nicht die Polizei rufen konnten.«

»Und Sie haben einfach Ihre Sachen gepackt und die Stadt verlassen, nur weil sie Ihnen sagte, Sie sollten ein braves Mädchen sein und ihr folgen?«

»Was hätte ich denn *Ihrer* Meinung nach tun sollen?« Josephine hob den Kopf und sah Jane trotzig an. »Sie war meine Mutter, und ich habe sie geliebt.«

»Und doch sagte sie Ihnen, dass sie ein Verbrechen begangen hatte.«

»Manche Verbrechen sind gerechtfertigt. Manchmal hat man keine Wahl. Was immer sie getan hat, sie hatte einen guten Grund dafür. Meine Mutter war ein guter Mensch.«

»Ein Mensch, der vor dem Gesetz davonlief.«

»Dann war das Gesetz eben im *Irrtum*.« Sie starrte Jane

an und weigerte sich, auch nur einen Zoll nachzugeben. Die Tatsache anzuerkennen, dass ihre Mutter fähig gewesen war, Böses zu tun. Konnte irgendeine Mutter sich ein loyaleres Kind wünschen? Es mochte eine falsch verstandene, blinde Loyalität sein, aber es hatte dennoch etwas Bewundernswertes, etwas, was Jane sich auch von ihrer eigenen Tochter gewünscht hätte.

»Ihre Mutter hat Sie also von Stadt zu Stadt geschleift, von einem Namen zum nächsten«, meinte Jane. »Und wo war Ihr Vater die ganze Zeit?«

»Mein Vater war schon vor meiner Geburt in Ägypten gestorben.«

»In Ägypten?« Jane beugte sich gespannt vor und fixierte Josephine aufmerksam. »Erzählen Sie mir mehr.«

»Er stammte aus Frankreich. Einer der Archäologen bei der Ausgrabung.« Josephines Mundwinkel formten sich zu einem wehmütigen Lächeln. »Klug und humorvoll, so hat sie ihn beschrieben. Und vor allem gütig. Das liebte sie am meisten an ihm – sein gutes Herz. Sie wollten heiraten, doch dann passierte ein schrecklicher Unfall. Ein Feuer.« Sie schluckte. »Gemma erlitt ebenfalls Verbrennungen.«

»Gemma Hamerton war mit ihr in Ägypten?«

»Ja.« Bei der Erwähnung von Gemmas Namen stiegen Josephine plötzlich die Tränen in die Augen, und sie musste blinzeln. »Es ist meine Schuld, nicht wahr? Es ist meine Schuld, dass sie tot ist.«

Jane sah Frost an, der von dieser Information ebenso überrascht schien wie sie selbst. Er hatte bislang geschwiegen, aber nun konnte er es sich nicht verkneifen, selbst eine Frage zu stellen.

»Diese Ausgrabung, von der Sie sprachen, bei der Ihre Eltern sich kennenlernten – in welchem Teil Ägyptens war das?«

»In der Nähe der Oase Siwa. In der Libyschen Wüste.«

»Wonach haben sie dort gesucht?«

Josephine zuckte mit den Achseln. »Sie haben sie nie gefunden.«

»Sie?«

»Die verlorene Armee des Kambyses.«

In der Stille, die folgte, konnte Jane beinahe das Klicken hören, mit dem die einzelnen Teile des Puzzles einrasteten. *Ägypten. Kambyses. Bradley Rose.* Sie wandte sich an Frost. »Zeig ihr sein Foto.«

Frost zog das Bild aus der Mappe, die er mitgebracht hatte, und reichte es Josephine. Es war das Foto, das Professor Quigley ihnen geliehen hatte: Bradley Rose im Chaco Canyon, wie er mit seinen wasserhellen Wolfsaugen in die Kamera starrte.

»Erkennen Sie diesen Mann?«, fragte Frost. »Es ist ein altes Bild. Er müsste heute um die fünfundvierzig sein.«

Josephine schüttelte den Kopf. »Wer ist das?«

»Sein Name ist Bradley Rose. Vor siebenundzwanzig Jahren war er auch in Ägypten. Bei derselben archäologischen Grabung, an der ihre Mutter teilgenommen hat. Sie müsste ihn gekannt haben.«

Josephine betrachtete stirnrunzelnd das Foto, als ob sie angestrengt versuchte, in diesem Gesicht irgendetwas zu finden, was ihr bekannt vorkam. »Ich habe den Namen nie gehört. Sie hat ihn nie erwähnt.«

»Josephine«, fuhr Frost fort, »wir glauben, dass dies der Mann ist, der Ihnen nachstellt. Der Mann, der Sie vor zwei Tagen überfallen hat. Und wir haben Grund zu der Annahme, dass er der Archäologie-Mörder ist.«

Sie hob verblüfft den Kopf. »Er kannte meine Mutter?«

»Sie haben an derselben Ausgrabung teilgenommen. Sie müssen sich gekannt haben. Das könnte erklären, warum er heute so auf Sie fixiert ist. Ihr Foto war zweimal im *Boston Globe* abgedruckt, erinnern Sie sich? Damals im März, kurz nachdem Sie die Stelle im Museum bekommen hatten. Und dann noch einmal vor ein paar Wochen, kurz vor dem CT von Madam X. Vielleicht ist Bradley die Ähnlichkeit aufgefallen. Vielleicht hat er Ihr Foto betrachtet und das Gesicht Ihrer Mutter darin gesehen. Sehen Sie ihr ähnlich?«

Josephine nickte. »Gemma sagte, ich würde meiner Mutter aufs Haar gleichen.«

»Wie war der Name Ihrer Mutter?«, fragte Jane.

Im ersten Moment gab Josephine keine Antwort, als ob dieses Geheimnis so lange in ihrem Herzen vergraben gewesen wäre, dass sie es schon vergessen hatte. Als sie schließlich doch antwortete, war ihre Stimme so leise, dass Jane sich vorbeugen musste, um sie zu verstehen.

»Medea. Ihr Name war Medea.«

»Der Name auf der Kartusche«, sagte Frost.

Josephine starrte das Foto an. »Warum hat sie mir nicht von ihm erzählt? Warum habe ich seinen Namen nie gehört?«

»Ihre Mutter scheint der Schlüssel zu allem zu sein«, meinte Jane. »Der Schlüssel zu dem, was diesen Mann zum Töten treibt. Selbst, wenn Sie noch nie von ihm gehört haben, weiß er mit Sicherheit Bescheid über Sie, und er verfolgt Sie wahrscheinlich schon eine ganze Weile, ohne dass Sie ihn je bemerkt haben. Vielleicht ist er jeden Tag an Ihrem Haus vorbeigefahren. Oder er hat in dem Bus gesessen, mit dem Sie zur Arbeit fuhren. Er ist Ihnen nur nicht aufgefallen. Wenn wir Sie nach Boston zurückbringen, müssen Sie uns eine Liste all der Orte geben, die Sie regelmäßig aufsuchen. Jedes Café, jede Buchhandlung.«

»Aber ich gehe nicht nach Boston zurück.«

»Sie müssen aber mitkommen. Anders können wir Sie nicht schützen.«

Josephine schüttelte den Kopf. »Ich bin anderswo besser aufgehoben. Überall besser als dort.«

»Dieser Mann hat Sie hier draußen aufgespürt. Meinen Sie, das könnte er nicht noch ein zweites Mal hinbekommen?« Janes Stimme war ruhig, aber unerbittlich. »Ich will Ihnen einmal schildern, was Bradley Rose seinen Opfern antut. Zuerst macht er sie zum Krüppel, sodass sie nicht fliehen können. So, wie er es mit Ihnen gemacht hat. So, wie er es mit Madam X gemacht hat. Eine Zeit lang hat er sie noch am Leben gelassen. Er hielt sie an einem Ort gefangen, wo niemand sie hören konnte. Wochenlang hat er sie dort festgehalten, und der Himmel weiß, was er in dieser Zeit mit ihr angestellt hat.« Janes Stimme war jetzt sanfter, fast intim. »Und auch nachdem sie gestorben war, blieb sie weiterhin sein Besitz. Er konservierte sie und verarbeitete sie zu einem Andenken. Sie wurde ein Teil seines Harems, Josephine, eines Harems der toten Seelen.« Leise fügte sie hinzu: »Sie sind sein nächstes Opfer.«

»Warum tun Sie das?«, rief Josephine. »Glauben Sie, ich hätte noch nicht genug Angst?«

»Wir können Sie beschützen«, sagte Frost. »Die Schlösser in Ihrer Wohnung wurden bereits ausgetauscht, und jedes Mal, wenn Sie das Haus verlassen wollen, organisieren wir einen Begleitschutz für Sie. Es wird immer jemand bei Ihnen sein, egal wohin Sie müssen.«

»Ich weiß nicht…« Josephine schlang die Arme um den Oberkörper, doch sie konnte nicht verhindern, dass sie am ganzen Leib zitterte. »Ich weiß nicht, was ich machen soll.«

»Wir wissen, wer der Mörder ist«, sagte Jane. »Wir wissen, wie er vorgeht, und deshalb ist der Vorteil ganz auf unserer Seite.«

Josephine schwieg, während sie über die Alternativen nachdachte, die sich ihr boten. Davonlaufen oder kämpfen. Dazwischen gab es nichts, keine Halbheiten oder Kompromisse.

»Kommen Sie mit zurück nach Boston«, sagte Jane. »Helfen Sie uns, der Sache ein Ende zu machen.«

»Wenn Sie an meiner Stelle wären, würden Sie das *wirklich* tun?«, fragte Josephine leise. Sie blickte auf.

Jane sah ihr unverwandt in die Augen. »Ich würde genau das tun.«

22

Eine Reihe funkelnagelneuer Schlösser zierte jetzt ihre Wohnungstür.

Josephine hängte die Kette ein, drehte den Schlüssel um und legte den Riegel vor. Dann klemmte sie zur Sicherheit noch einen Stuhl unter den Türknauf – kein unüberwindliches Hindernis, aber immerhin eine Art Frühwarnsystem.

Schwerfällig schleppte sie sich mit ihrem Gipsbein auf Krücken zum Fenster und blickte auf die Straße hinunter. Sie sah Detective Frost aus ihrem Gebäude treten und in seinen Wagen steigen. Früher hätte er vielleicht nach oben geschaut, ihr zugewinkt und freundlich gelächelt, aber diese Zeiten waren vorbei. Jetzt war sein Umgang mit ihr rein geschäftsmäßig, ebenso kühl und distanziert wie der seiner Kollegin Rizzoli. Das kommt davon, wenn man die Leute anlügt, dachte sie. Ich war nicht aufrichtig, und jetzt traut er mir nicht mehr. Und damit hat er ganz recht.

Das größte Geheimnis habe ich ihnen noch gar nicht verraten.

Frost hatte ihre Wohnung schon überprüft, als sie angekommen waren, aber jetzt verspürte sie den Drang, selbst noch einmal in ihrem Schlafzimmer, im Bad und in der Küche nach dem Rechten zu sehen. So ein bescheidenes kleines Reich – aber immerhin war es ihres. Alles war so, wie sie es vor einer Woche zurückgelassen hatte; alles war auf beruhigende Weise vertraut. Alles wieder normal.

Später am Abend jedoch, als sie am Herd stand und Zwiebeln und Tomaten in das auf kleiner Flamme köchelnde Chili con Carne rührte, musste sie plötzlich an Gemma denken, die nie wieder ein Essen genießen würde, die nie mehr Gewürze riechen, Wein kosten oder die Hitze spüren würde, die von einem Ofen aufstieg.

Als sie sich schließlich zum Essen an den Tisch setzte, brachte sie nur ein paar Löffel hinunter, ehe ihr der Appetit verging. Sie saß da und starrte die Wand an, den einzigen Schmuck, den sie dort aufgehängt hatte – einen Kalender. Es war ein Indiz für ihre Unsicherheit: Sie hatte nie gewusst, ob sie sich in Boston wirklich zu Hause fühlen durfte. Deshalb war sie auch nie dazugekommen, ihre Wohnung komplett einzurichten. Aber das werde ich jetzt nachholen, dachte sie. Detective Rizzoli hat recht: Es ist Zeit, die Dinge selbst in die Hand zu nehmen, diese Stadt zu meiner Stadt zu machen. Ich werde nicht länger davonlaufen. Das bin ich Gemma schuldig, die alles für mich gegeben hat, die gestorben ist, damit ich weiterleben konnte. Und deshalb *werde* ich jetzt leben. Ich werde ein Zuhause haben, ich werde Freundschaften schließen, vielleicht werde ich mich sogar verlieben.

Und ich fange jetzt damit an.

Draußen ging der Nachmittag allmählich in einen milden Sommerabend über.

Mit ihrem Gipsbein konnte sie nicht ihren üblichen Abendspaziergang machen oder auch nur in der Wohnung auf und ab gehen. Stattdessen öffnete sie eine Flasche Wein und ging ins Wohnzimmer, wo sie es sich auf der Couch bequem machte und sich durch die Kanäle zappte. Sie hatte gar nicht gewusst, dass es so viele Sender gab – und sie waren alle gleich. Hübsche Gesichter. Fiese Typen mit Knarren. Noch mehr hübsche Gesichter. Typen mit Golfschlägern.

Plötzlich erschien ein neues Bild auf dem Schirm, und ihre Hand an der Fernbedienung erstarrte. Es waren die Abendnachrichten, und die Einblendung zeigte das Foto einer attraktiven jungen Frau mit dunklen Haaren.

»... die Frau, deren mumifizierte Leiche im Crispin Museum gefunden wurde, ist jetzt identifiziert. Lorraine Edgerton verschwand vor fünfundzwanzig Jahren in einem abgelegenen Parkgelände in New Mexico ...«

Es war Madam X. *Sie sieht aus wie meine Mutter. Sie sieht aus wie ich.*

Sie schaltete den Fernseher aus. Die Wohnung kam ihr plötzlich wie ein Käfig vor, nicht wie ein Zuhause, und sie war ein Vogel, der wild mit den Flügeln gegen die Gitterstäbe schlug. *Ich will mein Leben wiederhaben.*

Nach dem dritten Glas Wein schlief sie endlich ein.

Es war noch fast dunkel, als sie erwachte. Sie setzte sich ans Fenster, sah zu, wie die Sonne aufging, und fragte sich, wie viele Tage sie in diesen vier Wänden eingeschlossen sein würde. Auch das war eine Art von Tod, dieses Warten auf den nächsten Überfall, auf den nächsten Drohbrief. Sie hatte Rizzoli und Frost von den Botschaften erzählt, die an Josephine Sommer adressiert waren – Beweisstücke, die sie unglücklicherweise zerrissen und die Toilette hinuntergespült hatte. Jetzt überwachte die Polizei nicht nur ihre Wohnung, sondern überprüfte auch ihre Post.

Es war an Bradley Rose, den nächsten Schritt zu machen.

Draußen wurde es allmählich hell. Busse rumpelten vorüber, die ersten Jogger trabten um den Block, und die Menschen gingen zur Arbeit. Sie sah zu, wie der Morgen verstrich, wie der Spielplatz sich mit Kindern füllte und der Nachmittagsverkehr die Straßen verstopfte.

Dann wurde es Abend, und sie hielt es nicht länger aus. *Alle anderen leben ihr Leben*, dachte sie. *Alle außer mir.*

Sie griff zum Telefon und rief Nick Robinson an. »Ich will wieder arbeiten«, sagte sie.

Jane blickte in das Gesicht des allerersten Opfers – der Frau, die noch einmal davongekommen war.

Das Foto von Medea Sommer stammte aus dem Jahrbuch der Stanford University, deren Studentin Medea vor siebenundzwanzig Jahren gewesen war. Sie war eine dunkelhaarige, dunkeläugige Schönheit gewesen, mit fein geschwungenen Wangenknochen und einer geradezu unheimlichen Ähnlichkeit mit ihrer Tochter Josephine. Du warst diejenige, die Bradley Rose wollte, dachte Jane. Die Frau, die er und sein Partner Jimmy Otto nie zu fassen bekamen. Und so sammelten sie stattdessen Stellvertreterinnen – Frauen, die so aussahen wie Medea. Doch keines ihrer Opfer *war* Medea. Sie jagten weiter, suchten unermüdlich, aber Medea und ihre Tochter waren ihnen immer einen Schritt voraus.

Bis San Diego.

Eine warme Hand legte sich auf ihre Schulter, und sie schnellte auf ihrem Stuhl in die Höhe.

»Wow.« Gabriel, ihr Mann, lachte. »Gut, dass du keine Waffe trägst, sonst hättest du mich wahrscheinlich glatt über den Haufen geschossen.« Er setzte Regina auf dem Küchenboden ab, und sie wackelte davon, um mit ihren geliebten Topfdeckeln zu spielen.

»Ich hab dich nicht reinkommen hören«, meinte Jane. »Ihr wart aber nicht lange auf dem Spielplatz.«

»Das Wetter sieht nicht so toll aus. Es wird jeden Moment anfangen zu regnen.« Er beugte sich über ihre Schulter und sah das Foto von Medea. »Ist sie das? Die Mutter?«

»Ich sag's dir, diese Frau ist *wirklich* eine Madam X. Bis auf ihre College-Unterlagen habe ich kaum etwas über sie finden können.«

Gabriel setzte sich zu ihr und überflog die wenigen Dokumente, die das Boston PD bislang über Medea zusammengetragen hatte. Sie lieferten nur ein schemenhaftes Bild einer jungen Frau, deren wahrer Charakter im Dunkeln blieb. Gabriel setzte seine Brille auf und lehnte sich zurück, um die Akten der Stanford University über Medea zu studieren. Das neue Horngestell verlieh ihm eher das Aussehen eines Bankangestellten als das eines FBI-Agenten, der etwas von Schusswaffen verstand. Auch nach anderthalb Jahren Ehe war Jane es noch nicht müde, ihn anzusehen – und ihn zu bewundern, wie sie es jetzt tat. Obwohl draußen der Donner grollte und Regina in der Küche mit ihren Topfdeckeln einen Höllenlärm veranstaltete, war er voll und ganz auf seine Lektüre konzentriert.

Jane ging in die Küche und hob Regina hoch, die sich sofort ungeduldig loszuwinden versuchte. Werde ich den Tag noch erleben, an dem du einfach mal ruhig und zufrieden in meinen Armen liegst?, fragte sich Jane, während sie ihre widerspenstige Tochter an sich drückte, während sie den Geruch nach Shampoo und warmer Babyhaut einsog, die lieblichsten Düfte der Welt. Jeden Tag sah Jane mehr von sich selbst in Regina, in ihren dunklen Augen, ihrem üppigen dunklen Haar – und auch in ihrem ausgeprägten Trotzkopf. Ihre Tochter war eine Kämpferin, und sie würde noch so manche Schlacht mit ihr ausfechten müssen. Doch als sie in Reginas Augen blickte, wusste Jane auch, dass nichts sie je auseinanderbringen würde. Um ihre Tochter vor Schaden zu bewahren, würde Jane alles riskieren, alles ertragen.

Genau wie Josephine es für ihre Mutter getan hatte.

»Das ist eine verwirrende Lebensgeschichte«, sagte Gabriel.

Jane setzte ihre Tochter auf dem Boden ab und blickte zu ihrem Mann auf. »Du meinst die von Medea?«

»Geboren und aufgewachsen in Indio, Kalifornien. Traumnoten an der Stanford University. Dann bricht sie ihr Studium im letzten Jahr abrupt ab, um ihr Kind zu bekommen.«

»Und kurz darauf verschwinden sie beide von der Bildfläche.«

»Und tauchen unter anderem Namen wieder auf.«

»Und das mehr als einmal«, ergänzte Jane. Sie setzte sich wieder an den Tisch. »Fünf Namensänderungen, soweit Josephine sich erinnern kann.«

Er deutete auf den Polizeibericht. »Das da ist interessant. In Indio erstattete sie Anzeige sowohl gegen Bradley Rose als auch gegen Jimmy Otto. Schon damals stellten sie gemeinsam ihren Opfern nach. Wie ein Wolfsrudel, das seine Beute zur Strecke bringt.«

»Noch interessanter finde ich, dass Medea plötzlich alle Anschuldigungen gegen Bradley Rose fallen ließ und aus Indio verschwand. Und da sie nicht in der Stadt blieb, um gegen Jimmy Otto auszusagen, löste sich auch die Anklage gegen ihn in Wohlgefallen auf.«

»Was kann sie dazu gebracht haben, die Anzeige gegen Bradley fallen zu lassen?«, fragte er.

»Das werden wir nie erfahren.«

Gabriel legte den Bericht weg. »Dass sie das Opfer von Stalkern war, würde erklären, warum sie die Flucht ergriff und untertauchte. Kein Wunder, dass sie sich ständig neue Namen zulegte, um sich den Nachstellungen zu entziehen.«

»Aber ihre eigene Tochter hat das anders in Erinnerung. Josephine behauptet, Medea sei auf der Flucht vor der Polizei gewesen.« Jane seufzte. »Und das führt geradewegs zum nächsten Rätsel.«

»Welches meinst du?«

»Es liegt nirgends ein Haftbefehl gegen Medea Sommer vor. Falls sie irgendein Verbrechen begangen hat, scheint niemand etwas davon zu wissen.«

Das alljährliche Grillfest im Garten der Rizzolis war eine Tradition, die nun schon fast zwanzig Jahre zurückreichte, und weder dunkle Wolken noch aufziehende Gewitter konnten die Veranstaltung aus dem Programm kippen. Jeden Sommer baute Janes Vater Frank stolz seinen Grill auf, belud ihn mit Steaks und Hühnchen und schlüpfte für einen Tag in die Rolle des Chefkochs – das einzige Mal im ganzen Jahr, dass er irgendwelche Kochutensilien in die Hand nahm.

Heute jedoch war es nicht Frank, sondern Vince Korsak, Detective im Ruhestand, der einen Tag lang den Grillmeister spielte, der im siebten Fleischfresserhimmel schwebte, als er die Steaks wendete und die extra große Schürze, die er sich vor den ausladenden Wanst gebunden hatte, mit Fettspritzern verzierte. Noch nie zuvor hatte Jane es erlebt, dass ein anderer Mann an ihrem Gartengrill das Kommando übernommen hatte, und es schien ein weiterer Beweis dafür zu sein, dass nichts von Dauer war, nicht einmal die Ehe ihrer Eltern. Einen Monat nachdem Frank Rizzoli seine Frau verlassen hatte, war Korsak auf der Bildfläche erschienen. Und indem er die Rolle des Grillchefs für sich beanspruchte, demonstrierte er der ganzen Nachbarschaft, dass er der neue Mann in Angela Rizzolis Leben war.

Und der neue Herr über die Grillzange würde seinen Posten so schnell nicht wieder räumen.

Während der Donner grollte und düstere Wolken sich am Himmel zusammenzogen, beeilten sich die Gäste, ihre Teller vor dem drohenden Gewitter in Sicherheit zu bringen. Doch Korsak blieb ungerührt am Grill stehen.

»Kommt gar nicht in Frage, dass ich diese leckeren Filets verkommen lasse«, sagte er.

Jane blickte zum Himmel auf, als die ersten Regentropfen fielen. »Alle gehen rein. Wir könnten die Steaks doch auf dem Ofenrost fertigbraten.«

»Machst du Witze? Wenn man sich schon die Mühe macht, gut abgehangenes Rindfleisch zu kaufen und in Schinkenspeck einzuwickeln, dann muss man es auch richtig zubereiten.«

»Auch auf die Gefahr hin, dabei vom Blitz erschlagen zu werden?«

»Als ob ich Angst vor Blitzen hätte.« Er lachte. »He, ich bin dem Tod schon mal von der Schippe gesprungen. Noch so ein ordentlicher Stromstoß kann der alten Pumpe nur guttun.«

»Aber der Speck da tut ihr ganz bestimmt nicht gut«, meinte sie, während sie zusah, wie das Fett in die Flammen tropfte. Vor zwei Jahren hatte ein Herzinfarkt Korsak gezwungen, vorzeitig den Dienst zu quittieren, aber das hatte ihm den Appetit auf Butter und Berge von Fleisch nicht verderben können. Und Mom ist da auch keine große Hilfe, dachte Jane, als sie zum Terrassentisch hinüberschaute, wo Angela gerade den in Mayonnaise ertränkten Kartoffelsalat rettete.

Korsak winkte Angela zu, als sie im Haus verschwand. »Weißt du, deine Mutter hat wirklich mein Leben verändert«, sagte er. »Ich habe mich zu Tode gehungert mit dieser albernen Fisch-und-Salat-Diät. Und dann kam sie und hat mir beigebracht, dass ich einfach nur das Leben genießen sollte.«

»Ist das nicht aus irgendeiner Bierreklame?«

»Sie ist ein richtiger Wirbelwind. Mensch, ich kann's gar nicht glauben, zu was für Sachen sie mich schon überredet hat, seit wir zusammen sind. Gestern Abend hat sie mich dazu gebracht, zum ersten Mal in meinem Leben Tintenfisch zu probieren. Und dann war da die Nacht, wo wir zum Nacktbaden gegangen sind…«

»Stopp. Das will ich gar nicht hören.«

»Ich fühle mich wie neugeboren. Ich hätte nie gedacht, dass ich mal eine Frau wie deine Mutter kennenlernen würde.« Er spießte ein Steak auf und wendete es. Würzig duftender Rauch stieg vom Grill auf, und sie erinnerte sich an all die früheren Sommerfeste, als ihr Vater an diesem Grill gestanden hatte. Aber nun war es Korsak, der stolz den Teller mit den Steaks hereintrug, der die Weinflaschen entkorkte. *Das ist es, was du aufgegeben hast, Dad. Ist deine neue Freundin das wert? Oder wachst du jeden Morgen auf und fragst dich, wie du nur auf die Idee kommen konntest, Mom zu verlassen?*

»Ich sag's dir«, riss Korsak sie aus ihren Gedanken, »dein Dad war ein Trottel, dass er sie hat laufen lassen. Aber für mich war es das Beste, was mir überhaupt passieren konnte.« Plötzlich brach er ab. »Oh. Das war jetzt nicht gerade sehr taktvoll, wie? Aber ich kann nichts dafür. Ich bin einfach so verdammt *glücklich*.«

Angela kam mit einem sauberen Teller für das Fleisch aus dem Haus. »Worüber bist du so glücklich, Vince?«, fragte sie.

»Über die Steaks«, antwortete Jane.

Ihre Mutter lachte. »Oh, der hier hat wirklich einen gesegneten Appetit!« Sie versetzte ihm einen aufreizenden Hüftstoß. »In mehr als einer Hinsicht.«

Jane widerstand dem Impuls, sich die Ohren zuzuhalten. »Ich glaube, ich gehe lieber mal rein. Gabriel ist wahrscheinlich froh, wenn ich ihm Regina abnehme.«

»Warte mal«, sagte Korsak. Mit gedämpfter Stimme fuhr

er fort: »Wo wir gerade unter uns sind – warum erzählst du uns nicht ein bisschen was über deinen bizarren Fall? Wie ich höre, kennt ihr inzwischen den Namen des Archäologie-Mörders. Der Sohn eines schwerreichen Texaners, stimmt's?«

»Wo hast du denn das aufgeschnappt? Dieses Detail haben wir doch noch gar nicht veröffentlicht.«

»Ich hab so meine Quellen.« Er zwinkerte Angela zu. »Einmal ein Cop, immer ein Cop.«

Und Korsak war in der Tat ein gewiefter Ermittler gewesen, auf den Jane sich immer blind hatte verlassen können.

»Wie ich höre, ist der Kerl wirklich total durchgeknallt«, fuhr Korsak fort. »Bringt junge Damen um die Ecke und behält sie als Souvenirs. Liege ich da ungefähr richtig?«

Jane warf einen Blick auf ihre Mutter, die gebannt lauschte. »Vielleicht sollten wir uns ein andermal darüber unterhalten. Ich will nicht, dass Mom sich aufregt.«

»Oh, redet nur weiter«, rief Angela. »Ich liebe es, wenn Vince von seinem alten Job erzählt. Er hat mir so viel über Polizeiarbeit beigebracht. Und weißt du was – ich werde mir eins von diesen Polizeifunkgeräten zulegen.« Sie lächelte Korsak an. »Und er wird mir das Schießen beibringen.«

»Bin ich die Einzige, die das für keine gute Idee hält?«, fragte Jane. »Schusswaffen sind gefährlich, Ma.«

»Aber du hast doch selber eine.«

»Ich kann damit umgehen.«

»Das werde ich bald auch können.« Angela rückte ein Stück näher. »Also, was ist jetzt mit diesem Killer? Wie sucht er sich seine Opfer aus?«

Hatte ihre Mutter gerade das Wort *Killer* benutzt?

»Es muss doch etwas geben, was alle diese jungen Damen gemeinsam haben«, sagte Angela. Sie sah Korsak an.

»Wie heißt noch mal dieses Wort, das du benutzt hast – wo es um die Beschäftigung mit den Opfern ging?«

»Viktimologie.«

»Genau, das war es. Was sagt die Viktimologie?«

»Die gleiche Haarfarbe«, antwortete Korsak. »Das ist alles, soviel ich weiß. Alle drei Opfer hatten schwarzes Haar.«

»Dann musst du ganz besonders vorsichtig sein, Janie«, sagte Angela. »Wenn der Kerl auf dunkelhaarige Mädchen steht.«

»Die Welt ist voll von dunkelhaarigen Mädchen, Ma.«

»Aber du bist genau in seinem Blickfeld. Wenn er die Nachrichten verfolgt...«

»Dann dürfte ihm klar sein, dass er besser einen großen Bogen um Jane macht«, unterbrach Korsak sie. »Wenn er weiß, was gut für ihn ist.« Korsak begann, die fertig gegrillten Steaks vom Grill zu fischen und sie auf den Teller zu klatschen. »Es ist jetzt eine Woche her, dass ihr dieses Mädel heimgeholt habt, nicht wahr? Und es ist nichts passiert.«

»Es haben sich jedenfalls keine Zeugen gemeldet, die ihn gesehen haben.«

»Dann hat er wahrscheinlich die Stadt verlassen. Und sich ein einfacheres Jagdrevier gesucht.«

»Oder er wartet nur ab, bis die Dinge sich beruhigt haben«, meinte Jane.

»Tja, das ist das Problem, nicht wahr? So eine Dauerüberwachung bindet Ressourcen. Woher wollt ihr wissen, wann ihr den Polizeischutz einstellen könnt? Wann ist das Mädchen außer Gefahr?«

Niemals, dachte Jane. Josephine wird immer auf der Hut sein müssen.

»Glaubst du, dass er wieder morden wird?«, fragte Angela.

»Natürlich wird er das«, sagte Korsak. »Vielleicht nicht hier in Boston. Aber ich garantiere dir, dass er sich in diesem Moment irgendwo an sein nächstes Opfer heranmacht.«

»Woher weißt du das?«

Korsak lud das letzte Steak auf den Teller und schaltete den Grill aus. »Weil es ihm nun einmal im Blut liegt.«

23

Den ganzen Nachmittag über hatte das Gewitter sich zusammengebraut, und jetzt tobte es direkt über ihnen. In ihrem fensterlosen Büro konnte Josephine das Krachen des Donners hören. Der Widerhall ließ die Wände derart heftig erzittern, dass sie nicht merkte, wie Nicholas sich ihrer Tür näherte. Erst als er sie ansprach, wurde ihr bewusst, dass er schon eine Weile dort gestanden haben musste.

»Fährt dich heute Nachmittag jemand nach Hause?«, fragte er.

Er blieb in der Tür stehen, als fürchtete er, ihr zu nahe zu kommen oder irgendeine unsichtbare Grenze zu überschreiten. Vor Tagen schon hatte Detective Frost das Museumspersonal über die erforderlichen Sicherheitsmaßnahmen instruiert und ihnen das Foto von Bradley Rose gezeigt, das digital bearbeitet worden war, um ihn zweieinhalb Jahrzehnte älter zu machen. Seit Josephines Rückkehr behandelten die Mitarbeiter Josephine wie eine zerbrechliche Porzellanpuppe und gingen ihr höflich aus dem Weg. Niemandem war wohl bei dem Gedanken, Seite an Seite mit einem Verbrechensopfer zu arbeiten.

Und mir ist auch nicht wohl in der Rolle des Opfers.

»Ich wollte mich nur vergewissern, dass du eine Mitfahrgelegenheit hast«, sagte Robinson. »Falls nicht, bringe ich dich gerne nach Hause.«

»Detective Frost holt mich um sechs ab.«

»Oh. Natürlich.« Er blieb zögernd in der Tür stehen, als ob er noch etwas sagen wollte, aber sich nicht recht traute.

»Ich bin froh, dass du wieder da bist« war alles, was er herausbrachte, ehe er sich zum Gehen wandte.

»Nicholas?«

»Ja?«

»Ich bin dir eine Erklärung schuldig. Oder vielmehr eine ganze Reihe von Erklärungen.«

Obwohl er nur wenige Schritte von ihr entfernt stand, fiel es ihr schwer, ihm in die Augen zu sehen. Nie zuvor hatte sie sich in seiner Gegenwart so unbehaglich gefühlt. Er gehörte zu den wenigen Menschen, mit denen sie unbefangen umgehen konnte, weil sie beide denselben entlegenen, exotischen Winkel des Universums bewohnten und die gleiche ausgefallene Leidenschaft für obskure Fakten und amüsante Kuriositäten teilten. Bei keinem der Menschen, die sie hintergangen hatte, hatte sie ein so schlechtes Gewissen wie bei Nicholas, denn er hatte sich mehr als alle anderen bemüht, ihr ein wahrer Freund zu sein.

»Ich war nicht aufrichtig dir gegenüber«, sagte sie und schüttelte betrübt den Kopf. »Genau genommen ist das meiste, was du über mich weißt, gelogen. Angefangen mit ...«

»Deinem Namen. Du heißt in Wirklichkeit gar nicht Josephine«, sagte er leise.

Verblüfft blickte sie zu ihm auf. In der Vergangenheit hatte er sich oft hastig abgewandt, wenn ihre Blicke sich zufällig getroffen hatten. Diesmal aber sah er ihr ruhig in die Augen.

»Wann hast du es herausgefunden?«, fragte sie.

»Nachdem du die Stadt verlassen hattest und ich dich nicht erreichen konnte, habe ich mir Sorgen gemacht. Ich habe Detective Rizzoli angerufen, und da habe ich die Wahrheit erfahren.« Er errötete. »Ich schäme mich, es zugeben zu müssen, aber ich habe bei deiner Universität angerufen. Ich wollte einfach wissen, ob ...«

»Ob du eine komplette Hochstaplerin eingestellt hast.«

»Ich weiß, es war falsch von mir, in deinen Privatangelegenheiten herumzuschnüffeln.«

»Nein, es war *genau* das, was du tun musstest, Nicholas. Es war dein gutes Recht, meine Referenzen zu überprüfen.« Sie seufzte. »Das ist der einzige Punkt, in dem ich tatsächlich ehrlich war. Ich bin erstaunt, dass du mich wieder hier arbeiten lässt. Du hast nie etwas darüber gesagt.«

»Ich habe auf den richtigen Moment gewartet. Ich wollte warten, bis du bereit bist, darüber zu reden. Bist du es?«

»Wie es scheint, weißt du sowieso schon alles, was du wissen musst.«

»Wie könnte ich das, Josephine? Ich habe das Gefühl, dass ich dich jetzt erst richtig kennenlerne. All das, was du mir über deine Kindheit erzählt hast – über deine Eltern...«

»Das war gelogen, okay?« Ihre Erwiderung klang schroffer, als sie beabsichtigt hatte, und sie sah, wie er errötete. »Ich hatte keine Wahl«, fügte sie leise hinzu.

Er kam in ihr Büro und setzte sich. Wie oft hatte er schon mit seinem Morgenkaffee auf diesem Stuhl Platz genommen, um mit ihr vergnügt über das neueste Artefakt zu plaudern, auf das sie im Keller gestoßen waren, oder über ein obskures kleines Detail, das einer von ihnen in mühevoller Kleinarbeit zutage gefördert hatte. Aber dies würde keine dieser angenehmen Unterhaltungen werden.

»Ich kann nur ahnen, wie betrogen du dich fühlen musst«, sagte sie.

»Nein. Das ist es gar nicht so sehr.«

»Oder zumindest enttäuscht.«

Es schmerzte sie, sein Nicken zu sehen, denn es war eine Bestätigung der Kluft zwischen ihnen. Wie um den Bruch zu unterstreichen, zerriss in diesem Moment ein Donnerschlag die Stille.

Sie blinzelte ihre Tränen weg. »Es tut mir leid«, sagte sie.

»Was mich am meisten enttäuscht, Josie«, sagte er, »ist, dass du mir nicht vertraut hast. Und ich hätte mich bestimmt für dich eingesetzt.«

»Wie kannst du das sagen, solange du nicht alles über mich weißt?«

»Aber ich *kenne* dich. Ich rede nicht von Nebensächlichkeiten wie dem Namen, den du benutzt, oder den Städten, in denen du gelebt hast. Ich weiß, was dir am Herzen liegt, was dir wirklich wichtig ist. Und das sagt mehr über dein wahres Wesen aus als die Frage, ob dein Name wirklich Josephine ist oder nicht. Das wollte ich dir nur sagen.« Er holte tief Luft. »Und… noch etwas anderes.«

»Ja?«

Er sah auf seine Hände hinunter, die sich plötzlich verkrampften. »Ich wollte dich bloß mal fragen, ob… ähm… ob du eigentlich gern ins Kino gehst?«

»Ja, ich… Ja, sicher.«

»Oh, gut. Das ist wirklich… Das ist großartig! Ich weiß gar nicht, was im Moment so läuft, aber sicher ist diese Woche irgendwas dabei, was sich lohnt. Oder nächste Woche.« Er räusperte sich. »Du kannst dich darauf verlassen, dass ich dich sicher nach Hause bringe, und auch nicht zu spät…«

»Ach, *da* bist du, Nicholas«, sagte Debbie Duke, die plötzlich in der offenen Tür stand. »Wir müssen jetzt los, der Paketdienst macht bald zu.«

Er sah zu ihr auf. »Was?«

»Du hast mir doch versprochen, dass du mir hilfst, diese Kiste zum Paketdienst in Revere zu bringen. Sie geht nach London, und ich muss noch die Zollpapiere fertig machen. Ich würde sie ja selbst hinbringen, aber sie wiegt über zwanzig Kilo.«

»Detective Frost ist noch nicht gekommen, um Josephine abzuholen. Ich lasse sie ungern allein.«

»Simon und Mrs. Willebrandt sind hier, und die Türen sind alle abgeschlossen.«

Er sah Josephine an. »Du sagst, er kommt dich um sechs holen? Das ist noch über eine Stunde.«

»Macht euch um mich keine Gedanken«, sagte Josephine.

»Na, komm schon, Nick«, drängte Debbie. »Bei dem Gewitter gibt es bestimmt wieder Stau. Wir müssen aufbrechen.«

Er stand auf und folgte ihr auf den Flur. Während Josephine ihre verhallenden Schritte im Treppenhaus hörte, blieb sie an ihrem Schreibtisch sitzen und versuchte zu begreifen, was da eben passiert war.

Hat Nicholas Robinson mich gerade gefragt, ob ich mit ihm ausgehen will?

Ein Donnerschlag ließ das Gebäude erbeben, das Licht flackerte und wurde kurz dunkler, als ob der Himmel selbst gerade ihre Frage beantwortet hätte. *Ja, das hat er.*

Sie schüttelte verblüfft den Kopf und wandte sich dem Stapel von alten Neuerwerbungsbüchern zu. Sie enthielten handgeschriebene Listen aller Artefakte, die das Museum im Lauf der Jahrzehnte erworben hatte, und sie war diese Listen Punkt für Punkt durchgegangen, hatte den Verbleib und den Zustand jedes einzelnen Stücks überprüft. Jetzt versuchte sie, sich wieder auf ihre Arbeit zu konzentrieren, doch ihre Gedanken schweiften ein ums andere Mal zu Nicholas ab.

Gehst du gern ins Kino?

Sie lächelte. Ja. Und außerdem mag ich dich. Ich habe dich von Anfang an gemocht.

Sie schlug eine Kladde auf, die vor Jahrzehnten angelegt

worden war, und erkannte Dr. William Scott-Kerrs winzige Handschrift. In diesen Büchern waren die Amtszeiten sämtlicher Kuratoren verewigt, und sie hatte an den wechselnden Handschriften ablesen können, wann wieder einmal einer ausgeschieden war und ein neuer seinen Dienst angetreten hatte. Manche, wie Dr. Scott-Kerr, hatten Jahrzehnte in diesem Museum gearbeitet, und sie stellte sich vor, wie sie zusammen mit ihrer Sammlung gealtert waren, wie sie über die knarrenden Dielen an Ausstellungsstücken vorbeigegangen waren, die ihnen mit der Zeit wie alte Freunde erschienen sein mussten. Hier vor ihr lag die Dokumentation von Scott-Kerrs Amtszeit, festgehalten in seinen manchmal etwas kryptischen Notizen.

– Megalodon-Zahn, Details der Erwerbung unbek. Schenkung von Mr. Gerald DeWitt.
– Henkel eines Tonkrugs mit eingeritzten geflügelten Sonnenscheiben. Eisenzeit. Gefunden bei Nebi Samwil von Dr. C. Andrews.
– Silbermünze, vermutlich 3. Jh. v. Chr., mit Gravur der Parthenope und menschenköpfigem Stier auf der Rückseite. Neapel. Erworben aus Privatsammlung von Dr. M. Elgar.

Die Silbermünze war derzeit im zweiten Stock ausgestellt, aber sie hatte keine Ahnung, wo die tönernen Henkel abgeblieben waren. Sie machte sich eine Notiz, um später danach zu suchen, und blätterte die Seite um. Die nächsten drei Einträge waren zu einer Gruppe zusammengefasst.

– Diverse Menschen- und Pferdeknochen.
– Metallfragmente, evtl. Überreste vom Geschirr eines Lasttiers.

– Fragment einer Dolchklinge, evtl. persisch, 3. Jh.
    v. Chr. Gefunden von S. Crispin nahe Oase Siwa,
    Ägypten.

Sie sah auf das Datum und erstarrte an ihrem Schreibtisch. Draußen rumpelte der Donner, aber sie hörte nur das Pochen ihres eigenen Herzens. Die Oase Siwa. Simon ist in der Libyschen Wüste gewesen, dachte sie. *Im gleichen Jahr, als meine Mutter dort war.*

Sie griff nach ihren Krücken und humpelte den Flur entlang zu Simons Büro.

Seine Tür stand offen, doch er hatte das Licht ausgeschaltet. Als sie in das Halbdunkel spähte, sah sie ihn am Fenster sitzen. Das Gewitter tobte jetzt mit aller Gewalt, und er starrte aus dem Fenster in den von Blitzen durchzuckten Himmel. Heftige Böen rüttelten am Fenster, und Regenschwälle prasselten gegen die Scheibe, wie von zornigen Göttern herabgeschleudert.

»Simon?«, sagte sie.

Er drehte den Kopf. »Ah, Josephine. Kommen Sie rein, und schauen Sie zu. Mutter Natur bietet uns heute ein fantastisches Schauspiel.«

»Dürfte ich Sie etwas fragen? Es geht um einen Eintrag in dieser Kladde.«

»Darf ich mal sehen?«

Sie klackerte auf ihren Krücken durchs Zimmer und reichte ihm das Buch. Er kniff die Augen zusammen, um in dem fahlen Licht etwas erkennen zu können, und murmelte: »Diverse Knochen. Fragment einer Dolchklinge.« Er sah auf. »Und was wollten Sie mich fragen?«

»Sie sind hier als Ausgräber eingetragen. Können Sie sich erinnern, diese Sachen mitgebracht zu haben?«

»Ja, aber ich habe sie seit Jahren nicht mehr angeschaut.«

»Simon, diese Stücke wurden in der Libyschen Wüste gefunden. Die Klinge wird als persisch beschrieben, aus dem dritten vorchristlichen Jahrhundert.«

»Ah, natürlich. Sie würden sie gerne selbst in Augenschein nehmen.« Er griff nach seinem Stock und hievte sich aus seinem Stuhl hoch. »Nun, dann wollen wir mal einen Blick darauf werfen und sehen, ob Sie mit meiner Einschätzung konform gehen.«

»Sie wissen, wo diese Objekte gelagert sind?«

»Ich weiß, wo sie sein *müssten*. Falls nicht irgendjemand sie verlegt hat, seit ich sie zuletzt gesehen habe.«

Josephine folgte ihm über den Flur zu dem altersschwachen Aufzug. Sie hatte der klapprigen Kiste nie getraut und vermied es normalerweise, damit zu fahren, aber mit ihren Krücken blieb ihr nichts anderes übrig, als einzutreten. Als Simon die Tür des schwarzen Gitterkäfigs schloss, hatte sie das Gefühl, dass die Falle plötzlich über ihr zuschnappte. Der Fahrstuhl erzitterte bedenklich, als er unter Knarren und Quietschen langsam ins Kellergeschoss hinunterfuhr. Sie war heilfroh, als sie unten unversehrt wieder aus der Kabine trat.

Simon schloss die Tür des Lagerraums auf. »Wenn ich mich recht erinnere«, sagte er, »waren diese Stücke ziemlich kompakt, sie müssten also in den hinteren Regalen liegen.« Er ging voran und tauchte in das Labyrinth von Kisten ein. Die Bostoner Polizei hatte ihre Durchsuchung abgeschlossen, und der Boden war noch übersät mit Sägespänen und verstreuten Styroporkügelchen. Sie folgte Simon durch eine enge Passage in den älteren Teil des Lagers, vorbei an Kisten, die mit verlockend exotischen Namen beschriftet waren. JAVA. MANDSCHUREI. INDIEN. Endlich erreichten sie ein hoch aufragendes Regal, in dem Dutzende von Kisten lagerten.

»Oh, Glück gehabt«, meinte Simon und deutete auf eine Kiste mittlerer Größe, die das richtige Datum und die richtige Signatur trug. »Sie steht genau in Griffhöhe.« Er zog sie aus dem Regal und setzte sie auf einer anderen Kiste ab, die in der Nähe stand. »Ist ein bisschen wie Weihnachten, finden Sie nicht? Wir packen hier etwas aus, was seit einem Vierteljahrhundert kein Mensch mehr zu Gesicht bekommen hat. Ah, was haben wir denn hier?«

Er griff hinein und holte einen Behälter mit Knochen hervor.

Die meisten waren nur Bruchstücke, aber sie erkannte ein paar kompakte Klumpen, die sich gut erhalten hatten, während andere Teile des Skeletts im Lauf der Jahrhunderte spröde und brüchig geworden waren. Sie nahm eines der Klümpchen in die Hand und spürte einen eisigen Hauch im Nacken.

»Handwurzelknochen«, sagte sie. *Von einem Menschen.*

»Meine Vermutung ist, dass sie alle von einem einzigen Individuum stammen. Ja, da werden Erinnerungen wach. Die Hitze und der Staub. Das erregende Gefühl, unmittelbar am Puls der Geschichte zu sein; die Vorstellung, dass man mit seiner Kelle jeden Moment auf einen einmaligen Schatz stoßen könnte. Das war, bevor diese alten Gelenke den Dienst quittierten. Plötzlich war ich alt – das hatte ich mir irgendwie nie vorstellen können. Ich hielt mich selbst immer für unsterblich.« Er lachte traurig, als könnte er nicht begreifen, dass die Jahrzehnte so schnell verflogen waren und ihn zurückgelassen hatten, gefangen in diesem kaputten Körper. Er sah auf den Behälter mit den Knochen und sagte: »Dieser Unglückliche war zweifellos auch von seiner eigenen Unsterblichkeit überzeugt. Bis er dann mit ansehen musste, wie seine Kameraden vor Durst den Verstand verloren. Bis seine ganze Armee um ihn herum im Sand versank.

Sicherlich konnte er sich nicht vorstellen, dass dies das Ende sein würde. So ergeht es den stolzesten Imperien: Wenn die Zeit ihr Werk getan hat, bleibt nur noch ein Häufchen Staub übrig.«

Behutsam legte Josephine den Handwurzelknochen in den Behälter zurück. Er war nichts weiter als eine Ansammlung von Mineralien, Kalzium- und Phosphorverbindungen. Knochen erfüllten ihren Zweck, und wenn ihr Besitzer starb, blieben sie zurück, ähnlich wie ein Krückstock, den jemand in der Ecke stehen lässt, weil er ihn nicht mehr braucht. Diese Bruchstücke waren alles, was von einem persischen Soldaten übrig geblieben war, dessen Schicksal es war, in einer Wüste fern der Heimat zugrunde zu gehen.

»Er gehörte zu der verlorenen Armee«, sagte sie.

»Dessen bin ich mir so gut wie sicher. Einer der todgeweihten Soldaten des Kambyses.«

Sie sah ihn an. »Sie waren mit Kimball Rose dort.«

»Oh, es war *seine* Ausgrabung, und er hat eine hübsche Summe hineingesteckt. Sie hätten das Team sehen sollen, das er zusammengestellt hat. Hunderte von Grabungshelfern. Wir waren dort, um einen Heiligen Gral der Archäologie zu suchen, so sagenumwoben und schwer zu finden wie die Bundeslade oder das Alexandergrab. Fünfzigtausend persische Soldaten waren in dieser Wüste einfach spurlos verschwunden, und ich wollte dabei sein, wenn sie endlich freigelegt wurden.«

»Aber Sie haben sie nicht gefunden.«

Simon schüttelte den Kopf. »Wir haben zwei Saisons lang gegraben und nichts zutage gefördert außer ein paar Metall- und Knochenresten. Zweifellos die Überreste einiger Nachzügler. Die Ausbeute war so mager, dass weder Kimball noch die ägyptische Regierung daran interessiert waren, die Funde zu behalten. So kamen sie in unseren Besitz.«

»Ich wusste gar nicht, dass Sie mit Kimball Rose gearbeitet haben. Sie haben nie erwähnt, dass Sie ihn kannten.«

»Er ist ein hervorragender Archäologe. Und ein überaus großzügiger Mann.«

»Und sein Sohn?«, fragte sie leise. »Wie gut kannten Sie Bradley?«

»Ach ja, Bradley.« Er stellte die Kiste ins Regal zurück. »Alle fragen sie nach Bradley. Die Polizei, Sie. Aber die Wahrheit ist, dass ich mich kaum an den Jungen erinnere. Ich kann nicht glauben, dass ein Sohn von Kimball eine Bedrohung für Sie darstellen soll. Diese Ermittlung ist ganz und gar nicht fair seiner Familie gegenüber.« Er wandte sich zu ihr um, und sein Blick war plötzlich so eindringlich, dass es sie nervös machte. »Er hat ausschließlich in Ihrem Interesse gehandelt.«

»Wie meinen Sie das?«

»Ich hatte die Wahl zwischen einer ganzen Reihe von Bewerbern, und ich habe mich für Sie entschieden. Weil er es so wollte. Er hat sich um Sie gekümmert.«

Sie wich zurück.

»Sie haben wirklich nichts davon gewusst?«, fragte er und trat auf sie zu. »Die ganze Zeit ist er Ihr heimlicher Unterstützer gewesen. Er bat mich, kein Wort zu sagen, aber ich dachte, es wäre allmählich an der Zeit, Sie einzuweihen. Es ist immer gut zu wissen, wer Ihr Freund ist, besonders, wenn es ein so großzügiger Freund ist.«

»Freunde trachten einem nicht nach dem Leben.« Sie machte kehrt und humpelte davon, durch den Canyon aus Kistenstapeln in Richtung Ausgang.

»Wovon reden Sie?«, rief er ihr nach.

Sie setzte ihren Weg durch das Labyrinth fort, nur darauf

bedacht, die Tür zu erreichen. Sie konnte hören, wie er ihr folgte, konnte das *Tack-tack* seines Gehstocks auf dem Betonboden hören.

»Josephine, die Polizei hat ein völlig falsches Bild von ihm!«

Sie bog um eine Ecke und sah vor sich die Tür, die halb offen stand. Hatten wir sie nicht zugemacht? Ich bin mir sicher, dass wir sie zugemacht haben.

Das Geräusch von Simons Stock kam näher. »Jetzt tut es mir schon leid, dass ich es Ihnen gesagt habe«, rief er. »Aber Sie sollten wirklich wissen, wie großzügig Kimball sich Ihnen gegenüber gezeigt hat.«

Kimball?

Josephine drehte sich um. »Woher weiß er überhaupt von mir?«, fragte sie.

Im selben Moment erlosch das Licht im Keller.

24

Die Nacht war schon hereingebrochen, als Jane aus ihrem Wagen stieg und durch den strömenden Regen zum Eingang des Crispin Museums hastete. Die Tür war nicht verschlossen, und als Jane sie aufstieß und in das Gebäude schlüpfte, wehte ein Windstoß die Prospekte vom Empfangstresen und verstreute sie über den feuchten Boden.

»Müssen wir schon anfangen, eine Arche zu bauen?«, fragte der Streifenpolizist, der in der Nähe des Eingangs Wache hielt.

»Ja, ein bisschen feucht ist's schon da draußen.« Mit grimmiger Miene schälte Jane sich aus ihrer tropfnassen Regenjacke und hängte sie an die Garderobe.

»So viel Regen in einem einzigen Sommer, das hab ich noch nicht erlebt, und ich bin hier geboren und aufgewachsen. Angeblich hat das ja alles mit dem Klimawandel zu tun.«

»Wo sind denn die anderen?«, wechselte Jane so schroff das Thema, dass die Miene ihres Kollegen sich anspannte. Nach dem, was heute Abend passiert war, hatte sie wenig Lust, über das Wetter zu plaudern.

Er folgte ihrem Beispiel und antwortete ebenso knapp: »Detective Young ist im Keller. Sein Partner ist oben und spricht mit dem Kurator.«

»Ich fange im Keller an.«

Sie zog Handschuhe und Schuhüberzieher an und stapfte los in Richtung Treppenhaus. Mit jedem Schritt wappnete sie sich innerlich gegen das, was sie erwartete. Als sie im

Kellergeschoss ankam, sah sie etwas, was ihr einen schockierenden Vorgeschmack gab: blutige Fußspuren von einem Herrenschuh, Größe 43 oder 44, die sich vom Lagerraum über den Flur zum Fahrstuhl zogen. Und daneben eine rote Schleifspur, die das Schlimmste befürchten ließ.

»Rizzoli?«, rief Detective Young. Er war gerade aus der Tür des Lagerraums getreten.

»Habt ihr sie gefunden?«, fragte Jane.

»Hier im Gebäude ist sie jedenfalls nicht.«

»Mist.« Janes Blick richtete sich wieder auf die blutige Schleifspur. »Er hat sie mitgenommen.«

»Sieht ganz danach aus. Er hat sie über den Flur geschleift und ist mit dem Aufzug ins Erdgeschoss raufgefahren.«

»Und dann?«

»Dann hat er sie durch eine Hintertür nach draußen geschafft, die zur Ladezone führt. Hinter dem Haus verläuft eine Gasse, da konnte er mit seinem Auto rückwärts ranfahren. Unwahrscheinlich, dass irgendjemand etwas beobachtet hat, zumal bei diesem Regen heute Abend. Er musste sie einfach nur einladen und losfahren.«

»Wie zum Teufel ist er ins Haus gelangt? Waren die Türen nicht abgeschlossen?«

»Die alte Dame von der Kasse – Mrs. Willebrandt heißt sie – sagt, sie sei gegen Viertel nach fünf gegangen, und sie schwört, dass sie die Türen abgeschlossen hat. Aber sie sieht aus, als wäre sie ungefähr tausend Jahre alt – wer weiß, was die für ein Gedächtnis hat.«

»Was ist mit den anderen Mitarbeitern? Wo war Dr. Robinson?«

»Er war mit Ms. Duke nach Revere gefahren, um eine Transportkiste zu versenden. Er sagt, er sei gegen sieben ins Museum zurückgekommen, um noch etwas zu erledigen, und habe niemanden im Gebäude angetroffen. Er nahm an, dass Ms. Pulcillo schon Feierabend gemacht hätte, weshalb er sich zunächst keine Sorgen machte. Bis er einen Blick in ihr Büro warf und sah, dass ihre Handtasche noch da war. Und daraufhin hat er die Notrufzentrale angerufen.«

»Detective Frost sollte sie doch heute nach Hause fahren.«

Young nickte. »Das hat er uns auch gesagt.«

»Und wo ist er dann?«

»Er kam kurz nach uns hier an. Jetzt ist er oben.« Young hielt einen Moment inne und fuhr dann leise fort: »Gehen Sie nicht zu hart mit ihm ins Gericht, ja?«

»Weil er es verbockt hat?«

»Er soll Ihnen selbst erzählen, was passiert ist. Aber zuerst…« Er wandte sich zur Tür um. »Zuerst muss ich Ihnen das hier zeigen.«

Sie folgte ihm ins Lager.

Hier zeichneten die Fußspuren sich deutlicher ab; die Sohlen des Täters waren so voller Blut gewesen, dass sie große Spritzer hinterlassen hatten. Young tauchte in das Labyrinth von Regalen ein und wies auf einen schmalen Durchgang. Der Gegenstand seiner Aufmerksamkeit saß eingeklemmt zwischen einigen Kisten.

»Vom Gesicht ist nicht mehr viel übrig«, bemerkte Young.

Aber was Jane sah, reichte aus, um Simon Crispin zu erkennen. Der Schlag hatte seine linke Schläfe mit voller Wucht getroffen, hatte Knochen und Knorpel zerschmettert und einen blutigen Krater hinterlassen. Das Blut, das aus der Wunde geflossen war, hatte sich in einer riesigen Lache um die Leiche herum gesammelt und war von den im Durchgang verstreuten Sägespänen aufgesogen worden. Nach der Attacke hatte Simon noch kurze Zeit gelebt; sein Herz hatte noch lange genug geschlagen, um das ganze Blut durch die Adern zu pumpen, das sich aus dem zertrümmerten Schädel über den Betonboden ergossen hatte.

»Irgendwie hat der Täter das Timing genau richtig hinbekommen«, sagte Young. »Er muss das Gebäude beobachtet haben. Er muss gesehen haben, wie Mrs. Willebrandt das Museum verließ, und gewusst haben, dass nur noch zwei Personen im Gebäude waren: Dr. Pulcillo und ein zweiundachtzigjähriger Mann.« Young sah Jane an. »Wie ich höre, hatte sie ein Gipsbein, also konnte sie nicht davonlaufen. Und sie konnte auch nicht viel Widerstand leisten.«

Jane sah auf die Schleifspur hinunter, die Josephines Körper hinterlassen hatte. Wir haben ihr gesagt, sie sei hier sicher. Deshalb ist sie nach Boston zurückgekommen. Sie hat uns vertraut.

»Da ist noch etwas, das Sie sehen müssen«, sagte Young.

Sie blickte auf. »Was?«

»Ich zeig's Ihnen.« Er führte sie zum Ausgang zurück. Sie traten aus dem Kistenlabyrinth hervor. »Das da«, sagte Young und deutete auf die geschlossene Tür. Auf die zwei Worte, die jemand mit Blut auf das Türblatt geschrieben hatte.

FINDE MICH

Jane stieg die Treppen zum zweiten Stock hinauf. Inzwischen waren auch die Rechtsmediziner und die Spurensicherung mit ihrer Ausrüstung eingetroffen, und das Gebäude hallte wider von den Stimmen und den knarrenden Schritten einer ganzen Invasionsarmee. Der Lärm drang durch das zentrale Treppenhaus nach oben. Auf der obersten Stufe hielt sie inne. Sie war plötzlich total erschöpft, und sie hatte das alles so furchtbar satt – das ganze Blut, das Morden, die Fehlschläge.

Vor allem die Fehlschläge.

Das perfekt gegrillte Steak, das sie vor ein paar Stunden bei ihrer Mutter gegessen hatte, lag ihr wie ein Stein im Magen. Von einer Minute auf die andere, dachte sie – so schnell kann ein heiterer Sommersonntag in eine Tragödie umschlagen.

Sie durchquerte den Ausstellungsraum mit den menschlichen Gebeinen, ging vorbei am Skelett der Mutter, die die Überreste ihres Kindes im Arm hielt, und bog in den Flur des Verwaltungstrakts ein. Durch eine offene Tür sah sie Barry Frost allein in einem der Büros sitzen, mit hängenden Schultern, das Gesicht in den Händen vergraben.

»Frost?«, sagte sie.

Widerstrebend richtete er sich auf, und sie stellte erschrocken fest, dass seine Augen rot gerändert und verquollen waren. Er wandte sich ab, als sei es ihm peinlich, dass sie seinen Schmerz sehen konnte, und wischte sich rasch mit dem Ärmel übers Gesicht.

»Du liebe Zeit«, sagte sie. »Was ist denn mit dir los?«

Er schüttelte den Kopf. »Ich kann das nicht. Ich muss von dem Fall abgezogen werden.«

»Willst du mir vielleicht sagen, was passiert ist?«

»Ich habe Scheiße gebaut. Das ist passiert.«

Es kam nicht allzu oft vor, dass sie Kraftausdrücke aus seinem Mund hörte, und dass er jetzt in ihrer Gegenwart dieses Wort benutzte, überraschte sie noch mehr als sein Geständnis. Sie trat ins Zimmer und schloss die Tür. Dann zog sie sich einen Stuhl heran und setzte sich ihm direkt gegenüber, sodass er es nicht vermeiden konnte, ihr in die Augen zu sehen.

»Du solltest sie doch heute nach Hause begleiten, nicht wahr?«

Er nickte. »Ich war an der Reihe.«

»Und warum bist du dann nicht gekommen?«

»Ich habe nicht mehr daran gedacht«, sagte er leise.

»Du hast es *vergessen*?«

Er stieß einen gequälten Seufzer aus. »Ja, ich habe es *vergessen*. Ich hätte um sechs hier sein sollen, aber ich habe mich ablenken lassen. Deshalb kann ich nicht länger an dem Fall arbeiten. Ich muss mich beurlauben lassen.«

»Okay, du hast Mist gebaut. Aber wir haben eine entführte Frau zu finden, und da brauchen wir alle Mann an Deck.«

»Ich bin euch im Moment keine Hilfe. Ich werde bloß wieder Scheiße bauen.«

»Was ist denn nur los mit dir? Ausgerechnet jetzt, wo ich dich am dringendsten brauche, machst du mir schlapp.«

»Alice will die Scheidung«, sagte er.

Sie starrte ihn nur an; ihr wollte einfach keine passende Erwiderung einfallen. Wenn es je angebracht war, ihren Partner in den Arm zu nehmen, dann in diesem Moment. Aber sie hatte ihn noch nie in den Arm genommen, und es wäre ihr unaufrichtig vorgekommen, wenn sie es jetzt plötzlich getan hätte. Und so sagte sie nur: »O Mann, das tut mir echt leid.«

»Sie ist heute Nachmittag mit dem Flieger gekommen«, sagte er. »Deswegen habe ich es auch nicht zu eurem Grillfest geschafft. Sie ist heimgekommen, um es mir persönlich zu sagen. Immerhin hat sie den Anstand besessen, es mir ins Gesicht zu sagen. Und nicht am Telefon.« Wieder wischte er sich mit dem Ärmel übers Gesicht. »Ich wusste, dass da etwas im Busch war. Ich konnte es immer deutlicher spüren, seit sie dieses Jurastudium angefangen hatte. Seitdem schien nichts, was ich tat oder sagte, sie mehr zu interessieren. Ich war nur dieser primitive Bulle, den sie irgendwann mal geheiratet hatte, was sie aber inzwischen längst bereute.«

»Hat sie das wirklich zu dir gesagt.«

»Das musste sie gar nicht. Ich habe es an ihrer Stimme gehört.« Er lachte verbittert. »Neun Jahre sind wir zusammen, und plötzlich bin ich nicht mehr gut genug für sie.«

Jane konnte es sich nicht verkneifen, die naheliegende Frage zu stellen. »Und wer ist der andere?«

»Was macht es für einen Unterschied, ob es einen anderen gibt? Der Punkt ist doch, dass sie nicht mehr verheiratet sein will. Jedenfalls nicht mit mir.« Er verzog das Gesicht, und seine Schultern bebten, so krampfhaft kämpfte er gegen die Tränen an. Aber sie brachen sich dennoch Bahn, und er schaukelte mit dem Oberkörper vor und zurück und verbarg das Gesicht in den Händen. Jane hatte ihn noch nie so gebrochen gesehen, so hilflos, und es machte ihr fast Angst. Sie wusste nicht, wie sie ihn trösten sollte. In diesem Moment wäre sie am liebsten ganz woanders gewesen – lieber an irgendeinem blutigen Tatort als in einem Zimmer mit einem heulenden Mann. Ich sollte seine Waffe an mich nehmen, schoss es ihr durch den Kopf. Ein depressiver Mann und eine Pistole, das war keine gute Kombination. Würde er beleidigt reagieren, wenn sie ihn darauf ansprach? Würde er sich weigern, sie herauszugeben? All diese praktischen Überlegungen gingen ihr durch den Kopf, während sie ihm die Schulter tätschelte und nutzlose Worte der Anteilnahme murmelte. *Zum Teufel mit Alice. Ich hab sie sowieso nie gemocht. Und jetzt geht dieses Biest auch noch hin und macht* mir *das Leben schwer.*

Frost stand abrupt auf und ging zur Tür. »Ich muss hier raus.«

»Wo willst du hin?«

»Ich weiß nicht. Nach Hause.«

»Hör zu, ich rufe Gabriel an. Du kannst mit mir kommen und heute Nacht bei uns bleiben. Du kannst auf der Couch schlafen.«

Er schüttelte den Kopf. »Vergiss es. Ich muss allein sein.«

»Das halte ich für keine gute Idee.«

»Ich will jetzt nicht mit Leuten zusammen sein, okay? Lass mich einfach in Ruhe.«

Sie musterte ihn eingehend und versuchte abzuschätzen, wie sehr sie ihn in diesem Punkt drängen durfte. Und sie sah ein, dass sie sich an seiner Stelle auch lieber in irgendein Loch verkrochen und mit keinem Menschen geredet hätte. »Bist du sicher?«

»Ja.« Er richtete sich zu voller Größe auf, als müsse er seinen ganzen Mut zusammennehmen für den Gang durch das Gebäude, vorbei an den Kollegen, die sein Gesicht sehen und sich fragen würden, was passiert war.

»Sie ist es nicht wert, dass du um sie weinst«, sagte Jane. »Das ist meine Meinung.«

»Mag sein«, antwortete er leise. »Aber ich liebe sie.« Er ging zur Tür hinaus.

Sie folgte ihm bis zum Treppenhaus und blieb am Absatz stehen, um auf seine Schritte zu lauschen, als er die Stufen hinunterstieg. Und sie fragte sich, ob sie ihm nicht doch die Waffe hätte abnehmen sollen.

25

Das unablässige *Ping-ping* des tropfenden Wassers dröhnte in ihrem schmerzenden Schädel wie Hammerschläge. Josephine stöhnte, und ihre Stimme schien in einer weitläufigen Höhle widerzuhallen, in der es nach Schimmel und feuchter Erde roch. Als sie die Augen aufschlug, war die Schwärze, in die sie starrte, so dicht, dass sie fast meinte, sie fühlen zu müssen, wenn sie den Arm ausstreckte. Auch wenn sie sich die Hand direkt vors Gesicht hielt, konnte sie nicht die leiseste Bewegung ausmachen, nicht einmal eine schemenhafte Silhouette. Allein die angestrengten Bemühungen, in der Dunkelheit etwas zu erkennen, ließen ihren Magen rebellieren.

Sie kämpfte gegen die aufsteigende Übelkeit an und drehte sich mit geschlossenen Augen auf die Seite, spürte feuchten Stoff unter ihrer Wange. Mühsam versuchte sie sich zusammenzureimen, wo sie war. Nach und nach registrierte sie einzelne Details. Das tropfende Wasser. Die Kälte. Eine Matratze, die nach Schimmel roch.

Warum kann ich mich nicht erinnern, wie ich hierhergekommen bin?

Das Letzte, was sie wahrgenommen hatte, bevor sie das Bewusstsein verlor, war der alarmierte Klang von Simon Crispins Stimme, seine Rufe im dunklen Keller des Museums. Aber das war eine andere Dunkelheit gewesen als diese hier.

Wieder riss sie die Augen auf, und diesmal war es nicht Übelkeit, sondern Angst, die ihr den Magen umdrehte. Sie setzte sich auf und ignorierte das Schwindelgefühl, das sie sofort befiel. Sie konnte ihren eigenen Herzschlag hören, das Rauschen des Bluts in ihren Ohren. Als sie die Hand über den Rand der Matratze hinausstreckte, tastete sie einen eiskalten Betonboden. Sie schwenkte den Arm im Halbkreis und stieß auf einen Krug mit Wasser, den jemand in Reichweite abgestellt hatte. Dann einen Abfalleimer. Und schließlich etwas Weiches, eingehüllt in knisternde Plastikfolie. Sie drückte es zusammmen, und der Hefeduft von frischem Brot stieg ihr in die Nase.

Immer weiter erkundete sie ihre Umgebung, und die Grenzen ihres dunklen Reichs weiteten sich aus, als sie sich nach und nach über die sichere Insel ihrer Matratze hinauswagte. Auf Händen und Knien kroch sie und schleifte ihr Gipsbein über den Betonfußboden nach. Nachdem sie ihre Matratze in der Dunkelheit hinter sich gelassen hatte, bekam sie plötzlich panische Angst, dass sie sie nicht wiederfinden würde, dass sie ewig hier auf dem kalten Boden umherirren würde auf der Suche nach diesem erbärmlichen bisschen Komfort. Aber so groß war diese Wildnis nun doch nicht – sie war erst ein kurzes Stück gekrochen, als sie auf eine raue Betonwand stieß.

Sie stützte sich daran ab und zog sich hoch. Von der ungewohnten Anstrengung wurde ihr schwindlig, und sie lehnte sich mit geschlossenen Augen zurück, bis ihr Kopf wieder klar war. Jetzt registrierte sie allmählich andere Geräusche. Das Zirpen von Insekten. Das Trippeln unsichtbarer Füße, die über den Boden huschten. Und dazu das unablässige Tropfen des Wassers.

Sie humpelte an der Wand entlang und erkundete die Grenzen ihres Gefängnisses. Nach ein paar Schritten hatte sie die erste Ecke erreicht, und sie empfand es als irgendwie tröstlich, dass diese Finsternis nicht endlos war, dass sie bei ihrem blinden Umherirren nicht irgendwann über den Rand des Universums ins Nichts fallen würde. Sie schleppte sich weiter und strich mit der Hand an der Wand entlang. Nach einem Dutzend Schritten hatte sie die nächste Ecke erreicht.

Langsam nahm der Raum, in dem sie gefangen war, in ihrem Kopf Gestalt an.

Sie arbeitete sich an der dritten Wand entlang, bis sie wieder eine Ecke erreichte. Zwölf mal acht Schritte, dachte sie. Ungefähr zehn mal sechs Meter. Wände und Boden aus Beton. *Ein Keller.*

Sie begann, die nächste Wand abzuschreiten, und stieß mit dem Fuß an ein Hindernis, das ein Stück über den Boden schlitterte. Sie bückte sich, und ihre Finger schlossen sich um den Gegenstand. Sie tastete gewölbtes Leder, einen spitzen Absatz und Unebenheiten, die sich wie Strassbesatz anfühlten.

Ein Damenschuh.

Ich bin nicht die erste Gefangene in diesem Verlies, dachte sie. Eine andere Frau hat auf dieser Matratze gelegen und aus diesem Wasserkrug getrunken. Sie hielt den Schuh fest in beiden Händen, erforschte mit den Fingern jede Kontur, begierig nach Hinweisen auf seine Besitzerin. *Meine Schwester in der Verzweiflung.* Es war ein kleiner Schuh, schätzungsweise Größe 36, und der Strassbesatz ließ vermuten, dass es sich um einen Partyschuh handelte, den man zu einem schicken Abendkleid und Ohrringen trug, zu einem Rendezvous mit einem ganz besonderen Mann.

Oder dem falschen Mann.

Plötzlich zitterte sie am ganzen Leib – vor Kälte, aber auch vor Verzweiflung. Sie drückte den Schuh an ihre Brust. Den Schuh einer toten Frau; daran hegte sie keinen Zweifel. Wie viele andere hatte er vor ihr hier gefangen gehalten?

Wie viele würden noch nach ihr kommen? Sie schöpfte stockend Atem und glaubte die Angst und die Verzweiflung jeder einzelnen Frau riechen zu können, die in dieser Finsternis gezittert hatte, einer Finsternis, die alle ihre anderen Sinne geschärft hatte.

Sie hörte das Blut, das durch ihre Adern kreiste, und spürte die kalte Luft, die in ihre Lunge strömte. Und sie roch das feuchte Leder des Schuhs, den sie in den Händen hielt. Wenn man sein Augenlicht einbüßt, dachte sie, dann registriert man plötzlich all die unsichtbaren Details, die einem sonst entgangen wären, so wie man auch den Mond erst dann richtig wahrnimmt, wenn die Sonne untergegangen ist.

Sie umklammerte den Schuh wie einen Talisman und zwang sich, den Rundgang durch ihr Gefängnis fortzusetzen. Sie fragte sich, ob in der Dunkelheit noch weitere Hinweise auf frühere Gefangene verborgen waren. Vor ihrem inneren Auge sah sie den Boden übersät mit den verstreuten Habseligkeiten toter Frauen. Hier eine Armbanduhr, dort ein Lippenstift. Und was wird man eines Tages von mir finden?, fragte sie sich. Wird irgendeine Spur von mir zurückbleiben, oder werde ich nur eine in einer Reihe verschwundener Frauen sein, deren letzte Stunden für immer im Dunkeln bleiben werden?

Die Betonwand machte plötzlich einen Knick, und dahinter tastete sie Holz. Sie blieb stehen.

Ich habe die Tür gefunden.

Obwohl der Knauf sich leicht drehen ließ, konnte sie die Tür keinen Millimeter bewegen; sie war auf der anderen Seite verriegelt. Josephine schrie und hämmerte mit den Fäusten dagegen, doch das Holz war massiv, und mit ihren kümmerlichen Anstrengungen erreichte sie nur, dass sie sich die Hände zerschrammte. Erschöpft ließ sie sich gegen die Tür sinken, und plötzlich nahm sie neben dem Pochen ihres eigenen Herzens noch ein anderes Geräusch wahr – ein Geräusch, das sie vor Angst stocksteif verharren ließ.

Das Knurren war tief und bedrohlich, und sie konnte es in der Dunkelheit nicht lokalisieren. Sie sah schon die scharfen Zähne und Klauen vor sich, stellte sich vor, wie die Kreatur sich lautlos anschlich, um sich im nächsten Moment auf sie zu stürzen. Dann hörte sie eine Kette rasseln und dazu ein scharrendes Geräusch, das von irgendwo über ihr kam.

Sie blickte auf. Zum ersten Mal sah sie einen schmalen Streifen Licht, so schwach, dass sie im ersten Moment ihren eigenen Augen nicht traute. Doch während sie hinsah, wurde der Spalt ganz allmählich heller. Es war das erste Licht der Morgendämmerung, das durch eine winzige, mit Brettern vernagelte Lüftungsöffnung fiel.

Sie hörte, wie die Krallen des Hundes am Holz scharrten, als er in ihr Verlies einzudringen versuchte. Nach seinem Knurren zu urteilen war es ein großes Tier. Ich weiß, dass er da draußen ist, und er weiß, dass ich hier drin bin, dachte sie. Sie hatte nie einen Hund gehabt, und sie hatte sich immer vorgestellt, dass sie sich eines Tages einen Beagle zulegen würde oder vielleicht einen Border Collie, irgendeine sanftmütige, friedliche Rasse. Nicht so eine Bestie wie die, die jetzt vor diesem Fenster Wache hielt. Eine Bestie, die sich anhörte, als ob sie ihr mit einem Biss die Kehle zerfetzen könnte.

Der Hund begann zu bellen. Sie hörte, wie draußen Autoreifen quietschen und ein Motor abgestellt wurde.

Sie erstarrte und spürte, wie ihr Herz gegen ihre Rippen schlug, während das Gebell sich zur Raserei steigerte. Ihr Blick schnellte hinauf zur Decke, wo plötzlich knarrende Schritte zu hören waren.

Sie ließ den Schuh fallen und wich von der Tür zurück, so

weit es nur ging, bis sie sich mit dem Rücken an die Beton-wand drückte. Sie hörte, wie ein Riegel beiseitegeschoben wurde, und dann schwang die Tür knarrend auf. Der Strahl einer Taschenlampe fiel herein, und als der Mann auf sie zukam, wandte sie das Gesicht ab, so geblendet, als hätte sie ihre Netzhaut direkt der Sonne ausgesetzt.

Er stand einfach nur vor ihr, ohne ein Wort zu sagen. Die Betonwände der Kammer verstärkten jedes Geräusch, und sie hörte seinen Atem, langsam und regelmäßig, während er seine Gefangene musterte.

»Lassen Sie mich gehen«, flüsterte sie. »Bitte.«

Er sagte immer noch kein Wort, und es war sein Schwei-gen, das sie am meisten ängstigte. Bis sie sah, was er in der Hand hielt, und wusste, dass ihr weit Schlimmeres bevor-stand als dieses zermürbende Schweigen.

Es war ein Messer.

26

»Es bleibt Ihnen immer noch Zeit, sie zu finden«, sagte Dr.
Zucker, der forensische Psychologe. »Wenn wir davon ausgehen, dass der Täter an seine bisherige Praxis anknüpft,
wird er mit ihr ähnlich verfahren, wie er es mit Lorraine
Edgerton und dem Opfer aus dem Moor getan hat. Er hat sie
schon so schwer verletzt, dass sie kaum fliehen oder sich
wehren kann. Wir können davon ausgehen, dass er sie noch
einige Tage, wenn nicht Wochen am Leben halten wird.
Lange genug, um die Rituale an ihr zu vollführen, die er zu
seiner Befriedigung braucht, ehe er zur nächsten Phase über-
geht.«

»Zur nächsten Phase?«, fragte Detective Tripp.

»Der Konservierung.« Zucker deutete auf die Fotos der
Opfer, die auf dem Tisch des Besprechungsraums ausgebreitet waren. »Ich glaube, dass sie für seine Sammlung bestimmt ist. Als sein neuestes Andenken. Die einzige Frage
ist...« Er sah zu Jane auf. »Welche Methode wird er bei Ms.
Pulcillo anwenden?«

Jane betrachtete die Bilder der drei Opfer und ließ die
grausigen Alternativen an ihrem geistigen Auge vorüberzie-
hen. Ausgeweidet, in Salz eingelegt und in Leinen gehüllt
werden wie Lorraine Edgerton? Den Kopf abgeschlagen bekommen, worauf die Haut vom Knochen abgezogen und auf
die Größe eines Puppengesichts eingeschrumpft wird? Oder
in schwarzem Moorwasser versenkt werden, das den Todeskampf des Opfers für alle Zeiten in der ledrigen Maske des
Gesichts festhält?

Oder hatte der Mörder für Josephine noch einen ganz speziellen Plan in der Hinterhand, eine neue Technik, die sie noch nicht kannten?

Es war still geworden im Besprechungsraum, und als Jane sich am Tisch umschaute, sah sie in den grimmigen Mienen der versammelten Detectives das Eingeständnis der beunruhigenden Wahrheit – dass die Zeit für diese Frau rapide ablief. Dort, wo sonst immer Barry Frost saß, stand nur ein leerer Stuhl. Ohne ihn schien das Team nicht komplett zu sein, und sie musste immer wieder unwillkürlich zur Tür schielen, in der vagen Hoffnung, dass er doch noch plötzlich auftauchen und seinen gewohnten Platz am Tisch einnehmen würde.

»Ob wir sie finden, hängt vielleicht in erster Linie davon ab, wie tief wir in die Psyche des Entführers einzudringen vermögen«, sagte Zucker. »Wir brauchen mehr Informationen über Bradley Rose.«

Jane nickte. »Wir sind schon dabei, sie zu sammeln. Wir versuchen herauszufinden, wo er gearbeitet hat, wo er gelebt hat, wer seine Freunde sind. Und wenn er einen Pickel auf dem Hintern hat, wollen wir das verdammt noch mal auch wissen.«

»Seine Eltern dürften die ergiebigste Informationsquelle sein.«

»Bei denen hatten wir kein Glück. Die Mutter ist zu krank, um mit uns zu sprechen. Und was den Vater betrifft – der macht einfach dicht.«

»Obwohl das Leben einer Frau in Gefahr ist, verweigert er die Zusammenarbeit?«

»Kimball Rose ist kein gewöhnlicher Mann. Schon allein, weil er Geld wie Heu hat und sich von einer ganzen Armee von Anwälten schützen lässt. Für ihn gelten die Regeln nicht. Und auch nicht für seinen abartigen Sohn.«

»Sie müssen ihn mehr unter Druck setzen.«

»Crowe und Tripp sind gerade aus Texas zurückgekommen«, sagte Jane. »Ich habe sie hingeschickt, weil ich dachte, mit ein bisschen machomäßiger Einschüchterung könnten wir vielleicht etwas erreichen.« Sie blickte sich zu Crowe um, dessen massigen Schultern man immer noch ansah, dass er im College-Footballteam Linebacker gespielt hatte. Wenn einer mit der Macho-Nummer Erfolg haben würde, dann Crowe.

»Wir konnten noch nicht einmal in seine Nähe gelangen«, berichtete Crowe. »Schon am Tor sind wir von so einem miesen Rechtsverdreher und fünf Wachmännern abgefangen worden. Wir sind gar nicht erst ins Haus reingekommen. Die Roses haben eine Wagenburg um ihren Sohn aufgebaut – aus denen werden wir absolut gar nichts herausbekommen.«

»Was wissen wir denn überhaupt über Bradleys Verbleib?«

Tripp antwortete: »Er ist schon vor einer ganzen Weile untergetaucht. Wir haben für die letzten Jahre keinerlei Kreditkartentransaktionen feststellen können, und auf sein Konto bei der Sozialversicherung ist seit Jahren nichts mehr eingezahlt worden, also hat er auch nicht gearbeitet. Jedenfalls hatte er keinen regulären Job.«

»Über welchen Zeitraum?«, fragte Zucker.

»Dreizehn Jahre. Na ja, warum sollte er auch arbeiten, mit so einem Krösus als Vater?«

Zucker dachte eine Weile darüber nach. »Woher wollen Sie wissen, ob der Mann überhaupt noch am Leben ist?«

»Weil seine Eltern mir gesagt haben, dass sie Briefe und E-Mails von ihm bekommen«, antwortete Jane. »Laut Aussage des Vaters hat Bradley im Ausland gelebt. Das könnte auch erklären, wieso wir solche Probleme haben, seine Spur zu verfolgen.«

Zucker runzelte die Stirn. »Welcher Vater würde so weit gehen, einen Sohn zu schützen und finanziell zu unterstützen, der ein gemeingefährlicher Psychopath ist?«

»Ich denke, dass er sich selbst schützt, Dr. Zucker. Seinen eigenen Namen, seinen eigenen Ruf. Er will nicht, dass alle Welt erfährt, was für ein Monster sein Sohn ist.«

»Es fällt mir dennoch schwer zu glauben, dass irgendein Vater sich so bedingungslos hinter seinen Sohn stellen würde.«

»Wer weiß«, meinte Tripp, »vielleicht liebt er den missratenen Balg ja wirklich.«

»Ich glaube, dass Kimball auch seine Frau schützt«, sagte Jane. »Er hat mir gesagt, dass sie an Leukämie leidet, und sie sah tatsächlich schwer krank aus. Sie ist offenbar restlos davon überzeugt, dass ihr Sohn ein ganz entzückender Junge ist.«

Zucker schüttelte ungläubig den Kopf. »Das ist eine extrem pathologische Familie.«

Ich kann nicht mit einem Doktortitel in Psychologie angeben, aber das hätte ich Ihnen auch sagen können.

»Die finanziellen Transaktionen könnten hier der Schlüssel sein«, sagte Zucker. »Wie schafft Kimball das Geld zu seinem Sohn?«

»Das zurückzuverfolgen ist gar nicht so einfach«, antwortete Tripp. »Die Familie hat eine Reihe von Konten, zum Teil bei Offshore-Banken. Und dazu hat er diese ganzen Anwälte, die ihn schützen. Selbst mit einem Richter, der uns freundlich gesinnt ist, wird es eine Weile dauern, dieses Gewirr aufzudröseln.«

»Wir konzentrieren uns vor allem auf Neuengland«, erklärte Jane. »Auf eventuelle Transaktionen im Großraum Boston.«

»Und was ist mit Freunden? Oder sonstigen Kontakten?«

»Wir wissen, dass Bradley vor fünfundzwanzig Jahren im Crispin Museum gearbeitet hat. Mrs. Willebrandt, eine der ehrenamtlichen Mitarbeiterinnen, entsinnt sich, dass er meistens noch bis in die Abendstunden geblieben war, wenn das Museum bereits geschlossen hatte. Sonst kann sich kaum jemand an ihn erinnern. Er hat keine bleibenden Eindrücke hinterlassen, keine dauerhaften Freundschaften geschlossen. Er war wie ein Phantom.« Und er ist immer noch ein Phantom, dachte sie. Ein Killer, der in geschlossene Gebäude eindringt, dessen Gesicht keine Überwachungskamera festhalten kann. Der sich immer wieder unbemerkt an seine Opfer anschleicht.

»Es gibt *eine* ergiebige Informationsquelle«, sagte Zucker. »Eine, die uns ein so profundes psychologisches Profil liefern kann, wie wir es uns nur wünschen können. Falls das Hilzbrich Institute bereit ist, seine Akten herauszugeben.«

Crowe lachte angewidert. »Ach ja. Dieses Internat für Perverse.«

»Ich habe den ehemaligen Direktor schon dreimal angerufen«, sagte Jane. »Dr. Hilzbrich weigert sich, die Akten herauszugeben, und beruft sich auf die ärztliche Schweigepflicht.«

»Das Leben einer Frau steht auf dem Spiel. Er *darf* sich nicht weigern.«

»Aber genau das hat er getan. Ich fahre morgen nach Maine, um ihn noch einmal in die Mangel zu nehmen. Mal sehen, vielleicht kann ich ja noch etwas anderes von ihm bekommen.«

»Was denn?«

»Jimmy Ottos Akte. Er war auch auf dieser Schule. Da Jimmy tot ist, müsste der Doktor seine Akte eigentlich herausrücken.«

»Und wie könnte uns das weiterhelfen?«

»Wir haben inzwischen kaum noch einen Zweifel daran, dass Jimmy und Bradley über längere Zeit gemeinsam ihren Opfern nachstellten. Sie waren beide in der Gegend des Chaco Canyon. Sie waren beide zur gleichen Zeit in Palo Alto. Und sie waren offenbar beide auf ein und dieselbe Frau fixiert: Medea Sommer.«

»Deren Tochter jetzt vermisst wird.«

Jane nickte. »Vielleicht hatte Bradley es deswegen auf sie abgesehen. Aus Rache. Weil ihre Mutter Jimmy getötet hat.«

Zucker lehnte sich auf seinem Stuhl zurück. Er sah beunruhigt drein. »Ich muss sagen, gerade dieser Punkt bereitet mir großes Kopfzerbrechen.«

»Welcher Punkt?«

»Die ganzen Zufälle, Detective Rizzoli. Finden Sie das nicht erstaunlich? Vor zwölf Jahren erschießt Medea Sommer Jimmy Otto in San Diego. Dann bekommt Medeas Tochter Josephine einen Job im Crispin Museum – just in dem Museum, in dem Bradley Rose früher gearbeitet hat. Im selben Museum, in dem die Leichen von zweien seiner Opfer versteckt waren. Wie erklären Sie sich das?«

»Das hat mich auch stutzig gemacht«, gab Jane zu.

»Wissen Sie, wie Josephine zu dem Job gekommen ist?«

»Die Frage habe ich ihr gestellt. Sie sagte, die Stelle sei auf einer Ägyptologen-Website ausgeschrieben gewesen. Sie habe sich beworben, und einige Wochen später habe sie einen Anruf bekommen, bei dem ihr die Stelle angeboten wurde. Sie gestand, sie sei selbst überrascht gewesen, dass man sich für sie entschieden hatte.«

»Von wem kam dieser Anruf?«

»Von Simon Crispin.«

Dieses Detail ließ Zucker aufmerken. »Simon Crispin, der jetzt leider tot ist«, sagte er leise.

Es klopfte an der Tür, und ein Detective steckte den Kopf herein. »Rizzoli, wir haben da ein Problem. Du solltest vielleicht besser mitkommen und dich darum kümmern.«

»Worum geht's denn?«, fragte sie.

»Ein gewisser Tycoon aus Texas ist gerade hier aufgekreuzt.«

Jane fuhr überrascht herum. »Kimball Rose ist hier?«

»Er ist in Marquettes Büro. Du musst mit ihm reden.«

»Vielleicht hat er sich entschlossen, doch mit uns zusammenzuarbeiten.«

»Das glaube ich kaum. Er will deinen Kopf, und das erzählt er jedem, der es hören will.«

»O Mann«, murmelte Tripp. »Na, besser du als ich.«

»Sollen wir mitkommen, Rizzoli?«, fragte Crowe und knackte demonstrativ mit den Knöcheln. »Bisschen psychologische Rückendeckung gefällig?«

»Nein.« Mit zusammengekniffenen Lippen sammelte sie ihre Unterlagen ein und stand auf. »Ich werde schon mit ihm fertig.« *Mag sein, dass er meinen Kopf will. Aber ich will den von seinem Sohn, und den werde ich mir verdammt noch mal holen.*

Sie ging durch das Großraumbüro der Mordkommission und klopfte an Lieutenant Marquettes Tür. Als sie eintrat, sah sie Marquette an seinem Schreibtisch sitzen. Seine Miene war vollkommen neutral, was man von seinem Besucher nicht gerade behaupten konnte: Er starrte Jane mit unverhohlener Verachtung an. Sie hatte es gewagt, sich ihm zu widersetzen, indem sie einfach nur ihre Arbeit getan hatte, und das war in den Augen eines so mächtigen Mannes wie Kimball Rose ein unentschuldbares Vergehen.

»Ich glaube, Sie beide sind sich schon einmal begegnet«, sagte Marquette.

»Allerdings«, erwiderte Jane. »Ich bin überrascht, dass

Mr. Rose hier ist, da er sich wiederholt geweigert hat, meine Anrufe anzunehmen.«

»Sie haben kein Recht, Lügen über meinen Jungen zu verbreiten«, sagte Kimball. »Zumal, da er nicht hier ist, um sich selbst zu verteidigen.«

»Entschuldigen Sie, Mr. Rose«, entgegnete Jane, »aber ich bin mir nicht sicher, was Sie mit ›Lügen verbreiten‹ genau meinen.«

»Halten Sie mich etwa für blöde? Ich habe es nicht durch bloßes Glück so weit gebracht im Leben. Ich stelle Fragen. Ich habe meine Quellen. Ich weiß, worum es bei Ihren Ermittlungen wirklich geht. Bei Ihrem hirnrissigen Versuch, Bradley etwas anzuhängen, was er nicht getan hat.«

»Ich gebe zu, die Fakten in diesem Fall sind ziemlich bizarr. Aber lassen Sie mich eines ganz klar sagen: Ich will niemandem etwas *anhängen*. Ich folge den Spuren dorthin, wohin sie mich führen. Und im Moment führen sie alle direkt zu Ihrem Sohn.«

»Oh, ich habe mich gründlich über Sie informiert, Detective Rizzoli. Sie haben sich schon öfter mit vorschnellen Urteilen hervorgetan. Zum Beispiel, als sie vor ein paar Jahren einen unbewaffneten Mann auf einem Hausdach erschossen.«

Bei der Erwähnung dieses Zwischenfalls, der zu ihren quälendsten Erinnerungen zählte, wurde Jane ganz starr. Kimball bemerkte es und bohrte noch tiefer in der Wunde.

»Haben Sie diesem Mann eine Chance gegeben, sich zu verteidigen? Oder haben Sie nicht vielmehr Richter und Henker in einer Person gespielt und einfach abgedrückt – so, wie Sie es auch mit Bradley machen wollen?«

»Mr. Rose«, mischte Marquette sich ein, »dieser Vorfall ist für die gegenwärtige Situation nicht relevant.«

»Nein? Aber er zeigt, wie unberechenbar diese Frau hier

ist – sie ist eine Gefahr für die Allgemeinheit. Mein Sohn ist unschuldig. Er hatte mit dieser Entführung nichts zu tun.«

»Wie können Sie sich da so sicher sein?«, fragte Marquette. »Sie können uns ja nicht einmal sagen, wo Ihr Sohn ist.«

»Bradley ist gar nicht fähig zu solch einer Gewalttat. Es ist sehr viel wahrscheinlicher, dass *ihm* Gewalt angetan wird. Ich kenne meinen Jungen.«

»Wirklich?«, fragte Jane. Sie schlug die Akte auf, die sie mitgebracht hatte, und nahm ein Foto heraus, das sie vor ihm auf den Tisch klatschte. Er starrte das groteske Bild einer Tsantsa an, die zugenähten Augen, die durchbohrten Lippen, von denen geflochtene Schnüre herabhingen.

»Sie wissen, wie man so ein Ding nennt, nicht wahr, Mr. Rose?«

Er schwieg. Durch die geschlossene Tür konnten sie das Läuten der Telefone in der Mordkommission und die Stimmen der Detectives hören, doch hier in Marquettes Büro dehnte die Stille sich immer weiter aus.

»So was haben Sie doch sicher schon mal gesehen«, sagte Jane. »Als weitgereister Amateurarchäologe sind Sie bestimmt auch mal in Südamerika gewesen.«

»Das ist eine Tsantsa«, sagte Kimball schließlich.

»Sehr gut. Ihr Sohn hätte die Frage auch beantworten können, oder? Soviel ich weiß, ist er ja mit Ihnen um die ganze Welt gereist.«

»Und das ist alles, was Sie meinem Sohn zur Last legen können? Dass er Archäologe ist?« Er schnaubte verächtlich. »Da müssen Sie sich aber vor Gericht ein bisschen mehr Mühe geben.«

»Was ist mit der Frau, der er nachgestellt hat? Medea Sommer hat in Indio Anzeige gegen ihn erstattet.«

»Na und? Sie hat die Anzeige zurückgezogen.«

»Und erzählen Sie uns doch ein bisschen von diesem privaten Therapieprogramm, das er in Maine absolviert hat. Im Hilzbrich Institute. Soviel ich weiß, ist diese Einrichtung auf eine ganz bestimmte Spielart von schwierigen jungen Männern spezialisiert.«

Er starrte sie an. »Wie zum Teufel haben Sie das...«

»Ich bin auch nicht auf den Kopf gefallen. Auch ich stelle Fragen. Wie ich höre, war dieses Institut sehr exklusiv und sehr spezialisiert. Und sehr diskret. Musste es wohl auch sein, angesichts der Klientel. Also, erzählen Sie doch mal – hat das Programm bei Bradley etwas bewirkt? Oder hat es ihn nur in Kontakt mit Freunden gebracht, die genauso pervers waren wie er selbst?«

Kimball sah Marquette an. »Ich will, dass sie von dem Fall abgezogen wird – andernfalls hören Sie von meinen Anwälten.«

»Ich spreche von Freunden wie Jimmy Otto«, fuhr Jane fort. »Erinnern Sie sich an den Namen Jimmy Otto?«

Kimball ignorierte sie und richtete sich weiter an Marquette. »Muss ich mich an Ihren Polizeipräsidenten wenden? Das werde ich nämlich tun. Ich werde alles tun, was nötig ist, und meine sämtlichen Kontakte einschalten. Lieutenant?«

Marquette schwieg einen Moment. Einen langen Moment, währenddessen Jane erst richtig begriff, wie einschüchternd Kimball Rose sein konnte – nicht nur durch seine physische Präsenz, sondern auch durch seine nur angedeutete Macht. Es war ihr klar, unter welchem Druck Marquette stand, und sie machte sich auf alles gefasst.

Doch Marquette enttäuschte sie nicht. »Es tut mir leid, Mr. Rose«, sagte er. »Detective Rizzoli leitet die Ermittlung, und sie hat hier das Sagen.«

Kimball funkelte ihn wütend an, als könne er nicht glauben, dass zwei einfache Staatsbedienstete ihm die Stirn boten. Mit hochrotem Kopf fuhr er zu ihr herum. »Wegen *Ihren* Schnüffeleien liegt meine Frau im Krankenhaus. Drei Tage nachdem Sie bei uns waren und nach Bradley gefragt haben, hatte sie einen Zusammenbruch. Ich habe sie gestern hierherfliegen und in die Dana-Farber-Klinik bringen lassen. Sie wird es vielleicht nicht überleben, und daran gebe ich Ihnen die Schuld. Ich werde Sie im Auge behalten, Detective. Sie werden keinen Stein umdrehen können, ohne dass ich davon erfahre.«

»Genau da werde ich Bradley vermutlich finden«, entgegnete Jane. »Unter einem Stein.«

Er stürmte hinaus und knallte die Tür hinter sich zu.

»Das«, sagte Marquette, »war keine besonders kluge Bemerkung.«

Sie seufzte und nahm das Foto vom Tisch. »Ich weiß«, gab sie zu.

»Wie sicher sind Sie, dass Bradley Rose unser Mann ist?«

»Neunundneunzig Prozent.«

»Sie sollten besser neunundneunzig Komma neun Prozent sicher sein. Sie haben ja gerade mit eigenen Augen gesehen, mit wem wir es zu tun haben. Jetzt, wo seine Frau im Krankenhaus liegt, rastet er vollkommen aus. Er hat das Geld – und die Beziehungen –, um uns allen auf Dauer das Leben zur Hölle zu machen.«

»Soll er doch. Das ändert nichts an der Tatsache, dass sein Sohn schuldig ist.«

»Wir können uns keine weiteren Pannen mehr leisten, Rizzoli. Ihr Team hat schon einmal einen Riesenbock geschossen, und diese junge Frau hat dafür bezahlt.«

Wenn er die Absicht gehabt hatte, sie zu verletzen, dann hätte er es nicht geschickter anstellen können. Sie spürte, wie ihr Magen sich zusammenkrampfte, während sie vor ihm stand und die Akte umklammert hielt – so, als könnte dieses Bündel Papiere ihr schlechtes Gewissen wegen Josephines Entführung beruhigen.

»Aber das wissen Sie ja selbst«, sagte er.

»Ja, das weiß ich«, erwiderte sie. Und dieser Fehler wird mich bis ans Ende meiner Tage verfolgen.

27

Das Haus, in dem Nicholas Robinson lebte, stand in Chelsea, nicht weit von dem Arbeiterviertel Revere entfernt, wo Jane aufgewachsen war. Wie Janes Elternhaus war es einfach und bescheiden, mit einer überdachten Veranda und einem winzigen Vorgarten. Hier wuchsen die größten Tomatenpflanzen, die Jane je gesehen hatte, doch die schweren Regenfälle der letzten Tage hatten die Früchte beschädigt, und einige überreife Exemplare hingen faulend am Strauch. Die vernachlässigten Pflanzen hätten sie vorwarnen können, was Robinsons psychische Verfassung betraf. Als er die Tür öffnete, war sie erschrocken, wie erschöpft und mitgenommen er aussah, die Haare wirr, das Hemd so zerknittert, als hätte er schon mehrere Nächte darin geschlafen.

»Gibt es etwas Neues?«, fragte er und studierte ängstlich besorgt ihre Miene.

»Nein, tut mir leid. Darf ich reinkommen, Dr. Robinson?«

Er nickte matt. »Natürlich.«

Im Haus ihrer Eltern in Revere dominierte der Fernseher das ganze Wohnzimmer, und der Couchtisch war mit diversen Fernbedienungen übersät, die sich im Lauf der Jahre auf wundersame Weise vermehrt hatten. Doch in Robinsons Wohnzimmer konnte sie überhaupt keinen Fernseher entdecken, keine Stereoanlage, keinen CD-Player und weit und breit keine einzige Fernbedienung. Stattdessen waren die Regale mit Büchern, kleinen Statuen und Tonwaren angefüllt, und an den Wänden hingen Karten der alten Welt.

Es war in jeder Hinsicht das Heim eines unterbezahlten Akademikers, doch es herrschte Ordnung in dem Chaos, als ob jedes Teil genau an seinem vorgeschriebenen Platz stünde.

Er sah sich im Zimmer um und schien unschlüssig, was er als Nächstes tun sollte. Schließlich wedelte er hilflos mit den Händen. »Tut mir leid. Ich sollte Ihnen wohl etwas zu trinken anbieten, nicht wahr? Ich fürchte, ich bin kein sehr guter Gastgeber.«

»Danke, machen Sie sich keine Umstände. Warum setzen wir uns nicht einfach hin und reden?«

Sie nahmen auf den bequemen, aber abgenutzten Sesseln Platz. Draußen röhrte ein Motorrad vorbei, aber in diesem Haus mit seinem unter Schock stehenden Besitzer war alles still. Leise sagte er: »Ich weiß nicht, was ich machen soll.«

»Ich habe gehört, dass das Museum vielleicht für immer schließen wird.«

»Ich habe nicht vom Museum gesprochen. Ich meinte Josephine. Ich würde alles tun, um zu helfen, sie zu finden, aber was kann ich tun?« Er wies auf seine Bücher, seine Karten. »*Das* ist es, worin ich gut bin. Im Sammeln und Katalogisieren! Im Interpretieren nutzloser Fakten aus der Vergangenheit. Was bringt ihr das, frage ich Sie? Es hilft Josephine nicht im Geringsten.« Er senkte resigniert den Blick. »Und es konnte Simon nicht retten.«

»Vielleicht können Sie uns doch helfen.«

Er blickte mit seinen vor Erschöpfung getrübten Augen zu ihr auf. »Fragen Sie mich. Sagen Sie mir, was Sie von mir brauchen.«

»Ich werde mit folgender Frage beginnen: Welcher Art war Ihr Verhältnis zu Josephine?«

Er runzelte die Stirn. »Unser Verhältnis?«

»Ich glaube, sie war mehr als nur eine Kollegin für Sie.«

Wesentlich mehr, nach dem zu urteilen, was sie in seinem Gesicht sah.

Er schüttelte den Kopf. »Sehen Sie mich doch an, Detective. Ich bin vierzehn Jahre älter als sie. Ich bin hoffnungslos kurzsichtig, ich verdiene mit Mühe meinen Lebensunterhalt, und ich bekomme allmählich eine Glatze. Was sollte eine Frau wie sie an einem Mann wie mir finden?«

»Sie war also nicht an einer Beziehung interessiert.«

»Das kann ich mir absolut nicht vorstellen.«

»Sie meinen, Sie wissen es gar nicht sicher? Haben Sie sie denn nie gefragt?«

Er lachte verlegen. »Ich hatte einfach nie den Mut, es direkt auszusprechen. Und ich wollte sie nicht in Verlegenheit bringen. Es hätte vielleicht am Ende nur das zerstört, was wir *hatten*.«

»Und was war das?«

Er lächelte. »Sie ist wie ich – wirklich *genau* wie ich. Drücken Sie uns einen alten Knochensplitter oder eine rostige Klinge in die Hand, und wir spüren beide den lebendigen Puls der Geschichte darin. Das war es, was wir gemeinsam hatten – diese Begeisterung für all das, was vor uns existiert hat. Allein diese Leidenschaft mit ihr teilen zu können hätte mir genug sein sollen.« Er ließ den Kopf hängen und gestand: »Ich habe nicht gewagt, mehr als das zu verlangen.«

»Warum nicht?«

»Weil sie so wunderschön ist«, antwortete er, und er hauchte die Worte wie ein Gebet.

»War das einer der Gründe, weshalb Sie sie eingestellt haben?«

Sie konnte sofort sehen, dass er die Frage als Beleidigung empfand. Seine Züge verhärteten sich, und er straffte den Rücken. »Ich würde nie jemanden aufgrund seiner oder ihrer äußeren Erscheinung einstellen. Meine einzigen Kriterien sind Kompetenz und Erfahrung.«

»Aber Josephine konnte in ihrem Lebenslauf so gut wie keine Erfahrung vorweisen. Sie kam frisch von der Promotion. Sie haben sie als Spezialistin eingestellt, obwohl sie wesentlich geringer qualifiziert war als Sie selbst.«

»Aber ich bin kein Ägyptologe. Deswegen sagte Simon mir, dass er eine Spezialistin hinzuziehen würde. Ich hätte wohl ein bisschen gekränkt sein sollen, aber um ehrlich zu sein, wusste ich selbst, dass ich nicht qualifiziert war, ein Gutachten zu Madam X abzugeben. Ich weiß, wo meine Grenzen sind.«

»Es muss doch qualifiziertere Ägyptologen als Josephine gegeben haben, aus denen Sie einen hätten auswählen können.«

»Die gab es wohl.«

»Sie wissen es nicht?«

»Simon hat die Entscheidung getroffen. Nachdem ich die Stelle ausgeschrieben hatte, bekamen wir Dutzende von Bewerbungen. Ich war gerade dabei, eine Vorauswahl zu treffen, als Simon mir sagte, er habe sich bereits entschieden. Josephine wäre bei mir gar nicht in die engere Wahl gekommen, aber er bestand darauf, dass sie und niemand sonst die Stelle bekommen sollte. Und irgendwie schaffte er es auch, die nötigen Mittel aufzutreiben, um ihr eine Vollzeitstelle anzubieten.«

»Wie meinen Sie das – er schaffte es, die nötigen Mittel aufzutreiben?«

»Wir erhielten eine bedeutende Spende. Mumien haben oft diesen Effekt. Die potenziellen Spender reagieren begeistert und sind viel eher bereit, ihre Brieftaschen zu zücken. Wenn Sie sich so lange in Archäologenkreisen bewegen, wie es bei Simon der Fall war, dann finden Sie mit der Zeit heraus, wo etwas zu holen ist. Sie wissen, wen Sie um Geld angehen können.«

»Aber warum hat er sich für Josephine entschieden? Auf diese Frage komme ich immer wieder zurück. Warum wurde ausgerechnet *sie* eingestellt, von all den Ägyptologen, all den frisch promovierten Wissenschaftlern, die er hätte haben können?«

»Ich weiß es nicht. Ich war nicht gerade begeistert von seiner Wahl, aber ich hielt es für sinnlos, mit ihm zu streiten, weil ich den Eindruck hatte, dass er sich schon entschieden hatte und ich ihn durch nichts davon abbringen könnte.« Robinson seufzte und sah aus dem Fenster. »Und dann lernte ich sie kennen«, sagte er leise. »Und mir wurde klar, dass ich mit niemandem lieber zusammengearbeitet hätte als mit ihr. Dass ich mit niemandem lieber …« Er verstummte.

In dieser bescheidenen Wohnstraße verstummten die Verkehrsgeräusche nie ganz, aber Robinsons Wohnzimmer schien in einer anderen, vornehmeren Epoche erstarrt zu sein, einer Zeit, in der ein zerstreuter Exzentriker wie Nicholas Robinson vielleicht inmitten seiner Bücher und Karten zufrieden hätte alt werden können. Aber er hatte sich nun einmal verliebt, und seine Züge drückten keine Zufriedenheit aus, nur Angst und Seelenqual.

»Sie lebt«, sagte er. »Das muss ich einfach glauben.« Er sah Jane an. »*Sie* glauben es doch auch, oder nicht?«

»Ja«, sagte sie, »ich glaube es auch.« Sie wandte den Blick ab, ehe er den Rest ihrer Antwort an ihren Augen ablesen konnte. *Aber ich weiß nicht, ob wir sie retten können.*

28

An diesem Abend aß Maura allein.

Sie hatte ein romantisches Dinner für zwei geplant, und schon am Tag zuvor hatte sie im Lebensmittelgeschäft ihren Wagen mit Kalbshaxen und Knoblauch, mild-säuerlichen Meyer's-Zitronen und Petersilie beladen, alles Zutaten, die sie für Daniels Leibgericht Ossobuco benötigte. Aber ein einziger Anruf kann die schönsten Pläne eines heimlichen Liebespaares zunichtemachen. Erst vor ein paar Stunden hatte Daniel ihr zerknirscht mitgeteilt, dass er an diesem Abend an einem Essen mit Bischöfen aus New York teilnehmen sollte, die seiner Diözese einen Besuch abstatteten. Der Anruf hatte mit den Worten geendet, die sie schon so oft gehört hatte: *Es tut mir leid, Maura. Ich liebe dich, Maura. Ich wünschte, ich könnte den Termin absagen.*

Aber das konnte er nie.

Jetzt lagerten die Kalbshaxen in ihrem Tiefkühlfach, und statt Ossobuco würde es nur ein gegrilltes Käsesandwich geben, das sie mutterseelenallein verzehrte und mit einem kräftigen Gin Tonic hinunterspülte.

Sie versuchte sich vorzustellen, wo Daniel in diesem Moment war. Vor ihrem geistigen Auge sah sie ihn mit ernsten, schwarz gekleideten Männern an einem Tisch sitzen; sah, wie sie vor dem Essen die Köpfe senkten und ihre Tischgebete murmelten. Dann das gedämpfte Klappern des Bestecks auf den Tellern, während sie über wichtige Kirchenthemen diskutierten: der Rückgang der Einschreibungen an den Seminaren, die Überalterung der Priesterschaft. Jede Branche veranstaltete ihre eigenen Geschäftsessen, aber anders als alle anderen würden diese Männer hinterher nicht zu ihren Frauen und Kindern heimkehren, sondern jeder in sein einsames Bett. Während du an deinem Wein nippst, fragte sie ihn in Gedanken, wenn du dich unter deinen Kollegen am Tisch umschaust, stört es dich dann gar nicht, dass du kein einziges weibliches Gesicht siehst und nicht eine weibliche Stimme hörst?

Und denkst du zwischendurch auch einmal an mich?

Sie drückte das Käsesandwich in die heiße Pfanne und sah zu, wie die Butter brutzelte und das Brot allmählich knusprig wurde. Neben Rührei war ein gegrilltes Käsesandwich eines ihrer Standardgerichte für alle Fälle, und der Duft der gebräunten Butter rief in ihr Erinnerungen an all die Abende während ihres Medizinstudiums wach, an denen sie nach einem anstrengenden Tag in ihre Bude zurückgekommen war. Doch es war auch der Duft jener Abende nach ihrer Scheidung, als die Wunden noch zu frisch gewesen waren und sie sich einfach nicht dazu hatte aufraffen können, irgendetwas Komplizierteres zu kochen. Der Geruch von gegrilltem Käsesandwich war der Geruch des Scheiterns.

Draußen brach die Nacht herein, und die Dunkelheit legte sich gnädig über den vernachlässigten Gemüsegarten, den sie im Frühjahr so voller Optimismus angelegt hatte. Jetzt war er nur noch eine Wildnis aus Unkraut, geschossenem Kopfsalat und ungeernteten Erbsenschoten, die ledrig und vertrocknet an den verschlungenen Ranken hingen. Irgendwann, sagte sie sich, werde ich es schaffen. Ich werde regelmäßig Unkraut jäten und gießen. Aber in diesem Sommer war der Garten eine Wüste, ein weiteres Opfer von allzu vielen Verpflichtungen und allzu vielen Ablenkungen.

Letztere vor allem in Gestalt von Daniel.

Sie sah ihr Spiegelbild in der Fensterscheibe, die hängenden Mundwinkel, die müden, verkniffenen Augen. Ein bedrückender Anblick, der sie erschreckte wie das Gesicht einer Fremden. Würde ihr in zehn oder zwanzig Jahren immer noch dieselbe Frau aus dem Spiegel entgegenblicken?

Die Pfanne begann zu qualmen, das Brot wurde schon schwarz. Sie drehte rasch die Platte ab und öffnete das Fenster, um den Rauch abziehen zu lassen, ehe sie ihr Sandwich zum Küchentisch trug. Gin und Käse, dachte sie, als sie sich noch einen Schuss nachschenkte. Die ausgewogene Diät für die depressive Frau von heute. Während sie an ihrem Drink nippte, ging sie die Post durch, die sie an diesem Abend im Briefkasten gefunden hatte, sortierte die Werbebroschüren aus und legte die Rechnungen, die sie an diesem Wochenende zu begleichen gedachte, auf einen Stapel.

Ein Umschlag ohne Absender, auf dem in Maschinenschrift ihr Name und ihre Adresse standen, ließ sie innehalten. Sie schlitzte ihn auf und zog ein gefaltetes Blatt Papier heraus. Kaum hatte sie einen Blick darauf geworfen, als sie es schon fallen ließ, als hätte sie sich die Finger verbrannt.

In Druckbuchstaben mit Tinte geschrieben, standen dort die gleichen zwei Worte, die sie in blutigen Lettern an der Kellertür des Crispin Museums gesehen hatte.

FINDE MICH

Sie schnellte von ihrem Stuhl hoch und stieß dabei ihr Gin-Tonic-Glas um. Eiswürfel kullerten über den Boden, doch sie ignorierte sie und stürzte zum Telefon.

Nach dem dritten Klingeln meldete sich eine forsche Stimme. »Rizzoli.«

»Jane, ich glaube, er hat mir geschrieben!«

»Was?«

»Der Brief ist gerade mit der Post gekommen. Es ist ein einzelnes Blatt...«

»Nicht so schnell. Ich kann dich kaum verstehen bei dem Verkehrslärm.«

Maura hielt einen Moment inne, um sich zu sammeln, und zwang sich, mit ruhigerer Stimme fortzufahren: »Der Umschlag ist an mich adressiert. Darin steckte ein einzelner Briefbogen, auf dem nur zwei Worte stehen: *Finde mich.*« Sie atmete einmal tief durch und fügte leise hinzu: »Das muss er sein.«

»Steht sonst noch irgendetwas auf dem Blatt? Vielleicht auf der Rückseite?«

Maura drehte den Bogen um und runzelte die Stirn. »Da stehen zwei Zahlen auf der anderen Seite.«

Sie hörte wildes Gehupe am anderen Ende der Leitung, gefolgt von einem halblauten Fluch aus Janes Mund. »Hör zu, ich stecke gerade auf der Columbus Avenue im Stau. Bist du zu Hause?«

»Ja.«

»Ich komme, so schnell ich kann. Hast du deinen Computer eingeschaltet?«

»Nein. Wieso?«

»Fahr ihn hoch. Ich will, dass du etwas für mich nachprüfst. Ich glaube, ich weiß, was das für Zahlen sind.«

»Augenblick.« Mit dem Telefon und dem Brief in der Hand eilte Maura über den Flur ins Wohnzimmer. »Ich fahre ihn gerade hoch«, sagte sie, während der Monitor hell wurde und die Festplatte summend zum Leben erwachte. »Also, was ist nun mit diesen Zahlen?«, fragte sie. »Wofür stehen sie?«

»Ich vermute, dass es sich um geografische Koordinaten handelt.«

»Woher weißt du das?«

»Weil Josephine uns erzählt hat, dass sie genau so einen Brief bekommen habe wie du, mit Zahlen, die sich als die Koordinaten der Blue Hills Reservation entpuppten.«

»Deshalb ist sie also an dem Tag dorthin zum Wandern gegangen?«

»Der Mörder hatte sie dorthin geschickt.«

Die Festplatte hörte auf zu summen. »Okay. Der Computer ist hochgefahren. Was soll ich jetzt tun?«

»Geh auf Google Earth und gib diese Zahlen als Breiten- und Längengrad ein.«

Maura sah noch einmal auf das Blatt, und schlagartig ging ihr die Bedeutung der Worte *Finde mich* auf. »O Gott«, murmelte sie. »Er lässt uns wissen, wo wir ihre Leiche finden können.«

»Ich will doch schwer hoffen, dass du dich da irrst. Hast du die Zahlen eingegeben?«

»Nein, das mache ich jetzt.« Maura legte das Telefon beiseite und begann zu tippen. Nachdem sie die Zahlen in die Felder für Breiten- und Längengrad eingegeben hatte, begann die Weltkarte auf dem Monitor sich zu verschieben. Sie griff wieder nach dem Telefon und sagte: »Jetzt fängt es an zu zoomen.«

»Was zeigt die Karte?«

»Den Nordwesten der USA. Es ist Massachusetts ...«

»Boston?«

»Sieht so aus – nein, warte mal ...« Maura riss die Augen auf, als die Details schärfer wurden. Ihre Kehle war plötzlich wie ausgetrocknet. »Es ist in Newton«, sagte sie leise.

»Wo in Newton?«

Maura griff nach der Maus. Mit jedem Klick wurde das Bild ein wenig größer. Sie sah Straßen, Bäume, einzelne Hausdächer. Plötzlich erkannte sie die Nachbarschaft, und ein eiskalter Schauer ließ die Härchen in ihrem Nacken sich aufrichten. »Es ist mein Haus«, flüsterte sie.

»Was?«

»Das sind die Koordinaten von *meinem Haus.*«

»Mein Gott. Hör zu – ich schicke dir sofort einen Streifenwagen! Ist dein Haus gesichert? Ich will, dass du sofort nachschaust, ob alle Türen abgeschlossen sind. Na los, mach schon!«

Maura sprang auf und lief zur Haustür. Sie war abgeschlossen. Dann eilte sie weiter zur Garagentür – auch abgeschlossen. Sie wandte sich zur Küche um und erstarrte plötzlich.

Ich habe das Fenster offen gelassen.

Ganz langsam, mit schweißnassen Händen und pochendem Herzen, schlich sie den Flur entlang. Als sie in die Küche trat, sah sie gleich, dass das Fliegengitter unversehrt und alles an Ort und Stelle war. Die geschmolzenen Eiswürfel hatten eine glitzernde Pfütze unter dem Tisch hinterlassen. Sie ging zur Hintertür und vergewisserte sich, dass sie gesichert war. Natürlich war sie das. Vor zwei Jahren war ein Einbrecher in ihr Haus eingedrungen, und seither achtete sie stets peinlich darauf, sämtliche Türen zu verschließen und die Alarmanlage scharf zu stellen. Jetzt schloss sie das Küchenfenster, verriegelte es und versuchte ruhig und gleichmäßig zu atmen, während ihr Puls sich allmählich wieder normalisierte. Es ist doch nur ein Brief, dachte sie. Eine Provokation, die ihr mit der Post zugestellt worden war. Sie drehte sich zum Tisch um und betrachtete den Umschlag, in dem die Botschaft gesteckt hatte. Da erst fiel ihr auf, dass er keinen Poststempel trug – die Briefmarke war wie neu.

Er hat ihn selbst eingeworfen. Er ist in meine Straße gekommen und hat ihn in meinen Briefkasten gesteckt.

Was hat er sonst noch für mich dagelassen?

Sie spähte zum Fenster hinaus und fragte sich, welche Geheimnisse die Dunkelheit wohl verbarg. Ihre Hände waren wieder feucht, als sie zum Schalter für die Außenbeleuchtung ging. Fast fürchtete sie sich vor dem, was sich im Licht zeigen würde. Würde ihr Bradley Roses Gesicht entgegenstarren, wenn sie zum Fenster hinaussah? Doch als sie den Schalter drückte, tauchten im grellen Schein keine Monster, keine grimmigen Fratzen auf. Sie sah den Gasgrill und die Gartenmöbel aus Teak, die sie letzten Monat gekauft, aber noch kein einziges Mal benutzt hatte. Und hinter der Terrasse, am Rand des erhellten Bereichs, konnte sie schemenhaft den Rand ihres Gartens erkennen. Alles wie immer, kein Grund zur Beunruhigung.

Dann registrierte sie aus dem Augenwinkel etwas Helles, das sich wellenförmig bewegte, ein flatterndes weißes Etwas in der Dunkelheit. Sie mühte sich zu erkennen, was es war, doch es wollte einfach keine feste Gestalt annehmen. Sie nahm die Taschenlampe aus der Küchenschublade und leuchtete in die Nacht hinaus. Der Strahl fiel auf den japanischen Birnbaum, den sie vor zwei Sommern in der hintersten Ecke des Gartens gepflanzt hatte. An einem seiner Äste hing etwas Weißes, das träge im Wind hin und her schwang.

Es klingelte an ihrer Tür.

Sie wirbelte herum und schnappte erschrocken nach Luft. Als sie in die Diele eilte, sah sie durch das Wohnzimmerfenster das flackernde Blaulicht eines Streifenwagens. Sie öffnete die Haustür und erblickte zwei Polizisten vom Revier Newton.

»Alles in Ordnung, Dr. Isles?«, fragte einer der beiden. »Wir haben eine Meldung bekommen, dass es hier möglicherweise einen Einbruchsversuch gegeben hätte.«

»Nein, es ist alles okay.« Sie atmete erleichtert auf. »Aber kommen Sie doch mal eben mit – ich möchte, dass Sie sich etwas anschauen.«

»Was denn?«

»Es ist hinten in meinem Garten.«

Die Streifenpolizisten folgten ihr durch den Flur in die Küche. Dort hielt sie einen Moment inne und fragte sich, ob sie gerade im Begriff war, sich fürchterlich zu blamieren. Die hysterische alleinstehende Frau, die sich einbildete, dass in ihrem Birnbaum Gespenster lauerten. Jetzt, da zwei Cops an ihrer Seite standen, war ihre Angst verflogen, und praktischere Überlegungen drängten sich in den Vordergrund. Falls der Mörder tatsächlich etwas in ihrem Garten hinterlassen hatte, dann musste sie sich dem Gegenstand auf professionelle Weise nähern.

»Warten Sie hier einen Moment«, sagte sie und lief zurück zum Flurschrank, wo sie die Schachtel mit den Latexhandschuhen aufbewahrte.

»Möchten Sie uns vielleicht mal erklären, was hier vorgeht?«, rief einer der Polizisten.

Sie kam mit der Schachtel in der Hand in die Küche zurück und reichte jedem der beiden ein Paar Handschuhe. »Nur für alle Fälle«, kommentierte sie.

»Wozu sollen die denn gut sein?«

»Damit wir keine Spuren vernichten.« Sie nahm die Taschenlampe und öffnete die Hintertür. Die milde Sommernacht duftete nach Rindenmulch und feuchtem Gras. Langsam schritt sie voran, schwenkte den Strahl über die Terrasse, das Gemüsebeet, den Rasen, auf der Suche nach weiteren Überraschungen, die speziell für sie bestimmt waren. Das Einzige, was nicht hierhergehörte, war das, was da vor ihnen im Halbdunkel flatterte. Sie blieb vor dem Birnbaum stehen und richtete die Taschenlampe auf den Gegenstand, der dort am Ast hing.

»Das Ding da?«, fragte der Cop. »Das ist doch bloß eine Einkaufstüte.«

Mit etwas darin. Sie dachte an all die grausigen Gegenstände, die in einer Einkaufstüte Platz finden würden, all die makabren Souvenirs, die ein Mörder seinen Opfern abnehmen könnte, und plötzlich wollte sie gar nicht mehr sehen, was in der Tüte war. *Ich überlasse das Jane, dachte sie. Soll doch jemand anders den ersten Blick darauf werfen.*

»Ist es das, was Ihnen Kummer macht?«, fragte der Cop.

»*Er* hat das hier zurückgelassen. Er ist in meinen Garten eingestiegen und hat es an diesen Baum gehängt.«

Der Polizist zog seine Handschuhe an. »Na, dann schauen wir eben einfach nach, was es ist.«

»Nein. Warten Sie…«

Aber er hatte den Beutel bereits vom Ast abgenommen. Jetzt leuchtete er mit seiner Taschenlampe hinein, und trotz der Dunkelheit konnte sie sehen, wie er das Gesicht verzog.

»Was?«, fragte sie.

»Sieht aus wie irgendein Tier.« Er hielt den Beutel auf, damit sie hineinschauen konnte.

Auf den ersten Blick schien das, was sie da sah, tatsächlich ein dichter, dunkler Pelz zu sein. Doch als ihr klar wurde, was es in Wirklichkeit war, wurden ihre Hände in den Latexhandschuhen kalt wie Eis.

Sie blickte zu dem Polizisten auf. »Das sind Haare«, sagte sie mit gedämpfter Stimme. »Menschenhaare, wenn ich mich nicht irre.«

29

»Die sind von Josephine«, sagte Jane.

Maura saß an ihrem Küchentisch und starrte auf den Beweismittelbeutel, der mit einer dichten Masse schwarzer Haare gefüllt war. »Das wissen wir nicht«, entgegnete sie.

»Die Farbe passt. Und die Länge auch.« Jane deutete auf den Umschlag, in dem die Botschaft gesteckt hatte. »Er lässt uns praktisch wissen, dass *er* sie geschickt hat.«

Durch das Küchenfenster sah Maura die Taschenlampen der Leute von der Spurensicherung, die die letzte Stunde damit zugebracht hatten, ihren Garten zu durchkämmen. Und auf der Straße parkten drei Streifenwagen mit flackerndem Blaulicht, während die Nachbarn vermutlich an ihren Fenstern standen und das Spektakel verfolgten. Ich bin die unerwünschte Person in eurer Straße, dachte sie. Die Frau, vor deren Haus regelmäßig Polizeistreifen, Forensikteams und Fernsehübertragungswagen vorfahren. Man hatte sie ihrer Privatsphäre beraubt, hatte ihr Haus zur Kulisse für Fernsehkameras gemacht, und sie hätte am liebsten die Haustür aufgerissen und die Reporter angeschrien, dass sie ihre Straße räumen und sie endlich in Frieden lassen sollten. Und gleich darauf malte sie sich aus, wie das in den Spätnachrichten aussehen würde – die Leiterin der Rechtsmedizin, wie sie vor ihrem Haus hysterisch tobte und schrie.

Der eigentliche Gegenstand ihres Zorns waren jedoch nicht diese Kameras – es war der Mann, dessentwegen sie hier waren. Der Mann, der diese Botschaft geschrieben und dieses Souvenir in ihren Birnbaum gehängt hatte. Sie sah Jane an. »Wieso schickt er *mir* so etwas? Ich bin doch bloß die Rechtsmedizinerin. Ich bin nur am Rande mit eurer Ermittlung befasst.«

»Aber du warst auch an fast jedem Tatort. Mehr noch, du warst von Anfang an in diesen Fall involviert, schon seit dem CT von Madam X. Man kennt dein Gesicht aus den Fernsehnachrichten.«

»Deins aber auch, Jane. Er hätte auch dem Boston PD ein Souvenir schicken können. Warum kommt er zu *mir*? Warum hinterlässt er es in *meinem* Garten?«

Jane setzte sich und sah Maura über den Tisch hinweg an. »Wenn die Haare an das Bostoner Polizeipräsidium geschickt worden wären, hätten wir den Fall intern und diskret behandelt. Stattdessen wurden Streifenwagen losgeschickt, und jetzt trampelt die Spurensicherung auf deinem Grundstück herum. Unser Freund hat das Ganze zu einem öffentlichen Spektakel gemacht.« Sie schwieg einen Moment. »Und vielleicht war genau das seine Absicht.«

»Er genießt die Aufmerksamkeit«, sagte Maura.

»Und davon bekommt er jetzt mehr als genug.«

Draußen waren die Kriminaltechniker mit ihrer Suche fertig. Maura hörte das Schlagen von Autotüren und die Motorengeräusche der abfahrenden Transporter.

»Du hast vorhin eine Frage gestellt«, sagte Jane. »Du hast gefragt: *Warum ich?* Warum sollte der Mörder ein Souvenir hinter deinem Haus deponieren, anstatt es an die Bostoner Polizei zu schicken?«

»Wir waren uns doch gerade einig, dass sein Wunsch nach Aufmerksamkeit das Motiv ist.«

»Tja, ich kann mir aber auch noch einen anderen Grund vorstellen. Und der wird dir gar nicht gefallen.« Jane schaltete den Laptop ein, den sie aus dem Auto mitgenommen hatte, und ging auf die Website des *Boston Globe*. »Erinnerst du dich an diesen Artikel über Madam X?«

Auf dem Monitor erschien ein Beitrag aus dem Archiv des *Globe*: MUMIE SOLL IHRE GEHEIMNISSE BALD PREISGEBEN. Das Foto zum Artikel zeigte Nicholas Robinson und Josephine Pulcillo und zwischen ihnen Madam X in ihrer Kiste.

»Ja, ich habe ihn gelesen«, sagte Maura.

»Dieser Beitrag wurde von den Agenturen verbreitet. Viele Zeitungen haben ihn übernommen. Wenn unser Täter ihn gesehen hat, dann wusste er, dass Lorraine Edgertons Leiche gerade gefunden worden war. Und dass nach dem CT der Rummel groß sein würde. Und jetzt sieh dir das an.«

Jane klickte eine Datei an, die auf ihrem Computer gespeichert war, und der Monitor füllte sich mit einem Foto. Es war das Porträt einer jungen Frau mit langen schwarzen Haaren und fein geschwungenen Brauen; kein Schnappschuss, sondern eine Studioaufnahme, wie man sie fürs College-Jahrbuch machen ließ.

»Wer ist das?«, fragte Maura.

»Ihr Name war Kelsey Thacker. Eine Collegestudentin, die zuletzt vor sechsundzwanzig Jahren gesehen wurde, als sie von einer Bar in der Nähe ihrer Wohnung nach Hause aufbrach. In Indio, Kalifornien.«

»Indio?«, echote Maura. Und sie dachte an die zerknüllte Zeitung, die sie aus dem Schrumpfkopf gezogen hatte – eine Zeitung, die vor sechsundzwanzig Jahren gedruckt worden war.

»Wir haben uns die Vermisstenmeldungen für sämtliche Frauen vorgenommen, die in dem betreffenden Jahr in Indio und Umgebung verschwanden. Kelsey Thackers Name tauchte an allererster Stelle auf. Und als ich ihr Foto sah, war ich mir hundertprozentig sicher.« Sie zeigte auf das

Bild. »Ich glaube, dass Kelsey Thacker so ausgesehen hat, bevor der Mörder ihr den Kopf abschnitt. Bevor er ihr die Haut vom Gesicht und Schädel abzog, die er anschließend einschrumpfte und an einer Schnur aufhängte wie irgendeinen perversen Christbaumschmuck.« Jane schnaubte aufgebracht. »Ohne einen Schädel können wir keinen Abgleich des Zahnstatus machen. Aber ich bin mir sicher, dass sie es ist.«

Mauras Blick war immer noch auf das Gesicht der Frau geheftet. Leise sagte sie: »Sie gleicht Lorraine Edgerton.«

»Und auch Josephine. Dunkelhaarig, hübsch. Ich denke, es ist klar, welcher Typ Frau diesen Mörder anzieht. Wir wissen auch, dass er die Nachrichten verfolgt. Er hört, dass Madam X im Crispin Museum gefunden wurde, und vielleicht findet er den ganzen Medienzirkus aufregend. Oder vielleicht ärgert er sich auch darüber. Das Entscheidende ist, dass sich alles um *ihn* dreht. Und dann entdeckt er Josephines Foto in dem Artikel über die Mumie. Hübsches Gesicht, schwarze Haare. Seiner Traumfrau wie aus dem Gesicht geschnitten. Der Typ Frau, der ihn offenbar wieder und wieder zum Mörder werden lässt.«

»Und das lockt ihn nach Boston.«

»Sicher hat er auch diesen Artikel hier gesehen.« Jane klickte einen weiteren Beitrag aus dem Archiv des *Boston Globe* an, in dem es um die Moorlady ging: FRAU FINDET LEICHE IM KOFFERRAUM. Begleitet war der Artikel von einem Archivfoto von Maura mit der Bildunterschrift: »*Rechtmedizinerin: Todesursache noch ungeklärt.*«

»Es ist das Foto einer weiteren attraktiven Frau mit schwarzen Haaren«, sagte Jane. Sie sah Maura an. »Vielleicht ist dir die Ähnlichkeit nie aufgefallen, aber mir schon. Als ich dich und Josephine das erste Mal in einem Raum gesehen habe, dachte ich, du könntest ihre ältere Schwester sein. Deswegen habe ich die Kollegen von Newton gebeten, ein Auge auf dein Haus zu haben. Es wäre vielleicht keine schlechte Idee, wenn du die nächsten Tage woanders schlafen würdest. Und du könntest auch mal darüber nachdenken, dir einen Hund zuzulegen. Einen möglichst großen und kräftigen.«

»Ich habe eine Alarmanlage, Jane.«

»Ein Hund hat Zähne. Und er würde dir Gesellschaft leisten.« Jane stand auf und wandte sich zum Gehen. »Ich weiß, du legst großen Wert auf deine Privatsphäre. Aber manchmal ist es für eine Frau einfach besser, wenn sie nicht allein ist.«

Aber ich *bin* allein, dachte Maura wenig später, als sie Janes Wagen nachsah, bis er in der Nacht verschwunden war. Allein in einem Haus, wo nicht einmal ein Hund mir Gesellschaft leistet.

Sie schaltete ihre Alarmanlage scharf und ging im Wohnzimmer auf und ab, ruhelos wie ein Tier im Käfig, während ihr Blick ein ums andere Mal vom Telefon angezogen wurde. Schließlich konnte sie der Versuchung nicht länger widerstehen. Sie kam sich vor wie ein Junkie, als sie zum Hörer griff und mit zitternden Fingern Daniels Handynummer wählte. *Geh bitte dran. Sei für mich da.*

Die Mailbox sprang an.

Sie legte auf, ohne eine Nachricht zu hinterlassen, und starrte das Telefon an. Das hartnäckige Schweigen des Apparats erschien ihr wie ein Verrat. Heute Nacht brauche ich dich, dachte sie, aber ich kann dich nicht erreichen. Du warst immer schon unerreichbar für mich, denn du gehörst nun einmal deinem Gott.

Grelles Scheinwerferlicht zog ihren Blick zum Fenster. Ein Streifenwagen des Reviers Newton fuhr im Schritttempo an ihrem Haus vorbei. Sie winkte dem Polizisten am

Steuer zu, dessen Gesicht sie nicht sehen konnte – dem Mann, der in dieser Nacht über sie wachte, weil der, den sie liebte, es nicht tat, es nicht tun konnte. Und was sah dieser Streifenpolizist, wenn er an ihrem Haus vorbeifuhr? Eine Frau mit einem komfortablen Haus und allen äußeren Zeichen des Erfolgs, die allein an ihrem Fenster stand, isoliert und schutzlos.

Ihr Telefon klingelte.

Daniel – das war ihr erster Gedanke, und als sie begierig nach dem Hörer griff, pochte ihr Herz bereits wie das eines Sprinters.

»Geht es Ihnen gut, Maura?«, fragte Anthony Sansone.

Ihre Enttäuschung ließ sie schroffer antworten, als sie beabsichtigt hatte. »Warum sollte es mir nicht gut gehen?«

»Wie ich höre, hat es heute Abend bei Ihnen einige Aufregung gegeben.«

Es überraschte sie nicht, dass er bereits davon wusste. Sansone war wie ein hochempfindlicher Seismograf – nicht das kleine Beben, nicht die leiseste Änderung der Windrichtung entging ihm.

»Das ist längst ausgestanden«, sagte sie. »Die Polizei ist schon weg.«

»Sie sollten heute Nacht nicht allein sein. Warum packen Sie nicht Ihre Tasche, und ich hole Sie ab? Sie können hier bei mir auf dem Beacon Hill wohnen, solange Sie es für nötig halten.«

Sie blickte zum Fenster hinaus, auf die menschenleere Straße, und dachte an die Nacht, die ihr bevorstand. Sie könnte bis zum Morgen hellwach im Bett liegen und auf jedes Knarren, jedes leise Rascheln im Haus lauschen. Oder sie könnte Zuflucht nehmen in seiner Villa, die er gegen eine Welt finsterer Bedrohungen gesichert hatte, von deren Existenz er felsenfest überzeugt war. In seiner mit Samt ausgeschlagenen Festung, angefüllt mit Antiquitäten und mittelalterlichen Porträts, wäre sie sicher und geschützt, doch es wäre eine Flucht in eine düstere, wahnhafte Welt, zu einem Mann, der überall Verschwörungen am Werk sah. Sansone hatte sie immer nervös gemacht; auch jetzt, Monate nach ihrer ersten Begegnung, hatte sie nicht das Gefühl, dass sie ihn je wirklich kennen würde. Er war ein Mann, den sein Reichtum und sein beunruhigender Glaube an die allgegenwärtige dunkle Seite der Menschheit isolierten. In seinem Haus wäre sie vielleicht sicher, aber sie würde sich dort nicht wohlfühlen.

Draußen war die Straße immer noch still und leer; von dem Streifenwagen war nichts mehr zu sehen. Es gibt nur einen Menschen, den ich heute Nacht hier bei mir haben will, dachte sie. Und das ist der eine Mensch, den ich nicht haben kann.

»Maura, soll ich Sie abholen kommen?«, fragte er.

»Das ist nicht nötig«, sagte sie. »Ich komme mit meinem eigenen Wagen.«

Als Maura Sansones Villa auf dem Beacon Hill das letzte Mal betreten hatte, war es Januar gewesen, und im Kamin hatte ein loderndes Feuer gegen die Winterkälte angekämpft. Aber auch an diesem warmen Sommerabend empfand sie die Atmosphäre des Hauses als frostig; es schien, als hätte der Winter sich dauerhaft in diesen dunkel getäfelten Räumen festgesetzt, wo ernste Gesichter von den Porträts an den Wänden herabblickten.

»Haben Sie schon zu Abend gegessen?«, fragte Sansone, während er ihre kleine Reisetasche dem Butler übergab, der sich damit diskret zurückzog. »Ich kann den Koch bitten, Ihnen etwas zu machen.«

Sie dachte an ihr gegrilltes Käsesandwich, von dem sie

nur ein paar Happen gegessen hatte. Das konnte man kaum als Abendessen zählen, doch sie hatte keinen Appetit und ließ sich deshalb nur zu einem Glas Wein überreden. Es war ein schwerer Amarone, so dunkel, dass er im Schein des Kaminfeuers fast schwarz wirkte. Sie kostete ihn unter dem kühlen Blick eines von Sansones Ahnen aus dem sechzehnten Jahrhundert, dessen stechende Augen sie von dem Bildnis über dem Sims anstarrten.

»Es ist schon viel zu lange her, dass Sie zuletzt hier waren«, sagte er, während er in dem Empire-Sessel gegenüber von ihr Platz nahm. »Ich gebe die Hoffnung nicht auf, dass Sie irgendwann die Einladung zu unseren wöchentlichen Diners annehmen werden.«

»Ich war zu beschäftigt, um an Ihren Treffen teilnehmen zu können.«

»Ist das der einzige Grund? Dass sie zu viel zu tun hatten?«

Sie starrte in ihr Weinglas. »Nein«, gab sie zu.

»Ich weiß, Sie glauben nicht an unsere Mission. Aber denken Sie immer noch, dass wir ein Haufen von Spinnern sind?«

Sie blickte auf und sah, dass er den Mund zu einem ironischen Lächeln verzogen hatte. »Ich denke, dass der Mephisto-Club eine beängstigende Sicht der Welt hat.«

»Und teilen Sie diese Sicht etwa nicht? Sie stehen in Ihrem Sektionssaal und sehen, wie die Opfer von Gewaltverbrechen hereingerollt werden. Sie sehen den Beweis in ihren malträtierten Leichen. Wollen Sie mir wirklich erzählen, dass das Ihren Glauben an die Menschheit nicht erschüttert?«

»Alles, was es mich lehrt, ist, dass es gewisse Menschen gibt, die in einer zivilisierten Gesellschaft fehl am Platz sind.«

»Und die im Grunde die Bezeichnung ›Mensch‹ nicht verdienen.«

»Aber es *sind* Menschen. Sie können sie nennen, wie Sie wollen – Schlächter, Jäger, meinetwegen auch Dämonen. Ihre DNA ist trotzdem die gleiche wie unsere.«

»Und was macht sie dann so anders? Was treibt sie zum Töten?« Er stellte sein Weinglas ab und beugte sich zu ihr vor mit einem Blick, der nicht minder verstörend war als der des Porträts über dem Kamin. »Was lässt ein Kind aus privilegierten Verhältnissen zu einem Monster wie Bradley Rose mutieren?«

»Ich weiß es nicht.«

»Das ist das Problem. Wir versuchen, es auf traumatische Kindheitserlebnisse zu schieben, auf Misshandlungen durch die Eltern oder auf schleichende Bleivergiftung. Und gewiss lassen sich bestimmte Erscheinungsformen kriminellen Verhaltens auf diese Weise erklären. Aber dann gibt es die Ausnahmefälle, die Mörder, die sich durch ihre besondere Grausamkeit vom Rest abheben. Niemand weiß, wo diese Kreaturen herkommen. Und doch bringt jede Generation, jede Gesellschaft einen Bradley Rose, einen Jimmy Otto und ganze Scharen von Schlächtern ihres Schlages hervor. Sie sind immer unter uns, und wir dürfen die Augen nicht vor ihrer Existenz verschließen. Und wir müssen uns vor ihnen schützen.«

Sie sah ihn fragend an. »Wie haben Sie so viel über diesen Fall in Erfahrung bringen können?«

»Die Medien haben ausgiebig darüber berichtet.«

»Jimmy Ottos Name wurde in den Polizeiberichten nie genannt. Er ist der Öffentlichkeit nicht bekannt.«

»Die Öffentlichkeit stellt nicht die Fragen, die ich stelle.« Er griff nach der Weinflasche und schenkte ihr nach. »Meine Quellen bei den Strafverfolgungsorganen vertrauen auf meine Diskretion, und ich vertraue darauf, dass sie mich korrekt informieren. Wir haben die gleichen Anliegen und die gleichen Ziele.« Er stellte die Flasche ab und fixierte sein Gegenüber. »Genau wie Sie und ich, Maura.«

»Da bin ich mir nicht immer so sicher.«

»Wir wollen beide, dass diese junge Frau überlebt. Wir wollen, dass die Bostoner Polizei sie findet. Das heißt, dass wir genau verstehen müssen, warum dieser Täter sie gekidnappt hat.«

»Die Polizei hat bereits einen forensischen Psychologen als Berater herangezogen. Dieser Aspekt wird also bereits abgedeckt.«

»Und man geht mit der konventionellen Methode an die Sache heran. *Er hat sich früher schon so verhalten, also wird er sich wieder genauso verhalten.* Aber diese Entführung ist vollkommen anders als alle bisherigen, von denen wir wissen.«

»Inwiefern anders? Er hat damit begonnen, dass er diese Frau ins Bein schoss, damit sie nicht fliehen konnte, und das ist genau sein Muster.«

»Aber er ist von diesem Muster abgewichen.«

»Wie meinen Sie das?«

»Sowohl Lorraine Edgerton als auch Kelsey Thacker verschwanden spurlos. Auf keine dieser Entführungen folgten provozierende Botschaften wie dieses *Finde mich*. Die Polizei bekam keine anonymen Briefe oder Souvenirs zugeschickt. Diese Frauen verschwanden einfach. Der aktuelle Fall liegt anders. Mit der Entführung von Ms. Pulcillo scheint der Mörder geradezu um ihre Aufmerksamkeit zu buhlen.«

»Vielleicht will er gefasst werden. Vielleicht ist es ein Appell, ihn endlich zu stoppen.«

»Oder er hat einen anderen Grund, so viel Aufmerksamkeit zu suchen. Sie müssen zugeben, dass dies genau das ist, was er tut, indem er solche medienwirksamen Ereignisse inszeniert: Er sucht die Öffentlichkeit. Indem er diese Leiche in den Kofferraum legt. Indem er im Museum einen Mord und eine Entführung begeht. Und nun der neueste Fall – er hinterlässt ein Souvenir in Ihrem Garten. Ist Ihnen aufgefallen, wie schnell die Presse bei Ihnen in der Straße aufgetaucht ist?«

»Reporter hören oft den Polizeifunk ab.«

»Die Presse hat einen Tipp bekommen, Maura. Jemand hat sie angerufen.«

Sie starrte ihn an. »Sie glauben, dass dieser Mörder so sehr nach Aufmerksamkeit giert?«

»Auf jeden Fall bekommt er sie. Nun stellt sich die Frage: Wessen Aufmerksamkeit sucht er?« Er machte eine Pause. »Ich fürchte sehr, dass es Ihre ist, auf die er aus ist.«

Sie schüttelte den Kopf. »Meine hat er bereits, und das weiß er. Wenn sein Verhalten vom Wunsch nach Aufmerksamkeit bestimmt ist, dann richtet er sich damit an ein weit größeres Publikum. Er sagt der ganzen Welt: *Seht mich an. Seht, was ich getan habe.*«

»Oder es ist an eine ganz bestimmte Person gerichtet. Eine, die alle diese Meldungen sehen und darauf reagieren soll. Ich glaube, dass er mit jemandem kommuniziert, Maura. Vielleicht ist es ein anderer Mörder. Oder vielleicht ein künftiges Opfer.«

»Es ist sein aktuelles Opfer, dem unsere Hauptsorge gelten sollte.«

Sansone schüttelte den Kopf. »Er hat sie jetzt drei Tage in seiner Gewalt. Das lässt das Schlimmste befürchten.«

»Seine anderen Opfer hat er weit länger am Leben gehalten.«

»Aber ihnen hat er nicht die Haare abgeschnitten. Er hat

keine Spielchen mit der Polizei und der Presse gespielt. Diese Entführung folgt einem ganz eigenen Schema.« Der Blick, mit dem er sie ansah, war beängstigend in seiner Nüchternheit. »Diesmal liegen die Dinge anders. Das Verhaltensmuster des Mörders hat sich geändert.«

30

Cape Elizabeth, wo Dr. Gavin Hilzbrich lebte, war ein wohlhabender Vorort von Portland, Maine. Doch im Gegensatz
zu den gepflegten Anwesen in der Nachbarschaft war das
Grundstück, auf dem Hilzbrichs Haus ein Stück zurückgesetzt stand, mit Bäumen und Büschen überwuchert, und der
Rasen, der eindeutig zu wenig Sonne bekam, wies zahlreiche kahle Stellen auf. Als Jane in der Einfahrt des großen,
im Kolonialstil errichteten Hauses stand, fielen ihr der abblätternde Anstrich und der grünliche Moosbesatz der
Dachschindeln auf, deutliche Hinweise auf die maroden Finanzen des Doktors. Sein Haus hatte – ebenso wie sein
Bankkonto – mit ziemlicher Sicherheit schon bessere Tage
gesehen.

Auf den ersten Blick machte der silberhaarige Mann, der
ihr die Tür öffnete, einen durchaus gut situierten Eindruck.
Trotz seiner fast siebzig Jahre stand er kerzengerade vor ihr,
ungebeugt von den Jahren oder seinen wirtschaftlichen Nöten. Dem warmen Tag zum Trotz trug er eine Tweedjacke,
als sei er gerade auf dem Weg zu einer Vorlesung. Erst als
Jane genauer hinsah, stellte sie fest, dass die Kragenecken
ausgefranst waren und die Jacke für seine knochigen Schultern mehrere Nummern zu groß war. Dennoch beäugte er
seine Besucherin geringschätzig, als ob nichts, was sie zu
sagen hatte, ihn im Mindesten interessieren könnte.

»Dr. Hilzbrich?«, sagte sie. »Ich bin Detective Rizzoli.
Wir haben telefoniert.«

»Ich habe Ihnen nichts weiter zu sagen.«

»Wir haben nicht mehr viel Zeit, diese Frau zu retten.«

»Ich kann nicht über meine früheren Patienten sprechen.«

»Gestern Abend hat Ihr früherer Patient uns ein Souvenir geschickt.«

Er runzelte die Stirn. »Wie meinen Sie das – was für ein Souvenir?«

»Die Haare des Opfers. Er hat sie ihr abgeschnitten, hat sie in eine Einkaufstüte gesteckt und sie wie eine Trophäe an einen Baum gehängt. Ich weiß zwar nicht, wie ein Psychiater wie Sie das interpretieren würde. Ich bin nur eine einfache Polizistin. Aber ich mag mir gar nicht vorstellen, was er ihr als Nächstes abschneiden könnte. Und wenn das Nächste, was wir finden, ein Stück von ihrem Fleisch ist, dann können Sie Gift drauf nehmen, dass ich wieder bei Ihnen auf der Matte stehen werde. Aber dann werde ich ein paar Fernsehkameras mitbringen.« Sie ließ diese Drohung einen Moment wirken. »Also, wollen Sie jetzt vielleicht reden?«

Er starrte sie an, die Lippen zu einem dünnen Strich zusammengepresst. Dann trat er wortlos zur Seite und ließ sie ein.

Im Haus roch es nach Zigarettenrauch – ein ungesundes Laster und bei den zahllosen Kartons voller Akten, die den Flur verstopften, ein lebensgefährliches obendrein. Als sie durch eine offene Tür in ein vollgestopftes Büro spähte, sah sie überquellende Aschenbecher und einen Schreibtisch, der unter der Last von Papierstapeln und noch mehr Kartons ächzte.

Sie folgte Hilzbrich ins Wohnzimmer. Hier fiel durch die dichten Bäume vor dem Fenster kaum Sonnenlicht ein, was eine bedrückende, düstere Atmosphäre schuf. Immerhin herrschte in diesem Zimmer eine gewisse Ordnung, doch das Ledersofa, auf dem Jane Platz nahm, war fleckig, und das Holz des fein gearbeiteten Couchtischs war mit Ringen von zahllosen Kaffeetassen verunziert. Beide Möbel waren wohl einmal recht teuer gewesen, Überbleibsel aus üppigeren Jahren. Offensichtlich war es mit Hilzbrichs finanziellen Verhältnissen fürchterlich bergab gegangen, und nun saß er in einem Haus, dessen Instandhaltung er sich nicht mehr leisten konnte. Doch der Mann, der ihr gegenübersaß, wirkte keineswegs geknickt und ganz bestimmt nicht demütig oder schicksalsergeben. Er war immer noch vom Scheitel bis zur Sohle *Doktor* Hilzbrich, für den eine polizeiliche Ermittlung nur eine lästige Lappalie war.

»Woher wissen Sie, dass mein ehemaliger Patient für die Entführung dieser jungen Frau verantwortlich ist?«, fragte er.

»Wir haben eine ganze Reihe von Gründen, Bradley Rose zu verdächtigen.«

»Und welche Gründe sind das?«

»Über die Einzelheiten darf ich Ihnen nichts sagen.«

»Und dennoch erwarten Sie von mir, dass ich Ihnen seine Psychiatrieakte offenlege?«

»Wenn das Leben einer Frau auf dem Spiel steht? O ja, das tue ich. Und Sie wissen ganz genau, was Ihre Pflichten sind.« Sie machte eine Pause. »Schließlich waren Sie schon einmal in einer ähnlichen Situation.«

Seine Miene wurde plötzlich starr, und das verriet ihr, dass er genau wusste, wovon sie sprach.

»Es ist schon einmal ein Patient von Ihnen durchgedreht«, sagte sie. »Die Eltern *seiner* Opfer waren wohl nicht so begeistert von diesem ganzen Schmu mit der ärztlichen Schweigepflicht, wie? Tja, so reagieren Eltern nun mal, wenn jemand ihre Tochter zersägt und zerstückelt. Sie trauern, sie sind wütend, und am Ende klagen sie. Und dann sind die Zeitungen plötzlich voll von der Geschichte.« Sie blickte sich in dem abgewohnten Zimmer um. »Haben Sie eigentlich immer noch Patienten?«

»Sie wissen genau, dass dem nicht so ist.«

»Ist wohl ein bisschen schwierig, als Psychiater zu praktizieren, wenn man seine Approbation verloren hat.«

»Es war eine Hexenjagd. Die Eltern brauchten einen Schuldigen.«

»Sie wussten genau, wer der Schuldige war – Ihr perverser Expatient. Sie waren derjenige, der ihn für geheilt erklärt hatte.«

»Die Psychiatrie ist keine exakte Wissenschaft.«

»Sie müssen gewusst haben, dass Ihr Patient der Täter war. Als dieses Mädchen ermordet wurde, müssen Sie seine Handschrift erkannt haben.«

»Ich hatte keinen Beweis, dass er es war.«

»Sie hofften einfach, dass das Problem sich von selbst erledigen würde. Also haben Sie nichts getan, haben der Polizei nichts gesagt. Werden Sie zulassen, dass es bei Bradley Rose genauso läuft? Obwohl Sie uns helfen könnten, ihm das Handwerk zu legen?«

»Ich wüsste nicht, wie ich Ihnen helfen könnte.«

»Geben Sie uns seine Akte heraus.«

»Sie verstehen nicht. Wenn ich sie Ihnen gebe, wird er …« Er brach ab.

»Er?« Der Blick, mit dem sie ihn fixierte, war so bohrend, dass er zurückwich, als hätte sie ihn mit physischer Gewalt in seinen Sessel gedrückt. »Sie sprechen von Bradleys Vater. Habe ich recht?«

Dr. Hilzbrich schluckte. »Kimball Rose hat mich vorgewarnt, dass Sie auf mich zukommen würden. Er erinnerte mich daran, dass Psychiatrieakten vertraulich sind.«

»Auch wenn das Leben einer Frau in Gefahr ist?«

»Er sagte, er würde mich verklagen, wenn ich die Unterlagen herausgäbe.« Er lachte auf und blickte sich im Wohnzimmer um. »Als ob sie mir noch irgendetwas wegnehmen könnten. Dieses Haus gehört der Bank. Meine Anstalt ist seit Jahren geschlossen, und der Staat wird demnächst die Zwangsvollstreckung einleiten. Ich kann nicht einmal mehr die verdammte Grundsteuer bezahlen.«

»Wann hat Kimball mit Ihnen gesprochen?«

Er zuckte mit den Schultern. »Er rief mich vor gut einer Woche an. An das genaue Datum erinnere ich mich nicht mehr.«

Das war wohl bald nach ihrem Besuch in Texas gewesen. Von Anfang an hatte Kimball Rose der Ermittlung Steine in den Weg gelegt; alles nur, um seinen Sohn zu schützen.

Hilzbrich seufzte. »Ich kann Ihnen diese Akte sowieso nicht geben. Weil ich sie gar nicht mehr habe.«

»Wer hat sie denn?«

»Niemand. Sie wurde vernichtet.«

Sie starrte ihn ungläubig an. »Wie viel hat er Ihnen dafür bezahlt? Waren Sie billig zu haben?«

Er lief rot an und sprang auf. »Ich habe Ihnen nichts mehr zu sagen.«

»Aber ich habe Ihnen eine ganze Menge zu sagen. Als Erstes werde ich Ihnen einmal zeigen, was Bradley so getrieben hat.« Sie griff in ihre Aktentasche und zog einen Stapel Leichenfotos heraus. Eins nach dem anderen knallte sie die Bilder auf den Couchtisch, eine groteske Galerie der Opfer. »Das ist das Werk Ihres Patienten.«

»Ich fordere Sie jetzt auf zu gehen.«

»Sehen Sie sich an, was er getan hat.«

Er wandte sich zur Tür. »Ich brauche mir das nicht anzusehen.«

»Schauen Sie *hin*, verdammt!«

Er hielt inne und drehte sich langsam zum Couchtisch um. Als sein Blick auf die Fotos fiel, weiteten seine Augen sich vor Entsetzen. Während der Psychiater wie angewurzelt dastand, erhob sie sich und ging langsam auf ihn zu.

»Er sammelt Frauen, Dr. Hilzbrich. Und er ist im Begriff, Josephine Pulcillo dieser Sammlung hinzuzufügen. Uns bleibt nur noch wenig Zeit, ehe er auch sie umbringt. Und sie zu *so etwas* verarbeitet.« Sie deutete auf das Foto von Lorraine Edgertons mumifizierter Leiche. »Und wenn er das tut, dann klebt Josephines Blut an Ihren Händen.«

Hilzbrich starrte immer noch die Fotos an. Seine Beine schienen plötzlich den Dienst zu versagen, und er wankte zu einem Stuhl, auf den er kraftlos niedersank.

»Sie wussten, dass Bradley zu so etwas fähig war. Nicht wahr?«, fragte Jane.

Er schüttelte den Kopf. »Nein, das wusste ich nicht.«

»Sie waren sein Psychiater.«

»Das ist über dreißig Jahre her! Er war erst sechzehn. Und er war ein stiller, wohlerzogener Junge.«

»Sie erinnern sich also an ihn.«

Eine Pause. »Ja«, gestand er. »Ich erinnere mich an Bradley. Aber ich kann mir nicht vorstellen, dass irgendetwas, was ich sage, Ihnen weiterhelfen könnte. Ich habe keine Ahnung, wo er jetzt ist. Ich hätte ganz bestimmt nie gedacht, dass er zu so etwas ...« Sein Blick streifte die Fotos. »Dass er zu so etwas fähig wäre.«

»Weil er so ruhig und wohlerzogen war?« Sie konnte sich ein zynisches Lachen nicht verkneifen. »Gerade Sie müssten doch wissen, dass es immer die Ruhigen sind, die man besonders im Auge haben muss. Sie müssen die Zeichen erkannt haben, auch wenn er erst sechzehn war. Irgendetwas muss Sie doch vorgewarnt haben, dass er eines Tages einer Frau *das da* antun würde.«

Widerstrebend richtete Hilzbrich den Blick noch einmal auf das Foto der mumifizierten Leiche. »Ja, das notwendige Wissen dürfte er haben. Und wahrscheinlich auch die praktischen Fertigkeiten«, gab er zu. »Er war fasziniert von der Archäologie. Sein Vater schickte ihm ein Paket mit ägyptologischer Fachliteratur, und Bradley las die Bücher immer wieder. Er war besessen davon. Ich gestehe Ihnen also zu, dass er wusste, wie man eine Leiche mumifiziert. Aber eine Frau zu überfallen und zu entführen?« Er schüttelte den Kopf. »Bradley hat nie bei irgendetwas die Initiative ergriffen, und er hatte Probleme, sich durchzusetzen. Er war ein Mitläufer, kein Anführer. Dafür ist sein Vater verantwortlich, wenn Sie mich fragen.« Er sah Jane an. »Sie haben Kimball kennengelernt?«

»Ja.«

»Dann wissen Sie ja, wie dominant er ist. In dieser Familie trifft Kimball sämtliche Entscheidungen. Er bestimmt, was das Beste für seine Frau und seinen Sohn ist. Wann immer Bradley vor eine Wahl gestellt wurde, und sei es so etwas Banales wie die Frage, was er zum Abendessen wollte, dann musste er erst lange hin und her überlegen. Er hätte größte Probleme, wenn er binnen Sekunden eine Entscheidung treffen müsste, und das muss man doch können, wenn man einen Menschen entführen will, nicht wahr? Man sieht die Frau, man will sie haben, man nimmt sie sich. Da bleibt keine Zeit zum Zaudern oder Zweifeln.«

»Aber wenn er die Chance bekäme, das Ganze gründlich zu planen, wäre er dann nicht dazu in der Lage?«

»Er würde vielleicht darüber fantasieren. Aber der Junge, den ich gekannt habe, hätte nicht den Mut gehabt, einem Mädchen entschlossen entgegenzutreten.«

»Und wie ist er dann in Ihrer Anstalt gelandet? War das

nicht Ihr Spezialgebiet – Jungs mit kriminellem Sexualverhalten?«

»Abweichendes Sexualverhalten kann die verschiedensten Formen annehmen.«

»Und welche Form nahm es bei Bradley an?«

»Stalking. Krankhafte Besessenheit. Voyeurismus.«

»Wollen Sie mir erzählen, dass er einfach nur ein Spanner war?«

»Es war schon ein gutes Stück darüber hinausgegangen; das war der Grund, weshalb sein Vater ihn zu uns schickte.«

»Wie weit?«

»Zunächst wurde er mehrfach dabei erwischt, wie er bei einem jungen Mädchen aus der Nachbarschaft zum Schlafzimmerfenster hineinschaute. Dann ging er schon einen Schritt weiter und verfolgte sie in der Schule, und als sie ihn vor aller Augen zurückwies, brach er in ihr Haus ein, als niemand dort war, und zündete ihr Bett an. Daraufhin stellte der Richter Bradleys Eltern ein Ultimatum: Entweder würde der Junge sich in Behandlung begeben, oder er müsste mit einer Haftstrafe rechnen. Die Roses entschlossen sich, ihn in einem anderen Staat unterzubringen, um zu verhindern, dass in ihrem exklusiven Bekanntenkreis darüber geklatscht wurde. Bradley kam in unsere Einrichtung und blieb zwei Jahre.«

»Ein ziemlich langer Aufenthalt, wie mir scheint.«

»Sein Vater wollte es so. Kimball wünschte, dass der Junge seine Flausen gründlich ausgetrieben bekam, damit er seine Familie nicht wieder in Verlegenheit bringen konnte. Die Mutter wollte ihn wieder nach Hause holen, aber Kimball setzte sich durch. Und Bradley schien sich bei uns ganz wohl zu fühlen. Zu unseren Anlagen gehörten Wälder und Wanderwege, sogar ein Fischteich zum Angeln. Er war gerne in der freien Natur, und er freundete sich sogar mit ein paar Mitschülern an.«

»Zum Beispiel mit Jimmy Otto?«

Hilzbrich verzog das Gesicht, als er diesen Namen hörte.

»Wie ich sehe, erinnern Sie sich auch an Jimmy«, meinte Jane.

»Ja«, antwortete er leise. »Jimmy... vergaß man nicht so leicht.«

»Sie haben mitbekommen, dass er tot ist? Er wurde vor zwölf Jahren in San Diego erschossen, als er in das Haus einer Frau einbrach.«

Er nickte. »Ein Detective rief mich damals aus San Diego an. Er wollte Hintergrundinformationen. Er fragte mich, ob ich mir vorstellen könne, dass Jimmy im Begriff war, eine Straftat zu begehen, als er getötet wurde.«

»Ich nehme an, dass Sie seine Frage bejaht haben.«

»Ich habe Hunderte von Jungen mit soziopathischer Veranlagung behandelt, Detective. Jungen, die Feuer legten, Tiere quälten und ihre Klassenkameraden tätlich angriffen. Aber nur wenige machten mir wirklich Angst.« Er sah ihr in die Augen. »Jimmy Otto war einer von ihnen. Er war prädestiniert zum Gewalttäter.«

»Und etwas von dieser Veranlagung muss auf Bradley abgefärbt haben.«

Hilzbrich blinzelte verwirrt. »Was?«

»Sie wissen nicht von ihrer Partnerschaft? Sie stellten gemeinsam ihren Opfern nach, Bradley und Jimmy. Und sie haben sich in Ihrer Anstalt kennengelernt. Ist Ihnen das nicht aufgefallen?«

»Wir hatten nur dreißig stationäre Patienten, also ist es kein Wunder, dass sie sich kannten. Sie dürften gemeinsam an der Gruppentherapie teilgenommen haben. Aber diese beiden Jungen waren charakterlich vollkommen verschieden.«

»Vielleicht haben sie deswegen so gut zusammengearbeitet. Sie dürften einander ergänzt haben. Einer war der Anführer, der andere der Mitläufer. Wir wissen nicht, wer die Opfer ausgewählt hat oder wer das eigentliche Töten übernahm, aber es ist klar, dass sie Partner *waren*. Sie legten gemeinsam eine Sammlung an. Bis zu der Nacht, in der Jimmy getötet wurde.« Sie fixierte ihn mit einem unerbittlichen Blick. »Und jetzt macht Bradley ohne ihn weiter.«

»Dann ist er nicht mehr der Mensch, als den ich ihn in Erinnerung habe. Hören Sie, ich wusste, dass *Jimmy* gefährlich war. Schon als Fünfzehnjähriger jagte er mir Angst ein. Jeder hatte Angst vor ihm, seine Eltern eingeschlossen. Aber Bradley?« Er schüttelte den Kopf. »Gewiss, er ist amoralisch. Und sicherlich könnte man ihn zu allem Möglichen überreden, vielleicht sogar zu einem Mord. Aber er ist ein Mitläufer, kein Anführer. Er braucht jemanden, der ihn anleitet; jemanden, der die Entscheidungen trifft.«

»Einen zweiten Partner wie Jimmy, meinen Sie.«

Hilzbrich schüttelte sich. »Gott sei Dank laufen nicht allzu viele Monster wie Jimmy Otto frei herum. Ich mag mir gar nicht vorstellen, was Bradley alles von ihm gelernt haben könnte.«

Janes Blick fiel auf die Fotos auf dem Tisch. *Er hat genug gelernt, um allein weiterzumachen. Genug, um Jimmy an Ungeheuerlichkeit in nichts nachzustehen.*

Sie sah Hilzbrich an. »Sie sagen, Sie können mir Bradleys Akte nicht aushändigen.«

»Ich sagte Ihnen doch, dass sie vernichtet wurde.«

»Dann geben Sie mir die von Jimmy Otto.«

Er zögerte, als ob ihre Aufforderung ihn verwirrte. »Warum?«

»Jimmy ist tot, er wird sich also kaum wegen Verletzung der Schweigepflicht beklagen.«

»Was wollen Sie denn mit der Akte anfangen?«

»Er war Bradleys Partner. Sie reisten zusammen, sie mordeten zusammen. Wenn ich verstehe, wie Jimmy getickt hat, kann ich mir vielleicht auch ein Bild von dem Mann machen, zu dem Bradley geworden ist.«

Er dachte einen Moment über ihre Bitte nach. Dann nickte er und stand auf. »Ich muss die Akte heraussuchen. Das könnte eine Weile dauern.«

»Sie bewahren sie hier auf?«

»Glauben Sie, ich könnte es mir leisten, einen Lagerraum zu mieten? Die gesamten Akten des Instituts sind hier in meinem Haus. Wenn Sie einen Moment warten, hole ich sie Ihnen«, sagte er und verließ das Zimmer.

Die grausigen Fotos auf dem Couchtisch hatten ihren Zweck erfüllt, und Jane konnte ihren Anblick nicht länger ertragen. Während sie sie einsammelte, tauchte das verstörende Bild eines vierten Opfers vor ihrem inneren Auge auf, einer weiteren dunkelhaarigen Schönheit, konserviert wie ein Stück Pökelfleisch, und sie fragte sich, ob Josephine vielleicht in diesem Moment vom Leben zum Tod befördert wurde.

Ihr Handy klingelte. Sie ließ die Fotos fallen, um den Anruf anzunehmen.

»Ich bin's«, sagte Barry Frost.

Mit ihm hatte sie wirklich nicht gerechnet. Sie machte sich schon darauf gefasst, das Neueste von seiner Ehekrise zu hören, und fragte behutsam: »Wie geht es dir?«

»Ich habe gerade mit Dr. Welsh gesprochen.«

Sie hatte keine Ahnung, wer Dr. Welsh war. »Ist das euer Eheberater? Ich finde es toll, dass ihr das macht. Du und Alice, ihr müsst euch einfach mal richtig aussprechen und dann entscheiden, was ihr tun wollt.«

»Nein, wir waren noch nicht bei der Eheberatung. Deswegen rufe ich auch nicht an.«

»Und wer ist dann Dr. Welsh?«

»Na, diese Biologin von der Uni, die mir alles über Moore und Feuchtgebiete erzählt hat. Sie hat mich heute zurückgerufen, und ich dachte, das würde dich sicher interessieren.«

Dass er wieder über Moore und Feuchtgebiete redete, wertete Jane schon als großen Fortschritt. Wenigstens jammerte er nicht die ganze Zeit über Alice. Sie sah auf ihre Uhr und fragte sich, wie lange es wohl noch dauern würde, bis Dr. Hilzbrich Jimmy Ottos Akte gefunden hatte.

»...und die ist total selten. Deswegen hat sie auch Tage gebraucht, um sie zu identifizieren. Sie musste einen Botaniker von Harvard hinzuziehen, und der hat es gerade bestätigt.«

»Entschuldige bitte«, sagte sie, »worum geht es noch mal?«

»Um diese Pflanzenteile, die wir in den Haaren der Moorlady gefunden haben. Es waren Blätter und so eine Art Samenkapsel. Dr. Welsh sagt, dass sie von einer Pflanze stammen, die sich...« Sie hörte, wie er in seinen Notizen blätterte. »...die sich *Carex oronensis* nennt. Das ist der wissenschaftliche Name. Sie ist auch als Orono-Segge bekannt.«

»Und diese Pflanze wächst in Mooren?«

»Und auf Feldern. Sie wächst auch gerne an stark gestörten Standorten wie Lichtungen und Wegrändern. Die Teile sahen frisch aus, weshalb Dr. Welsh annimmt, dass sie im Haar der Leiche hängen blieben, als sie bewegt wurde. Die Orono-Segge produziert erst ab Juli Samenkapseln.«

Jane war jetzt ganz Ohr. »Du sagtest, diese Pflanze sei selten. Wie selten?«

»Es gibt nur eine einzige Region auf der ganzen Welt, wo sie wächst: das Tal des Penobscot River.«

»Wo ist das?«

»In Maine. In der Gegend von Bangor.«

Sie starrte aus dem Fenster auf den dichten Verhau aus Bäumen, der Dr. Hilzbrichs Haus umgab. *Maine. Bradley Rose hat zwei Jahre seines Lebens dort verbracht.*

»Rizzoli«, sagte Frost. »Ich will wieder einsteigen.«

»Was?«

»Ich hätte euch nicht hängen lassen dürfen. Ich will wieder ins Team.«

»Bist du sicher, dass du schon dazu bereit bist?«

»Ich brauche das jetzt. Ich will mich nützlich machen.«

»Das hast du schon getan. Schön, dich wieder an Bord zu haben.«

Während sie das Gespräch beendete, kam Dr. Hilzbrich mit drei dicken Ordnern unter dem Arm zurück. »Das ist Jimmys Akte«, sagte er und drückte sie ihr in die Hand.

»Eine Frage hätte ich noch, Dr. Hilzbrich.«

»Ja?«

»Sie sagten, die Anstalt sei geschlossen worden. Was wurde aus dem Anwesen?«

Er schüttelte den Kopf. »Ich habe jahrelang versucht, es zu verkaufen, aber ohne Erfolg. Viel zu abgelegen, um für irgendwelche Spekulanten von Interesse zu sein. Ich kann die Steuern nicht mehr aufbringen, also werde ich es jetzt wohl verlieren.«

»Das Haus steht zurzeit leer?«

»Es ist schon seit Jahren verriegelt und verrammelt.«

Wieder sah sie auf ihre Uhr, und sie überlegte, wie viele Stunden Tageslicht ihr noch blieben. Sie sah zu Hilzbrich auf. »Sagen Sie mir, wie ich dort hinkomme.«

31

Josephine lag hellwach auf der verschimmelten Matratze in ihrem dunklen Gefängnis, starrte ins Leere und dachte an den Tag vor zwölf Jahren, als sie und ihre Mutter aus San Diego geflüchtet waren. Es war der Morgen, nachdem Medea das Blut aufgewischt, die Wände abgewaschen und die Leiche des Mannes beseitigt hatte, der in ihr Haus eingedrungen war – und der damit ihr Leben unwiderruflich verändert hatte.

Sie hatten die mexikanische Grenze überquert, und während sie mit ihrem Wagen durch das ausgedörrte Buschland von Baja California rasten, zitterte Josephine immer noch vor Angst. Doch Medea war seltsam ruhig und konzentriert und hielt das Lenkrad mit festem Griff. Josephine begriff nicht, wie ihre Mutter so gefasst sein konnte. Sie verstand so vieles nicht. An diesem Tag sah sie ihre Mutter zum ersten Mal so, wie sie wirklich war.

An diesem Tag wurde ihr klar, dass sie die Tochter einer Löwin war.

»Alles, was ich getan habe, habe ich für dich getan«, sagte Medea, während sie über den hitzeflimmernden Asphalt dahinjagten. »Ich habe es getan, damit wir zusammenbleiben können. Wir sind eine Familie, mein Schatz, und eine Familie muss zusammenhalten.« Sie sah ihre verängstigte Tochter an, die neben ihr in ihrem Sitz kauerte wie ein verletztes Tier. »Erinnerst du dich an das, was ich dir über die Kernfamilie erzählt habe? Wie die Anthropologen sie definieren?«

In ihrem Haus war gerade ein Mann verblutet. Sie hatten vor Kurzem erst die Leiche beseitigt und waren außer Landes geflohen. Und ihre Mutter hielt ihr seelenruhig Vorträge über anthropologische Theorien?

Medea ignorierte den ungläubigen Blick ihrer Tochter und fuhr fort: »Jeder Anthropologe wird dir sagen, dass eine Kernfamilie nicht aus Vater, Mutter und Kind besteht. Sondern vielmehr aus Mutter und Kind. Väter kommen und gehen. Sie stechen in See oder ziehen in den Krieg, und oft kehren sie nie nach Hause zurück. Aber Mutter und Kind sind untrennbar miteinander verbunden. Mutter und Kind bilden die ursprüngliche Einheit. *Wir* sind diese Einheit, und ich werde tun, was immer erforderlich ist, um sie zu schützen, um *uns* zu schützen. Deswegen müssen wir fliehen.«

Und so waren sie geflohen. Sie hatten eine Stadt verlassen, die sie beide liebten; eine Stadt, die drei Jahre lang ihre Heimat gewesen war – genug Zeit, um Freundschaften zu schließen, um Bindungen aufzubauen.

In einer einzigen Nacht, mit einem einzigen Schuss, waren alle diese Bindungen für immer zerrissen worden.

»Schau mal ins Handschuhfach«, hatte Medea gesagt. »Da liegt ein Umschlag drin.«

Die Tochter, immer noch wie benommen, hatte den Umschlag gefunden und ihn geöffnet. Er enthielt zwei Geburtsurkunden, zwei Pässe und einen Führerschein. »Was ist das?«

»Dein neuer Name.«

Sie schlug den Pass auf und sah ihr eigenes Foto. Sie erinnerte sich dunkel, dass sie es vor Monaten auf Drängen ihrer Mutter hatte machen lassen. Dass es für einen Pass war, hatte sie nicht geahnt.

»Was denkst du?«, fragte Medea.

Die Tochter starrte den Namen an. *Josephine.*

»Er ist schön, nicht wahr?«, meinte Medea. »Das ist dein neuer Name.«

»Wieso brauche ich denn einen neuen Namen? Warum machen wir das schon wieder?« Die Stimme des Mädchens überschlug sich beinahe. »*Warum?*«

Medea bremste ab und hielt am Straßenrand. Sie nahm das Gesicht ihrer Tochter in beide Hände und zwang sie, ihr in die Augen zu sehen. »Wir tun das, weil wir keine Wahl haben. Wenn wir nicht fliehen, werden sie mich ins Gefängnis werfen. Sie werden dich mir wegnehmen.«

»Aber du hast doch nichts getan! Du hast ihn doch nicht getötet! Das war *ich*!«

Medea packte die Schultern ihrer Tochter und schüttelte sie heftig. »Das darfst du nie einem Menschen erzählen, hast du mich verstanden? *Niemals.* Wenn sie uns je erwischen, wenn die Polizei uns jemals findet, dann musst du ihnen sagen, dass *ich* ihn erschossen habe. Sag ihnen, dass ich den Mann erschossen habe, nicht du.«

»Warum willst du, dass ich lüge?«

»Weil ich dich liebe und weil ich nicht will, dass du wegen dieser Sache leiden muss. Du hast ihn erschossen, um mich zu beschützen. Jetzt beschütze ich dich. Also versprich mir, dass du dieses Geheimnis für dich behalten wirst. *Versprich es mir.*«

Und ihre Tochter hatte es ihr versprochen, obwohl die Ereignisse jener Nacht ihr noch in aller Deutlichkeit vor Augen standen: ihre Mutter, ausgestreckt auf dem Boden des Schlafzimmers; der Mann, der auf sie herabblickte; die Pistole auf dem Nachttisch, metallisch glänzend und fremdartig. Wie schwer sie sich angefühlt hatte, als sie sie in die Hand genommen hatte. Wie ihre Hände gezittert hatten, als sie abgedrückt hatte. Sie, nicht ihre Mutter, hatte den Eindringling getötet. Das war ihr Geheimnis; das Geheimnis, das nur sie beide kannten.

»Niemand soll je erfahren, dass du ihn getötet hast«, hatte Medea gesagt. »Das ist mein Problem, nicht deines. Es wird nie deines sein. Du wirst heranwachsen und dein Leben leben. Du wirst glücklich sein. Und diese Geschichte wird für immer im Dunkel der Vergangenheit ruhen.«

Aber jetzt ist sie ans Tageslicht gekommen, dachte Josephine, als sie in ihrer Zelle lag. *Die Ereignisse jener Nacht haben mich eingeholt.*

Die Lichtstreifen zwischen den Brettern, mit denen das Fenster vernagelt war, wurden allmählich heller, als der Morgen in den Tag überging. In dem schwachen Schein konnte sie gerade eben die Umrisse ihrer Hand erkennen, wenn sie sie direkt vor die Augen hielt. Noch ein paar Tage in diesem Keller, dachte sie, und ich werde mich wie eine Fledermaus im Dunkeln zurechtfinden können.

Sie setzte sich auf und schüttelte sich, um die Morgenkälte zu vertreiben. Draußen hörte sie die Kette rasseln, als der Hund aus seinem Napf trank. Sie tat es ihm gleich und nahm einen Schluck aus ihrem Wasserkrug. Vor zwei Nächten, als ihr Entführer gekommen war, um ihr die Haare abzuschneiden, hatte er ihr auch eine frische Tüte Brot dagelassen, und sie war mehr als nur verärgert, als sie die kleinen Löcher in der Plastikhülle entdeckte. Die Mäuse waren an ihrem Brot gewesen. Sucht euch doch gefälligst euer eigenes Futter, dachte sie, während sie gierig zwei Scheiben hinunterschlang. Ich brauche die Energie; ich muss eine Möglichkeit finden, aus diesem Loch zu entkommen.

Ich werde es für uns tun, Mom. Für unsere ursprüngliche Einheit. Du hast mir beigebracht, wie man überlebt, also werde ich auch überleben. Weil ich deine Tochter bin.

Während die Stunden verstrichen, ließ sie ihre Muskeln

spielen und ging immer wieder den Ablauf durch. *Ich bin die Tochter meiner Mutter.* Das war ihr Mantra. Ein ums andere Mal humpelte Josephine mit geschlossenen Augen durch ihre Zelle und prägte sich ein, wie viele Schritte es von der Matratze bis zur Wand und von der Wand bis zur Tür waren. Die Dunkelheit würde ihre Freundin sein, wenn sie sie nur zu nutzen verstand.

Draußen begann der Hund zu bellen.

Sie blickte auf, und ihr Herz schlug plötzlich wie wild, als über ihr knarrende Schritte zu hören waren.

Er ist wieder da. Es ist so weit – das ist meine Chance.

Sie ließ sich auf die Matratze sinken und rollte sich wie ein Embryo zusammen, nahm die universelle Haltung der Verängstigten und Besiegten ein. Er würde eine Frau sehen, die aufgegeben hatte, eine Frau, die bereit war zu sterben. Eine Frau, die ihm keine Schwierigkeiten machen würde.

Der Riegel quietschte. Die Tür ging auf.

Sie sah den Strahl seiner Taschenlampe in der Türöffnung aufleuchten. Er trat ein, stellte einen vollen Wasserkrug auf den Boden und legte eine neue Brottüte daneben. Sie hielt sich vollkommen still. *Soll er doch rätseln, ob ich vielleicht tot bin.*

Seine Schritte kamen näher, und sie hörte seinen Atem in der Dunkelheit über ihrer Matratze. »Die Zeit läuft ab, Josephine«, sagte er.

Sie rührte sich nicht, auch dann nicht, als er sich herabbeugte und mit der Hand über ihren kahl rasierten Schädel strich.

»Liebt sie dich denn nicht? Will sie dich nicht retten? Warum kommt sie nicht?«

Sag kein Wort. Beweg keinen Muskel. Lass ihn noch näher kommen.

»All die Jahre hat sie es geschafft, sich vor mir zu verstecken. Wenn sie sich jetzt nicht herauswagt, ist sie ein Feigling. Nur ein Feigling würde die eigene Tochter sterben lassen.«

Sie spürte, wie die Matratze sich durchbog, als er sich darauf setzte.

»Wo ist sie?«, fragte er. »Wo ist Medea?«

Ihr Schweigen frustrierte ihn. Er packte ihr Handgelenk und sagte: »Vielleicht waren die Haare noch nicht genug. Vielleicht ist es Zeit, ihnen ein anderes Souvenir zu schicken. Ob ein Finger genügen würde?«

Nein – o Gott, nein! Die helle Panik bestürmte sie, die Hand wegzuziehen, um sich zu treten und zu schreien, alles nur, um der drohenden Tortur zu entgehen. Aber sie blieb stocksteif liegen, spielte weiter das von Angst und Verzweiflung gelähmte Opfer. Er leuchtete ihr mit der Taschenlampe direkt ins Gesicht, und geblendet, wie sie war, konnte sie seine Miene nicht lesen, konnte in den schwarzen Höhlen seiner Augen nichts erkennen. Er war so darauf konzentriert, ihr eine Reaktion zu entlocken, dass er nicht sah, was sie in ihrer freien Hand hielt. Er merkte nicht, wie ihre Muskeln sich straff anspannten wie die Sehne eines Bogens.

»Wenn ich anfange zu schneiden«, sagte er, »dann wirst du vielleicht endlich den Mund aufmachen.«

Ihre Hand schnellte nach oben, und blind rammte sie ihm den Absatz des hochhackigen Schuhs ins Gesicht. Sie hörte, wie die Spitze auf Fleisch traf, und mit einem Schrei ging er hinterrücks zu Boden.

Sie schnappte sich die Taschenlampe und schlug sie mit aller Kraft auf den Boden. Die Birne zersprang, und es wurde schwarz um sie herum. *Die Dunkelheit ist meine Freundin.* Sie rollte sich zur Seite und sprang auf. Irgendwo ganz in der Nähe konnte sie ihn hören, wie er sich aufzurappeln versuchte, doch sie sah ihn nicht, und er sah sie nicht. Sie waren beide gleich blind.

Aber nur ich kann im Dunkeln die Tür finden.

All die Probedurchläufe, die minuziösen Vorbereitungen, hatten die nächsten Bewegungen in ihr Gehirn eingebrannt. Vom Rand der Matratze waren es drei Schritte bis zur Wand. Dann noch einmal sieben Schritte an der Wand entlang, und sie hätte die Tür erreicht. Obwohl ihr Gipsbein sie hemmte, fand sie mühelos ihren Weg in der Dunkelheit. Sie maß sieben Schritte ab. Acht Schritte. Neun...

Wo ist die verdammte Tür?

Sie konnte seinen schweren Atem hören, sein frustriertes Stöhnen, als er sich zu orientieren versuchte, als er sie in dem stockfinsteren Raum zu orten versuchte.

Mach kein Geräusch. Verrate ihm nicht, wo du bist.

Ganz langsam drehte sie sich um. Sie wagte kaum zu atmen und setzte mit größter Behutsamkeit einen Fuß vor den anderen, um nicht ihre Position zu verraten. Ihre Hand strich über glatten Beton, und dann tasteten ihre Finger Holz.

Die Tür.

Sie drehte den Knauf und drückte. Das plötzliche Quietschen der Scharniere schien ohrenbetäubend laut.

Beweg dich!

Schon hörte sie, wie er sich auf sie stürzte, schnaubend wie ein Bulle. Mit einem Satz war sie draußen und knallte die Tür hinter sich zu. Im gleichen Moment, als er dagegenkrachte, schob sie den Riegel vor.

»Du kannst nicht entkommen, Josephine!«, schrie er.

Sie lachte, und es klang wie das Lachen einer Fremden, ein wildes, triumphierendes Bellen. »Aber ich *bin* gerade entkommen, du Miststück!«, rief sie zurück.

»Das wird dir noch leidtun! Wir wollten dich am Leben

lassen, aber das kannst du jetzt vergessen! *Das kannst du vergessen!*«

Er begann zu schreien und in ohnmächtiger Raserei auf die Tür einzuschlagen, während sie sich langsam eine dunkle Treppe hinauftastete. Ihr Gips schlug dumpf gegen die Holzstufen. Sie wusste nicht, wohin die Treppe führte, und es war hier fast so finster wie in ihrem Betonbunker. Aber mit jeder Stufe, die sie erklomm, schien die Treppe heller zu werden. Mit jedem Schritt wiederholte sie ihr Mantra: *Ich bin die Tochter meiner Mutter. Ich bin die Tochter meiner Mutter.*

Als sie auf halbem Weg nach oben war, erblickte sie am oberen Treppenabsatz ein Rechteck aus dünnen Lichtstreifen – eine geschlossene Tür. Erst als sie sich dem Ausgang näherte, wurde ihr plötzlich bewusst, was er da vorhin gesagt hatte.

Wir wollten dich am Leben lassen.

Wir.

Die Tür vor ihr wurde plötzlich aufgerissen, und das grelle Licht blendete sie. Sie blinzelte, als ihre Augen sich an die Helligkeit gewöhnten und sie sich mühte, die Gestalt zu erkennen, die da in der erleuchteten Türöffnung stand.

Und dann erkannte sie das Gesicht.

32

Zwanzig Jahre der Vernachlässigung, mit strengen Wintern und Frostaufbrüchen, hatten von der privaten Zufahrtsstraße des Hilzbrich Institute nur eine rissige, von Baumwurzeln unterwanderte Asphaltpiste übrig gelassen. Jane hielt an dem Schild mit der Aufschrift ANWESEN ZU VERKAUFEN und ließ den Motor ihres Wagens leer laufen, während sie hin und her überlegte, ob sie über diese kaputte Straße fahren wollte. Keine Kette versperrte die Einfahrt; jeder konnte in das Grundstück einfahren.

Jeder konnte dort auf sie warten.

Sie zog ihr Handy aus der Tasche und sah, dass sie noch Empfang hatte. Sie spielte mit dem Gedanken, Verstärkung vom örtlichen Revier anzufordern, kam aber dann zu dem Schluss, dass sie sich damit nur in Grund und Boden blamieren würde. Sie wollte nicht, dass die Kleinstadtpolizisten sich über die Kripo-Kollegin aus der Großstadt lustig machten, die eine Eskorte brauchte, damit sie sich im großen dunklen Wald von Maine nicht fürchten musste. *O ja, Detective, diese Stinktiere und Stachelschweine können wirklich verdammt gefährlich werden.*

Sie fuhr los.

Ihr Wagen rumpelte im Schritttempo über den aufgebrochenen Belag, und Zweige, die in die Straße hineinragten, krallten nach ihren Türen. Sie ließ das Fenster herunter, und der Geruch von verrottendem Laub und feuchter Erde wehte herein. Die Straße wurde immer unwegsamer, und während sie die Schlaglöcher umkurvte, sah sie sich schon mit einem Achsbruch hier mitten im Wald liegen bleiben. Der Gedanke machte sie ganz nervös – obwohl es weit gefährlicher gewesen wäre, in irgendeiner beliebigen Großstadt allein unterwegs zu sein. In der Stadt kannte sie sich aus, und sie konnte mit ihren Gefahren umgehen.

Der Wald war für sie fremdes Terrain.

Endlich lichteten sich die Bäume, und sie hielt auf einem von Unkraut überwucherten Parkplatz. Sie stieg aus und starrte das leer stehende Hilzbrich Institute an, das vor ihr aufragte. Es sah genau aus wie die Besserungsanstalt, die es einmal gewesen war – ein strenger Betonbau, dessen Anblick nur durch eine Grünanlage mit Sträuchern etwas abgemildert wurde. Doch auch diese hatten dem Kampf gegen die wild wuchernden Eindringlinge aus dem Wald längst verloren. Sie versuchte sich vorzustellen, wie dieses festungsartige Gebäude auf die Familien gewirkt haben musste, die mit ihren schwierigen Söhnen hierhergekommen waren. Der Eindruck war der einer Einrichtung, wo einem Jungen ein für alle Mal sämtliche Flausen ausgetrieben wurden, wo niemand mit Glacéhandschuhen angefasst wurde, wo es keine Kompromisse gab. Dieses Gebäude verhieß heilsame Strenge und strikte Regeln. Die verzweifelten Eltern, die zum ersten Mal vor dieser abweisenden Fassade gestanden hatten, mussten sogleich neue Hoffnung geschöpft haben.

Heute aber ließ das Gebäude nur noch erkennen, wie schal diese Hoffnungen gewesen waren. Die meisten Fenster waren mit Brettern vernagelt. Im Hauseingang hatte der Wind das tote Laub zu Haufen aufgetürmt, und die Fassade war mit hässlichen braunen Streifen überzogen, wo das rostige Wasser aus den verstopften Dachrinnen gesickert war. Kein Wunder, dass Dr. Hilzbrich es nicht geschafft hatte, dieses Anwesen zu verkaufen: Das Haus war eine Monstrosität.

Jane stand auf dem Parkplatz und lauschte auf den Wind in den Bäumen, das Summen der Insekten. Sie konnte absolut nichts Außergewöhnliches hören, nur die normalen Geräusche eines Sommernachmittags im Wald. Sie nahm die Schlüssel, die Dr. Hilzbrich ihr geliehen hatte, aus der Tasche und steuerte den Haupteingang an. Doch als sie die Tür erreichte, blieb sie abrupt stehen.

Das Schloss war aufgebrochen worden.

Sie zückte ihre Waffe und stieß die Tür leicht mit dem Fuß an. Sie schwang auf, und ein Lichtkeil fiel in die Dunkelheit dahinter. Als sie mit ihrer Maglite hineinleuchtete, sah sie einen mit leeren Bierdosen und Zigarettenkippen übersäten Boden. Fliegen kreisten brummend in der Dunkelheit. Janes Puls verfiel in einen hektischen Galopp, und ihre Hände waren plötzlich eiskalt. Sie witterte den süßlich-strengen Geruch eines toten Körpers, der schon in Verwesung übergegangen war.

Mein Gott, wenn es bloß nicht Josephine ist.

Sie trat über die Schwelle. Glassplitter knirschten unter ihren Sohlen, als sie ihre Taschenlampe über die mit Graffiti beschmierten Wände schwenkte: GREG AND ME 4EVAH! KARI IST SCHWUL! Typische Schülersprüche. Sie ignorierte sie, richtete den Strahl ihrer Taschenlampe auf die hinterste Ecke – und erstarrte.

Da lag ein dunkles Bündel am Boden.

Als sie quer durch den Raum darauf zuging, wurde der Verwesungsgestank unerträglich. Sie starrte auf den toten Waschbären hinab, sah das Gewimmel der Maden, und ihr erster Gedanke war: Tollwut. Sie fragte sich, ob in diesem Gebäude wohl Fledermäuse hausten.

Dann musste sie würgen und flüchtete vor dem Gestank hinaus auf den Parkplatz, wo sie gierig die frische Luft einsog, um ihre Lunge durchzuspülen. Erst jetzt, als sie mit dem Gesicht zu den Bäumen stand, bemerkte sie die Reifenspuren. Sie führten von dem geteerten Parkplatz in den Wald, wo sich zwei parallele Furchen in den weichen Boden gegraben hatten. Sie besah sich das niedergedrückte Gras und die abgeknickten Zweige und stellte fest, dass die Schäden an der Vegetation jüngeren Datums waren.

Sie folgte den Reifenspuren. Nachdem sie ein kurzes Stück in den Wald hineingegangen war, endeten die Spuren am Startpunkt eines Wanderwegs, der für Fahrzeuge zu schmal war. An einem Baum hing noch immer das Hinweisschild:

GROSSER RUNDWEG

Es war einer der alten Wanderwege der Anstalt. Bradley war gerne an der frischen Luft gewesen, hatte Dr. Hilzbrich ihr erzählt. Es war sehr wahrscheinlich, dass der Junge vor Jahren auch diesen Weg gegangen war. Bei dem Gedanken, sich in diesen Wald hineinzuwagen, schlug ihr Herz schneller. Sie sah auf die Reifenspuren. Von dem Wagen war nichts zu sehen, aber der Fahrer könnte jederzeit zurückkommen. Sie spürte das Gewicht ihrer Waffe an ihrer Hüfte, klopfte aber dennoch einmal mit der flachen Hand auf das Holster – eine automatische Bewegung, um sich zu vergewissern, dass sie die Pistole griffbereit hatte.

Dann folgte sie dem Wanderweg, der so zugewuchert war, dass sie mehr als einmal in die Irre ging und umkehren musste, um den Pfad wiederzufinden. Das Laubdach wurde dichter, bis kaum noch ein Sonnenstrahl hindurchdrang. Sie warf einen Blick auf ihr Handy und stellte mit Unbehagen fest, dass sie kein Netz mehr hatte. Als sie sich umdrehte, blickte sie auf eine scheinbar undurchdringliche Phalanx von Bäumen. Vor ihr schien sich der Wald jedoch zu lichten, und sie sah Flecken von Sonnenlicht.

Sie steuerte auf die Lichtung zu, vorbei an toten oder sterbenden Bäumen, von denen zum Teil nur hohle Stümpfe übrig waren. Plötzlich gab der Boden unter ihrem Fuß nach, und sie versank bis zum Knöchel im Schlamm. Als sie den Fuß herauszog, hätte sie fast ihren Schuh verloren. Angewidert betrachtete sie ihre verdreckten Hosenaufschläge und dachte: Ich hasse den Wald. Ich hasse die freie Natur. Ich bin Polizistin, keine Waldhüterin.

Dann entdeckte sie den Abdruck: ein Männerschuh, Größe 43 oder 44.

Jedes Rascheln, jedes Käfersummen klang plötzlich unheimlich laut. Sie sah weitere Abdrücke, die vom Weg abgingen, und sie folgte ihnen, vorbei an hoch aufragenden Rohrkolben. Es kümmerte sie nicht mehr, dass ihre Schuhe klatschnass und ihre Hosenbeine mit Schlamm bespritzt waren. Sie sah nur noch diese Fußspuren, die tiefer und tiefer ins Moor hineinführten. Inzwischen hatte sie völlig die Orientierung verloren und wusste nicht mehr, wo sie den Wanderweg verlassen hatte. Am Stand der Sonne sah sie, dass es schon weit nach Mittag war, und es war auffallend still geworden. Kein Vogel sang, kein Wind rauschte, sie hörte nichts als das Sirren der Mücken, die um ihr Gesicht kreisten.

Die Spur bog unvermittelt zur Seite ab und führte einen Hang hinauf in trockeneres Gelände.

Sie hielt inne, verwirrt durch die plötzliche Richtungsänderung, bis sie den Baum bemerkte. Um seinen Stamm war ein Nylonseil gebunden, dessen anderes Ende sich den Hang hinunterzog und im teebraunen Moorwasser verschwand.

Sie zog an dem Seil und spürte einen Widerstand. Zentimeter um Zentimeter tauchte aus der braunen Brühe auf. Sie zog jetzt mit aller Kraft, stemmte sich mit ihrem ganzen Gewicht dagegen, während mehr und mehr Seil zum Vorschein kam, umschlungen von Pflanzenteilen. Und dann brach plötzlich etwas an die Oberfläche, bei dessen Anblick sie einen Schrei ausstieß und entsetzt zurückprallte. Sie sah für einen kurzen Moment ein hohläugiges Gesicht, das zu ihr aufstarrte wie eine groteske Wassernymphe.

Dann sank es langsam ins Moor zurück.

33

Die Sonne ging schon unter, als die Taucher der Maine State Police mit der Durchsuchung des Moors fertig waren. Das Wasser hatte sich als nur brusttief erwiesen; vom trockenen Uferdamm aus hatte Jane zugesehen, wie die Männer zwischendurch immer wieder kurz aufgetaucht waren, um sich zu orientieren oder einen gefundenen Gegenstand genauer zu inspizieren. Das Wasser war zu trüb, um beim Tauchen irgendetwas erkennen zu können, und so waren sie gezwungen, mit bloßen Händen im Schlamm und den verrottenden Pflanzenteilen zu wühlen. Jane war heilfroh, dass sie diesen scheußlichen Job nicht selbst übernehmen musste.

Umso mehr, als sie sah, was die Taucher schließlich aus dem Moor zogen.

Die entblößte Frauenleiche lag jetzt auf einer Plastikplane, und aus ihrem mit Moosstückchen gesprenkelten Haar rann schwarzes Wasser. Ihre Haut war von den Gerbstoffen so stark verfärbt, dass auf den ersten Blick weder ihre ethnische Zugehörigkeit noch eine offensichtliche Todesursache zu erkennen waren. Eines aber wussten sie: Ihr Tod war kein Unfall gewesen – die Leiche war mit einem Sack voller großer Steine beschwert worden. Jane blickte in das geschwärzte Gesicht der Frau, dessen Züge in einem Ausdruck höchster Qual erstarrt waren, und sie dachte: Ich hoffe nur, dass du schon tot warst, als er dir den Sack mit den Steinen um die Taille band. Als er dich die Uferböschung hinunterrollte und zusah, wie du in den dunklen Fluten versankst.

»Es handelt sich offensichtlich nicht um Ihre Vermisste«, sagte Dr. Daljeet Singh.

Sie blickte zu dem leitenden Rechtsmediziner von Maine auf, der neben ihr am Ufer stand. Dr. Singhs weißer Sikh-Turban leuchtete weithin im schwindenden Licht und hob ihn deutlich von den eher konventionell gekleideten Ermittlern ab, die sich am Leichenfundort versammelt hatten. Jane hatte große Augen gemacht, als sie die exotisch gekleidete Gestalt aus dem Pick-up hatte steigen sehen – nicht ganz der Anblick, den sie hier oben in den Wäldern des Nordens erwartet hätte. Aber nach seinen ausgetretenen Stiefeln und der Trekkingausrüstung auf der Ladefläche seines Lasters zu urteilen, war Dr. Singh mit dem unwegsamen Gelände des Hinterlands von Maine bestens vertraut. Jedenfalls war er wesentlich besser gerüstet als Jane mit ihrem Business-Hosenanzug.

»Die junge Frau, nach der Sie suchen, wurde vor vier Tagen entführt?«, fragte Dr. Singh.

»Das da ist sie nicht«, erwiderte Jane.

»Nein, diese Frau hat schon längere Zeit im Wasser gelegen. Wie auch diese Kadaver dort.« Dr. Singh deutete auf die Tierkörper, die ebenfalls aus dem Moor geborgen worden waren. Neben zwei gut erhaltenen Katzen und einem Hund hatte man auch skelettierte Überreste von anderen, nicht näher identifizierten Lebewesen gefunden. Die mit Steinen gefüllten Säcke, die an sämtliche Kadaver gebunden waren, ließen keinen Zweifel daran, dass diese unglücklichen Wesen sich nicht einfach im Moor verirrt hatten und ertrunken waren.

»Der Mörder hat mit Tieren experimentiert«, sagte Dr. Singh. Er wandte sich zu der Leiche der Frau um. »Und dabei, wie es scheint, seine Konservierungstechnik perfektioniert.«

Jane schüttelte sich und blickte über das Moor hinweg, wo am Horizont gerade die letzten Sonnenstrahlen verschwanden. Frost hatte ihr von der Wunderwelt der Moore vorgeschwärmt, in der man eine erstaunliche Vielfalt von Orchideen, Moosen und Libellenarten finden könne. Doch der Zauber mochte sich ihr an diesem Abend nicht recht erschließen, als sie den Blick über die blubbernde schwarze Torfbrühe schweifen ließ. Was sie sah, war nichts als ein kaltes, nasses Grab.

»Ich werde sie morgen obduzieren«, sagte Dr. Singh. »Wenn Sie dabei sein wollen, sind Sie herzlich eingeladen.«

Eigentlich hätte sie sich am liebsten ins Auto gesetzt und wäre nach Boston zurückgefahren. Heiß duschen, ihrer Tochter einen Gutenachtkuss geben und sich dann mit Gabriel ins Bett kuscheln. Aber ihre Arbeit hier war noch nicht abgeschlossen.

»Die Obduktion findet in Augusta statt?«, fragte sie.

»Ja, gegen acht Uhr. Darf ich mit Ihnen rechnen?«

»Ich werde dort sein.« Sie holte tief Luft und straffte den Rücken. »Dann suche ich mir am besten mal ein Zimmer für die Nacht.«

»Das Hawthorn Motel ist nur ein paar Meilen von hier, direkt an der Straße. Das Frühstück ist ziemlich gut. Nicht die üblichen labbrigen Brötchen, sondern wirklich leckere Omeletts und Pfannkuchen.«

»Danke für den Tipp«, sagte sie. *Nur ein Rechtsmediziner kann vor einer tropfnassen Leiche stehen und ungerührt von Pfannkuchen schwärmen.*

Sie schaltete ihre Taschenlampe ein und ging durch den Wald zurück zum Parkplatz. Der Verlauf des Wegs war jetzt deutlich mit Polizei-Absperrband markiert. Als sie zwischen den Bäumen hervortrat, stellte sie fest, dass der Parkplatz sich schon bis auf einige wenige Einsatzfahrzeuge geleert hatte. Die Polizei von Maine hatte das Gebäude bereits durchsucht und nichts gefunden außer Müll und dem verwesten Waschbärenkadaver, den Jane schon entdeckt hatte. Keine Spur von Josephine oder Bradley Rose.

Aber er ist hier gewesen, dachte sie, während sie in Richtung Wald blickte. Er hat unter diesen Bäumen geparkt und hat den Wanderweg zum Moor eingeschlagen. Und dort hat er das Seil gepackt und eines seiner makabren Andenken aus dem Wasser gezogen, so, wie ein Fischer seinen Fang.

Sie stieg in ihren Wagen und fuhr über die holprige Zufahrtsstraße zurück. Ihr armer Subaru rumpelte über Schlaglöcher, die im Dunkeln noch viel tückischer schienen. Sie war gerade in die Hauptstraße eingebogen, als ihr Handy klingelte.

»Ich versuche schon seit mindestens zwei Stunden, dich zu erreichen«, sagte Frost.

»Ich hatte keinen Empfang dort im Moor. Sie haben die Suche abgeschlossen und nur diese eine Leiche gefunden. Ich frage mich, ob er noch irgendwo ein anderes Versteck …«

»Wo bist du jetzt?«, fiel ihr Frost ins Wort.

»Ich bleibe über Nacht hier. Ich will morgen bei der Obduktion dabei sein.«

»Ich meine, wo du jetzt in diesem Moment bist.«

»Ich will gerade in einem Motel einchecken. Wieso?«

»Wie heißt das Motel?«

»Hawthorn, glaube ich. Es muss hier ganz in der Nähe sein.«

»Okay, wir sehen uns in ein paar Stunden.«

»Du kommst nach Maine?«

»Ich bin schon unterwegs. Und es kommt noch jemand mit.«

»Wer?«

»Darüber reden wir, wenn wir dort sind.«

Jane machte noch einen Zwischenstopp am Drugstore im Ort, um sich Unterwäsche und Socken zum Wechseln zu kaufen, und holte sich anschließend an einem Imbiss eine Salamipizza. Während die Hose, die sie im Waschbecken gereinigt hatte, zum Trocknen im Bad hing, saß sie in ihrem Zimmer im Hawthorn Motel und las Jimmy Ottos Akte. Sie bestand aus drei Ordnern, einer für jedes der drei Jahre, die er als Schüler am Hilzbrich Institute verbracht hatte. Nein, nicht als Schüler – als Insasse, dachte sie, als sie an den hässlichen Betonbau tief im Wald zurückdachte. Ein Ort, an dem man Jungen sicher verwahrte und von der Gesellschaft isolierte – Jungen, die kein Vater allzu nahe an seine Töchter herangelassen hätte.

Und für keinen hatte das mehr gegolten als für Jimmy Otto.

Sie hielt inne, als sie auf das Protokoll einer privaten Therapiesitzung stieß. Jimmy war damals erst sechzehn Jahre alt gewesen, und er hatte Folgendes gesagt:

Als ich dreizehn war, habe ich mal in einem Geschichtsbuch ein Bild von einem Konzentrationslager gesehen. Da waren die ganzen Frauen, die sie in den Gaskammern umgebracht hatten. Die Leichen waren nackt und haben in einer Reihe auf dem Boden gelegen. Ich denke oft an dieses Bild, mit den ganzen Frauen. Dutzende und Aberdutzende. Sie liegen da und warten nur darauf, dass ich mit ihnen alles mache, wozu ich Lust habe. Ich kann sie in sämtliche Löcher vögeln. Ihnen die Augen ausstechen, oder die Nippel abschneiden. Ich will ganz viele Frauen auf einmal haben, einen ganzen Haufen. Sonst macht's doch keinen Spaß, oder?

Aber wie kann man mehr als eine auf einmal haben? Gibt es irgendeine Möglichkeit zu verhindern, dass eine Leiche verwest – eine Methode, sie frisch zu halten? Das würde ich gerne rausfinden, weil es nun mal keinen Spaß macht, wenn eine Frau einfach vergammelt und mich im Stich lässt...

Ein Klopfen an der Zimmertür ließ Jane von ihrem Stuhl auffahren. Sie warf das angebissene Stück Pizza in den Karton zurück und rief: »Ja? Wer ist da?«

»Ich bin's«, antwortete Barry Frost.

»Sekunde.« Sie ging ins Bad und schlüpfte in ihre noch feuchte Hose. Als sie zur Tür ging, hatten ihre Nerven sich schon wieder beruhigt, und ihr Puls raste nicht mehr. Sie machte die Tür auf – und erlebte eine Überraschung.

Frost war nicht allein.

Die Frau, die neben ihm stand, war in den Vierzigern, dunkelhaarig und ausgesprochen schön. Sie trug eine verwaschene Jeans und einen schwarzen Pullover, doch an ihrer schlanken, sportlichen Figur wirkte selbst diese legere Kleidung elegant. Sie sagte kein Wort zu Jane, sondern schob sich einfach an ihr vorbei ins Zimmer und befahl: »Schließen Sie die Tür ab.«

Auch nachdem Frost den Riegel vorgelegt hatte, entspannte die Frau sich nicht. Sie ging gleich zum Fenster und zog die Vorhänge zu, als fürchtete sie, dass unfreundliche Augen sie durch die Ritzen beobachten könnten.

»Wer sind Sie?«, fragte Jane.

Die Frau drehte sich zu ihr um. Und in diesem Moment, noch ehe sie die Antwort hörte, sah Jane es in ihren Zügen, in den geschwungenen Brauen, den fein geschnittenen Wangenknochen. Ein Gesicht, wie auf eine griechische Vase gemalt, dachte sie. Oder auf die Wand einer ägyptischen Grabkammer.

»Mein Name ist Medea Sommer«, sagte die Frau. »Ich bin Josephines Mutter.«

34

»Aber ... Sie sind doch angeblich tot«, stieß Jane fassungslos hervor.

Die Frau lachte matt. »Das ist jedenfalls die Legende.«

»Josephine denkt, dass Sie tot sind.«

»Ich habe ihr ja auch eingeschärft, dass sie das sagen soll. Leider glaubt ihr nicht jeder.« Medea ging zur Stehlampe und schaltete sie aus. Im stockdunklen Zimmer trat sie ans Fenster und spähte durch die Vorhangritze nach draußen.

Jane wandte sich zu Frost um, den sie nur als schemenhafte Silhouette an ihrer Seite erkennen konnte. »Wie hast du sie gefunden?«, flüsterte sie.

»Das habe ich nicht«, antwortete er. »*Sie* hat *mich* gefunden. Eigentlich wollte sie mit dir sprechen. Als sie erfuhr, dass du nach Maine gefahren warst, hat sie stattdessen meine Telefonnummer ausfindig gemacht.«

»Warum hast du mir das nicht am Telefon gesagt?«

»Ich habe es nicht zugelassen«, warf Medea ein, die immer noch mit dem Rücken zu ihnen stand und auf die Straße hinausblickte. »Was ich Ihnen jetzt sage, muss innerhalb dieser vier Wände bleiben. Sie dürfen nichts davon Ihren Kollegen weitererzählen. Sie dürfen nirgends auch nur ein Wort darüber verlieren. Nur so kann ich weiter tot bleiben. Nur so hat Tari – Josephine – eine Chance auf ein normales Leben.« Selbst im Dunkeln konnte Jane sehen, wie straff der Vorhang gespannt war, den sie umklammert hielt. »Meine Tochter bedeutet mir alles«, sagte sie leise.

»Und warum haben Sie sie dann im Stich gelassen?«, fragte Jane.

Medea fuhr herum und funkelte sie an. »Ich habe sie nie im Stich gelassen! Ich wäre schon vor Wochen gekommen, wenn ich gewusst hätte, was hier geschieht.«

»*Wenn Sie es gewusst hätten?* Soviel ich weiß, schlägt sie sich schon seit Jahren allein durch. Und von Ihnen war die ganze Zeit nichts zu sehen.«

»Ich musste mich von ihr fernhalten.«

»Warum?«

»Weil meine Nähe für sie den Tod bedeuten könnte.« Medea drehte sich wieder zum Fenster um. »Diese Sache hat nichts mit Josephine zu tun. Sie ist für ihn nur ein Pfand. Ein Mittel, um mich aus der Reserve zu locken. *Ich* bin diejenige, die er in Wirklichkeit will.«

»Möchten Sie uns das vielleicht näher erklären?«

Mit einem Seufzer ließ Medea sich auf einen Stuhl am Fenster sinken. Sie war nur ein gesichtsloser Schatten, wie sie dort saß, eine leise Stimme in der Dunkelheit. »Ich will Ihnen eine Geschichte erzählen«, sagte sie. »Von einem Mädchen, das sich mit dem falschen Jungen einließ. Einem Mädchen, das so naiv war, dass sie den Unterschied nicht erkennen konnte zwischen naiver Verliebtheit und ...« Sie hielt inne. »Und tödlicher Besessenheit.«

»Sie sprechen von sich selbst.«

»Ja.«

»Und wer war der Junge?«

»Bradley Rose.« Medeas dunkle Gestalt schien sich in den Stuhl zu ducken, als ob sie sich unsichtbar machen wollte. »Ich war erst zwanzig. Was weiß ein Mädchen denn mit zwanzig von der Welt? Es war mein erster Auslandsaufenthalt, meine erste Ausgrabung. In der Wüste sah alles anders aus, als ich es gewohnt war. Der Himmel war blauer, alle Farben intensiver. Und wenn dann ein schüchterner Junge einen anlächelt, wenn er anfängt, einem kleine Geschenke zu machen, dann denkt man, man ist verliebt.«

»Sie waren mit Kimball Rose in Ägypten.«

Medea nickte. »Die Kambyses-Ausgrabung. Als ich die Chance bekam mitzufahren, habe ich sofort zugeschlagen. Wie Dutzende anderer Studenten auch. Und dann waren wir in der Libyschen Wüste, und unsere Träume wurden Wirklichkeit! Am Tag gruben wir, nachts schliefen wir in unseren Zelten. Ich habe nie so viele Sterne gesehen, so viele wunderschöne Sterne.« Sie schwieg einen Moment. »Es war ein Ort, wo jeder sich hätte verlieben können. Ich war nur ein Mädchen aus Indio, das darauf brannte, das Leben kennenzulernen. Und da war Bradley, der Sohn des großen Kimball Rose. Er war gescheit, still und schüchtern. Und schüchterne Männer haben immer etwas an sich, was einen glauben macht, sie seien harmlos.«

»Aber das war er nicht.«

»Ich wusste nicht, was er tatsächlich war. Es gab so vieles, was ich nicht wusste – bis es zu spät war.«

»Was war er?«

»Ein Monster.« In der Dunkelheit hob Medea den Kopf. »Anfangs habe ich es nicht gesehen. Was ich sah, war ein Junge, der mich mit großen Augen anhimmelte. Der mit mir über das eine Thema redete, das uns beiden am meisten am Herzen lag. Der anfing, mir kleine Geschenke zu bringen. Wir arbeiteten zusammen im Graben. Wir aßen immer zusammen. Und irgendwann schliefen wir auch zusammen.« Sie hielt wieder inne. »Von da an wurde alles anders.«

»Inwiefern?«

»Es war, als betrachtete er mich nicht länger als eine eigenständige Person. Ich war ein Teil von ihm geworden. Als hätte er mich verschlungen, mich in sich aufgesogen. Wenn ich zur anderen Seite des Lagers hinüberging, folgte er mir. Wenn ich mit jemand anderem sprach, verlangte er immer zu wissen, worüber wir geredet hatten. Wenn ich einen anderen Mann auch nur anschaute, regte er sich furchtbar auf. Er beobachtete mich ununterbrochen, spionierte mir nach.«

Es war eine so alte Geschichte, dachte Jane; eine Geschichte, die sich schon unzählige Male in Beziehungen zwischen zwei Menschen abgespielt hatte. Eine Geschichte, die allzu oft damit endete, dass die Mordkommission an einem blutigen Tatort anrücken musste. Medea war eine von denen, die noch einmal Glück gehabt hatten; sie hatte es überlebt.

Und doch hatte sie sich nie ganz befreien können.

»Es war Gemma, die mich beiseitenahm und mich auf das Offensichtliche aufmerksam machte«, sagte Medea.

»Gemma Hamerton?«

Medea nickte. »Sie war eine der Doktorandinnen bei der Grabung. Ein paar Jahre älter als ich und hundert Jahre vernünftiger. Sie sah, was da passierte, und sagte, ich müsse mich gegen ihn durchsetzen. Und wenn er mich dann immer noch nicht in Ruhe ließe, sollte ich ihn zum Teufel schicken. Oh, darin war Gemma gut – sie hatte einfach Zivilcourage. Aber ich war damals nicht stark genug. Ich konnte mich nicht von ihm lösen.«

»Was passierte dann?«

»Gemma wandte sich an Kimball. Sie forderte ihn auf, seinen Sohn in die Schranken zu weisen. Bradley muss von dem Gespräch erfahren haben, denn als ich ihn das nächste Mal sah, sagte er mir, ich dürfe nie wieder ein Wort mit Gemma reden.«

»Ich hoffe, Sie haben ihm deutlich gesagt, wohin er sich scheren soll.«

»Das hätte ich tun sollen«, erwiderte Medea leise. »Aber ich hatte nicht das Rückgrat. Heute fällt es mir selbst schwer, das zu glauben. Wenn ich an das Mädchen denke, das ich damals war, erkenne ich mich kaum wieder. Sie ist wie eine Fremde für mich – dieses bemitleidenswerte Opfer, das sich selbst nicht retten konnte.«

»Und wie haben Sie es schließlich geschafft, von ihm loszukommen?«

»Der Auslöser war das, was er Gemma antat. Eines Nachts, als sie schlief, nähte jemand ihren Zelteingang zu. Dann wurde das Zelt mit Benzin übergossen und angezündet. Ich war es, die es im letzten Moment schaffte, das Zelt aufzuschneiden und sie herauszuziehen.«

»Bradley hat tatsächlich versucht, sie umzubringen?«

»Niemand konnte es ihm beweisen, aber ich wusste es. Da begriff ich endlich, wozu er fähig war. Ich stieg in das nächste Flugzeug und flog nach Hause.«

»Aber es war noch nicht vorbei.«

»Nein.« Medea stand auf und ging wieder zum Fenster. »Es fing gerade erst an.« Inzwischen hatten Janes Augen sich an die Dunkelheit gewöhnt, und sie konnte die bleiche Hand der Frau sehen, die den Vorhang umklammerte. Sie sah, wie ihre Schultern sich einen Moment lang anspannten, als draußen die Scheinwerfer eines Autos langsam vorbeiglitten und wieder verschwanden.

»Ich war schwanger«, sagte Medea leise.

Jane starrte sie verblüfft an. »Josephine ist *Bradleys* Tochter?«

»Ja.« Sie drehte sich um und sah Jane an. »Aber das darf sie *niemals* erfahren.«

»Uns sagte sie, ihr Vater sei ein französischer Archäologe gewesen.«

»Ich habe sie ihr ganzes Leben lang angelogen. Ich habe

ihr erzählt, ihr Vater sei ein guter Mann gewesen, der noch vor ihrer Geburt gestorben sei. Ich weiß nicht, ob sie mir wirklich glaubt, aber das ist die Version, an die ich mich konsequent gehalten habe.«

»Und was ist mit der anderen Geschichte, die Sie ihr erzählt haben? Die Begründung, warum Sie immer wieder umziehen und Ihre Namen ändern mussten? Sie glaubt, dass Sie auf der Flucht vor der Polizei waren.«

Medea zuckte mit den Schultern. »Das war doch eine plausible Erklärung.«

»Aber sie stimmte nicht.«

»Ich musste ihr doch *irgendeinen* Grund liefern – ohne sie allzu sehr in Angst zu versetzen. Immer noch besser, vor der Polizei zu fliehen als vor einem Monster.«

Besonders, wenn dieses Monster der eigene Vater ist.

»Als Sie feststellten, dass er Ihnen weiter nachstellte, warum sind Sie davongelaufen? Warum sind Sie nicht einfach zur Polizei gegangen?«

»Meinen Sie, das hätte ich nicht versucht? Ein paar Monate nach meiner Rückkehr tauchte Bradley plötzlich auf dem Campus meiner Universität auf. Er sagte mir, wir seien verwandte Seelen. Er sagte, ich gehöre zu ihm. Er begann, mir auf Schritt und Tritt zu folgen, mir jeden gottverdammten Tag Blumen zu schicken. Ich warf sie weg, rief die Polizei an und erreichte, dass er verhaftet wurde. Aber dann setzte sein Vater seine Anwälte auf das Problem an. Wenn Ihr Vater Kimball Rose heißt, kann Ihnen niemand etwas anhaben.« Nach einer Pause fuhr sie fort: »Und dann wurde es noch schlimmer. Viel schlimmer.«

»Inwiefern?«

»Eines Tages kreuzte Bradley mit einem alten Freund auf. Jemandem, vor dem ich mich noch mehr fürchtete als vor Bradley.«

»Jimmy Otto.«

Bei der Erwähnung dieses Namens schien Medea zu erschaudern. »Bradley konnte man auf den ersten Blick noch für ganz normal halten – ein unauffälliger, stiller Mann. Aber Jimmy musste man nur in die Augen sehen, um zu wissen, dass er anders war. Sie waren schwarz wie die eines Hais. Wenn er Sie anstarrte, wussten Sie einfach, dass er in diesem Moment daran dachte, was er gerne mit Ihnen machen würde. Und bald war auch er krankhaft auf mich fixiert.

Nun stellten sie mir also beide nach. Manchmal entdeckte ich Jimmy in der Bibliothek, wie er dastand und mich anstarrte. Oder ich sah Bradley zu meinem Fenster hereinstarren. Sie spielten ihre Psychospielchen mit mir, versuchten, mich gemeinsam fertigzumachen. Mich in den Wahnsinn zu treiben.«

Jane sah Frost an. »Sie waren schon damals ein Team«, sagte sie.

»Schließlich ging ich von der Universität ab«, fuhr Medea fort. »Inzwischen war ich im neunten Monat, und meine Großmutter lag im Sterben. Ich kehrte nach Indio zurück und bekam mein Kind. Es dauerte nur ein paar Wochen, bis Bradley und Jimmy in der Stadt auftauchten. Ich erwirkte ein Kontaktverbot und ließ sie beide festnehmen. Diesmal würde ich dafür sorgen, dass sie hinter Gittern landeten. Ich musste mein Baby schützen, und es musste ein für alle Mal Schluss sein mit diesem Terror.«

»Aber es war nicht vorbei. Weil Sie kalte Füße bekamen und die Anzeige gegen Bradley fallen ließen.«

»Nicht ganz.«

»Wie meinen Sie das – nicht ganz? Sie haben doch die Anzeige zurückgezogen.«

»Ich habe einen Deal mit dem Teufel gemacht. Mit Kimball Rose. Er wollte, dass sein Sohn straffrei ausging. Ich wollte meine Tochter schützen. Also zog ich die Anzeige zurück, und Kimball stellte mir einen Scheck über eine große Summe aus. Genug Geld, um meiner Tochter und mir ein neues Leben zu kaufen, mit neuen Namen.«

Jane schüttelte den Kopf. »Sie haben das Geld genommen und das Feld geräumt? Das muss ja ein richtig fetter Scheck gewesen sein.«

»Es war nicht das Geld. Kimball hat meine Tochter als Druckmittel gegen mich benutzt. Er drohte, sie mir wegzunehmen, wenn ich sein Angebot ausschlüge. Er ist ihr Großvater, und er konnte eine ganze Heerschar von Anwälten gegen mich aufmarschieren lassen. Ich hatte keine Wahl, also nahm ich das Geld und zog die Anzeige zurück. *Sie* ist der Grund, weshalb ich es getan habe, der Grund, weshalb ich seither ununterbrochen auf der Flucht bin. Ich habe es getan, um sie vor dieser Familie zu bewahren, um sie vor all denen zu schützen, die ihr Böses wollten. Das verstehen Sie doch, oder nicht? Dass eine Mutter alles tun würde, um ihr Kind zu beschützen?«

Jane nickte. Das verstand sie vollkommen.

Medea ging zu ihrem Stuhl zurück und sank mit einem Seufzer darauf nieder. »Ich dachte, wenn ich nur gut auf meine Tochter Acht gäbe, würde sie nie erfahren, wie es ist, gejagt zu werden. Sie würde zu einer furchtlosen, klugen Frau heranwachsen. Eine Kriegerin sollte sie sein. Immer habe ich ihr gesagt, dass sie danach streben soll. Und sie *war* ein kluges und furchtloses Mädchen. Sie wusste zu wenig, um sich zu fürchten.« Medea schwieg einen Moment. »Bis San Diego.«

»Bis zu dem tödliche Schuss in ihrem Schlafzimmer.«

Medea nickte. »In dieser Nacht erfuhr sie, dass sie von nun an in ständiger Angst leben würde. Am nächsten Tag packten wir unsere Sachen und fuhren nach Mexiko. Es verschlug uns nach Cabo San Lucas, wo wir vier Jahre lebten. Es ging uns gut dort, niemand konnte uns finden.« Sie seufzte. »Aber aus Mädchen werden Frauen. Plötzlich sind sie achtzehn und bestehen darauf, dass sie für sich selbst entscheiden können. Sie wollte Archäologie studieren. Wie die Mutter, so die Tochter.« Sie lachte betrübt.

»Sie haben sie gehen lassen?«

»Gemma versprach, auf sie aufzupassen, also glaubte ich, sie sei sicher. Sie hatte einen neuen Namen, eine neue Identität. Ich hätte nie gedacht, dass Jimmy sie aufspüren könnte.«

Es war lange still, während Jane zu begreifen versuchte, was Medea da gerade gesagt hatte. »*Jimmy?* Aber Jimmy Otto ist doch tot!«

Medea hob den Kopf. »Was?«

»Das sollten Sie doch wissen. Sie haben ihn schließlich in San Diego erschossen.«

»Nein.«

»Sie haben ihn in den Hinterkopf geschossen. Sie haben seine Leiche hinausgeschafft und verscharrt.«

»Das ist nicht wahr. Das war nicht Jimmy.«

»Und wer war dann der Tote im Garten?«

»Das war Bradley Rose.«

35

»Bradley Rose?«, wiederholte Jane. »Das ist aber nicht das, was die Polizei von San Diego uns gesagt hat.«

»Glauben Sie, ich hätte den Vater meines eigenen Kindes nicht wiedererkannt?«, versetzte Medea. »Es war nicht Jimmy, der in dieser Nacht ins Schlafzimmer meiner Tochter einstieg. Es war *Bradley*. Oh, ich bin sicher, dass Jimmy irgendwo in der Nähe gelauert hat, und der Schuss hat ihn wahrscheinlich verscheucht. Aber ich wusste, dass er wiederkommen würde. Ich wusste, dass wir schnell handeln mussten. Also haben wir unsere Koffer gepackt und sind am nächsten Morgen abgereist.«

»Der Tote wurde als Jimmy Otto identifiziert«, sagte Frost.

»Wer hat ihn identifiziert?«

»Seine Schwester.«

»Dann hat sie sich geirrt. Denn ich weiß, dass es *nicht* Jimmy war.«

Jane knipste die Lampe an, und Medea schreckte vor dem Licht zurück, als ob die schlichte Sechzig-Watt-Birne radioaktive Strahlen aussenden könnte. »Das ergibt doch keinen Sinn. Wie konnte Jimmy Ottos eigene Schwester sich irren?« Sie schnappte sich seine Psychiatrieakte vom Bett und überflog Dr. Hilzbrichs Aufzeichnungen. Bald hatte sie gefunden, wonach sie suchte.

»Der Name seiner Schwester war Carrie.« Jane sah Frost an. »Ruf Crowe an und sag ihm, er soll herausfinden, wo Carrie Otto wohnt.«

Er zückte sein Handy.

»Ich verstehe nicht«, sagte Medea. »Was hat Jimmys Schwester damit zu tun?«

Jane blätterte die Akte des Hilzbrich Institut über Jimmy durch und suchte systematisch nach Hinweisen auf Carrie Otto. Erst jetzt, als sie gezielt darauf achtete, stellte sie fest, wie oft Carrie darin erwähnt wurde.

Schwester kommt wieder zu Besuch, zum zweiten Mal für heute.
Carrie blieb über die Besuchszeit hinaus; wurde daran erinnert, dass sie sich an die Regeln halten muss.
Carrie wurde aufgefordert, nicht so oft anzurufen.
Carrie bei dem Versuch ertappt, Zigaretten in die Anstalt zu schmuggeln. Besuchsrechte für zwei Wochen ausgesetzt.
Schwester zu Besuch… Schwester zu Besuch…
Carrie war wieder da.

Und schließlich stieß sie auf einen Eintrag, der sie betroffen innehalten ließ.

Ausweitung der Familientherapie erscheint dringend geboten. Carrie wurde an einen Kinderpsychiater in Bangor überwiesen, um das Problem der abnormen Geschwisterbindung anzugehen.

Frost beendete sein Telefonat. »Carrie Otto wohnt in Framington.«

»Sag Crowe, er soll sofort ein Team zusammenstellen und hinfahren. Mit Verstärkung.«

»Er ist schon dabei.«

»Was ist da los?«, warf Medea ein. »Wieso konzentrieren Sie sich so auf seine Schwester?«

»Weil Carrie Otto der Polizei gesagt hat, der Tote aus dem Garten sei ihr Bruder«, antwortete Jane.

»Aber ich weiß, dass es nicht er war. Warum hat sie das gesagt?«

»Er wurde mit Haftbefehl gesucht«, erklärte Frost. »In Verbindung mit dem Verschwinden einer Frau in Massachusetts. Wenn die Behörden glaubten, er sei tot, würden sie die Fahndung nach ihm einstellen. Er wäre praktisch unsichtbar. Sie muss gelogen haben, um ihn zu schützen.«

»Carrie ist der Schlüssel«, sagte Jane. »Und jetzt wissen wir, wo sie wohnt.«

»Sie glauben, dass meine Tochter dort ist«, sagte Medea.

»Wenn nicht, dann wette ich, dass Carrie zumindest weiß, wo er sie versteckt hält.« Jane ging jetzt im Zimmer auf und ab. Sie sah auf ihre Uhr und versuchte auszurechnen, wie lange Crowe und sein Team für die Fahrt nach Framington brauchen würden. Am liebsten wäre sie selbst dabei gewesen, hätte mit ihnen an diese Tür geklopft, sich Zutritt zu diesem Haus verschafft. Und alle Zimmer nach Josephine abgesucht. *Ich sollte diejenige sein, die sie findet.* Es war nach Mitternacht, doch sie war hellwach und sprühte vor mühsam unterdrücktem Tatendrang. Die ganze Zeit, dachte sie, haben wir einen toten Mann gejagt, anstatt uns auf Jimmy Otto zu konzentrieren. Den unsichtbaren Mann.

Der einzige Patient, der mir wirklich Angst gemacht hat, hatte Dr. Hilzbrich über Jimmy gesagt. *Jeder hatte Angst vor ihm, seine Eltern eingeschlossen.*

Jane blieb stehen und wandte sich an Frost. »Erinnerst du dich an das, was Crowe über Jimmys Eltern gesagt hat? Dass sie beide ums Leben gekommen seien?«

»Es war ein Unfall, nicht wahr? Ein Flugzeugabsturz.«

»Ist es nicht in Maine passiert? Sie hatten ein Haus in Maine gekauft, um näher bei Jimmy zu sein.«

Erneut griff Jane nach der Psychiatrieakte und schlug die erste Seite auf, wo die Patientendaten standen. Jimmys Eltern hießen Howard und Anita Otto, und sie hatten zwei Adressen. Die erste war ihr Hauptwohnsitz in Massachusetts. Die zweite Adresse, die in Maine, war zu einem späteren Zeitpunkt handschriftlich nachgetragen worden.

Frost rief bereits mit seinem Handy im Bostoner Präsidium an. »Könntet ihr mal eben einen Grundbucheintrag für mich überprüfen?«, fragte er, während er über Janes Schulter nach der Adresse schielte. »In Maine, die Gemeinde heißt Saponac. Adresse: 165 Valley Way.« Kurze Zeit später legte er auf und sah Jane an. »Das Haus gehört dem Evergreen Trust, was immer das ist. Sie rufen zurück, sobald sie Näheres wissen.«

Jane tigerte schon wieder auf und ab, frustriert und ungeduldig. »Das kann nicht so weit von hier sein. Wir könnten einfach mal vorbeifahren und einen Blick riskieren.«

»Die beiden sind schon seit Jahrzehnten unter der Erde. Das Haus hat seitdem wahrscheinlich schon mehrmals den Besitzer gewechselt.«

»Oder vielleicht gehört es noch der Familie.«

»Warte doch noch einen Moment, ich bekomme sicher gleich diesen Rückruf wegen Evergreen.«

Aber Jane wollte nicht länger warten. Sie war wie ein Rennpferd in der Box, das dem Start entgegenfieberte. »Ich fahre«, erklärte sie und drehte sich zur Kommode um, auf der sie ihre Autoschlüssel abgelegt hatte.

»Lass uns meinen Wagen nehmen«, sagte Frost, der schon an der Tür war. »Wir werden das Navi brauchen.«

»Ich komme auch mit«, sagte Medea.

»Nein«, sagte Jane.

»Sie ist *meine* Tochter.«

»Genau deswegen müssen Sie sich da raushalten. Damit wir nicht abgelenkt werden.« Jane steckte ihre Waffe ins Holster, und der Anblick dieser Pistole hätte Erklärung genug sein müssen. *Das kann verdammt gefährlich werden. Da haben Zivilisten nichts verloren.*

»Ich will irgendetwas tun«, beharrte Medea. »Ich *muss* etwas tun.«

Jane drehte sich um und sah eine wild entschlossene Frau, die darauf brannte, sich in die Schlacht zu stürzen. Aber dies war nicht Medeas Schlacht; es konnte nicht ihre sein.

»Das Beste, was Sie heute Abend tun können, ist, hier in diesem Zimmer zu bleiben«, sagte Jane. »Und die Tür abzuschließen.«

Valley Way war eine einsame, ländliche Straße, so dicht gesäumt von Bäumen, dass von den Häusern nichts zu sehen war. Die Hausnummer auf dem Briefkasten an der Straße bestätigte ihnen, dass sie an der richtigen Adresse waren, aber alles, was sie in der Dunkelheit sehen konnten, waren die ersten Meter einer kiesbedeckten Zufahrt, die sich im Wald verlor. Jane klappte den Deckel des Briefkastens auf und fand einen feuchten Papierhaufen – alles Wurfsendungen, die *An alle Bewohner* adressiert waren.

»Falls hier jemand wohnt«, sagte sie, »hat er oder sie den Briefkasten schon länger nicht mehr geleert. Ich glaube nicht, dass jemand zu Hause ist.«

»Dann dürfte auch niemand etwas dagegen haben, wenn wir uns ein bisschen umschauen«, meinte Frost.

Im Schritttempo rollte Frosts Wagen über den knirschenden Kies. Das Laubwerk war so undurchdringlich, dass sie das

Haus erst sahen, als sie um eine Kurve bogen und es plötzlich vor ihnen auftauchte. Früher war es vielleicht einmal ein attraktives Ferienhäuschen gewesen, mit Giebeldach und breiter Veranda, doch jetzt war das Fundament von Unkraut umwuchert, und Kletterpflanzen rankten über die Verandabrüstung, als seien sie entschlossen, das Haus und alle, die das Pech hatten, sich darin aufzuhalten, unter sich zu begraben.

»Sieht unbewohnt aus«, sagte Frost.

»Ich steige aus und schaue mich ein bisschen um.« Jane war im Begriff, die Tür zu öffnen, als sie durch das Klirren einer Kette gewarnt wurde – ein Geräusch, so bedrohlich wie das Rasseln einer Klapperschlange.

Und dann kam etwas Schwarzes aus der Dunkelheit auf sie zugeschossen.

Sie schnappte nach Luft und zuckte zurück, als der Pitbull gegen die Beifahrertür krachte. Scharfe Krallen kratzten über das Glas, und im Fenster blitzten weiße Zähne auf.

»Scheiße!«, rief sie. »Wo kommt denn *der* plötzlich her?«

Das Gebell des Hundes steigerte sich zur Raserei, und er bearbeitete die Tür mit seinen Krallen, als wollte er das Blech aufreißen.

»Das gefällt mir gar nicht«, meinte Frost.

Im engen Metallkäfig von Frosts Wagen klang Janes Lachen hysterisch und überdreht. »Ich habe mich auch schon mal besser amüsiert.«

»Nein, ich meine, es gefällt mir nicht, dass der Hund an der Kette liegt. Dieses Haus sieht aus, als ob es leer stünde, aber wer füttert dann den Hund?«

Sie starrte das Haus an, die dunklen Fenster, die wie feindselige Augen auf sie herabzublicken schienen. »Du hast recht«, sagte sie. »Hier stimmt etwas ganz und gar nicht.«

»Wird Zeit, dass wir Verstärkung anfordern«, sagte Frost und griff nach seinem Handy. Doch er kam nicht mehr dazu, die Nummer zu wählen.

Der erste Schuss zerschmetterte das Fenster.

Ein Regen von feinen Glassplittern traf Jane im Gesicht. Sie tauchte im gleichen Moment unter das Armaturenbrett ab, als ein zweiter Schuss die nächtliche Stille zerriss. Auch Frost war in Deckung gegangen, und sie sah sein panikverzerrtes Gesicht nur wenige Zentimeter von ihrem entfernt, während sie beide im Dunkeln hektisch nach ihren Waffen tasteten.

Ein drittes Geschoss schlug mit einem hellen *Ping* ins Metall.

Ein verdächtiger Geruch breitete sich im Wagen aus. Die Dämpfe brannten in Janes Augen und Hals. In diesem Moment trafen sich ihre und Frosts Blicke, und sie sah, dass auch er den Geruch registriert hatte.

Benzin.

Fast gleichzeitig stießen sie ihre Türen auf. Jane warf sich aus dem Wagen und rollte weg, kurz bevor die ersten Flammen aufloderten. Sie konnte nicht sehen, ob Frost es auf der anderen Seite auch geschafft hatte; sie konnte nur hoffen, dass er sich rechtzeitig in Sicherheit gebracht hatte, denn einen Sekundenbruchteil darauf explodierte der Tank. Die Fenster flogen heraus, und in einem blendend grellen Inferno schlugen die Flammen himmelwärts.

Während um sie herum Glassplitter niedergingen, rettete Jane sich mit einem Hechtsprung ins Unterholz. Dornen rissen ihre Bluse auf, zerkratzten ihr die Arme. Sie warf sich hinter einen Baum und krallte sich an der bröckelnden Borke fest, während sie einen Blick auf ihren Angreifer zu erhaschen suchte. Doch sie sah nur die Flammen, die gierig verzehrten, was von Frosts Wagen übrig war. Der Hund, den das Feuer vollends zur Raserei getrieben hatte, rannte heulend vor dem Haus auf und ab und zog seine rasselnde Kette hinter sich her.

Wieder krachte ein Schuss. Sie hörte einen Schmerzensschrei, dann das Rascheln und Knacken von Zweigen.

Frost ist getroffen!

Durch den Schleier aus Rauch und Flammen sah sie eine Gestalt aus der Haustür auf die Veranda treten. Das blonde Haar der Frau reflektierte das Lodern der Flammen. Mit dem Gewehr im Anschlag trat sie in den Lichtschein. Und da erst erkannte Jane ihr Gesicht. Es war Debbie Duke.

Nein, nicht Debbie – Carrie Otto.

Carrie stieg die Verandastufen hinunter und legte auf Frost an, um ihm den Rest zu geben.

Jane feuerte zuerst. Als sie abdrückte, war sie entschlossen, einen tödlichen Treffer zu setzen. Sie empfand keine Angst, keine Unsicherheit, nur kalte, kontrollierte Wut, die von ihrem Körper Besitz ergriff und ihre Schusshand lenkte. In rascher Folge feuerte sie ein, zwei, drei Mal. Die Projektile trafen ihr Ziel wie wiederholte Boxhiebe in die Brust. Carrie prallte zurück, ließ das Gewehr fallen und brach auf den Stufen zusammen.

Schwer atmend rückte Jane vor, die Waffe immer noch im Anschlag, den Blick fest auf ihr Ziel gerichtet. Carrie lag quer über der Treppe. Sie lebte noch – Jane hörte sie stöhnen, und in ihren halb offenen Augen spiegelte sich das dämonische Flackern der Flammen. Jane blickte sich suchend nach Frost um und entdeckte ihn am Waldrand. Er lag reglos am Boden.

Du darfst nicht tot sein. Bitte.

Sie war erst wenige Schritte weit gekommen, als der Pitbull ihr aus vollem Lauf in den Rücken sprang.

Sie hatte geglaubt, außer Reichweite seiner Kette zu

sein, und hatte ihn nicht auf sich zurennen sehen. So blieb ihr keine Zeit, sich gegen den Aufprall zu stemmen. Sie fiel vornüber und riss die Hände hoch, um den Sturz abzufangen. Als sie auf dem Boden aufkam, hörte sie einen Knochen knacken, und ihr Handgelenk gab nach. Der Schmerz war so unerträglich, dass selbst die Zähne des Hundes, der sich in ihre Schulter verbissen hatte, ihr im Vergleich dazu nur wie ein kleineres Ärgernis vorkamen. Sie krümmte sich und wälzte sich auf den Rücken, wobei sie den Hund unter sich begrub, doch er ließ nicht von ihr ab. Ihre Waffe lag außer Reichweite, und ihre rechte Hand konnte sie nicht bewegen. Sie konnte das Tier nicht schlagen, um es zu vertreiben, oder es an der Kehle packen und würgen. Also rammte sie ihm den Ellbogen in den Bauch, immer und immer wieder, bis sie die Rippen krachen hörte.

Der Hund jaulte vor Schmerz auf und ließ los. Sie rollte zur Seite und rappelte sich auf die Knie hoch. Und erst jetzt, als sie auf den winselnden Hund hinunterstarrte, sah sie, dass die Kette nicht mehr an seinem Halsband befestigt war. Wie hatte er sich losreißen können? Wer hatte ihn von der Kette gelassen?

Da tauchte aus dem Schatten auch schon die Antwort auf.

Jimmy Otto trat in den Schein des Feuers und schob Josephine als Schutzschild vor sich her. Jane stürzte sich auf ihre Waffe, zuckte aber sofort zurück, als ein Schuss Zentimeter neben ihrer Hand die Erde aufspritzen ließ. Selbst wenn sie an ihre Pistole herangekommen wäre, hätte sie es kaum wagen können, das Feuer zu erwidern – nicht, solange Josephine im Weg war. Hilflos kniete Jane auf der Erde, während Jimmy Otto neben dem brennenden Wagen stehen blieb. Im Schein der prasselnden Flammen sah sie sein Gesicht, und sie bemerkte den hässlichen blauen Fleck auf seiner Schläfe. Josephine lehnte schwankend an seiner Brust, unsicher auf ihrem Gipsbein, mit kahl rasiertem Schädel. Jimmy drückte ihr den Lauf seiner Pistole an die Schläfe, und Josephines Augen weiteten sich vor Panik.

»Weg von der Waffe!«, fuhr er Jane an. »*Na los, wird's bald!*«

Jane hielt sich mit der Linken das gebrochene Handgelenk, während sie sich mühsam aufrichtete. Die Fraktur war so schmerzhaft, dass ihr Magen sich vor Übelkeit verkrampfte und ihre Sinne trübte, jetzt, wo sie sie am dringendsten gebraucht hätte. Sie stand wankend da und sah schwarze Punkte vor ihren Augen tanzen, während ihr der kalte Schweiß auf die Stirn trat.

Jimmy sah auf seine schwer verletzte Schwester, die noch immer zusammengesunken auf den Stufen lag und leise stöhnte. Mit einem einzigen mitleidlosen Blick schien er zu entscheiden, dass Carrie nicht mehr zu helfen war und er ihr deshalb keine Beachtung mehr schenken musste.

Er konzentrierte sich wieder auf Jane. »Ich habe die Warterei satt«, sagte er. »Sagen Sie mir, wo sie ist.«

Jane schüttelte den Kopf. Die schwarzen Punkte wirbelten wild umher. »Ich habe keine Ahnung, was Sie von mir wollen, Jimmy.«

»*Raus mit der Sprache – wo ist sie?*«

»Wer?«

Ihre Antwort machte ihn rasend. Ohne Vorwarnung feuerte er seine Waffe direkt über Josephines Kopf ab. »Medea«, sage er. »Ich weiß, dass sie wieder aufgetaucht ist. Und wenn sie mit jemandem Kontakt aufgenommen hat, dann mit Ihnen. Also, wo ist sie?«

Der Schock der Explosion vertrieb den Nebel aus Janes

Kopf. Trotz der Schmerzen und der Übelkeit war sie jetzt voll konzentriert, und ihre Aufmerksamkeit war ganz auf Jimmy gerichtet. »Medea ist tot«, sagte sie.

»Nein, das ist sie nicht. Sie lebt. Das weiß ich verdammt genau. Und jetzt wird endlich abgerechnet.«

»Wegen Bradleys Tod? Sie hat getan, was sie tun musste.«

»Und das werde ich auch.« Er drückte den Lauf an Josephines Kopf, und in diesem Moment war Jane klar, dass er nicht zögern würde abzudrücken. »Wenn Medea nicht kommen will, um ihre Tochter zu retten, dann wird sie vielleicht wenigstens zu ihrer Beerdigung kommen.«

Aus der Dunkelheit rief eine Stimme: »Hier bin ich, Jimmy. Ich bin gekommen.«

Er erstarrte, und sein Blick ging zum Waldrand. »Medea?«

Sie ist uns bis hierher gefolgt.

Medea trat zwischen den Bäumen hervor und kam ohne zu zögern, ohne ein Anzeichen von Furcht auf sie zu. Die Löwin war gekommen, um ihr Junges zu retten, und sie zog grimmig entschlossen in den Kampf. Erst wenige Schritte vor Jimmy blieb sie stehen. Im Schein des Feuers standen sie einander gegenüber. »Ich bin diejenige, die du willst. Lass meine Tochter gehen.«

»Du hast dich nicht verändert«, murmelte er staunend. »Nach all den Jahren bist du immer noch genau wie früher.«

»Du auch, Jimmy«, erwiderte Medea ohne jede Spur von Ironie.

»Du warst die Einzige, die er je wollte. Die eine, die er nicht haben konnte.«

»Aber Bradley ist jetzt nicht hier. Warum tust du das also?«

»Ich tue es für mich. Um es dir heimzuzahlen.« Wieder

presste er den Lauf gegen Josephines Schläfe, und zum ersten Mal sah Jane die Panik in Medeas Zügen. Wenn diese Frau überhaupt Angst empfand, dann nicht um sich selbst, sondern um ihre Tochter. Josephine war immer der Schlüssel gewesen, mit dem man Medea vernichten konnte.

»Du willst doch meine Tochter gar nicht, Jimmy. Du hast ja mich.« Medea war jetzt ganz beherrscht, und ein kühler Blick der Verachtung kaschierte ihre Angst. »Ich bin der Grund, weshalb du sie in deine Gewalt gebracht hast, der Grund, weshalb du diese Spielchen mit der Polizei spielst. Also, hier bin ich. Lass sie gehen, und ich gehöre dir.«

»Tatsächlich?« Er stieß Josephine von sich, und sie brachte sich humpelnd in Sicherheit. Dann richtete er seine Waffe auf Medea. Doch selbst als der Lauf auf sie zielte, gelang es ihr noch, absolute Gelassenheit auszustrahlen. Sie warf Jane einen Seitenblick zu, der sagte: *Jetzt habe ich seine Aufmerksamkeit. Den Rest musst du übernehmen.* Sie trat einen Schritt auf Jimmy zu, auf die Waffe, die auf ihre Brust gerichtet war. Ihre Stimme war jetzt samtig, fast verführerisch. »Du warst genauso scharf auf mich wie Bradley. Stimmt's? Das habe ich in deinen Augen gesehen, schon bei unserer ersten Begegnung. Ich habe gesehen, was du gerne mit mir gemacht hättest. Das Gleiche, was du mit all diesen anderen Frauen gemacht hast. Hast du sie gevögelt, als sie noch gelebt haben? Oder hast du gewartet, bis sie tot waren? Denn so magst du sie ja, nicht wahr? Kalt. Tot. Dein in alle Ewigkeit.«

Er starrte sie nur schweigend an, während sie langsam näher kam. Während sie ihm die verlockenden Möglichkeiten vor Augen führte. Jahrelang hatten er und Bradley sie gejagt, und hier war sie nun endlich, zum Greifen nahe. Sie könnte ihm gehören, ihm allein.

Janes Waffe lag nur wenige Schritte entfernt auf der Erde. Sie schob sich Zentimeter um Zentimeter darauf zu und ging im Kopf jede einzelne Bewegung durch. Fallen lassen und blitzschnell nach der Waffe greifen. Schießen. Und das alles nur mit der linken Hand. Sie würde vielleicht einen, allenfalls zwei Schüsse abgeben können, ehe Jimmy das Feuer erwiderte. Egal wie schnell ich bin, dachte sie, es wird mir nicht gelingen, ihn rechtzeitig auszuschalten. Entweder Medea oder ich – eine von uns wird diesen Tag wahrscheinlich nicht überleben.

Medea ging weiter auf Jimmy zu. »All die Jahre wart ihr hinter mir her«, sagte sie leise. »Jetzt bin ich hier, und du willst eigentlich nicht, dass hier und heute alles zu Ende ist, nicht wahr? Du willst gar nicht, dass die Jagd vorbei ist.«

»Aber sie ist vorbei.« Er hob die Pistole, und Medea verharrte regungslos. Dies war das Ende, vor dem sie all die Jahre davongelaufen war, ein Ende, das sie weder durch Flehen noch durch Verführung aufschieben konnte. Falls sie geglaubt hatte, sie könne durch ihr Eingreifen das Monster unter ihre Kontrolle bringen, dann musste sie jetzt ihren Irrtum einsehen.

»Es geht nicht darum, was ich will«, sagte Jimmy. »Ich habe versprochen, diese Sache zu Ende zu bringen, und ich werde sie zu Ende bringen.« Seine Unterarmmuskeln spannten sich an, als sein Finger sich um den Abzug krümmte.

Jane hechtete nach ihrer Waffe. Doch im gleichen Moment, als ihre linke Hand sich um den Griff schloss, krachte ein Schuss. Sie drehte sich um die eigene Achse, und die nächtliche Szene zog in Zeitlupe an ihr vorbei, während ein Dutzend Einzelheiten gleichzeitig ihre Sinne bestürmten. Sie sah Medea in die Knie gehen, die Arme schützend vor dem Gesicht gekreuzt. Sie spürte die Hitze der lodernden Flammen und das ungewohnte Gewicht der Waffe in ihrer linken Hand, als sie den Arm hob und zielte.

Doch im Moment des Abdrückens sah sie, dass Jimmy Otto schon wankte – dass ihre Kugel einen Körper traf, der bereits aus einer anderen Schusswunde blutete.

Seine Silhouette zeichnete sich vor dem Flammenmeer ab, als er mit ausgestreckten Armen ein paar Schritte rückwärts torkelte und nach hinten kippte wie ein gefällter Baum. Er fiel über die Motorhaube des brennenden Wagens, und seine Haare fingen Feuer. Binnen Sekunden war sein Kopf in Flammen eingehüllt. Mit einem schrillen Schrei wich er vom Wagen zurück. Dann wurde sein Hemd von den Flammen erfasst. In einem qualvollen Todestanz taumelte er noch ein paar Schritte über den Hof und brach dann zusammen.

»*Nein!*« Carrie Ottos schmerzerfülltes Aufstöhnen war kaum noch ein menschlicher Laut, es war der kehlige Schrei eines sterbenden Tieres. Quälend langsam schleppte sie sich auf ihren Bruder zu und zog dabei eine Blutspur auf dem Kies hinter sich her.

»Lass mich nicht allein, Baby. Lass mich nicht allein!«

Sie wälzte sich auf seinen reglosen Körper, ohne auf die Flammen zu achten, und versuchte verzweifelt, das Feuer zu ersticken.

»Jimmy. *Jimmy!*«

Ihr Haar und ihre Kleider fingen Feuer, der Stoff brannte sich bereits in ihre Haut, und noch immer klammerte sie sich im Todeskampf an ihren sterbenden Bruder. So lagen sie eng umschlungen, und ihre Leiber verschmolzen miteinander, als die Flammen sie langsam verzehrten.

Medea erhob sich unverletzt. Doch ihr Blick war nicht

auf die brennenden Leichen von Jimmy und Carrie Otto gerichtet, sondern auf den Waldrand.

Auf Barry Frost, der mit dem Rücken an einem Baumstamm zusammengesackt war, die Waffe noch in der Hand.

36

Barry Frost fühlte sich in der Rolle des Helden sichtlich unwohl.

Er wirkte eher verlegen als heldenhaft, wie er da in seinem Krankenhausbett saß, nur mit einem dünnen OP-Hemd bekleidet. Vor zwei Tagen war er ins Boston Medical Center verlegt worden, und seither waren Kollegen und Freunde in Scharen an sein Lager gepilgert, um ihm zu seiner Tat zu gratulieren und ihm gute Besserung zu wünschen, vom Polizeipräsidenten bis hin zum Kantinenpersonal des Boston PD. Als Jane an diesem Nachmittag ins Krankenhaus kam, sah sie inmitten des Dschungels aus Blumengestecken und bunten Luftballons in seinem Zimmer schon drei andere Besucher sitzen. Alle lieben Frost, dachte sie, als sie die Szene von der Tür aus betrachtete, kleine Kinder genauso wie ältere Damen. Und sie verstand auch, warum. Er war der hilfsbereite Pfadfinder, der ohne zu murren für seinen Nachbarn den Schnee vom Gehsteig schippte, einem liegen gebliebenen Autofahrer Starthilfe gab oder auf einen Baum kletterte, um eine Katze zu retten.

Und manchmal rettet er einem sogar das Leben.

Sie wartete, bis die anderen Besucher gegangen waren, ehe sie schließlich eintrat. »Kannst du noch eine mehr ertragen?«, fragte sie.

Er sah sie an und lächelte matt. »Hi. Ich hatte gehofft, du würdest noch ein bisschen dableiben.«

»Du scheinst ja ungeheuer begehrt zu sein. Ich musste mich an deinen ganzen Groupies vorbeikämpfen, um überhaupt zu dir durchzukommen.« Mit dem Gips am rechten Arm kam Jane sich unbeholfen vor, als sie einen Stuhl ans Bett rückte und sich hinsetzte. »Mann, wir beide geben vielleicht ein Bild ab«, meinte sie. »Die zwei verwundeten Veteranen nach der Schlacht.«

Frost fing an zu lachen, musste sich aber sofort bremsen, als die Schmerzen in seiner frischen Bauchnarbe wieder aufflammten. Er beugte sich im Bett vor und verzog das Gesicht.

»Ich hole die Schwester«, erbot sie sich.

»Nein.« Frost hob die Hand. »Das halte ich schon aus. Ich will nicht noch mehr Morphium.«

»Ach, was soll denn das Macho-Gehabe? Nimm das Zeug, sag ich.«

»Ich will nicht mit Medikamenten vollgepumpt werden. Ich brauche heute Abend einen klaren Kopf.«

»Wozu?«

»Alice kommt mich besuchen.«

Es tat weh, den hoffnungsvollen Unterton in seiner Stimme zu hören, und sie wandte sich rasch ab, damit er das Mitleid in ihren Augen nicht sehen konnte. Alice verdiente diesen Mann nicht. Er war einer der Guten, einer der Anständigen, und genau deswegen würde er mit gebrochenem Herzen zurückbleiben.

»Vielleicht sollte ich lieber gehen«, sagte sie.

»Nein. Noch nicht. Bitte.« Ganz behutsam lehnte er sich in die Kissen zurück und atmete vorsichtig aus. Dann versuchte er eine muntere Miene aufzusetzen und fragte: »Na, was gibt's Neues von unserem Fall?«

»Wir haben jetzt die Bestätigung. Debbie Duke war tatsächlich Carrie Otto. Laut Mrs. Willebrandt tauchte Carrie im April zum ersten Mal im Museum auf und bot ihre Dienste als ehrenamtliche Mitarbeiterin an.«

»Im April? Also kurz nachdem Josephine eingestellt wurde.«

Jane nickte. »Schon nach wenigen Monaten hatte Carrie sich im Museum unentbehrlich gemacht. *Sie* muss Josephines Schlüssel gestohlen haben. Vielleicht war sie es auch, die die Tüte mit den Haaren in Mauras Garten deponierte. Sie verschaffte Jimmy freien Zugang zum Gebäude. Sie und ihr Bruder waren in jeder Hinsicht ein Team.«

»Was bringt eine Schwester dazu, mit einem Bruder wie Jimmy gemeinsame Sache zu machen?«

»Davon haben wir an diesem fatalen Abend einiges zu sehen bekommen. *Abnorme Geschwisterbindung*, so hat es der Therapeut in Jimmys Psychiatrieakte formuliert. Ich habe gestern mit Dr. Hilzbrich gesprochen, und er sagte, Carrie sei mindestens so krankhaft veranlagt gewesen wie ihr Bruder. Sie hat alles für ihn getan – vielleicht hat sie sogar für ihn die Kerkermeisterin gemacht. Die Spurensicherung hat in diesem Keller in Maine diverse Haare und Fasern sichergestellt. Auf der Matratze waren Blutflecken von mehr als einem Opfer. Die Nachbarn sagen, sie hätten Jimmy und Carrie des Öfteren zusammen in der Gegend gesehen. Sie hielten sich oft mehrere Wochen lang im Haus auf und verschwanden dann wieder für einige Monate.«

»Ich habe ja schon von Serienmörder-Ehepaaren gehört. Aber Bruder und Schwester?«

»Da ist die gleiche Dynamik am Werk. Eine schwache Persönlichkeit, kombiniert mit einer starken. Jimmy war der dominante Partner, so überlegen, dass er Menschen wie seine Schwester und Bradley Rose total beherrschen konnte. Als Bradley noch lebte, war er Jimmys Handlanger bei der Jagd nach immer neuen Opfern. Er konservierte die Leichen und fand geeignete Orte, um sie zu lagern.«

»Er war also nur Jimmys Gefolgsmann.«

»Nein, sie profitierten beide von der Beziehung. Das ist Dr. Hilzbrichs Theorie. Jimmy verwirklichte seine Teenagerfantasien von einer Sammlung toter Frauen, während Bradley seine Fixierung auf Medea Sommer auslebte. *Sie* war es, was beide verband – die eine, die sie beide wollten, die sie aber nie haben konnten. Auch nach Bradleys Tod hörte Jimmy nie auf, nach ihr zu suchen.«

»Aber stattdessen fand er ihre Tochter.«

»Wahrscheinlich stieß er in der Zeitung auf Josephines Foto. Sie ist Medea wie aus dem Gesicht geschnitten, und auch vom Alter her kommt sie als ihre Tochter in Frage. Sie ist sogar auf demselben Forschungsgebiet tätig. Es war wohl kein großes Problem für ihn herauszubekommen, dass Josephine nicht die war, für die sie sich ausgab. Also beobachtete er sie und wartete ab, ob ihre Mutter sich irgendwann zeigen würde.«

Frost schüttelte den Kopf. »Schon verrückt, wie besessen dieser Typ von Medea war. Man sollte doch meinen, dass er nach so vielen Jahren irgendwann darüber hinweggekommen wäre.«

»Denk doch mal an Kleopatra. Oder die schöne Helena. Auch von ihnen waren Männer besessen.«

»Die schöne Helena?« Er lachte. »Diese Archäologie-Geschichte hat wohl bei dir ihre Spuren hinterlassen. Du hörst dich schon an wie Dr. Robinson.«

»Was ich damit sagen will, ist, dass Männer nun einmal zu solchen Fixierungen neigen. Wie oft kommt es vor, dass ein Typ einer Frau jahrelang nachläuft.« Mit sanfter Stimme fügte sie hinzu: »Selbst einer Frau, die ihn gar nicht liebt.«

Er lief rot an und wandte das Gesicht ab.

»Manche Menschen können die Vergangenheit einfach nicht hinter sich lassen«, sagte sie, »und sie vergeuden ihre Lebenszeit mit dem Warten auf einen Menschen, den sie nun einmal nicht haben können.« Sie dachte an Maura Isles – auch sie begehrte jemanden, den sie nicht haben konnte. Auch sie war eine Gefangene ihrer eigenen Gefühle, ihrer eigenen unglücklichen Partnerwahl. An dem Abend, als Maura ihn so dringend gebraucht hätte, war Daniel Brophy nicht für sie da gewesen. Stattdessen hatte Anthony Sansone sie in sein Haus aufgenommen. Es war Sansone gewesen, der Jane angerufen hatte, um sich zu versichern, dass er Maura bedenkenlos nach Hause gehen lassen konnte. Manchmal, dachte Jane, ist der Mensch, der einen am glücklichsten machen könnte, ausgerechnet derjenige, den man immer übersieht, derjenige, der stumm und geduldig auf seine Chance wartet.

Sie hörten ein Klopfen an der Tür, und Alice trat ein. In ihrem eleganten Kostüm sah sie noch blonder und noch umwerfender aus, als Jane sie in Erinnerung hatte, doch ihre Schönheit war ohne Wärme. Sie wirkte wie eine Marmorstatue, perfekt geformt, aber nur zum Bewundern gedacht, nicht zum Berühren. Die Begrüßung der beiden Frauen war angespannt, aber höflich, wie zwischen zwei Rivalinnen um die Gunst ein und desselben Mannes. Über Jahre hatten sie sich Frost geteilt, Jane als sein Partner, Alice als seine Ehefrau, und dennoch hatte Jane nicht das Gefühl, dass irgendetwas sie mit dieser Frau verband.

Sie stand auf, um zu gehen, doch als sie zur Tür kam, konnte sie sich eine spitze Bemerkung zum Abschied nicht verkneifen. »Seien Sie nett zu ihm. Er ist ein Held.«

Frost hat mich gerettet, und jetzt werde ich ihn retten müssen, dachte Jane, als sie das Krankenhaus verließ und in ihren Wagen stieg. Alice würde ihm das Herz brechen, so brutal und effektiv, als ob sie es in flüssigen Stickstoff tauchen und dann mit einem gezielten Hammerschlag zerschmettern würde. Jane hatte es in Alice' Augen gesehen – die grimmige Entschlossenheit einer Frau, die innerlich schon mit ihrer Ehe abgeschlossen hat und nur gekommen ist, um noch die letzten Details zu regeln.

Heute Abend brauchte er jemanden, der es gut mit ihm meinte. Sie würde später noch einmal vorbeischauen, um die Scherben aufzulesen.

Als sie den Motor anließ, klingelte ihr Handy. Die Nummer war ihr unbekannt.

Wie auch die Stimme des Mannes, der sich am anderen Ende meldete. »Ich glaube, Sie haben einen großen Fehler gemacht, Detective«, sagte er.

»Verzeihung – mit wem spreche ich, bitte?«

»Detective Potrero, San Diego PD. Ich habe gerade mit Detective Crowe telefoniert und gehört, was sich da drüben abgespielt hat. Sie behaupten, Sie hätten Jimmy Otto aus dem Verkehr gezogen.«

»Das war nicht ich, sondern mein Partner.«

»Na, ist ja auch egal, aber wen Sie auch immer erschossen haben, es war nicht Jimmy Otto. Weil der nämlich vor zwölf Jahren hier in San Diego gestorben ist. Ich habe die Ermittlung damals geleitet, deswegen weiß ich es ganz genau. Und ich muss die Frau vernehmen, die ihn getötet hat. Ist sie in Gewahrsam?«

»Bei Medea Sommer besteht keine Fluchtgefahr. Sie ist hier in Boston, und Sie können jederzeit herkommen und mit ihr sprechen. Ich versichere Ihnen, der Schusswaffengebrauch damals in San Diego war absolut gerechtfertigt. Es war Notwehr. Und der Mann, den sie erschossen hat, war nicht Jimmy Otto. Sondern ein Kerl namens Bradley Rose.«

»Nein, das war er nicht. Jimmys eigene Schwester hat ihn identifiziert.«

»Carrie Otto hat Sie angelogen. Das war nicht ihr Bruder.«

»Wir haben DNA, die es beweist.«

Jane stutzte. »Welche DNA?«

»Der Bericht lag der Akte nicht bei, die wir Ihnen geschickt haben, weil die endgültigen Testergebnisse erst Monate nachdem wir den Fall abgeschlossen hatten vorlagen. Jimmy war nämlich in einem anderen Gerichtsbezirk wegen Mordverdachts zur Fahndung ausgeschrieben. Die Kollegen haben sich an uns gewandt, weil sie absolut sichergehen wollten, dass ihr Verdächtiger tot war. Sie haben Jimmys Schwester um eine DNA-Probe gebeten.«

»Carries DNA?«

Potrero seufzte ungeduldig, als hätte er es mit einer Schwachsinnigen zu tun. »Ja, Detective Rizzoli. Carries DNA. Sie wollten beweisen, dass der Tote tatsächlich ihr Bruder war. Carrie Otto schickte einen Wangenabstrich, und wir verglichen die DNA mit der des Opfers. Es ergab sich eine signifikante Übereinstimmung.«

»Das kann nicht stimmen.«

»Sie wissen doch, wie es immer heißt: Die DNA lügt nicht. Laut unserem Labor war Carrie Otto definitiv eine weibliche Verwandte des Mannes, den wir dort in dem Garten ausgegraben hatten. Entweder hatte Carrie noch einen *anderen* Bruder, der hier in San Diego getötet wurde, oder Medea Sommer hat Sie angelogen. Und sie hat gar nicht den Mann erschossen, den sie erschossen haben will.«

»Carrie Otto hatte keinen anderen Bruder.«

»Genau. Ergo hat Medea Sommer Sie angelogen. Also, ist sie nun in Gewahrsam?«

Jane antwortete nicht. Ein Dutzend Gedanken schwirrten in ihrem Kopf umher wie Motten, und sie bekam nicht einen davon zu fassen.

»Mein Gott«, sagte Detective Potrero. »Erzählen Sie mir nicht, dass sie auf freiem Fuß ist.«

»Ich rufe Sie zurück«, sagte Jane. Sie legte auf und starrte zur Frontscheibe hinaus. Zwei Ärzte kamen gerade aus dem Krankenhaus und überquerten zielstrebig die Straße. Die beiden sehen aus, als ob sie keine Zweifel kennen, dachte Jane, als sie ihren flatternden weißen Kitteln nachschaute. Und ich sitze hier und zweifle allmählich an allem. Jimmy Otto oder Bradley Rose? Wen hat Medea vor zwölf Jahren in ihrem Haus erschossen, und warum sollte sie in diesem Punkt lügen?

Wen hat Frost wirklich getötet?

Sie dachte an die Ereignisse, deren Zeugin sie an jenem Abend in Maine geworden war. Carrie Ottos Tod. Das grausige Ende eines Mannes, den sie für Carries Bruder gehalten hatte. Medea hatte ihn *Jimmy* genannt, und er hatte auf diesen Namen reagiert. Also *musste* es Jimmy Otto gewesen sein, wie Medea behauptete.

Aber die DNA war ein Hindernis, gegen das sie ein ums andere Mal anrannte, der wasserdichte Beweis, der alldem widersprach. Laut der DNA war es nicht Bradley gewesen, der in San Diego gestorben war. Sondern ein männlicher Verwandter von Carrie Otto.

Es gab nur eine mögliche Schlussfolgerung. *Medea hat uns angelogen.*

Und wenn sie Medea laufen ließen, würden sie als unfähige Versager dastehen. Verdammt, dachte sie, wir *sind* Versager, und der Beweis liegt in der DNA. Denn die lügt nicht, wie Detective Potrero gesagt hatte.

Sie tippte Crowes Nummer in ihr Handy ein und stockte plötzlich.

Oder lügt sie doch?

37

Ihre Tochter schlief. Josephines Haare würden nachwachsen, die Blutergüsse auf ihrer Haut waren schon verblasst, doch als Medea ihre Tochter im gedämpften Licht des Schlafzimmers betrachtete, fand sie, dass Josephine so jung und verletzlich aussah wie ein Kind. Und tatsächlich war sie in manchen Dingen wieder wie ein Kind. Sie bestand darauf, dass das Licht in ihrem Zimmer die ganze Nacht brannte. Sie wollte nie länger als ein paar Stunden allein gelassen werden. Medea wusste, dass diese Ängste sich wieder legen würden, dass Josephine mit der Zeit ihren Mut wiederfinden würde. Vorerst lag die Kriegerin in ihr in einer Art Winterruhe, in einem Heilschlaf, doch sie würde wiederkehren. Medea kannte ihre Tochter ebenso gut wie sich selbst, und sie wusste, dass unter dieser so zerbrechlich wirkenden Hülle das Herz einer Löwin schlug.

Medea wandte sich zu Nicholas Robinson um, der sie von der Schlafzimmertür aus beobachtete. Er hatte Josephine mit offenen Armen in seinem Haus aufgenommen, und Medea wusste, dass ihre Tochter hier sicher sein würde. Im Lauf der vergangenen Woche hatte sie diesen Mann kennengelernt, und sie hatte Vertrauen zu ihm gefasst. Er war vielleicht nicht besonders aufregend, vielleicht auch einen Tick zu pedantisch und verkopft, dennoch war er in mehr als nur einer Beziehung eine gute Partie für Josephine. Und er liebte sie hingebungsvoll. Mehr verlangte Medea nicht von einem Mann. In all den Jahren hatte sie nur wenigen Menschen vertraut, und in seinen Augen sah sie die gleiche unerschütterliche Loyalität, die sie einst in Gemma Hamertons Augen gesehen hatte. Gemma war für Josephine gestorben.

Sie war überzeugt, dass Nicholas das Gleiche tun würde.

Als sie sein Haus verließ, hörte sie, wie er hinter ihr die Tür verriegelte, und sie empfand die beruhigende Gewissheit, dass Josephine sich in guten Händen befand, was auch immer mit ihr selbst geschehen würde. Darauf konnte sie sich verlassen, wenn auch auf nichts sonst, und es gab ihr den Mut, in ihren Wagen zu steigen und sich auf den Weg nach Süden zu machen.

Dort, in der Kleinstadt Milton, hatte sie ein Haus gemietet, das isoliert in einem großen, von Unkraut überwucherten Grundstück stand. Im Gebälk hausten Mäuse, die sie nachts im Bett hören konnte; doch die Geräusche, auf die sie lauschte, waren weit bedrohlicher als das Rascheln unsichtbarer Nager. Ihr war nicht wohl bei dem Gedanken, heute Abend dorthin zurückzukehren, doch sie setzte die Fahrt unbeirrt fort. Im Rückspiegel sah sie die Scheinwerfer eines Autos, das sie verfolgte.

Es blieb bis Milton hinter ihr.

Als sie die Tür aufschloss, schlugen ihr die muffigen Gerüche eines alten Hauses entgegen – Staub und zerschlissene Teppiche, vielleicht vermischt mit ein paar Schimmelsporen. Sie hatte gelesen, dass man von Schimmel krank werden konnte. Er konnte die Lunge schädigen, das Immunsystem dazu bringen, sich gegen den eigenen Körper zu wenden, und einen am Ende gar töten. Die letzte Bewohnerin war eine siebenundachtzigjährige Frau gewesen, die hier im Haus gestorben war. Vielleicht hatte der Schimmel ihr den Rest gegeben. Sie bildete sich ein, dass sie die tödlichen Partikel einatmete, als sie durch das Haus ging und sich wie immer vergewisserte, dass alle Fenster geschlossen und verriegelt waren; und sie sah eine gewisse Ironie darin, dass sie sich in ihrem Sicherheitswahn in versiegelten Räumen einschloss, deren Luft sie töten könnte.

In der Küche setzte sie einen starken Kaffee auf. Viel lieber hätte sie sich jetzt einen kräftigen Wodka Tonic gemixt – so heftig war ihr Verlangen danach, dass sie sich fast wie eine Alkoholikerin vorkam. Schon ein kleiner Schluck hätte ihre Nerven beruhigt und dieses Gefühl der Bedrohung zerstreut, das jeden Winkel dieses Hauses zu durchdringen schien. Aber heute Abend würde sie besser auf Wodka verzichten, und so beherrschte sie sich. Stattdessen trank sie Kaffee, gerade genug, um ihre Sinne zu schärfen, ohne dass ihre Nerven flatterten. Sie brauchte vor allem gute Nerven.

Bevor sie zu Bett ging, warf sie noch einen letzten Blick aus dem Wohnzimmerfenster. Die Straße war ruhig – also war es heute Nacht vielleicht noch nicht so weit. Vielleicht war ihr noch einmal ein Aufschub gewährt worden. Wenn ja, dann war er nur von kurzer Dauer, wie bei einer Todeskandidatin, die jeden Morgen in ihrer Zelle aufwacht und nicht weiß, ob heute der Tag ist, an dem sie den Gang zum Schafott antreten muss. Nicht zu wissen, wann die letzte Stunde schlagen wird – das ist es, was eine zum Tode Verurteilte in den Wahnsinn treiben kann.

Sie ging den Flur entlang zu ihrem Schlafzimmer, und sie kam sich vor wie diese Todeskandidatin. Wieder fragte sie sich, ob diese Nacht so ereignislos verstreichen würde wie die vergangenen zehn. Und sie hoffte, dass es so sein würde, während sie zugleich wusste, dass das Unvermeidliche damit nur aufgeschoben würde. Am Ende des Flurs drehte sie sich noch einmal zur Diele um – ein letzter Blick, ehe sie das Flurlicht ausschaltete. Als das Licht erlosch, sah sie im Straßenfenster kurz die Scheinwerfer eines Autos aufflackern. Es fuhr langsam, als ob der Fahrer das Haus ganz genau in Augenschein nähme.

Da wusste sie es. Ihr war mit einem Mal so kalt, als ob das Blut in ihren Adern zu Eis gefröre. *Es wird heute Nacht passieren.*

Sie zitterte plötzlich am ganzen Leib. Ich bin nicht bereit dazu, dachte sie, und wieder einmal war sie versucht, sich mit der Strategie zu behelfen, die sie fast drei Jahrzehnte lang am Leben gehalten hatte: davonlaufen. Aber sie hatte sich selbst das Versprechen gegeben, dass sie diesmal kämpfen würde. Diesmal stand nicht das Leben ihrer Tochter auf dem Spiel, nur ihr eigenes. Sie war bereit, ihr eigenes Leben zu riskieren, wenn es bedeutete, dass sie endlich frei sein würde.

Sie trat in das dunkle Schlafzimmer, wo die Vorhänge viel zu dünn waren. Wenn sie das Licht einschaltete, würde ihre Silhouette im Fenster deutlich zu sehen sein. Solange sie nicht gesehen wurde, konnte sie nicht gejagt werden, und so ließ sie den Raum im Dunkeln. Die Tür war nur mit einem windigen Türknaufschloss gesichert, das jeder Einbrecher in einer Minute geknackt hätte, aber das war eine kostbare Minute, die sie vielleicht brauchen würde. Sie sperrte ab und drehte sich zum Bett um.

Da hörte sie, wie jemand im Dunkeln leise ausatmete.

Bei dem Geräusch richteten sich sämtliche Härchen in ihrem Nacken auf. Während sie damit beschäftigt gewesen war, die Türen zu verschließen und sich zu vergewissern, dass alle Fenster verriegelt waren, hatte der Eindringling bereits in ihrem Haus gewartet. In ihrem Schlafzimmer.

Mit ruhiger Stimme sagte er: »Geh von der Tür weg.«

Sie konnte mit Mühe seine gesichtslose Gestalt in der Ecke ausmachen. Er saß auf einem Stuhl, und sie musste die Waffe nicht sehen, um zu wissen, dass er sie in der Hand hielt. Sie gehorchte.

»Du hast einen großen Fehler gemacht«, sagte sie.

»Du bist diejenige, die den Fehler gemacht hat, Medea. Vor zwölf Jahren. Was war das für ein Gefühl, einem wehrlosen Jungen von hinten in den Kopf zu schießen? Einem Jungen, der dir nie etwas getan hatte.«

»Er war in meinem Haus. Er war im Schlafzimmer meiner Tochter.«

»Er hat ihr nichts getan.«

»Aber er hätte ihr etwas tun können.«

»Bradley war nicht gewalttätig. Er war harmlos.«

»Aber er hat sich mit jemandem zusammengetan, der alles andere als harmlos war, und das hast du gewusst. Du wusstest, was für ein Ungeheuer Jimmy war.«

»Jimmy hat meinen Sohn nicht getötet. Das warst *du*. Wenigstens besaß Jimmy den Anstand, mich an jenem Abend anzurufen, um mir zu sagen, dass Bradley tot war.«

»Das nennst du *Anstand*? Jimmy hat dich benutzt, Kimball.«

»Und ich habe ihn benutzt.«

»Um meine Tochter zu finden?«

»Nein, deine Tochter habe ich selbst gefunden. Ich habe Simon dafür bezahlt, dass er sie einstellte, damit ich immer wusste, wo sie war, und sie im Auge behalten konnte.«

»Und es war dir egal, was Jimmy mit ihr gemacht hat?« Medeas erhob voller Zorn die Stimme, ungeachtet der Waffe, die auf sie gerichtet war. »Sie ist deine eigene *Enkelin*!«

»Er hätte sie am Leben gelassen. Das war die Abmachung mit Jimmy. Er sollte sie laufen lassen, nachdem das hier erledigt war. Ich wollte nur, dass *du* stirbst.«

»Das bringt Bradley nicht wieder.«

»Aber es schließt den Kreis. Du hast meinen Sohn ermordet. Dafür musst du bezahlen. Ich bedaure nur, dass Jimmy das nicht erledigen konnte.«

»Die Polizei wird wissen, dass du es warst. Du würdest alles aufgeben, nur um Rache nehmen zu können?«

»Ja. Weil niemand sich ungestraft mit meiner Familie anlegt.«

»Deine Frau ist diejenige, die darunter leiden wird.«

»Meine Frau ist tot«, entgegnete er, und seine Worte durchschnitten die Dunkelheit wie ein Schwert aus Eis. »Cynthia ist letzte Nacht gestorben. Alles, was sie sich wünschte, alles, was sie sich erträumte, war, unseren Sohn noch einmal zu sehen. Du hast ihr diese Chance geraubt. Gott sei Dank hat sie nie die Wahrheit erfahren. Das ist das Einzige, wovor ich sie bewahren konnte – vor dem Wissen, dass unser Sohn ermordet wurde.« Er holte tief Luft und ließ sie langsam entweichen, und sie spürte seine ruhige Entschlossenheit. »Jetzt bleibt mir nur noch dies eine zu tun.«

Im Halbdunkel sah sie ihn den Arm heben, und sie wusste, dass seine Waffe auf sie gerichtet war. Sie wusste, was als Nächstes passieren würde, und sie wusste, dass es ihr seit Langem vorausbestimmt war, dass das Rad ihres Schicksal vor zwölf Jahren in Bewegung gesetzt worden war, in der Nacht, als Bradley starb. Dieser Schuss, der gleich fallen würde, war nur ein Echo jenes früheren Schusses, ein Echo, das mit zwölf Jahren Verspätung kam. Es war eine merkwürdige, ganz eigene Form der Gerechtigkeit, und sie begriff, warum dies geschah, denn sie war eine Mutter, und wenn jemand ihrem Kind etwas antäte, würde auch sie nach Rache dürsten.

Sie wusste, was Kimball Rose zu tun im Begriff war, und sie machte ihm keinen Vorwurf.

Und so war sie eigenartig ruhig und gefasst, als er abdrückte und die Kugel in ihre Brust einschlug.

38

Hier und jetzt könnte es alles enden, denke ich, während ich am Boden liege. Ein brennender Schmerz tobt in meiner Brust, und ich kann kaum atmen. Kimball muss nun nichts weiter tun, als ein paar Schritte auf mich zukommen und mir die tödliche Kugel in den Kopf jagen. Aber draußen auf dem Flur sind polternde Schritte zu hören, und ich weiß, dass er sie auch hört. Er sitzt in diesem Schlafzimmer in der Falle, mit der Frau, die er gerade niedergeschossen hat. Sie treten gegen die Tür – die Tür, die ich in meiner grenzenlosen Dummheit abgeschlossen habe, weil ich dachte, sie würde mich vor ungebetenen Besuchern schützen. Ich hatte mir nicht vorstellen können, dass es meine Retter sein würden, die ich damit aussperre – die Polizei, die mir zu meinem Haus gefolgt ist, die mich die ganze letzte Woche in Erwartung dieses Überfalls überwacht hat. Wir alle haben heute Abend Fehler gemacht, Fehler, die sich als tödlich erweisen könnten. Wir haben nicht damit gerechnet, dass Kimball sich in meiner Abwesenheit in mein Haus schleichen würde; wir haben nicht damit gerechnet, dass er in meinem Schlafzimmer schon auf mich warten würde.

Aber Kimball hat den größten Fehler von allen gemacht.

Holz splittert, und die Tür fliegt krachend auf. Die Polizisten stürmen herein wie wütende Stiere, sie schreien und trampeln und strömen einen scharfen Geruch nach Schweiß und Aggression aus. Es hört sich an wie eine wild gewordene Menge, doch dann schaltet jemand das Licht ein, und ich sehe, dass es nur vier Detectives sind, die alle mit ihren Pistolen auf Kimball zielen.

»Waffe fallen lassen!«, befiehlt einer der Männer.

Kimball ist offenbar zu verblüfft, um zu reagieren. Seine eingesunkenen Augen sind von Kummer gezeichnet, in seinen schlaffen Zügen malt sich Fassungslosigkeit. Er ist ein Mann, der es gewohnt ist, Befehle zu erteilen und nicht auszuführen, und er steht hilflos da mit der Pistole in der Hand, als ob sie festgewachsen wäre und er sie nicht loslassen könnte, selbst wenn er es wollte.

»Legen Sie einfach die Waffe weg, Mr. Rose«, sagt Jane Rizzoli. »Dann können wir reden.«

Ich habe sie nicht hereinkommen sehen. Ihre männlichen Kollegen, wahre Kleiderschränke im Vergleich zu ihr, haben mir die Sicht verdeckt. Aber jetzt tritt sie an ihnen vorbei ins Zimmer, eine kleine, furchtlose Frau, die sich trotz des Gipsverbands an ihrem rechten Arm mit beeindruckender Selbstsicherheit bewegt. Sie sieht in meine Richtung, doch es ist nur ein flüchtiger Blick, mit dem sie sich vergewissert, dass meine Augen offen sind und dass ich *nicht* blute. Dann wendet sie ihre Aufmerksamkeit wieder Kimball zu.

»Es wird weniger Probleme geben, wenn Sie einfach die Waffe weglegen.« Detective Rizzoli sagt es mit ruhiger Stimme, wie eine Mutter, die ein tobendes Kind zu beschwichtigen versucht. Die anderen Detectives sind von einer Aura von Gewalt und Testosteron umgeben, aber Rizzoli ist die Ruhe selbst, und das, obwohl sie als Einzige keine Waffe in der Hand hält.

»Es sind schon zu viele Menschen gestorben«, sagt sie. »Damit soll jetzt endlich Schluss sein.«

Er schüttelt den Kopf, eine Geste nicht des Widerstands, sondern der Resignation. »Es ist jetzt alles gleich«, murmelt er. »Cynthia ist tot. Wenigstens das hier bleibt ihr erspart.«

»Sie haben ihr Bradleys Tod all die Jahre verheimlicht?«

»Als es passierte, war sie krank. So krank, dass ich dachte, sie würde den nächsten Monat nicht mehr erleben. Ich dachte mir, lass sie sterben, ohne dass sie es erfährt.«

»Aber sie hat weitergelebt.«

Er lachte matt. »Sie hatte eine Spontanremission. Es war eines dieser Wunder, mit denen niemand rechnet, und es hielt zwölf Jahre an. So musste ich die Lüge also aufrechterhalten. Ich musste Jimmy helfen, die Wahrheit zu vertuschen.«

»Es war der Wangenabstrich Ihrer Frau, der zur Identifizierung der Leiche verwendet wurde. Die DNA Ihrer Frau, nicht die von Carrie Otto.«

»Die Polizei musste davon überzeugt werden, dass der Tote Jimmy war.«

»Jimmy Otto hätte hinter Gitter gehört. Sie haben einen Mörder geschützt.«

»Ich habe *Cynthia* geschützt!«

Er wollte sie vor dem Leid bewahren, das ich seiner Familie, wie er glaubt, vor zwölf Jahren angetan habe. Zwar bin ich überzeugt, dass die einzige Sünde, die ich begangen habe, die der Selbsterhaltung ist, doch ich gestehe ein, dass mit Bradleys Tod mehr als nur ein Leben zerstört wurde. Ich sehe das Werk der Zerstörung in Kimballs zermarterten Zügen. Es ist kein Wunder, dass er nach Rache dürstet; kein Wunder, dass er zwölf Jahre mit der unermüdlichen Suche nach mir verbracht hat und mich mit ebensolcher Besessenheit verfolgt hat, wie Jimmy Otto es getan hat.

Immer noch hat er seine Pistole nicht aus der Hand gegeben, obwohl ein ganzes Kommando von Detectives die Waffen auf ihn gerichtet hat. Was dann passiert, kann niemanden der Anwesenden wirklich überraschen. Ich kann es in Kimballs Augen sehen, und Jane Rizzoli sieht es zweifellos auch. Das Eingeständnis des Scheiterns. Die Resignation. Ohne Vorwarnung und ohne Zögern schiebt er sich den Pistolenlauf in den Mund und drückt ab.

Der Schuss kracht, und eine hellrote Blutfontäne spritzt an die Wand. Seine Beine knicken ein, und er sackt wie ein Stein zu Boden.

Es ist nicht das erste Mal, dass ich einen Menschen sterben sehe. Ich sollte inzwischen immun gegen den Anblick sein. Doch als ich auf seinen zerschmetterten Schädel starre, auf das Blut, das aus der klaffenden Kopfwunde strömt und sich in einer Lache auf dem Boden des Schlafzimmers sammelt, habe ich plötzlich das Gefühl, dass mir etwas die Kehle zuschnürt. Ich reiße meine Bluse auf und zerre an der schusssicheren Weste, die ich auf Jane Rizzolis Drängen hin angelegt habe. Sie hat zwar die Kugel aufgehalten, doch von der Wucht des Einschlags tut mir immer noch alles weh. Es wird sicherlich ein großer Bluterguss zurückbleiben. Ich streife die Weste ab und werfe sie beiseite. Es ist mir egal, dass die vier Männer im Raum meinen BH sehen können. Ich reiße das Mikrofon und die Drähte ab, die auf meine Haut geklebt sind, eine Vorrichtung, die mir heute Abend das Leben gerettet hat. Wäre ich nicht verkabelt gewesen, hätten sie mein Gespräch mit Kimball nicht mithören können. Sie hätten nicht gewusst, dass er schon in meinem Haus war.

Draußen hört man Sirenen heulen; sie kommen näher.

Ich knöpfe meine Bluse wieder zu, stehe auf und versuche den Anblick von Kimball Roses Leiche zu meiden, während ich das Zimmer verlasse.

Als ich aus dem Haus trete, ist die warme Abendluft von Funksprüchen und dem flackernden Blaulicht der Polizeifahrzeuge erfüllt. Im grellbunten Schein bin ich weithin zu sehen, doch ich weiche vor dem Licht nicht zurück. Zum ersten Mal seit einem Vierteljahrhundert muss ich mich nicht im Schatten verkriechen.

»Sind Sie okay?«

Ich drehe den Kopf und sehe Detective Rizzoli neben mir stehen. »Mir fehlt nichts«, antworte ich.

»Es tut mir leid, was da drin passiert ist. Er hätte nie so nahe an Sie herankommen dürfen.«

»Aber jetzt ist es vorbei.« Ich atme die köstliche Luft der Freiheit ein. »Das ist alles, was zählt. Es ist endlich vorbei.«

»Die Polizei von San Diego hat trotzdem noch eine Reihe von Fragen an Sie. Zu Bradleys Tod. Zu den Ereignissen jener Nacht.«

»Damit werde ich schon fertig.«

Eine Pause. »Ja, das glaube ich auch«, sagt sie. »Ich bin sicher, dass Sie mit allem fertig werden.« Ich höre den Unterton von Respekt in ihrer Stimme – es ist der gleiche Respekt, den ich inzwischen ihr gegenüber empfinde.

»Kann ich jetzt gehen?«, frage ich.

»Solange wir wissen, wo Sie sind.«

»Sie wissen, wo Sie mich finden können.« *Wo immer meine Tochter ist, werde auch ich sein.* In der Dunkelheit hebe ich die Hand zu einem angedeuteten Abschiedsgruß und gehe zu meinem Wagen.

In all den Jahren habe ich immer von diesem Augenblick geträumt – von dem Tag, an dem ich mich nicht länger ängstlich umblicken müsste, an dem ich endlich zu meinem wahren Namen stehen könnte, ohne Angst vor den Folgen. In meinen Träumen war es immer ein Augenblick überschäumender Freude; ich hörte die Champagnerkorken knallen, hörte mich mein Glück in die Welt hinausschreien. Aber was ich statt dieser ausgelassenen, hemmungslosen Begeisterung empfinde, ist sehr viel gedämpfter. Ich bin erleichtert und erschöpft, und ich komme mir ein bisschen verloren vor. Die ganzen Jahre ist die Angst meine ständige Begleiterin gewesen; jetzt muss ich lernen, ohne sie zu leben.

Während ich in Richtung Norden fahre, spüre ich, dass die Angst von mir abblättert, wie Schichten von altem, brüchigem Leinen, die in Bahnen davonflattern und in die Nacht davontreiben. Ich lasse sie los. Ich lasse alles hinter mir und fahre nach Norden, zu einem kleinen Haus in Chelsea.

Zu meiner Tochter.

Danksagung

Großen Dank schulde ich Dr. Jonathan Elias vom Akhmim Mummy Studies Consortium und Joann Potter vom Frances Lehman Loeb Art Center am Vassar College, die mich an der aufregenden CT-Untersuchung der Mumie des Shep-en-Min teilhaben ließen. Herzlichen Dank auch an Linda Marrow für ihre genialen Vorschläge zur Textgestaltung, an Selina Walker für ihre scharfsinnigen Erkenntnisse und an meine unermüdliche Literaturagentin Meg Ruley von der Jane Rotrosen Agency.

Vor allem aber danke ich meinem Mann Jacob. Für alles.

»So entsetzlich – und fesselnd!«
Glamour

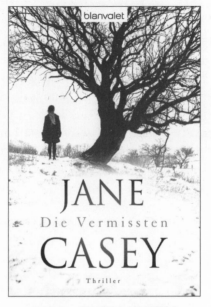

512 Seiten. ISBN 978-3-442-37521-9

Als die kleine Jenny Shepherd spurlos verschwindet, weiß
ihre Lehrerin Sarah Finch nur zu genau, dass mit jedem
weiteren Tag die Chance schwindet, das Mädchen lebend
wiederzufinden. Sie selbst hat als Kind erfahren müssen,
wie ihr Bruder Charlie nicht vom Spielen wiederkehrte.
Und dann ist es ausgerechnet Sarah, die die Leiche
der kleinen Jenny findet. Im Handumdrehen steht sie
im Zentrum des Medienansturms – und im Fokus
der Ermittler. Aber nicht nur die haben sie im Visier.
Auch der Täter lauert ganz in der Nähe ...